한국 근대문학과 민족—국가 담론

한국 근현대문학 담론에 나타난 민족이념의 변모 양상과 국가주의에 관한 연구

Korean Modern Literature and the Discourse of Nationalism

서울시립대학교 인문과학연구소
김성경 연세대 강사
김성수 성균관대 교수
류보선 군산대 교수
서영채 한신대 교수
유문선 한신대 교수
이명찬 덕성여대 교수
전승주 서울대 강사
차원현 경주대 교수
최성실 경원대 연구교수
한명희 삼척대 교수
한형구 서울시립대 교수

한국 근대문학과 민족-국가 담론

1판 1쇄 인쇄 2005년 12월 20일
1판 1쇄 발행 2005년 12월 30일

지은이 / 서울시립대학교 인문과학연구소
펴낸이 / 박성모
펴낸곳 / 소명출판
출판고문 / 김호영
등록 / 제13-522호
주소 / 137-878 서울시 서초구 서초동 1621-18 (란빌딩 1층)
대표전화 / (02) 585-7840
팩시밀리 / (02) 585-7848
somyong@korea.com / www.somyong.com

ⓒ 2005, 서울시립대학교 인문과학연구소

값 17,000원

ISBN 89-5626-195-4 93810
※ 이 책은 2002년도 한국학술진흥재단의 지원에 의하여 제작됨(KRF-2002-073-AM1525).

한국 근대문학과 민족—국가 담론

한국 근현대문학 담론에 나타난 민족이념의 변모 양상과 국가주의에 관한 연구

Korean Modern Literature and the Discourse of Nationalism

서울시립대학교 인문과학연구소

소명출판

　'한국 근대문학 담론에 나타난 민족이념의 변모와 국가주의에 관한 연구', 이것이 당초 우리가 우리 자신에게 부과한 과제 명칭이었다. 민족문학에 대한 연구 관심을 공동으로 유지해 오면서, 민족주의 혹은 국가주의와 관련하여 한국 근대문학의 심부를 한 번도 조직적으로 파헤친 바 없지 않느냐는, 그런 자괴적 인식도 우리는 함께 공유한 상태에 있었던 듯하다. 한국 근대에 생산된 그 숱한 문학적 담론들, 그러니까 문예 담론들을 중심으로 종횡으로 횡단하면서, 결과적으로 민족문학의 외연을 넓히고 그 정체에 대한 인식을 심화시켜보자는 야심찬(?) 연구 기획은 그래서 제출되었고, 그로부터 수삼 년의 세월이 흐른 지금 그 연구의 과실을 똑똑 따내지 않으면 안 될 시점에 이르렀다. 밤하늘의 불꽃처럼 반드시 찬란하게만 비추어내고자 했던 것이 본디 우리의 작업 목표는 아니었지만, 그래도 '민족'이라는 엄숙하고 광대한 주제를 지나치게 우연성이 남발된 역사주의의 탁류 속에서 구출해내고자 했던 것은 아닌지 저어하는 내면의 목소리를 먼저 듣게 된다. 그럼에도 불구하고 오늘 이렇게 작업의 결실을 용기 있게 담아내는 것은 무엇보다 시간과의 약속을 지키지 않을 수 없기 때문이기도 하지만, 한편 강호제현의 질정을 통해 우리의 문제의식과 인식이 더욱 심화되어 나아가리라는 소박한 학적 믿음 때문이기도 하다. 이념(현상)을 이념의 빛으로서가 아니라, 냉철한 학적 조명의 분석 작업을 통해 현현시켜야 한다는 모순된 작업이념이 내내 우리를 괴롭혔다고 할 수 있거니와, 언젠가 우리 앞을 가로질러 용기 있게 뛰어나갈 바로 그 사람들을 위해 오늘 우리의 작업은 다만 한 잎의 낙엽이라도 될 수 있기를 바란다.

당초 설정된 제목에서 알 수 있듯이, 우리의 연구 기획은 처음부터 계보학적이며 고고학적인 연구 시각의 교차를 지향하는 것이었다. 그러니까 한국 근대의 각 시대 (문학) 담론의 지층 탐사를 목표로 하면서도 그것들이 각각의 궤적으로 일관된, 연속된 의미의 지형을 이룰 수 있기를 바란다는, 일견 모순된 작업 목표와 탐사 방법의 교차 속에서 우리의 연구 계획은 기획되고 도모되었던 것이다. 한국 근대의 각 지층을 우선 연대별로 크게 구획하는 방식이 가능할 수 있다면, 이 수평적 지층 구획을 횡단면들로 하여 그 각 시기의 특징적 민족 담론의 형질을 종으로 엮는 계보학적 작업이 질서 있게, 조직적으로 추구될 수 있으리라는, 소위 담론사 연구의 일반적 인식 의욕과 그 개념 틀 속에서 우리의 연구 기획이 당초 출발하였다고 볼 수 있는 것이다. 다소간 막연한 형국을 띠지 않을 수 없었던 이 얼개의 연구 계획은 그 후 구체적 연구 상황과 조건, 환경에 접하면서 수 차례 수정을 입지 않을 수 없었다. 우선 '민족'이라는 종래의 북, 그 이념적 핵자에 의지해서만 담론사 전체의 종단, 횡단 작업이 가능하겠는가라는 의문이 일어났고, 이 때문에 근대문학의 담론과 함께 근대의 역사적 담론 전체를 꿰뚫기 위해서는 '민족(이념)'의 범주와 함께 '국가(주의)'라는 장치, 혹은 의식의 범주 도입이 불가결하다는 인식에 도달하게 되었다. 하지만 '국가'(혹은 '국가주의')란 무엇인가. 이것으로 식민지 시기 이전, 즉 개화기 또는 일제 말 군국주의 시기 담론의 형질이 명쾌하게 파악될 수 있다 하더라도, '민족'과 '국가'의 문제가 서구 '내셔널리즘'의 개념처럼 일관된 맥락에서 파악되기는 어렵지 않을까. 오히려 한국 근대의 경우 '민족≠국가'라는 이 어긋남의 현실 조건이 민족문학의 담론사를 그렇게 모양 짓게 만든 결정 요소였던 것은 아닌가. 본 연구서의 모두 서설 역할을 수행하는 류보선의 개설, 「민족≒국가라는 상황과 한국 근대문학의 정치적 (무)의식」이 진단하고 제기하는 바의 핵심 논제가 바로 이 의제라고 할 수 있으며, 이 총론의 서설 진단이 지시하는 바의 '민족≠국가' 어긋남의 현실, 동기가 우리의 연구를 전체적으로 풍부하게 하면서 한편 회로의 혼란이라는 난점을 안기기도 한 연구상의 주 동기, 주범(?)으로 작용했다고 볼 수 있다.

어쨌거나 하나의 시대 공간으로서 '개화기'를 상정하고, 3·1운동 전후 시기에 이르는 일제 강점기 초반 시기까지를 이 시대 공간으로 확장하여 볼 때, 이 시기 민족 담론, 혹은 국가(주의) 담론의 대표적인 형체로는 유길준의 『서유견문』을 빼놓을 수 없다. 본 논저의 구체적인 논고로는 최선봉의 자리에 위치하게 된 최성실의 「개화기 문학 담론에 나타난 '근대국가'라는 숭고한 대상」이 심도 있게 분석하면서 그것이 담고 있는 역사적 의의를 해설하고 있는 대상 텍스트 역시 다름 아닌 이것이다. 『서유견문』은 비록 근대문학의 개념으로는 문학적 담론의 범위 안에 들어오기 어려운 것이라 할지라도 한국 근대의 담론사 전체의 향방을 묻기 위한 자리에서라면 결코 빼놓을 수 없는 역사적 위치를 차지하고 있는 것이 바로 이 논설일 것이다. 비록 중세국가의 현실적 지평 안에서였다 하더라도 여기에서 발해진 '근대국가', 그것에 대한 열렬한 숭모의 기호체계는 차후 한국문학이 지향하게 될 의식 지평의 한계와 가능성을 고스란히 투영하는 것으로 볼 수 있다는 점에서 그 역사적 의미망을 한국 근대 최초의 '국가(주의) 담론'이라는 각도에서 포착하고 있는 연구자의 논급은 본 논저 전체의 맥락에서 보더라도 일종의 시금석에 상당하는 작업을 수행한 것이라 볼 수 있다. 아쉬움이라면 유길준의 위 논설 뒤를 잇는 개화기의 민족 담론, 혹은 국가 담론의 형적들이 좀더 풍부하게 이 논저 속에서 다루어지지 못한 점이라 하겠는데, 아쉬운 대로 본 논저의 부속 작업이 되는『자료집』속에서 개화기 시기의 보다 다채로운 담론 양상이 실물로 확인될 수 있을 것으로 기대된다.

한형구의「한국 근대문학과 '민족'이라는 상상 공동체」는 그야말로 한국 근대문학 초창기의 실제 담론들을 통하여 '민족'이라는 상상 공동체가 어떻게 구현되고 있는지를 살핀 글이다. 시기적으로 좀더 펼쳐진 시기의 담론들을 대상으로 하고 있는 셈의 이 글은 그러니까 개화기를 대상으로 한 최성실의 윗글이 미처 포괄하지 못한 신채호의 글을 포함하여 한국 근대문학의 주요 개척자들이라 할 수 있는 이광수와 염상섭의 소설, 그리고 주요한, 정지용의 시들을 대상으로 하여 이들의 근대문학을 향한 열정이 다름 아닌 민족이라는 근대적 공동체의 문학을 통한 상상적 형성 의지와 같은 것이었음을 밝히고 있다. 김동인 등과 함께 초기 경향문학의 작가, 시인들을 포함한다거나, 혹은 김우진 등의 희곡 작업 사례들까지를 포함하여 한국 근대문학의 상상적 작용이 본질적으로 민족공동체의 형성 의지에 다름 아니었음을 밝힐 수도 있었겠지만, 지면 관계상 그 부수 텍스트들에 대한 논고와 분석 작업은 다른 기회로 돌려질 수밖에 없었다. 그렇더라도 적어도 양식적 차원에서 초창기 한국 근대문학의 희곡 작품들을 민족 담론의 일환으로 읽어내는 것은 필요하고도 필수적인 작업으로 보완되어야 하지 않았을까 아쉬움을 토로하지 않을 수 없다.

이와 같은 양식적 결락의 문제를 잘 보완해 주고 있는 글이 이를테면 최남선의 백두산 기행문을 다룬 서영채의 논고라고 할 수 있다. 단순히 기행문이라는 이유로 기왕에 한국 근대문학의 주류 담론 속에서 배척하거나 혹은 다분히 무시해 왔던 기행문 양식의 글을 새롭게 의미 부여하여 한국 근대 초창기의 유니크한 민족 담론체의 형적으로 읽어내고 있는 것이 서영채의 윗글이다. 연구자 개인적으로는 선행의 연구 작업을 통해 이광수, 최남선의 금강산 기행문이 어떤 담론사적 의의를 지닌 글인가를 설득력 있게 묘파하여 보여준 바 있거니와, 그야말로 민족의 영산(靈山)이라 할 백두산을 근참(覲參)하고 그 기록의 언설을 남긴 것은 그 제목의 언설이 지시하고 있는 바대로 '민족의 외부와 기원의 신화'를 탐색하고자 했던 한 선각 민족주의자의 도저한 내면 풍경의 발현이라 하지 않을 수 없다. 가능하다면 당시 민족 담론 형성의 산맥을 이루고 있었던 육당 최남선 주변의 그 많은 선각자적 지식인들의 담론 일체가 이러한 맥락 속에서 좀더 환하게 밝혀질 수 있기를 우리는 바란다. 아쉬운 대로 역시 본 연구 논저의 자매편이 될 『자료집』 속에서 그 담론 형적들을 어느 정도 일람해 볼 수 있겠거니와, 민족 담론 연구의 미개척지를 새로운 연구 조망 속에서 확대, 포섭하고 있는 연구자의 야심찬 시도가 앞으로 더욱 뜻 있는 연구 결실을 이루어 내길 기대한다.

이처럼 개화기, 혹은 한국 근대 초창기의 담론들 중에서 그 대표적인 민족 담론, 혹은 국가(주의) 담론 양상을 취택하여 분석적 논설을 베풀고 있는 것이 본저 2부의 양상이라면 3부는 본격적으로 일제하 각 시기에 펼쳐진 문학적 민족 담론의 적층 양상을 고고학적이면서도 동시에 계보학적 시선 아래 탐사하여 내놓은 작업 결실이 이 부분이다. 본서의 발간을 위한 기획 단계에서부터 중심 연구 지대로 설정, 중추의 전임 연구자들이 수행한 작업이 주로 이 3부의 연구 작업들로 모아져 있는 바, 흔히 국민문학파로 불렸던 민족주의문학 계열의 담론 흔적에서부터 일제 말 시기의 고전부흥론 담론에 이르기까지 일제하 시기 민족 담론, 혹은 국가(주의) 담론 형적을 망라하여 포섭, 논술하고 해명하여 질서화하고 있는 것이 이 부분의 연구 성과, 담론 탐사 작업의 결실이라 할 수 있겠다.

3부의 첫 이정표의 자리를 차지한 전승주의 「1920년대 민족주의문학과 민족 담론」은 그래서 1920년대 민족주의문학의 중핵을 이룬 이광수의 민족개조론, 혹은 추상적 조선주의의 이념 담론으로부터 시조부흥론을 제창한 최남선의 국민문학론, 그리고 염상섭, 양주동 등의 절충(주의)문학론에 이르기까지 1920년대 민족주의문학 담론의 다양한 층위를 검색하고 있다. 특히 주목되는 것은 이 국민문학파의 담론이 당시 프로문학파, 소위 계급문학 진영의 좌파적 민족문학 담론에 대응하면서 보다 구체화되고 실체화된 면모를 띠게 되었음을 지적하고 있는 점이라 하겠는데, 개성론으로부터 발출된 염상섭의 민족주의적 문학 담론이 독자적인 예술론의 성격을 지녀 프로문학의 일반적 통폐로 지적되는 미학론적 한계를 감싸면서 민족문학 담론의 지평을 넓혔다는 점이 유념할 사항으로 지적되고 있다. 이와 같이 득의의 면모와 경지를 개척하였던 염상섭의 민족주의적 문학 담론이 프로문학파의 문예 담론과 교접하면서 구체적으로 어떤 변이형을 낳고, 또 소설사적으로도 어떤 구체적인 성과가 의미 있게 산출되기에 이르렀는지 추적하는 작업이 차후 과제로 남았다고 할 것이다.

김성수의 「일제강점기 사회주의문학에 나타난 민족 및 국가주의」는 따라서 1920년대 중·후반부터 1930년대 전기에 걸쳐서 사회주의문학 담론에 나타난 민족과 국가(주의)에 대한 인식 양상을 살피고 있다. 통념화된 인식과 마찬가지로 당대의 프로문학 담론, 혹은 KAPF 소속의 문인 담론들 속에서 민족과 국가에 대한 심각한 반성의 담론 흔적을 널리 찾아보기는 어렵다는 것이 연구자의 결론인 셈인데, 가령 송영의 「교대시간」이나 「용광로」 같은 작품이 민족문제를 간과하고 프롤레타리아 국제주의 등 계급의식을 앞세운 양상임에 대하여 드물게 권환의 「목화와 콩」 같은 작품이 민족문제와 계급문제를 변증법적으로 소화, 인식하여 민족 담론으로서의 예외적 자리를 차지하고 있음을 연구자는 밝히고 있다. 이처럼 비평적, 공식적 담론 영역에서보다는 민족 현실을 더욱 구체적으로 반영하는 소설, 희곡 등의 형상화 장르에서 민족의식의 면모가 날카롭게 과시될 수 있다는 점을 염두에 둘 때, 앞으로 경향문학의 작품 사례들 속에서 민족의식 및 국가주의적 의식의 담론 양상을 밝히는 것이 민족문학 연구의 중요한 과제 중 하나로 인식되어야 할 것을 의미한다고 보겠다.

시간을 조금 더 건너, 1930년대 중·후반기 전통론에 나타난 민족이념의 양상을 계보학적 시선으로 날카롭게 투시하고 있는 글이 차원현의 다음 논문이다. 1930년대 후반기의 전통론이 그 이전 시기로부터 비롯된 세 개의 뿌리로부터 구축되었음을 밝히고 있는 이 글은 그리하여 민족주의 계열의 전통론, 혹은 맑시즘과 모더니즘의 전통론이 뒤엉킨 형국에서 일본으로부터 유입된 동양문화론과 접하게 됨으로써, 이후 일시 전통론의 봇물 사태가 야기되었음을 설득력 있게 논술하고 있다. 결국 '민족'을 단위로 한 인식 지평과 동양(사, 혹은 문화사)론, 그리고 '특수한 보편성'으로서의 문화적 '전통'에 대한 인식이 교직되면서, 마침내 '근대의 초극'이라는 엄청난 제국 이데올로기의 담론 지층을 연출한 것이 1930년대 후반에서 1940년대 초반까지의 이 나라, 이 지역 공동의 문화, 담론 현실이었다고 할 수 있겠거니와, 결국 "전통 담론이 역사 진보적인 준거 위에 서 있는 보편성을 놓칠 때 (결국) 남는 것은 자기 경계 속에서 완강히 응축되면서 활동하는 전투적인 폐쇄성일 뿐"이라는 연구자의 날카로운 통찰은 오늘의 우리를 향해서도 큰 울림으로 다가오는 육성의 전언이 아닐 수 없다. 역사의 흐름이라는 도도한 진보 물결과 맞물리지 않을 때, 이념과 인식이 한갓 전투를 위한 도구의 사상적 껍데기에 지나지 않을 수 있음을 이 논문은 깨우쳐 주고 있다고 할 수 있다.

더욱 구체적으로 일제 후반기 친일문학론과 국가주의의 문제를 다루고 있는 김성경의 논문 「인종적 타자의식의 그늘」은, "아시아인들에 대한 인종적 타자화를 강화하는 동시에 협화, 동일화의 기치 아래 이 제 민족들을 재통합해내"고자 했던 일본 제국의 인종 담론과, 이에 반응한 "식민지 조선인의 의식을 만주를 배경으로 하는 이기영과 한설야 소설들을 통해서 고찰"한 논문이라 할 수 있다. 그리하여 이기영의 「대지의 아들」, 그리고 한설야의 「대륙」을 연구, 분석을 위한 유력한 담론 대상으로 설정한 이 글은 조선적 장자의식에 침윤된 조선인들이 '오족협화', '직분론', '협동주의', '동아신질서', '동아협동체론' 등의 난무하는 제국 이데올로기 기치 아래 어떤 생존과 의식의 현실을 연출하였던가 밝히고 있다. 식민지배하에서였을망정 동일성의 민족공동체 공간을 벗어나지 못하였던 조선인들이 바야흐로 '오족협화'라는 기치의 다인종, 다민족 체제 현실 속에서 어떤 의식적 반응의 문학 담론을 산출하였던가의 문제는 우리의 인식 관심 속에서 흥미로운 연구 주제가 아닐 수 없다. '민족주의'라는 이념의 빛으로서가 아니라, 말 그대로 참의 학문적 인식 관심하에서 다민족이 함께 군서하였던 일제하 만주국에서의 조선족 체험은 매우 흥미로운 문화 인류학적 연구 주제가 아닐 수 없는 것이다.

순서의 문제가 분명하게 가름되기 어려운 관계로 유문선의 논문 「식민지 2단계 혁명론의 내면 풍경」을 일단 3부의 끝자리에 배치하게 되었다. 전체적으로 프로문학 계열의 문학 담론에 대해서 소홀하게 다루지 않았는가라는 비판에 직면하게 될 이 논저 전체의 약점을 이런 뜻에서 훌륭하게 보완해 주고 있는 글이 바로 이 글이라고 할 수 있다. 알다시피 카프 해산과 함께 일단 물밑의 잠행기로 들어서는 경향문학의 핵심 작가들이 1930년대 후반기를 경과하면서 빚게 되는 뛰어난 문학적 안출의 성과가 곧 김남천의 『대하』이며, 한설야의 『탑』이며, 이기영의 『봄』 등 일련의 장편소설 세계라 할 수 있다. 이 작품들에 대한 개별적 언급은 기왕에도 많았지만, 이 작품들의 기본 선이 식민지 2단계 혁명론의 내면 풍경 속에 구축된 것이라 함을 밝힌 것은 매우 독자적인 분석과 연구 성과라 하지 않을 수 없다. 식민지 시기와 이후 이어지는 해방 공간, 그리고 분단 체제하의 문학의식의 추이가 결코 우연적으로 전개된 것이 아님을, 곧 시간적으로 20세기 중반기의 여사여사한 문학사적 전개가 결코 우연적이었던 것이 아니라, 그 나름의 지속성과 논리적 동선 위에 구축된 것임을 이 논고는 밝혀주고 있는 셈이라 할 수 있다. 해방 공간으로 이어지는 일제 말기 문인들의 내면 풍경, 즉 넓은 의미에서 민족과 계급을 연맹시키는 '인민주의'적 사고 궤적이 구체적으로 어떤 것이었는지 우리가 좀더 관심을 갖고 연구자의 후속 작업을 주시, 주목해 보아야 할 이유가 이런 맥락에서 주어진다고 할 수 있다.

　본 저서의 4부는 결국 8·15 해방 이후 시기의 민족 담론 양상, 혹은 국가주의적 담론 양상을 살피는 것으로 되었다. 그렇지만 의욕만큼 해방공간 이후 시기의 민족문학적 담론 양상을 살피는 데는 미흡했다고 할 수 있으며, 이는 전적으로 입안과 성안 단계에서부터 주어진 연구 여건의 한계, 즉 물리적 한계 조건 때문이었다. 해방공간의 시, 그리고 민족시학의 편린이 검출되는 데서 그치게 된 것도 모두 동일한 조건으로 인한 제약 때문이었는데, 당초 일제하 시기를 주 연구 시기로 획정한 연구 기획 탓에 불가피 이런 연구 결과가 낳아진 것으로 볼 수 있는 터이다. 이런 한계 조건에도 불구하고 공동 연구자로 참여한 이명찬, 한명희의 업적은 결과적으로 하마터면 본 연구 저서의 공백 지대로 남을 뻔한 해방 이후 시기 민족 담론의 유동을 밝히는 결정적 이정표이자 시금석에 값하는 연구 성과를 낳아 주었다. 이 자리를 빌어 감사를 표하는 바이다.

　먼저 이명찬의 논구는 김기림의 시론 검토를 통해 해방 이후 문인들의 역사적 좌표의식이 민족문학과 민족시학의 구축에 두어진 것임을 밝히고 있다. 일제하 시기 김기림 문학의 유동과 그 시론의 동향을 함께 점검함으로써 해방 이후 제출된 김기림 문학과 시론이 우연적으로 파생된 것이 아님을 우선 맥락화하고 있으며, 그리하여 모더니즘의 방법적 개념과 새로운 국가와 문화 건설을 위한 현실적 중추이념으로서의 민족주의가 이후 해방기 문학론과 시론 구축에 어떤 관여 양상으로 작용하고 있는지 밝히고 있다. 지면과 여건이 허용되었다면 아마도 해방 후 김기림 문학의 자세한 유동 양상이 더욱 구체적으로 밝혀졌을 테지만, 일단 개괄적 논평의 양상으로 그 맥락선의 윤곽만이 제시된 것을 아쉽게 여기지 않을 수 없다. 차후 이러한 논단을 발판으로 분단과 전쟁 이후로까지 이어지는 김기림 문학론의 행방, 나아가 한국 현대 시론의 행방 전체가 민족 담론의 형성과 재구축이라는 맥락에서 구체적으로 추적, 탐색될 수 있기를 바란다.

　시기적으로 조금 나중 시기가 되지만, 해방 공간을 거쳐서 6·25전쟁 이후로까지 이어지는 한국 현대시사의 전개 과정에서 민족의식을 축으로 한 모더니즘 시파의 유동이 한명희의 논문 「박인환 시와 민족주의의 문제」속에서 잡혔다. 박인환 시에 대한 재평가의 문제가 끊임없이 제기되지만, 적어도 민족 담론이라는 지평 속에서 박인환 역시 해방(공간)기의 시편이거나, 혹은 그가 전쟁 후 미국 방문기의 여로 속에서 구축한 『아메리카 시초』의 시편들을 볼 때, 그 역시 훌륭한 민족(문학)의 아들, 민족 시인의 한 사람이었음을 스스로 가리켜 보여준다. 역사에 비약이 없다는 것을 전제한다면, 도저한 탈식민의식의 소유자에서 방만한 로맨티스트, 모더니스트 시의식의 세례자, 전파자에서 결국 또 한 사람의 의식 있는 민족 시인의 내면 심화로까지 나아가기까지 그의 자유분방한 시적 토로의 언술들은 바로 한국 현대시, 한국 현대 문화사의 자화상처럼 치기의 열기 만만한 언어의 무늬와 결들로서 나타나고 있는 것이 사실이다. 앞으로 해방과 전쟁 이후 시기를 거쳐 나아오는 한국 현대시, 그리고 한국 현대소설과 희곡, 비평 등을 포함한 모든 문학적 담론들의 민족주의적 경사와, 동시에 그 반동의 언술들을 총체적으로 포괄적으로 추적, 논구하는 작업은 다음 과제로서 넘겨, 남겨져야 할 것이다.

　다시 돌아보면 아무리 방대한 기획을 세우더라도 한국 근대의 (문학) 담론과 그 속에 나타난 민족이념의 변모 양상, 혹은 국가주의의 문제를 포괄하여 다 다루기는 어려우리라고 생각된다. 본 연구논집은 그런 뜻에서 하나의 나침반에 해당하는 작업들만을 모아 간행하는 연구 담론의 모음집이라고 명시할 수 있거니와, 이와 같은 개괄적 한계, 연구 담론이 지닐 수밖에 없는 일방적 시선 약진의 약점을 보완하기 위해서 본 연구진은 따로이 이 연구 논문집에 동행하는 『자료집』 출간을 계획하였다. 원래는 연구 논문집과 자료집의 동시 출간을 의도했으나, 작업 성격상 분리 작업이 추진됨으로써 일정상의 분리가 불가피하게 될 것으로 보인다. 강호제현들의 질정과 양식 있는 비판을 다시 부탁하며, 기대한다.

다시 말할 나위 없이 본 연구서와 자료집의 출간은 현재 기초학문 연구의 지원을 국가적으로 총괄하는 한국학술진흥재단의 지원 없이는 불가능하였다. 코드 넘버 'KRF-2002-073-AM1525'. 이 기호─사인이야말로 오늘날 우리가 인식하고 의식화하지 않을 수 없는 국가주의의 한 상징으로 필자는 이해하고 있다. 한국 근대의 역사적 시대는 비록 '민족의식'과 '민족(주의)적 이념'으로 의식화, 이념화되지 않을 수 없었지만, 국가라는 실체적 장치 속에 놓인 오늘 우리의 연구 상황에서는 '국가주의'의 문제가 함께 의식되고 부각되지 않을 수 없다. 본질적으로 길항의 관계 속에 놓여 있다고 생각하면서도 '민족이념'과 '국가주의'의 문제를 함께 다루지 않으면 안 된다고 생각했던 것도 이 때문이었다.

책으로 구체화되는 단계에서 많은 도움이들의 손길이 우리의 작업을 부축하였음 또한 여기서 밝히지 않을 수 없다. 서울시립대학교 부설 인문과학연구소의 소장으로서 우리의 작업을 계속 관심을 가지고 지도 편달해준 박희현 교수, 그리고 누구보다 어려운 여건에서 힘껏, 그리고 너그럽게 편집의 노고를 수행해준 소명출판의 모든 분들에게 두루 마음속 깊은 감사를 표하지 않으면 안 되겠다. 그리고 매번 뒤치다꺼리의 귀찮은 일들을 맡아 작업을 진행해준 서울시립대학교의 지강현 군에게도 ……. 이제 남은 일은 함께 이 책을 읽어줄 독자들과 더불어 우리 연구자들 모두 다시 한번 마음을 모두어 민족 담론의 앞날을 궁구하는 일이겠다. 뜻 있는 자에게 복 있을진저!

2005년 11월 학생의 날을 앞두고
삼가 한형구, 연구자를 대변하여 씀.

한국 근대문학과 민족−국가 담론

한국 근현대문학 담론에 나타난 민족이념의 변모 양상과 국가주의에 관한 연구

차례

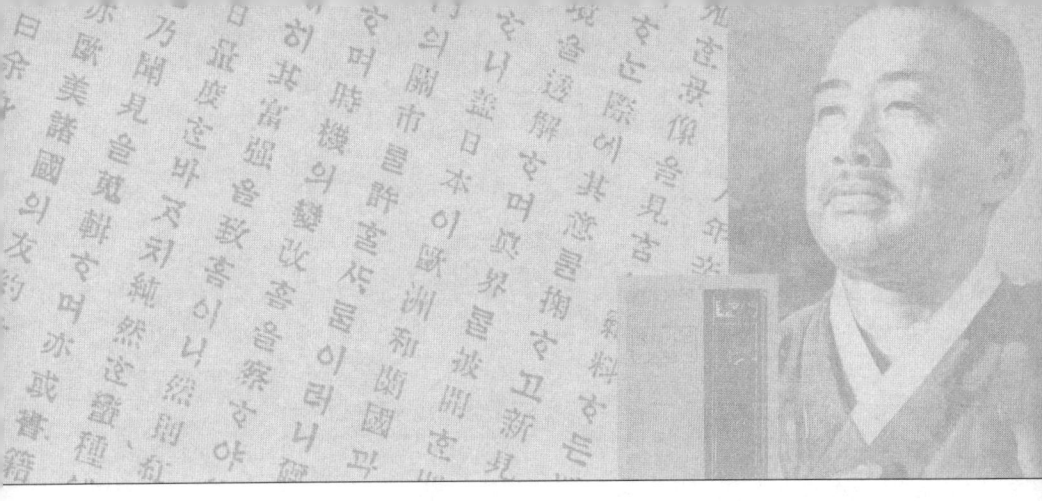

민족≠국가라는 상황과 한국 근대문학의 정치적 (무)의식

류보선

1. 한국 근대문학과 민족 담론들

최근 들어 한국 근대문학을 논하는 자리에서 민족(혹은 국가) 담론에 대한 관심이 다시 높아지고 있다. 물론 최근의 민족에 대한 논의가 다시 활발해지고 있다고 해서 1970~80년대의 민족 담론이 다시 귀환하고 있다고 예측할 필요는 없다. 최근의 한국 근대문학과 민족 담론에 대한 논의는 분명 예전의 것의 단순한 반복이 아니다. 최근의 민족 담론은 한국 근대문학과 민족(혹은 국가) 사이의 관계에 대해 말한다는 점에서 모양새를 같이 하지만, 그것을 바라보는 시각에 있어서는 예전의 그것과 같지 않다. 아니, 같지 않은 정도가 아니라 근본적인 점에서 다르며, 때문에 최근의 민족 담론에 대한 논의는 이전의 민족 담론에 대한 반성적 성찰이자 탈영토화 작업이라 해도 과언은 아니다. 이전의 한국 근대문학과 민족 담론에 대한 논의가 주로 민족=국가라는 환상체계의 필요성, 의미, 가치 혹은 진정한 민족=국가의 건설 방안 같은 것에 초점을 맞추었다면, 그리고 민족=국가에 대한 의미 있는 병존 형식이 개인이나 사회, 그리고 한 국가나 세계 전반에 큰 발전의 계기가 되리라는 전제에 서 있다면, 최근의 민족 담론에 대한 관심은 예전의 그것과 전제부터 다르다. 최근의 민족 담론은 민족(혹은 국가)이라는 제도와 관념이 사실은 고유하고 활력 넘치는 다양한 가치들을 억압하고 배제하는 괴물일 뿐이라는 출발점에 서 있다. 그리고 더 나아가 민족(혹은 국가)에 대한 관심을 촉구하는 모든 것을 악마의 유혹이라고 진단하고, 그 괴물에 의해서 갇혀 있는 의도되지 않은 혁명적 에네르기들을 구해내야 한다고 말하기도 한다. 말하자면 최근의 민족=국가에 대한 논의는 민족(혹은 국가)이라는 관념이 인간의 숱한 욕망들을 억압하고 배제하며 단 하나 국민일 것만을 호명한다는 것이며, 따라서 민족(혹은 국가)에 의해 억압된 것들을 귀환시켜야 한다고 주장한다.

최근에 활발하게 진행되고 있는 이전의 민족 담론에 대한 비판적 성찰과 탈영토화 작업은 여러 가지 점에서 시의적절하고 가치 있는 논의라 할 만하다. 월러스틴의 지적처럼 민족 담론이란 어쩔 수 없이 그 긴 역사 안에 존재하는 다양하고도 이질적인 계층, 사건, 풍속 등을 하나의 내러티브로 고착시켜야 성립할 수 있는 것이고 그런 만큼 그 내러티브에서 벗어나는 수많은 예외적인 것들 억압할 수밖에 없는 측면을 지니고 있는, 대단히 매혹적이면서도 무시무시한 이데올로기이다. 즉 예외들을 인정하면 민족 담론 자체가 무의미해지고 민족 담론을 유지하려면 그 민족적 내러티브라는 숭고한 질서를 위배되고 어긋나는 모든 가치, 사물, 사건 등은 철저하게 배제되거나 은폐되어야 하는 것이다. 그러나 우리는 그동안 식민지와 전쟁이라는 불행한 역사 탓에 민족정체성이나 민족이라는 유기체적 결합을 지나치게 절대화해온 것이 사실이다. 민족이라는 정의 앞에서는 그 정의에 위배될 경우 그것이 비록 의미나 가치를 지니고 있다 하더라도 일체 용납되지 않았던 것이다. 그만큼 이제까지의 민족 담론에는 그것이 국가에 의한 그것이건, 아니면 국가가 행사하는 절대적 인과율을 해체하고자 하는 열망에 기초한 민족 담론이건, 정도를 넘어서는 억압적인 측면이 잠복해 있다고 할 수 있다. 해서, 그것은 소수의 말할 수 있는 자들의 전유물로 전락하여 침묵을 강요당하던 다수의 하위주체들, 특히 여성을 위시한 소수자들의 고통과 염원을 근원적으로 틀어막는 바로 그 이데올로기로 작용해 온 것도 사실이다. 그러니 이러한 민족 담론의 억압적 성격에 대해 말하는 것은 반드시 필요한 일임에 틀림없다. 그런데, 그랬던 것인데, 최근 들어 비로소 민족 담론에 대한 이러한 비판이 광범위하게 제기되고 있는 셈이니, 이것은 오히려 때늦은 감마저 들기도 한다.

그러나 민족 담론에 대한 최근의 비판은 통렬하기는 하나 동의하기 힘든 측면이 많은 것도 사실이다. 이 논의들은 민족(혹은 국가)을 괴물로만 고착시키기 위해 민족에의 관심이 지니는 보편적 가치와 그것이 역사적으로 행했던 업적까지를 모두 지워버리고 말기 때문이다. 예컨대 이들 논의는 민족이라는 관념과 제도가 형성되어 국민만을 강요하던 시점을 근대 형성기부터라고 확정한다. 그리고는 바로 이 시점부터 지금까지의 민족 담론을 모든 억압의 중심으로 설정하고 우리 문학사에서 가치 있는 목소리들이 자기 목소리를 내기가 힘들었던 것 모두가 바로 그 민족 담론에서 연원한다고 진단한다. 당연히 이들 논의는 민족 담론을 억압의 중심으로만 읽어낼 뿐 민족 담론이 지니는 보편적 가치나 업적에 대해서는 무관심하다. 해서, 이들 논의에서는 우리 역사에서 민족 담론이 지니는 전복적이고도 해방적 역능에 대한 인정은 찾아볼 수 없다. 특히 근대 형성기나 식민지 시대에 있어서마저도 민족 담론이 행한 탈영토화적 기능을 인정하지 않는다. 그저 민족 담론이란 조작된 억압체계란 인식만으로, 또는 민족이라는 허구적이면서도 폭력적인 인과율을 해체해야 한다는 목적의식하에 이들 논의는 근대 이후 한국문학을 맥락화하고 지형도를 구축한다. 이들이 구성한 지형도에 따르자면 근대 이후 한국문학은 민족 담론이라는 영토화 논리와 그것을 탈영토화시키려는 위계화되지 않은 혁명적 에네르기 사이의 대립과 갈등, 그리고 길항관계에 의해 형성되고 전개된다. 물론 근대 이후 한국문학에 대한 이러한 관점과 그것이 그려낸 지형도는 진정한 민족문학의 건설이라는 고착된 목적 하에 수많은 가치 있는 목소리들을 배제하며 구성된 문학사의 모델을 비판하고 해체하는 데는 충분한 의미를 지니는 것이 사실이다. 하지만 이 지적도가 지니는 의미는 바로 이 지점에서 멈춘다. 그리고는 여러 가지 심각한 문제를 노정한다. 예컨대 이런 것이다. 이 문제틀은 우선 근대 형성기에 민족 담론 자체가 지니는 혁명적 동역학을 배제한다. 그 나라가 선진 자본주의국가이건 후발(혹은 후후발) 자본주의국가이건 형제애를 구두선으로 하는 근대 형성기의 민족 담론은 중세적인 질서를 해체하는 혁명적인 에네르기로 작동하는 것이 일반적이다. 우리나라의 경우도 역시 예외는 아닌 터 민족 담론 자체를 억압 체계로 읽어내는 최근 민족에 대한 논의는 이러한 민족 담론이 지니고 역사성과 그것의 업적을 근본적으로 배제하기에 이른다.

게다가 이들 논의는 근대 이후 한국문학이 자본=민족=국가가 굳게 결합된 상황에서 형성되고 전개되지 않았다는 사실을 간과한다. 예컨대 최근의 민족 담론에 대한 비판적인 논의들은 그들이 민족이라는 단일한 인과율에 꽤나 비판적임에도 불구하고 민족이라는 절대인 인과율을 비판하기 위해 오히려 근대 이후 한국문학이 민족이라는 절대적인 인과율에 의해 형성 존속되었다는 점을 더욱 강화시키는 이율배반에 빠져 있는 셈이다. 달리 말하면 이들은 민족 담론에 대해 대단히 비판적임에도 불구하고 근대 이후 한국문학을 민족의식이라는 틀로 맥락화하기는 마찬가지라는 것이다. 이제까지 한국 근대문학을 바라보는 하나의 공통적인 전제는, 그것이 의식적인 것이건 무의식적인 것이건 아니면 그것에 대해 긍정적이든 부정적이든, 한국 근대문학을 근대적인 의미의 민족의

식의 산물로 파악한다는 점일 것이다. 이러한 관점에 따르면, 근대 이후 한국문학 전반이 비록 식민지라는 상황 때문에 선진자본주의국가의 문학들처럼 형제애와 민족애 등을 표방하며 신 중심의 전근대적 질서와 절연된 새로운 구성체, 곧 민족 국가를 구축하는데 직접적인 역할을 할 수는 없었지만 그럼에도 불구하고 민족이라는 공동체에 대한 열정은 근대 이후 한국문학을 구성하는 가장 큰 에네르기라는 것이다. 아니, 식민지였기 때문에 더욱 더 민족의식은 근대 이후 한국문학의 핵심적인 동력이었다고 파악한다. 즉 근대 이후 한국문학은 불행하게도 일본 제국주의의 지배라는 상황과 맞물려 출발한 만큼 근대적인 의미의 민족의식이란 하나의 기본적인 생리와도 같이 한국 근대문학의 근저를 지배하고 있다고 보는 것이다. 그리고 이 견해는 너무도 자명해서 의문을 던질 필요조차 없는, 한국 근대문학을 읽어내는 가장 굳건한 전제로 자리잡고 있는 것이 사실이기도 하다. 때문에 거의 모든 논의가 "제국주의·식민주의에 대한 철저한 비판과 저항은 민족문학에 있어 하나의 기본적인 생리와도 같은 것"(백낙청, 「민족문학 개념의 정립을 위해」)이라는 전제 하에 한국 근대문학을 민족의식 혹은 민족국가 건설이라는 문제틀로 코드화하고 있는 실정이다. 이에 비해 최근의 민족 담론에 대한 논의는 비록 민족의식을 지상의 선의 내세우는 대신 민족이라는 관념과 민족국가라는 제도를 수많은 것을 억압하는 괴물로 비판하고 있음에도 불구하고 이 논의 역시 한국 근대문학의 중심에 민족의식이 굳건하게 자리하고 있다는 데에만은 이견을 제시하지 않는다. 하여, 이들 논의는 한국 근대문학의 형성기부터 모든 담론의 중심에 있었던 민족의식이 어떻게 수많은 가치 있는 욕망들을 억압하고 유폐시켰는지를 밝혀내는데 그야말로 혼신의 힘을 다하고 있다. 그런데 이러한 논의들은 자신들의 입론을 구체화시키면 시킬수록 안타깝게도 근대 이후 한국문학이라는 실체로부터 멀어지고 있는 것이 사실이다. 근대 이후 한국문학이 형성되고 전개되는 동력학을 잘못 설정하고 있기 때문이며, 당연히 이들 논의는 근대 이후 한국문학에 발생하는 수많은 문학상의 이종들과 변종들의 발생론적 기원과 의미를 제대로 밝혀내기 힘들다.

그러나 분명 근대 이후 한국 근대문학을 발생시킨 조건은 민족≠국가라는 상황이다. 그러므로 근대 이후 한국문학을 움직인 동력 역시 바로 민족≠국가라는 조건이다. 이곳이 근대 이후 한국문학이 그 다양하기 짝이 없는 수많은 흐름들을 피어 올린 바로 그 자리이다. 물론 예전의 논의들이 이러한 전제를 안 한 것은 아니다. 그 논의들 역시 이 자리에서 출발한다. 하지만 이러한 전제는 민족≠국가의 상황이므로 당연히 문학은 민족=국가를 지향하여야 하며 또 그러한 의식은 생리적인 것과도 같다는 선입견 때문에 곧 잊혀진다. 민족 담론을 논하는 모든 논의들은, 그 것이 민족 담론에 대해 큰 의미를 부여하건 혹은 비판적인 시선을 보내건, 하나같이 민족≠국가의 상황이므로 당시의 모든 지향점은 민족=국가로 향해졌을 것이라고 단언한다. 때문에 이들 논의에서는 민족≠국가의 상황이 만들어내는 그 다양한 변수에 대해 관심이 없다. 한국 근대문학은 비유하자면 민족=국가였다가, 다시 말해 민족주의라는 환상체계를 통해 한 나라의 전통과 역사를 콘텍스트화하고 그것을 충분히 계몽하여 민족적 동질성을 확보한 연후에, 일본의 식민지로 전락하는 역사적 조건 속에서 형성되고 전개된 것이 아니라 민족=국가에 대한 서로 이질적인 내러티브들을 단지 만들어 보고 있는 과정에서 식민지 지배를 받아야 했던 현실적 상황 속에서 형성된다. 이러한 상황에서는, 하나의 태타자적인 민족적 내러티브를 공유하지 못한 상황에서 식민지 경험을 하게 될 경우, 그 나라의 문학은 생리적으로 민족=국가라는 하나의 목표를 향해 질주하기보다는 오히려 전혀 다른 동력학에 의해 구성될 가능성이 높다. 굳이 프란츠 파농이나 호미 바바, 또는 에드워드 사이드의 견해를 빌지 않더라도 식민지 국가는 민족=국가를 건설하려는 생리와도 같은 문학적 지향보다는 식민지 국가의 제도들을 모방하는 성향이 더욱 강한 것이 일반적이다. 한마디로 민족≠국가의 상황은 민족=국가에 대한 절대적인 인과율을 낳기도 하지만, 민족=국가에 대해 관심조차 보이지 않는 여러 다양한 경향들을 만들어내기도 것이다.

이러한 사정을 감안한다면 우리는 이제 근대 이후 한국문학을 보는 시선을 바꿔야 하는 단계에 와 있는지도 모른다. 즉 근대 이후 한국문학의 조건이 민족≠국가의 상황이므로 생리적으로 민족=국가라는 인식을 가졌을 것이라는 전제로부터 벗어나는 일이 무엇보다 시급하다. 그 대신 민족≠국가의 상황은 필연적으로 민족=국가의 문학을 만들어내지 않으며 오히려 민족=국가에는 전혀 무관한 기획들을 만들어내기도 한다는 전제에 설 필요가 있다. 이런 관점에 서면, 아니, 이런 관점에 서야만 근대 이후 한국문학에 민족=국가에의 지향이 생리적이라는 전제와는 전혀 무관한 풍경들이 왜 그토록 자주 발생하는지에 대한 기원들을 밝힐 수 있을 뿐만 아니라 근대 이후 한국문학을 떠돌아다니는 그 숱한 이종들과 변종들을 모두 읽어들이고 계보화하는 일이 가능해진다. 한 번만 더 반복하자. 이제 우리의 관심사는 민족≠국가라는 상황이 발생시킨 한국문학의 다양한 이념과 형식들을 계보화하는 데로 옮겨져야 한다.

이 글은 바로 이러한 문제의식 하에 쓰어진 것이다. 하지만 이 글은 한국문학의 이러한 관점에서 볼 수도 있다는, 더 나아가서는 이러한 관점에서 보아야만 근대 이후 한국문학에 대한 계보학의 정립이 가능하다는 필요성을 제시하는 단계에서 한 치도 벗어나지 못한다. 이러한 문제의식으로 한국문학의 역사지리지를 재구성하기까지는 여러 검증이 필요할 것이며, 또 그 과정에서 전혀 의미 없는 문제틀로 판명날 수도 있을 것이다. 그러나 한계가 분명하다고 해서 앞서의 문제제기까지 의미가 없다는 말은 아니다. 오히려 지금은 이러한 문제제기 너무나도 절실한 시점이다. 이제까지 근대 이후의 한국문학이 주로 민족=국가의 지향에 대한 절대적인 옹호라는 관점에서 맥락화됨으로써 근대 이후 한국문학의 다양한 돌연변이들이 충분히 주목받고 역사적으로 문맥화되지 못하고 있었던 터, 최근의 민족 담론에 대한 비판이 이러한 관행을 더욱 강화시키고 고착시키고 있기 때문이다.

  그렇다면 이제 민족≠국가라는 모순을 동력으로 하여 형성되었던 근대 이후 한국문학의 다양한 문학이념과 형식에 대한 밑그림을 그려보자.

2. 국가의 부재와 절대화된 민족이라는 공동체

  일반적으로 민족국가(혹은 민족=국가)란 더 이상 신의 아들이기를 거부하고 새롭게 태어난 개인들이 자신을 위해 고안해낸 공동체라 할 수 있다. 신의 규율로부터 벗어나 자유롭게 된 개인들에게는 각 개인들 사이의 이질적이고 다양한 욕망들을 조정해줄 코뮤니티가 필요했으며, 이때 언어와 풍습, 역사, 전통을 같이 하는 민족이라는 공동체는 그것을 충족시켜줄 매우 실질적인 단위였던 것이다. 또한 이러한 코뮤니티의 성립 이후에도 중세적 질서와의 쟁투가 지속되었기 때문에 자유롭고자 하는 개인들은 민족이라는 단위를 견고한 공동체로 만들 필요가 있었고 그를 위한 첨예한 이데올로기적 쟁투 끝에 공통의 역사적 내러티브를 상상해낸다. 이렇게 상상된 공동의 기억은 국가라는 제도를 만드는 원동력이 되며, 또한 국가는 그것을 적극적으로 계몽하여 공동체 구성원의 공통의 기억으로 내면화시키는 것은 물론 그것을 통해 민족=국가라는 하나의 통일되고 조화를 이루는 코뮤니티를 완성한다. 이러한 과정에 통해 민족국가는, 지젝의 말처럼, '공통의 뿌리'나 '피와 대지' 같은 우연적인 물질성에 호소하여 전통적인 유기체적 결합을 해체하는 동시에 추상적 개인들인 시민들, 혹은 사회구성원들을 하나의 운명공동체로 묶어세운다(지젝, 『그들은 자기가 하는 일을 알지 못하나이다』). 만약 헤겔의 말처럼 "개인들이 권리를 갖고 있는 동일한 정도로 국가에 대한 의무를 지닌다는 사실에서,

국가는 개인들의 내적인 목적이 되며, 국가의 힘은 국가의 보편적이고 궁극적인 목적과 개인들의 특수한 이익의 통합에 있다"(헤겔, 『법철학』)고 한다면, 국가가 이처럼 개인들의 내적인 목적이 될 수 있는 동시에 통합의 기능을 담당할 수 있는 것은 아무래도 민족공동체라는 '근대성 안에 있는 전—근대의 잔여물'의 역할이 크다고 할 수 있다. 예컨대 신의 권위를 해체할 정도로 자유롭고자 하는 개인들이 쉽지 않은 의무를 강제하는 국가를 자신들의 내적인 목적으로 받아들일 수 있었던 까닭은 거기에는 민족이라는 매개자, 혹은 민족이라는 종교가 개입되어 있기 때문일 것이다. 하여간 민족=국가는 전근대적 질서를 탈—봉합하고 근대적 공동체를 형성한 새로운 봉합이라 할 수 있는 바, 따라서 민족국가란 이전의 질서를 해체하고 또 새로운 근대적 질서를 형성하는 관념이자 제도로 기능하며 그 결과 민족국가는 근대성의 핵심적인 지표로 자리한다.

하지만 후진국이자 주변부이며 식민지의 상태에서 근대로 진입한 한국의 경우는 사정이 훨씬 복잡하다. 전근대적 질서를 해체하려는 다양한 운동들이 치열하고 투쟁하고 갈등하고 길항했음에도 불구하고 이전 질서에 대한 탈—봉합의 형식이자 근대적 질서를 봉합한 형식인 민족=국가를 형성하지 못했기 때문이다. 또 그런 만큼 국가를 통해 공동의 민족적 기억과 내러티브를 내면화시키는 단계를 거치지도 못했기 때문이다. 대신 전근대적 질서를 탈—봉합하려는 쟁투 끝에 우리 역사가 이른 자리는 식민지적 상황, 곧 민족≠국가라는 상황이었던 것이다. 그 결과 서구의 경우 "근대성 자체의 내적 조건이자 근대적 발전의 내적 동인으로 기능하는 전—근대의 잔여물"(지젝)로 작용했던 "민족", 즉 전—근대를 해체한 독립된 개인들을 다시 운명공동체로 묶어주던 민족이라는 상상체계는, 우리의 경우 동일한 역능을 수행하지는 못한다. 그것은 한편으로는 제국주의와 식민주의라는 억압체계에 대한 비판과 저항을 가능케 함으로써 결국 독립과 평등, 그리고 인간성에 대한 관심과 관념을 도출해내고 또 경우에 따라서는 우리의 문화를 열등하다고 규정하는 지배담론을 물리치는 이데올로기로 작동하기도 한다. 하지만 그것은 안토니오 네그리와 마이클 하트가 적절하게 지적했듯 '국민이 공동체를 상상하는 유일한 방식이 된다'(안토니오 네그리, 마이클 하트, 『제국』) 하여, 그것은 낡은 질서의 가장 상징적인 존재(예컨대 국왕)를 부정할 수 없게 만들어 낡은 질서가 기묘하게 잔존하게 하는가 하면, 국민적 정체성과 국민적 통일이라는 이름으로 추상적 개인들, 혹은 하위주체들의 욕구나 욕망, 그리고 권리들을 또 다시 억압하게 된다. 한마디로 서구의 경우 자유로운 개인들의 고안물이었던 민족, 그리고 그것을 실현하는 기구로의 민족=국가를 향한 지향이 우리의 경우에는 개인의 고유한 욕망이나 개인의 자율성을 억압하는 기제로 작동하게 되는 것이다. 그 결과 근대 형성기 우리 문학의 경우 민족=국가를 건설하고자 하는 기획들은 하나같이 개인의 권리나 자유롭고자 하는 개인들의 욕망을 불온시하고 죄악시한다. 물론 독립한 개인들을 선진문명을 만들어낸 동력으로 인지하여 개인의 각성을 촉구하는 목소리가 없는 것은 아니나, 아니, 대단히 중요하게 강조되나, 그것은 자율적인 개인을 촉구하기 것이기보다는 오히려 개인의 권리와 내밀한 욕망들을 죄악시하는 이데올로기일 뿐이다. 왜냐하면 이 시대의 논법에 따르자면 민족=국가를 건설하는데 자신의 모든 권리와 존재를 망설임없이 포기하는 개체만을 독립한 개인들이기 때문이다.

첫째는 국적을 두는 지옥이 일곱이니,
　(ㄱ) 국민의 부탁을 맡아 임금이 되자거나 대신이 되어 나라의 흥망을 어깨에 메인 사람으로 금전이나 사리사욕만 알다가 적국에게 이용된 바가 되어 나라를 들어 남에게 내어 주어 조상의 역사를 더럽히고 동포의 생명을 끊나니 백제의 임자(任子)며, 고구려의 남생(男生)이며, 발해의 말제(末帝) 인찬(諲譔)이며, 대한말(大韓末)의 민영휘(閔泳徽), 이완용(李完用) 같은 무리가 이것이다. 이 무리들은 살릴 수 없고 죽이기도 아까우므로 혀를 빼며 눈을 까고 쇠비로 그 살을 썰어 뼈만 남거든 또 살리고 또 이렇게 죽이되 하루 열두 번을 이대로 죽이고 열두 번을 이대로 살리어 죽으면 살리고 살면 죽이나니 이는 곧 매국 역

적을 처치하는 '겹겹지옥'이니라. (…중략…) (ㅅ) 적국놈에게 시집 가는 년들이며 적국의 년에게 장가 가는 놈들을 불칼로 그 반신을 끊나니 이는 '반신지옥'이니라.

둘째는 망국노를 두는 지옥이니,

(ㄱ) 나라야 망하였든 말았든 예수나 잘 믿으면 천당에 간다 하며, 공자의 글이나 잘 읽고 산림에서 독선기신(獨善其身)한다 하여 조상의 역사가 결딴남도 모르며 부모나 처자가 모두 남의 종이 된지는 생각도 않고 오히려 선과 천당을 찾는 놈들은 똥물에 튀하여 쇠가죽을 씌우나니 이는 '똥물지옥'이니라. (…중략…) (ㅁ) 의병도 아니요, 암살도 아니요, 오직 할 일은 교육이나 실업 같은 것으로 차차 백성을 깨우자 하여 점점 더운 피를 차게 하고 산 넋을 죽게 하나니 이놈들의 갈 곳은 '어둥지옥'이니라. (…중략…) (ㅋ) 돈 한푼만 있는 학생이면 요릿집에 데리고 가며 어수룩한 사람이면 영웅으로 추켜세워 저의 이용물을 만들고 이를 수단이라 하여 도덕 없는 사회를 만드는 놈의 갈 곳은 '아귀지옥'이니라. (ㅌ) 공자가 어떠하다, 예수가 어떠하다, 나폴레옹이 어떠하다, 워싱턴이 어떠하다, 하며 내 나라의 성현 영웅을 하나도 모르는 놈은 글을 다시 배워야 하나니 이놈들의 갈 곳은 '종아리지옥'이니라.

이 밖에도 지옥이 몇몇이 더 되나 너희들이 알아둘 지옥은 이만하여도 넉넉하니라.

—신채호, 「꿈하늘」

식민지적 상황에서 민족=국가의 건설이란 너무도 절대적이어서 그것 외에는 어떠한 선택도 결단도 용납할 수 없다는 것이다. 해서, 신채호는 민족=국가의 건설 대신에 다른 여타의 선택을 하는 존재들을 그들이 무엇을 지향하건 간에 철저하게 비판한다. 아니, 이 목표를 인정하지 않는 존재들을 모두 지옥으로 보내버리고 징벌하니 비판이 아니라 심판이라고 해야 하리라. 이렇게 민족≠국가라는 상황 속에서 민족=국가의 건설은 절대화되고 종교화되며, 그 결과 개인과 공동체 양자는 권리와 의무를 서로 존중하는 관계가 아니라 개인이 공동체를 위해 자신의 모든 것을 바쳐야 하는 일방적인 관계가 된다. 이 일방적인 관계를 스러져가는 국운에 대한 부득이하고도 의미 있는 대응이라고 볼 것인지 아니면 각 개인의 고유성의 억압이라고 보아야 할지는 쉽게 판별하기는 힘드나, 하여간 이것이야말로 민족≠국가라는 상황이 만들어낸 근대 문학 초창기의 한 풍경임에는 틀림없다고 할 것이다.

물론 우리 문학사에서 민족 담론을 제창한 존재들 모두가 개인의 욕망을 불온시한 것은 아니다. 개인의 욕망과 민족 공동체의 발전을 조화시키려는 시도를 행한 존재들이 있었던 것이다. 그 대표적인 인물은 이광수이다. 이광수는 우선 인간 모두가 자율적이고 고유한 개체가 되어야 함을 역설하고 이러한 자율적인 개인의 이름으로 전-근대적인 질서를 소리높여 비판하고 그 질서 자체를 해체하고자 한다. 하지만 이광수의 이러한 자율적인 주체에의 의지로 전-근대를 탈봉합시켜 놓고는 이율배반에 빠진다. 이렇게 전-근대 질서로부터 개인들을 해방시켰으니 당연히 그 다양한 개인들을 하나의 운명공동체로 묶어낼 새로운 환상체계(서구의 경우에는 민족이라는 새로운 봉합물)가 필요한 터, 이광수는 이 단계에서 극심한 혼란에 빠진다. 독립한 개인들을 하나의 운명공동체로 결속시킬 민족=국가가 존재하지 않는 민족≠국가라는 상황에 처해 있었고, 또한 이광수 자신이 개인과 국가를 다 같이 충족시킬 민족=국가에 대한 의미 있는 지향점을 지니지 못했기 때문이다. 민족=국가가 각각의 개인을 묶어세울 환상체계가 되기 위해서는, 그리고 그 민족=국가가 개인이나 국가 모두에게 발전의 계기로 작동하기 위해서는 그들이 건설하는 민족=국가가 충분한 세계사적 가치를 지닌다는 확신이 전제되어야 하는 법, 하지만 이광수는 이러한 확신을 가지지 못했던 것이다. 이광수에게 조선 민족이란, 또는 조선 민족에게 남겨진 전-근대의 잔여물이란 세계사적 가치가 있기는커녕 황폐하기 짝이 없는 것으로 다가왔던 것이다. 이광수는 조선 민족이 축적한 전-근대의 잔여물 중에 가치 있는 것이란 찾아볼래야 찾아볼 수가 없었다. 급기야 이광수는 "조선문학은 오직 장래가 유할 뿐이요, 과거는 무(無)하다 함이 합당하니, 종차(從此)로 기다(幾多)한 천재가 배출하여 인적부도(人跡不到)한 조선의 문학야(文學野)를 개척할지라"(이광수, 「문학이란 하오」)라고 선언하기에 이르거니와, 그런 까닭에 이광수는 조선인들이 구축할 민족=국가에 대해 어떠한 확신도 의미도 부여하지 못한다. 물론 이광수의 이러한 인식이 이광수가 민족에 대한 관심이 없었다는 것을 의미하지는 않는다. 오히려 이광수는 "내가 소설을 쓰는 구경의 동기는 내가 신문기자가 되는 구경의 동기, 교사가 되는 구경의 동기, 내가 하는 모든 작위의 구경의 동기와 일치하는 것이니, 그것은 곧 '조선과 조선민족을 위하는 봉사—의무의 이행'이다. 이것뿐이요, 또 이 밖에 아무것도 없다. 내가 일생에 하는 일이 조선과 조선민족의 지위의 향상과 행복의 증진에 호미(毫末)만큼이라도 기여함이 되어지다 하는 것이 내 모든 행위의 근본 동기이다"(이광수, 「여의 작가적 태도」)라고 할 정도로 민족에 대한 열정으로 충만한 작가임에 틀림없다. 그러나 이광수는 민족에 대한 이토록 철저한 사명감을 지녔음에도 불구하고 조선인들이 구축할 민족=국가가 지닐 수 있는 가치에 대해서는 철저하게 회의적이었다. 이렇게 이광수 자신이 조선인들이 구축할 민족=국가의 건설이 필요하기는 하나 의미 있는 것은 아닌 것으로 인지하고 있는 만큼 이광수의 민족에 대한 헌신은 비록 뜨겁기는 하나 단지 의무로만, 또는 당위로만 다가온다. 해서, 이광수에게 민족에 대한 열정은 많은 경우 자신의 권리를 행사하고 자아를 실현하는 계기이기보다는 자신의 욕망을 가로막는 장애물이 된다. 하기는 해야 하지만 가치는 없는 나라 구하기인 만큼 이광수의 민족에 대한 열정은 "오직 나라에 몸을 바치는 중과 같은 생활을 하기로 맹세"(이광수, 「혈서」)가 따라야만 가능한 일이었던 것이다.

이런 태도로 인하여, 다시 말해 조선적인 전—근대적 잔여물에 대한 깊은 불신과 그로 인한 조선의 민족=국가에 대한 근본적인 회의로 인해, 이광수는 개인의 욕망(혹은 권리)과 민족공동체의 발전을 변증법적으로 길항시키지 못하고 끝내 대립적인 관계로만 고착시킨다. 민족이라는 대자아를 위해서 개인들은 철저하게 자신의 권리와 욕망을 억제하고 억압해야 하며, 마찬가지로 민족을 위한 헌신은 결코 개인의 욕망을 실현하는 과정일 수 없다는 것이다. 이광수는 이렇게 민족이라는 대자아와 개인의 욕망을 고착시키고는 개인의 욕망(이광수 특유의 용어를 사용하자면 '정의 만족')을 주장할 때에는 민족에 대한 관심을 철저하게 부정하고, 또 민족에 대한 헌신을 주장할 경우에는 민족이라는 대자아를 위해 개인은 철저하게 금욕의 길을 걸어야 한다고 믿는다. 이광수는 내내 민족이냐 개인이냐 사이를 극단적으로 오고간다. 이광수의 이러한 전도된 변증법은 그가 민족≠국가의 상황 속에 놓여 있다는 것과 관련이 깊다. 물론 이것이 이광수의 전도된 변증법의 유일한 원인이나 기원은 아니다. 더욱 중요한 것은 이광수가 우리 역사를 민족≠국가의 상태에 빠뜨린 제국주의와 식민주의에 비판적이기는커녕 그 제국들을 우리 민족이 나아가야 할 이상적인 모델로 읽어들이고 더 나아가 민족≠국가의 상태에 빠진 우리의 역사에 대해 지나치게 비판적인 판단을 한 나머지 민족=국가의 건설을 가능하지도 않고 또한 가치 있지도 않은 것으로 받아들였다는 점이다. 이광수는 민족=국가의 건설이 개인들의 내적인 목적이 될 수 있다고 믿지도 않았으며, 또한 민족=국가의 건설이 보편적이고 궁극적인 목적과 개인들의 특수한 이익의 통합을 가능하게 할 수 있다고는 더더욱 믿지 않았던 것이다. 결국 이광수에게는 개인의 욕망과 보편적이고 궁극적인 목적 사이를 중재해줄 민족=국가라는 매개를 찾지 못했고 이때 이광수가 할 수 있는 일이란 개인과 민족 사이를 극단적으로 오고가는 일일 뿐이었다.

어떻게 보면 이 이광수 특유의 개인과 민족 사이의 극단적인 대립은 조선적인 전-근대적 잔여물에 대한 확신과 그를 통한 민족=국가의 건설에 대한 가치 부여를 통해서만 해소될 수 있었는지 모른다. 하지만 이광수는 그 특유의 조선, 조선적인 것에 대한 자학적인 진단을 바꾸지 않앉고 따라서 조선인에 의한 독립과 국가 구성에 대한 잠재적 역량을 애초부터 차단하고 있었다. 그런 만큼 이광수는 이러한 극단적인 이분법을 끝내 조정하지 못하고 만다. 물론 이광수가 일본국민 의식의 획득을 이야기하기까지 끊임없이 조선민족의 문화적 가능성에 대해 언급한 것이 사실이나 그것은 어디까지나 유태인과 같은 운명만을 염두에 둔 것이었다. 이광수는 이처럼 끝내 인류의 보편적이고 궁극적인 목적과 개인들의 특수한 이익을 통합할 수 있는 민족=국가의 형태를 설정하지 못하는 것은 물론 더 나아가 조선인들이란 민족 자체가 국가를 구성할 자질이 없다는 결론을 수정하지 못하거니와, 이러한 전도된 변증법은 이광수를 일본국민으로 편입되는 것이 조선인의 가장 현명한 선택이라는 결론으로 이끌고 만다.

3. 중심을 향한 동경과 민족(혹은 전통)과의 끊임없는 결별

하지만 이러한 정도의 민족에 관심도 곧 한국문학의 중심에서 밀려난다. 대신 한국문학의 중심을 차지하는 것은 민족적인 것 자체를 부정하는 담론들이다. 민족적인 것을 언급하는 자체가 의미 없는 복고주의로 치부되며, 또한 주변부로 밀려난 민족 담론 쪽에서도 이런 논의에 효과적인 대응을 보이지 못하면서, 한국문학에서 민족=국가의 의미 있는 문학 형식을 찾으려는 논의는 한국문학의 관심 영역 바깥으로 밀려난다.

주변부 지식인들의 주요한 정치적 (무)의식 중의 하나는 전통적인 것, 민족적인 것에 대한 깊은 불신이다. 그 전통적인 것이 자신들을 이렇게 뒤처지게 만들었다고 믿기 때문이다. 하여 그들은 전통적인 백지화하고자 하는 욕망에 휩싸이며, 그 백지된 자리에 선진국에서 시행되는 모범적인 제도를 이식해 그야말로 전혀 새로운 세계를 창조하고자 한다. 그러나 식민지 지식인의 경우 이 세계창조자적 열정은 좌절할 수밖에 없는 꿈이다. 그들에겐 그 사회의 삶을 구성하는 제도를 형성하거나 바꿀 길이 근본적으로 차단되어 있는 것이다. 그들은 그렇게 곧 자신이 아무것도 아닌 존재라는 무력감에 휩싸인다. 한편으로는 그들의 실천이 아무런 결과를 불러일으키지 못한다는 사실을 거듭 확인해야 하기 때문이며, 다른 한편으로는 자신의 경험 밖에서 이루어지는 변화와 그에 따른 자신의 세계 내적 위치를 예측할 수 없기 때문이다. 이때 이들에게 복음처럼 다가오는 것이 근대 특유의 파괴성과 역동성이고 자본주의 특유의 동시성의 경험이다. 자신들이 홀로 파악할 수도 이해하기도 힘들 뿐만 아니라 도대체가 자신의 설정한 이상적인 세계로 나아가려는 어떤 움직임도 찾아볼 수 없는 환멸의 시, 공간에서 소모적인 고심을 하느니 근대 특유의 역동성의 전도사가 되고자 하는 것이다. 그렇게 그들은 세계시민으로 살아가게 된다. 한국문학에도 한때 이러한 세계시민들이 등장하여 한국문학 전반을 질풍노도 속으로 몰고 가니 경향문학과 구인회 문학이 그것이다.

물론 이들이 이렇게 스스럼없이 세계시민을 자처하기에 이른 데에 어떠한 요인이 없는 것도 아니며, 또한 아무런 매개나 과정도 없이 한순간에 세계시민이 된 것도 아니다. 우선 이들이 이렇게 스스럼없이 세계시민이 될 수 있었던 데에는 이들에게 민족=국가의 경험이 없다는 점이 큰 요인으로 작용한다. 민족=국가의 이데올로기는 민족=국가를 형성하는데 큰 작용을 하지만 동시에 사회구성원들을 하나의 운명공동체로 호명하는 데도 역시 매우 큰 역능을 담당한다. 그람시나 알뛰세의 말을 빌자면, 민족=국가라는 상부구조는 교육, 문화 등등 숱한 장치들을 동원하여 낱낱의 사회구성원들을 민족구성원으로 호명하고 그들의 세계 내적 위치를 확정지어 준다. 하지만 우리의 경우는 민족≠국가의 상황이 꽤 오래 지속되었고, 그러면서 민족의 공통의 기억이나 경험이 없는 것은 물론 식민주의나 제국주의의 교육에 의해 호명되는 세대들이 출현하기 시작한다. 이러한 그들이 문학사의 중심으로 떠오르는 시기가 1920년대 중반 이후이며, 이때부터 한국의 문학은 조선의 아들이라는 자각이나 기억이 희미한 존재들에 의해 움직여 나간다. 그들이 앞서 말한 경향작가이고 또 구인회 작가들임은 물론이다. 이들은 조선인이기보다는 세계시민이고자 했고, 조선의 아들이기보다는 계급의 아들 혹은 도회의 아들이고자 했다.

물론 경향문학이나 구인회 문학이 모두 처음부터 세계시민을 표방한 것은 아니었다. 그들의 문학은 우선 조선의 뒤늦은 사회 발전에 혐오에 가까운 반감에서 비롯된다. 그들은 하나같이 근본적인 변혁을 꿈꾼다. 그 변혁을 위해 그들은 자신의 모든 것을 버리고 계급의 아들, 도회의 아들이 되고자 한다. 물론 걸림돌도 있었을 것이다. 그들이 서 있던 조선의 현실이 식민지의 척박한 땅이었으므로. 하지만 그들은 뒤쳐진 식민지 조선 현실에서 잠재적 가능성(예컨대 조선적 민족=국가의 건설을 통한 인류의 미래상의 제시)을 찾아내기보다는 척박한 현실을 백지화하고 그 자리에 이상적인 것으로 판단된 사회 모델을 옮겨오는 것에서 전망을 찾는다. 그리고는 우리 사회 자체를 그들이 판단한 이상적인 사회 모델의 내러티브로 철저하게 재구성한다. 예컨대 김기진은 계급해방을 말하기 위해 조선의 역사와 사회 자체를 프롤레타리아 계급화해 버린다. 또 김기림은 자본주의적 문명의 혁신성을 말하기 위해 식민지적 황폐함을 모두 지워버리고 문명의 징후만을 찾아나선다. 이렇게 이들은 그들의 내러티브에서 조선적인 특수성을 지워버리고 대신 보편적인 내러티브로만 조선 사회를 읽어들인다. 그리고 조선적인 것에 대해 말하는 것 자체를 저 먼 곳에서의 변화를 불가능하게 하는 요소로 규정하고, 계급적인 것과 문명적인 것을 절대화한다. 물론 조선의 특수한 조건이 그들을 끊임없이 회의하게 하고, 고민하게 만드는 것이 사실이나 그들은 이것을 단호하게, 더욱 더 단호하게 거부한다. 그것을 인정하는 경우 그들의 입론 자체가 애초에 불가능하기 때문이며, 결국은 그 간극을 수행성으로, 주체의 능동성으로 돌파해가고자 한다.

> 그러면 군(김기진을 말함—인용자) 물을 것이다. 동경은 일본이 아니냐고? 옳다. 동경도 일본이다. 그러나 동경이 고정지가 아니다. 정세에 의하여 이것은 ×××× 갈 수 있고 대판으로도 갈 수 있다. (2행복자—인용자) 이것은 완전히 우리가 할 수 있는 사실이다. 그러나 모든 박해와 곤란을 무릅쓰고 나아가는 영웅적 투쟁에서만 가능할 것이다.
>
> —임화, 「김기림군에게 답함」

> 우리 앞에는 우리들이 전대에 구경한 일이 없던 아주 새로운 세계, 새로운 문명 즉 구라파라고 하는 현란한 표본이 갑자기 제시되었던 것이다. 모든 사회적 노력과 문화적 목표는 우선은 이 표본을 어서 바삐 끌어들이는 일이고 다음에는 그 거울에 비추어서 자신의 문화를 새로 발견하는 데로 향했다. 우리는 이러한 의미에서는 늘 이상주의자요 문화주의자였다.
>
> —김기림, 「시와 르네상스」

그러나 이들이 당시 느꼈던 활동성은 사실은 자학적이고 자기 기만적인 활동성에 불과하다. 자기 마음속 깊숙이 존재하는 것들을 부정한 자리에서만 세계시민일 수 있었으니까 말이다. 이렇게 이들은 조선을 바꾸기 위해 새로운 질서를 꿈꾸었으나 곧 그 기원을 망각하고 만다. 해서 결국은 보편적인 내러티브를 위해 조선의 현실을 외면하며, 그렇게 한동안 한국 근대문학사에서 민족이나 국가를 둘러싼 담론은 터부시된다.

4. 민족이 배제된 국가 —친일문학 시기의 민족, 국가에 대한 논의

식민지 사회의 주요한 특성 중에 하나는 사회 전체의 변화가 사회구성원들의 실천에 의해 나타나기보다는 외부에서, 곧 제국주의 국가의 지배정책에서 오는 경우가 많다는 것이다. 때문에 식민지 문학은 어느 뜻하지 않은 우연한 계기에 의해 극단적인 선택의 기로에 놓인다. 1930년대 후반의 국민문학론의 경우가 바로 그러하다. 1930년대 후반 중일전쟁과 더불어 일본의 정책이 바뀐다. 동양체제론 등을 내세우면 자신들이 세계의 중심이 되고자 했고, 그것을 전쟁이라는 극단적인 방식을 통해 실현하고자 했던 것. 이 과정에서 식민지 민중들을 동원할 필요성이 생겼으며, 이는 내선일체론이나 국민문학론으로 제시된다. 한국 근대문학사에 가장 극단적인 민족≠국가의 상황이 닥친 것. 국민이 되면 민족을 등지게 되고, 민족이 되면 국가와 정면으로 대결해야 하는, 해방 후 임화의 표현을 빌자면 친일과 반일의 양자택일의 지점에 가로 놓인 셈이 된다.

이 지점에서 한국 근대문학의 대부분이 국가를 선택하고 (일본) 국민의식의 획득을 내세웠음은 잘 알려진 사실이다. 다음을 보자.

> 황국정신의 일본문화는 세계에 가장 아름다운 문화입니다. 일군만민(一君萬民), 충효일치의 이 정신이야말로 만국만민이 다 배워야 할 정신입니다. 이 정신은 구미의 개인주의적 인생관과는 정히 대척적인 것이어서, 이상의 본체이신 일군을 위하여서 살고 일하고 죽기를 인생의 본분으로 아는 일본정신과 자기일 개인의 이해고락을 표준으로 하는 구미정신 간에는 그 윤리적 가치에 있어서 소양(宵壤)의 현격이 있습니다. 지상에 평화의 이상향을 건설할 수 있는 정신이 어느 것인 것은 일목요연할 것입니다. …… 묵은 조선인으로 죽어서 일본국민으로 재생하는 것입니다. …… 일본국민으로 재생한 표(標)는 폐하께 저를 바치는 심정입니다. 내 집과 재산과 처자와 내 생명이 모두 폐하의 것임을 인식하는 것이니 이 속에 생활의 근저와 중심이 확립한 기쁨이 용출하는 것입니

다. …… 이상 말한 바와 같이 낡은 조선인으로 죽어서 황민으로 재생하고 '저'
로 죽어서 '우리'로 부활한 사람이라야 신시대를 담당하는 사람이 될 것입니다.
— 이광수, 「인생과 수도」

이유는 여러 가지일 것이다. 우선 이 내선일체론 등으로 표상되는 새
로운 지배정책이 당시 작가들에게 그래도 식민지 민중의 권리를 인정하
는 등 보다 실질적인 활동성을 보장해주는 정책으로 보였을 수 있다. 뿐
만 아니라 이것이 여러 식민지 중 조선에 대한 보다 나은 처우를 보장하
는 정책으로 비쳤을 수도 있다. 그리고 또한 이들에게 민족=국가라는
경험이, 그리고 그것을 통한 민족 역사의 내러티브가 공유되지 않았기
때문일 수도 있다.

그러나 가장 본질적인 이유는 이들에게 우리 민족 스스로 민족=국가
를 건설할 수 있다는 확신이 부재했기 때문이다. 잘 알려져 있듯 일제말
기의 친일문학의 논리는 이성과 광기, 합리와 비합리, 지양과 전도가 묘
하게 뒤섞여 있다. 해서, 그것은 어떤 측면에서는 대단히 매혹적이다. 일
제말기 친일문학론의 출발점은 동양체제론 혹은 대동아공영권이다. 서구
의 물질적이고 개인적인 문화가 세계를 전쟁의 구렁텅이로 몰아넣은 만
큼 새로운 대안 문화가 필요하며, 이때 의미 있는 대안 문화일 수 있는
것이 동양체제라는 것이다. 이는 비록 엄청난 단순화가 있는 것이기는
하나 인류 역사에 대한 의미 있는 총괄이자 해체라 할 만하다. 하나, 이
논의는 여기에서 멈추지 않고 동양체제의 중심은 다름 아닌 서구적 문
화와 동양적 문화를 가장 이상적으로 결합한 천황제 중심의 일본에 있
다는 주장으로 이어지며, 급기야는 동아시아의 다른 민족들도 일본국민
으로 새로 태어날 것을 강요하기 시작한다. 비약과 전도, 그리고 광기가
작동하는 것은 바로 이 지점부터이다. 왜 동양체제에 중심이 있어야 하
며, 있다면 왜 중국이나 조선이 아닌 일본이어야 하며, 또 전혀 다른 역
사를 살아온 조선, 중국이 과연 같은 국민이 될 수 있으며 또 된다 하더

라도 그것이 의미가 있는 것인지 등의 쉽게 단언하기 힘든 문제들이 산적해 있기 때문이다. 하지만 당시의 대동아공영권론은 이런 문제에 관해 어떠한 예외도 인정하지 않는다. 그렇다는 것이며, 이것에 대해 회의하지 않는 것, 바로 그것만이 새로운 정신이라고 단언한다.

그런데 문제는 조선의 작가들 역시 이러한 기획에 동의하고 동참한다는 사실이다. 물론 간단하지 않은 이유들이 개입되어 있을 것이다. 또 이런 동의 속에는 어떤 저항의 계기 같은 것도 포함되어 있을 가능성도 있고, 또 때늦은 후회 같은 것도 있을 것이다. 그러나 당시의 많은 작가들이, 그것도 이념과 세대, 젠더에 관계없이 이 광기와 전도의 이데올로기에 적극적인 찬동을 보인 것만은 부인할 수 없는 사실이다. 이렇게 된데에는 무엇보다 당대 작가들이 조선만의 민족=국가의 건설에 대한 확신을 가지지 못했다는 점이 가장 큰 요인으로 작용한 듯 보이며, 이 민족허무주의가 결국은 일본이라는 국가체계에서 민족을 유지하는 것이 보다 풍족한 삶을 보장할 것이라는 납득하기 힘든 선택을 하게 했다고 볼 수 있다. 하여간 1930년대 후반기에 한국문학 전반이 광기에 빠져든 것에는 이처럼 민족=국가라는 기억과 경험의 부재, 혹은 민족≠국가의 오랜 경험에 따른 민족=국가에 대한 확신의 부재가 깊숙하게 작동하고 있다고 할 수 있다.

5. 이상한 해방과 민족 관념의 전도된 형식들

임화로부터 시작하자. 임화는 해방 직후 「조선민족문학건설의 기본과제에 관한 일반보고」에서 "일본 제국주의의 붕괴는 문학의 영역에 있어서도 독자적 발전과 자유로운 성장의 새로운 전제를 만들어내었다"라고 전제한 후 조선 민족문학의 건설 방안에 대해 말한 바 있다. 이 자리에서 임화가 표나게 강조한 것은 한국적 식민지가 지니는 특수성에 관한 것이다. 임화는 이 글에서 일제의 식민지 지배가 "근대제국주의 국가의 식민지 지배라느니보다는 고대에서 볼 수 있는 강한 민족에 의해 약한 민족의 정복을 성질을 다분히 가지"고 있다는 말한 다. 그 결과 특히 태평양전쟁 시기에는 '조선인을 일본 제국주의의 노예를 만드는 일익으로서의 국민문학'밖에 할 수 없었고, 또한 이 시기에는 모든 문제가 '민족적이냐 비민족적이냐 친일적이냐 반일적이냐 하는 형식으로 제기되기에 이'르렀다고 표현한다. 하지만 이제 해방된 이곳에서 필요한 문학은 '완전히 근대적인 의미의 민족문학 이외에 있을 수가 없'고 말한다. '이것이 우리가 일로부터 건설해 나갈 문학의 과제이며 이 문학적 과제는 또 일로부터 조선민족이 건설해나갈 사회와 국가의 당면한 과제와 일치하고 공통하는 과제'이기 때문이라는 것이다. 그리고 다음과 같이 결론을 맺는다.

> 문학자는 재능과 기술과 그리고 인간으로서 성실과 예술가로서의 양심을 가지고 우리나라의 민주주의적인 민족문학의 건설을 위하여 노력하고 그보다 더 큰 노력과 희생으로써 조국의 민주주의적 국가건설을 위하야 싸와야 한다.
> — 임화, 「조선민족문학건설의 기본과제에 관한 일반보고」

있을 만한 주장이다. 하지만 임화의 이 주장에는 이중의 전도가 있다. 하나는 일제시대 문학의 발생론적 기원을 온통 야만적인 일본 제국주의의 지배와 억압이라는 코드로 단일화해버렸다는 것이다. 이미 잘 알려져 있듯이 일제시대의 문학은, 그것이 부정적이건 긍정적이건 간에, 그 시기의 현실을 제국주의의 지배와 식민주의적 피지배의 문제틀로 읽어내고 전유하지는 않는다. 식민주의적 억압으로 그 시대의 현실을 읽어낸 경우가 오히려 예외적이다. 어떤 이유에서건 그들은 민주주의적인 민족문학의 건설과 민주주의적인 국가건설이란 목표에 그리 관심이 없었던 것이다. 그런데 해방 후 민족문학과 민족국가의 건설이 갑자기 돌올하여 위계질서의 중심으로 들어서고 그것과 상관이 없었던 일제시대의 문학 활동이 모두 이 새로운 중심의 좌우로 배치되는 상황이 벌어진다. 이것이 임화의 주장에서 보이는 첫 번째 전도이다.

또 하나의 전도는 바로 첫 번째의 그것과 관련이 깊다. 어쩐 일인지 일제시대의 문학은 해방 후에는 너무도 당연하여 어느 누구도 문제를 제기하지 않는 민족문학과 민족국가 건설에 문학적 역량을 집중하지 않은 바 있다. 물론 여기에는 여러 가지 필연적인 요인이 개입되어 있을 것이며, 또한 이러한 경우란 문학 분야에만 해당되는 것이 아니다. 그래서인지 우리 민족은 해방을 스스로 쟁취하지 못한다. 대신 해방은 일본 제국주의의 자연스러운 붕괴로 어느 날 갑자기 우리에게 주어진다. 잘 알려진 비유처럼 해방은 도둑처럼 찾아온다. 그러자 민족문학과 민족국가 건설이 갑작스레 하나의 진리 명제로, 혹은 정언명령으로 출현한다. 그런데 문제는 이 과정에서 민족이라는 범주가 절대적이고도 유일한 진리 기준으로 자리한다는 데 있다. 어느 누구도 민족국가 건설이라는 목표 외에 또 다른 목표를 제시하지 못하며, 또한 민족 / 반민족, 반일 / 친일이라는 범주 외에 또 다른 범주들 — 예컨대 이성 / 육체, 에로스 / 타나토스, 남성 / 여성, 이성애 / 동성애, 개인 / 사회, 의식 / 무의식, 밀실 / 광장 사랑 / 증오 — 을 제시할 수 없는 상황이 펼쳐진다. 게다가 헤게머니를 장악하려는 좌, 우익의 처절한 쟁투로 인해 절대화된 민족 담론을 더욱 절대화한다. 헤게모니를 잡기 위해 모두가 민족의 적자임을 자처하는 것은 물론 과거의 행적을 모두 민족의 이름으로 다시 서사화하는 양상이 펼쳐지는 바, 이제 민족 담론은, 그리고 민족국가 건설이라는 목표는 거역할 수 없는 절대적인 진리로 고착된다. 하여, 민족을 위해서라면 한 개인 존엄 따위는 아무런 가치도 없는 상황이 벌어진다. 하여간 민족을 등졌던 자신의 과거를 덮기 위해서든 아니면 민족의 의미를 인정하지 않았던 자신의 과거를 반성한 결과이든 이제 민족은 신성한 그것이 되며, 이 성스러운 민족을 중심으로 한 민족국가 건설은 거역할 수 없는 지상 명제가 된다. 그것 이외에는 다른 것이 있을 수가 없는 것이다.

해방이 도둑처럼 찾아왔듯, 한국문학사에서 민족 담론, 혹은 민족국가 건설이라는 명제 또한 도둑처럼 찾아온 해방과 함께 도둑처럼 찾아온 것이 사실이다. 그리고 함석헌 선생의 비유를 계속 빌리자면, 어느 누구도 해방의 주인을 자처해서는 안 되는 상황에서 모두가 해방의 주인을 자처함으로써 한국 근대사 전체가 참담한 비극 속으로 빠져들 듯, 한국 문학사 역시 모두가 민족 담론의 수호자를 자처함으로써 민족 담론은 그 수많은 고려 사항들을 훌쩍 뛰어넘어 절대자의 자리에 올라선다. 자신의 과거를 차근차근 반성하는 것이 아니라 서둘러 덮는 과정에서 민족이라는 범주의 절대성이 기하급수적으로 배가되었다고나 할까. 안토니오 네그리와 마이클 하트의 표현을 빌자면 이렇게 된다. 이들은 국민 개념은 상상의 국민이 (아직은) 실존하지 않을 때, 국민이 하나의 꿈으로 남아 있을 때 진보적인 기능을 하지만 국민이 주권 국가로서 형성되기 시작하자마자 그 진보적 기능은 사라진다고 말하는 바, 우리의 경우는 국민의 하나의 꿈으로 남아 있을 때는 국민이라는 개념이 작동하지 않고, 또 주권 국가가 되자 이전에 작동하지 않았던 것이 빌미가 되어 어느 누구도 이의를 제기할 수 없을 정도로 국민이 절대화되는 상황이 벌어졌던 것이다.

6. 하나의 민족과 두 개의 국가—민족문학론의 기원

민족≠국가라는 상황으로 근대를 시작한 나라라도 민족≠국가의 상황은 대부분 그 나라의 해방과 더불어 끝난다. 하지만 우리의 경우는 아니다. 우리는 경우는 해방 후에도 민족≠국가라는 상황은 계속된다. 물론 일제시대와 같은 상황이 반복된 것은 아니다. 해방 이후 한국의 민족≠국가의 상황은 식민지 지배로 민족은 있으되 국가를 구성하지 못한 경우가 아니라 하나의 민족에 두 개의 국가형태가 존재하는 까닭에 발생한다. 이러한 민족≠국가의 상황은 해방 후에도, 그리고 전쟁 후에도 한국문학을 결정짓는 가장 핵심적인 동력으로 작동한다. 남북한 모두가 자기 정권 중심의 민족=국가의 회복, 아니 건설을 꿈꾸어 한국전쟁 후에도 여전히 전시를 방불케 하는 상황이 지속되었고, 또 이를 빌미로 사회구성원들의 인간다운 삶을 불가능하게 하는 억압체계가 굳건하게 작동했기 때문이다. 결국 해방 후에도 한국문학에는 여전히 민족=국가의 건설이 민족구성원 전체의 인간다운 삶을 위한 과제로 존속되었던 것이다.

한국전쟁 후 이러한 시대사적 과제를 입론화한 것이 바로 1970년대의 민족문학론이다. 1970년대 백낙청의 민족문학론은 민족=국가의 건설이라는 목표 하여 현실적으로 존재하는 수많은 모순에 대해 날카로운 성찰을 행하는 것으로 그 의미가 만만치 않다. 1970년대의 민족 민중문학은 우선 분단체제를 이용하여 정치적 억압을 행하던 당시의 비민주적 정치가 갖는 모순을 치밀하게 비판하는 것은 물론 그러한 정치적 억압 때문에 처절한 삶을 연명해야 했던 민중, 여성, 고유한 것 등등을 적극적으로 호명하고 또 그 하위주체들을 민족의 중심에 위치시키는 혁신을 불러일으킨다. 특히 1970년대 민족문학론의 득의의 영역은 식민지에서부터 한국전쟁의 시기, 그리고 1970년대의 산업화 시대에 이르기까지 줄곧 고통을 강요당했을 뿐만 아니라 그 고통을 발화할 수 없었던 하위주체들을 문학의 중심에 세우고 그러한 중심에 의해 구성된 민족문학을 세계문학사의 맥락 속에 위치시켰다는 점이다.

이러한 일반적인 원칙에 따라 식민지 또는 식민지 상태를 완전히 탈피 못한 후진국의 민족문학이 어떻게 세계적인 수준에서도 선진적일 수밖에 없는가 하는 점을 좀더 구체적으로 살펴보기로 하자.

첫째, 일제하의 민족문학이 그 좋은 예지만, 제국주의·식민주의에 대한 철저한 비판과 저항은 민족문학에 있어 하나의 기본적인 생리와 같은 것인데 이것은 이른바 선진국의 문학에서는 좀처럼 달성되지 못하는 어려운 경지이다. …… 서구작가들 가운데도 식민통치의 비인간성에 대해 카프카나 까뮈보다 더 분명한 의식을 가졌던 작가들이 많다. 그러나 이들이 항상 부딪치는 문제는, 식민지주의를 철저히 비판하려면 식민지통치에서 일반 대중들까지 막대한 물질적 혜택을 입고 있는 자신의 소속 사회로부터 완전히 고립되어 그의 문학마저 빈곤해지거나 아니면 그러한 고립을 꺼린 나머지 그의 식민지주의비판이 피상적·지엽적 차원에 머물기 쉽다는 것이다. 이에 비한다면 일제의 식민지 통치를 비판하는 것이 곧 민중과 호흡을 같이 하는 길이 되고 우리 전통의 가장 값있는 부분을 살리는 길이 되었던 만해 한용운과 같은 한국 시인은 그 엄청난 고통 가운데서도 또 얼마나 복되다면 복된 위치에 있었던 것일까. 시집 『님의 침묵』을 세계문학의 정상인 듯 대단스레 말할 필요는 없다 하더라도, 까뮈의 『이방인』이나 심지어는 카프카의 『성』에 비해 선진적인 측면이 많다고 한들 어찌 망발이 되겠는가. …… 그리하여 올바른 민족의식을 지닌 작가는 다만 이 구체적인 현실에 충실함으로써 서구문학의 가장 선진적인 주제를 자기 것으로 삼는 동시에 20세기 서구문학에서는 거의 끊어지다시피 된 19세기 리얼리즘 대가들의 전통마저 계승할 수 있는 것이다.

— 백낙청, 「민족문학 개념의 정립을 위해」

·백낙청의 위와 같은 성찰은 우선 이전의 민족≠국가라는 상황에서 민족=국가를 위치시킨 수많은 입론들이 행한 수많은 시행착오들을 넘어설 가능성을 열었다는 점에서 주목된다. 특히 한국의 민족=국가의 건설이 지니는 세계사적 위치를 설정함으로써 민족에의 의무와 개인의 발전을 변증법적 관계 속에 배치시켰다는 점은 충분히 주목에 값하는 것이기도 하다. 그러나 지나치게 민족=국가를, 혹은 분단체제라는 상황을 절대화함으로써 현실 속에 존재하는 무시무시하고도 매혹적인 현존들을 모두 부차화시킬 뿐만 아니라 현대적인 조건 때문에 고통 받는 수많은 하위

주체들의 실존을 가치 없는 것으로 위치시켰다는 것은 1970년대 민족문학이 안고 있는 문제점이기도 하다.

7. 민족≠국가라는 상황과 한국 근대문학의 가능성

지금까지 근대 이후 민족≠국가라는 현실적 조건 속에서 한국 근대문학 전반이 그 상황에 어떻게 반응해왔는지를 개괄적으로 살펴본 셈이다. 이를 통해 우리가 확인할 수 있었던 것은 그 반응이 우리가 예상하는 것과 다르게 매우 다양하다는 것이다. 어떤 부류는 충분한 맥락도 없이 민족=국가에 대해 절대적인 의미를 부여하기도 하고, 또 어떤 이념은 민족=국가의 필요성에조차 관심을 보이지 않기도 한다. 하여간 근대 이후 한국문학에는 민족≠국가라는 조건을 극복하기 위한 여러 입론들이 다양하게 제기된 것이 사실이다. 그러나 이 다양한 견해에도 불구하고 그것은 민족=국가를 너무 절대화하거나 너무 가볍게 다루는 식의 한계들을 반복해온 것도 사실이며, 이렇게 민족=국가에 전도된 변증법이 한국문학의 흐름을 지배해온 것도 사실이다.

그러나 그렇다고 해서 민족≠국가라는 상황에서 민족=국가의 건설에 관한 의미 있는 지표가 전혀 없었던 것은 아니다. 다만 주도적인 흐름에 의해 주변부로 밀려나 잘 눈에 뜨이지 않았을 뿐이다. 그중 염상섭의 소설과 1930년대 후반기의 임화, 김기림의 입론, 최인훈의 『광장』 5부작과 『화두』와 같은 소설, 그리고 1960~70년대 백낙청의 민족문학론을 비판적으로 전유하며 나름대로의 민족=국가의 문학에 대한 진지한 성찰을 내놓은 김우창·김현·김윤식의 입론은 특히 경청할 만하다. 하지만 이 글을 무책임하게도 이들이 어떤 점에서 의미 있는지에 대한 충분한 고찰까지를 행할 준비가 되어 있지 못하며, 그것은 차일을 기할 수밖에 없다. 물론 차일로 미룰 것은 이것만이 아니다. 사실 이제까지의 논의 모두를 다시 검토해야 맞다. 이 글이 하나의 가설이자 시론이며, 필자가 생각하는 입론의 밑그림에 불과하다고 한 것은 이 까닭이다.

1부

민족(국가) 담론의 발생과
초창기 한국 근대문학

개화기 문학 담론에 나타난 '근대국가'라는 숭고한 대상

유길준의 『서유견문』 읽기 시론

최성실

1. 들어가는 말

한국 근현대문학사에서 개화기가 갖는 의미는 특별하다. 그것은 근대 문학의 지표가 되는 서사적 양식이 등장하였으며, 이에 대한 인식이 근대 계몽이라는 거대 담론과 맞물려서 공존할 수밖에 없었던 시대적인 상황으로도 충분히 짐작할 만한 사안이다. 이 시기 문학 담론은 근대적 문학 양식의 일정 부분을 담지하면서, 다른 한편 이 틀과는 거리가 있는 다양한 양상으로 표출되었다. 개화기의 사상사적·문학사적 특징들을 총체적으로 정리하거나 평가하는 작업이 어려운 이유도 바로 여기에 있다.[1]

---

[1] 개화기 연구자들의 연구서 서문에 공통적으로 나타나고 있는 이 고민은 단순히 개화기 자료가 방대하다는 것에 국한되는 것은 아닐 것이다. 그것은 한국 근현대사에 있어서 어느 시기보다 복잡하고 미묘한 정치적 사회적 갈등이 다양한 방식으로 표면화되어

1880년대 이후부터 1910년대에 이르는 이 시대 문학적 담론은 유교적이고 봉건적인 질서와 가치관을 지닌 조선인들에게 서구의 근대 과학 문명과 가치관의 수용이라는 역사적인 충격을 전하는 매개가 되었다. 갑오경장 이후 개화파와 수구파의 갈등 속에서 '근대적인 것'을 어떻게 수용할 것인가의 문제는 첫째, 전통적인 것들을 어떻게 현재의 시점에 위치시킬 것인가. 둘째, 일제의 강압적인 문화 정책에 어떠한 방식으로 대응할 것인가. 셋째, 어떠한 문학적 문화적 양식들을 통해서 이를 구체화시킬 것인가 등으로 대별할 수 있을 것이다.

그러므로 다양한 논설의 형태가 등장하고 신소설이 중요한 양식으로 자리하게 된 것은 신구간의 갈등뿐만 아니라 근대 지향의 출구가 무엇인가를 모색하고자 하는 문제의식과도 긴밀한 관계가 있는 것이다. 개화기를 다루었던 대다수의 기존 연구가 근대계몽을 문제삼은 것은 그런 이유 때문이다.

잘 알려져 있는 바와 같이 이 시기는 일진회와 같은 친일사회단체가 조직되고 이를 통해서 일본의 보호국임을 자인하는 행위들이 현실 속에서 구체화되었다. 뿐만 아니라 일본이라는 새로운 강자의 힘의 논리에 의해서 '만들어진' 식민 담론은 열악한 조선의 현실을 오히려 과장하였으며, 조선인에게 패배주의적인 인식을 심는 데 일익을 담당하였다. 신소설에 나타나는 일련의 특징들은 개화기 문학적 담론이 이러한 지배논리에서부터 결코 자유롭지 못했음을 보여주는 좋은 예라고 할 수 있을 것이다. 신소설이 문명개화의 진화론적 사유체계를 그대로 답습하면서 일본 혹은 서구적인 문화 양식을 추종하고 따르는 데 일조하고 있음을 부인할 수 없다[2]는 논의도 이 인식의 연장선에 있는 것이다.

문명개화의 최종점으로 인식된 일본/서구적인 것에 대한 추종의 논

있어 어떤 특정한 이론이나 사유체계로 정리하는 것에 대한 난감함 때문일 것이다.
2) 이용남·권영민 외, 「신소설과 조선 보호론의 실제」, 『한국개화기 소설연구』, 태학사, 2000, 63면.

리가 그렇게 간단한 것은 아니다. 왜냐하면 거기에는 시대적인 사상사(思想史)를 비롯하여, 이데올로기적인 담론으로부터 결코 자유로울 수 없었던 지식인의 자기 분열과 근대적인 의미의 국가를 상정할 수밖에 없었던 개인의 이중적이고 모순적인 갈등이 그대로 드러나 있기 때문이다. 이 시기가 을사조약 체결 이후 불합리한 방식으로 일본이 지배논리를 강화시켰던 때였음을 염두에 둔다면, 근대를 바라보는 시각을 단순히 일본/서구 추종이라는 단선적인 시각으로 정리할 수는 없을 것이다. 왜냐하면 식민 지배자의 논리를 받아들이는 주체의 인식이나 입장이 단순한 복종 혹은 저항이라는 메커니즘 속에 함몰되지만은 않기 때문이다.3)

그러므로 오히려 계몽기의 핵심적인 문제는 개인이 국가가 없는 상황에서 어떠한 방식으로 자신들의 권익을 대변해줄 국가의 탄생을 염원하는가와 동시에 현실적으로 그 이념을 실현하는 데서 오는 모순들과 갈등 양상에 있는 것이다. 그것이 개화기에 자유연애나 결혼, 가족제도의 인식적 기반이 되고 있는 '개인'의 문제를 서구적 의미의 개인주의적 차원으로 해석할 수 없는 이유이기도 한 것이다. 그러므로 정작 중요한 문제는 개인과 사회, 국가를 봉합하는 과정에서 드러나는 모순적인 양상에 있다. 호명된 개인 주체와 호명하는 사회, 국가, 세계간에는 이질적인 힘들과의 갈등이 반드시 존재한다.4)

그러므로 추상적인 개념으로서의 새 것/낡은 것, 전통/근대적인 것의 대립적인 양상이 아니라 그 봉합의 양가적 특성이 더 중요한 개화기의 핵심적인 인식소가 될 수 있는 것이다. 특히 개화기 문학적 담론의 주류를 이루었던 자유 · 규율 · 질서 · 권리 · 자유연애 · 교육 · 토론 · 종교 · 위

---

3) 유길준은 개화하는 일은 남의 좋은 점을 취하는 것에만 있는 것이 아니라 자신의 훌륭하고 아름다운 것을 보존하는 데 있다고 하면서, 지나치게 아무런 분별 없이 외국의 것이라면 모두 다 좋다고 생각하고, 자기 나라의 것이라면 무엇이든지 좋지 않다고 생각하는 자들은 "開化의 罪人"이라고 한 바 있다(『西遊見聞』 제14편, 381~382면).
4) Ernesto Laclau and Chantal Mouffe, *Hegemony and Socialist Strategy : Towards a Radical Democratic Politics*, London : Verso, 1985, pp.11~16.

생공동체의 문제도 엄밀하게 말하면 개인과 국가를 어떻게 인식하고 있는가의 문제와 밀접한 관련이 있다. 그것은 근대를 인식하는 태도에서 드러나는 모순, 이중적인 특성 속에 혼재되어 있는 것이다.

근대국가에 대한 열망 속에도 이러한 양가적인 봉합의 특성이 잘 드러난다.[5] 을사조약 이후 실질적으로 국가를 상실했던 당대 지식인들이 근대 국민국가를 염원할 수밖에 없었다는 사실에 대해서는 인정해야 할 것이다. 강한 국력을 갖고 버틸 수 없었던 현실적인 것들이 중압감으로 작용했음은 충분히 짐작할 수 있는 사안이다. 개화기에 식민주의와 민족주의, 근대성이 혼합적인 방식으로 결합될 수밖에 없었던 지점이 바로 여기에 있는 것이다.

그러므로 문제는 이들이 결합하는 과정에서 어떠한 특징적 국면들을 드러내는가, 그 징후들은 어떠한 의미가 있는가를 면밀하게 따져 보는 데 있는 것이다. 특히 개화기는 이러한 문제들이 다양한 방식으로 봉합되어 있었다. 식민주의 · 민족주의 · 근대성이 봉합되는 과정에서 확연하게 드러난 꿰맨 자국이 개화기 문학과 문화적인 담론을 움직였던 궁극적인 원동력이었을지도 모른다. 힘있는 국가, 자주독립할 수 있는 국가에 대한 열망이 근대 국민국가에 대한 과도한 동일시의 욕망을 낳았으며 결국에는 "상징적 해결"로써의 국가주의로 이어졌던 것은 나름대로의 이유가 있었던 것이다. 그러므로 개화기 문학 담론의 핵심은 근대국가 만들기에 획일적으로 동원된 이념과 개인이란 이름으로 남아 있는 비동일성적 성격의 담론들이 봉합되는 과정에서 드러나는 모순과 착종일는지도 모른다는 것이다. 이것이 유길준의 조선적 근대화의 가능성을

---

5) 많은 민족들이 이 세상에서 '가장 슬프고 비참한 민족'이라는 자기 이미지에서 일종의 위안을 얻으며, 결국 가장 고통받는 자가 결국 승리한다'는 신화에 집착한다고 한다(박지향, 『일그러진 근대』, 푸른역사, 2003, 38면). 식민지 지식인인 유길준을 견디게 해준 환상도 바로 여기에 근거를 두고 있는 것일는지도 모른다. 유길준의 『西遊見聞』을 식민주의, 민족주의, 근대성이라는 다층적인 시각에서 살펴야 하는 이유가 바로 여기에 있는 것이다.

보여주는 대목이기도 하며, 전통과 근대를 복합적으로 활용하여 보다 나은 보편 문명을 창조하고자 한 지성인6)의 면모를 엿볼 수 있는 부분이기도 하다.

유길준의 『서유견문(西遊見聞)』은 이러한 특징을 잘 드러내고 있는 글이다.7) 특히 이 글이 원론적인 차원에서 다루고 있는 문제들, 국가의 권리(제3편), 교육하는 제도(9편), 애국하는 충성 / 어린이를 양육하는 방법(제12편), 결혼하는 절차(제15편) 등은 개화기 문학 담론을 이해하는 데 있어서 중요한 전거가 된다. 사실상 개화기의 문학적 담론의 특성을 고려한다면 유길준의 『서유견문』이야말로 산문 양식 속에서 다루어져야 하는 대표적인 기행문이다. 『서유견문』은 19세기 말 조선에서 문명이란 무엇인가에 대한 이해와 문명화의 기획을 논의한 저서이며, 동도서기론과는 달리 도의 영역에 착안하여 서양의 사상과 제도까지를 수용하고자 했던 혁신적인 업적8)이라는 의미에서뿐만 아니라 한국 근대문학의 기저가 되는 여러 담론적인 층위들을 동시에 살필 수 있는 기회가 될 수 있다는 측면에서 중요한 연구적 가치가 있는 것이다. 다시 말하면 유길준의 『서유견문』은 단순한 기행문이 아니라 개화기 우리에게 근대 계몽이란 무엇이며 이와 관련한 문화적·문학적 담론의 특징이 어떠한 방식으로 길항하고 있는지를 살필 수 있는 기본적인 저서라는 측면에서 보다 면밀한 검토가 필요하다는 것이다.

---

6) 정용화, 『문명의 정치사상―유길준과 근대한국』, 문학과지성사, 2004, 25면.
7) 유길준에 대한 연구의 대부분은 그가 문명을 어떻게 인식하고 있는가에 대한 것에 관심을 두고 있다. 이는 유길준이 서구 문명을 개화의 표지로 삼고 있다는 것(허성일, 「유길준 연구」, 성균관대 박사논문, 1996), 그가 서구 문명의 소개에 그치지 않고 전통과 근대의 조화를 추구하였다는 것(정용화, 「유길준의 정치사상연구」, 서울대 박사논문, 1998), 그리고 그러한 그의 개화사상에는 민족 주체성이 강하게 나타나있다는 것(박길성, 「유길준의 교육사상과 그 실천에 관한 연구」, 성균관대 박사논문, 1993) 등으로 일별할 수 있을 것이다.
8) 윤해동·김민철, 「한국민족주의의 재검토」, 『역사문제연구』, 역사비평사, 2000; 박지향, 「유길준이 본 서양」, 『단제학보』 89집, 2000년 봄 참조.

특히 『서유견문』에서 '개인'과 '국가'가 반복적으로 호명되는 이유에
대한 구체적인 연구가 선행되어야 한다.[9] 왜냐하면 이것이 가장 첨예한
방식으로 조선적인 것과 서양적인 것, '문명적인 것', '근대적인 것'의 인
식적 특징을 드러내고 있기 때문이다.

2. 자의식을 가진 개인의식 출현

유길준이 『서유견문』 제3편, '방국(邦國)의 권리(權利)'에서 주장하는 핵
심적인 내용은 "各人의 一人權利를 護衛한 然後에 萬民이 各守하는 義
氣를 擧하야 一國의 權利를 是守하는지라"(『西遊』, 99면)[10]이다. 개인이
자신의 권리를 지킬 수 있을 때 나라의 권리도 수호할 수 있다는 것이다.
국가의 기본이 되는 것이 개인이며 그렇기 때문에 개인의 권리를 확고
하게 해야 나라의 기강을 바로잡을 수 있다는 것이다. 그러므로 나라에
딸린 권리가 있는데 ① 현 체제를 유지하고 스스로 보호하는 권리, ② 독
립하는 권리, ③ 산업과 토지의 권리, ④ 입법하는 권리(『西遊』, 87~88면) 등
이 그것이다. 개인의 권리가 있다는 전제에도 불구하고 이를 국가와 정
부를 위한 것으로 수렴하는 것에는 이유가 있다. 유길준은 개인이 자신
의 권리를 내세워 궁극적으로 도달하는 목표 지점이 나라와 정부이기

---

9) 유길준은 個人과 人間을 지칭하는 것으로 '各人', '自己', '人', '人民', '民人', '國
民', '世人', '國人'이란 용어를, 국가 대신에 '國', '邦國'이란 용어를 주로 사용하고
있다. 허경진은 그가 번역한 『西遊見聞』(한양출판사, 1995)에서 '各人'과 '自己'를 個
人으로 번역하였고 '國'과 '邦國'을 주로 國家라고 옮겼다.

10) 이후 『西遊見聞』(『兪吉濬全書』1, 일조각, 1971)은 『西遊』로 표기하며 옆에 면수를
명기한다. 문맥에 따라서 정확한 원문이 필요한 부분은 그대로 인용하고 이외에는 요
약과 압축의 형태로 번역하여 인용하였다. 이는 문맥상 명확한 의미까지 원문을 살려
그대로 인용할 필요는 없다는 판단에 근거한 것이다.

때문에 결국 "其國의 最上位를 占한 者는 其君主며 最大權을 執한 者도 其君主"(『西遊』, 85면)라고 생각하였다. 이 문맥에는 개인의 권리뿐만 아니라 개인에게 주어진 자유가 하늘에서 내려준 천명이라 할지라도 이를 함부로 내세울 수 없다는 것이 전제되어 있는 것이다. 각 개인은 절대로 다른 사람에 의해서 자신의 권리를 빼앗길 수 없으며 양보해서도 안 된다는 것과 이러한 태도가 나라를 지키는 것과 연결됨을 강조하는 것에는 이중적인 의미가 이미 담지되어 있다.

그가 「인민(人民)의 권리(權利)」에서 "人民의 權利는 其 自由와 通義를 謂함이라"(『西遊』, 109면)고 규정하고 있는 것도 이러한 문맥과 크게 다르지 않다. 여기서 자율성을 갖고 있는 개인의 자유와 통의(通義)란 무엇인가.11) 그에 의하면 통의(通義)란 정직(正直), 정리(正理), 권리(權利), 도리(道理)와 같은 것으로 '천부(天賦)'에 속하며 "無理한 束縛과 不公한 窒碍를 받지 않는 것"(『西遊』, 110면)이니 "人上에 人도 無하며 人下에 人도 無"(『西遊』, 114면)한 것이다. 그리고 "人身에 在하여" 통의는 '천연(天然)' 대(對) '인위(人爲)', '무계(無係)' 대 '유계(有係)'의 통의(通義)로 구분된다고 하였다. 그렇다면 먼저 무계의 통의란 무엇인가. "一人의 身에 속하여 他關係가 更無한 者"(『西遊』, 110면)이다. 다시 말하면 한 사람에게만 소속되어 있고 그 사람 아닌 것과는 관계가 없는 개인의 절대적인 부분이 존재한다는 것이다.

이는 천부의 자유와 권리로서 어떠한 이유에서라도 빼앗길 수 없는 것이다. 또한 그는 인간적인 교제를 할 때는 타고난 일신상의 자유를 양보할 줄 알아야 하며 자기 한 몸의 사사로운 욕망을 따르기 위해서 위력을 함부로 쓰지 말아야 할 것을 강조한다. 이 대목이 문제적인 이유는 무계의 통의란 유계의 통의 범주에서 벗어날 수 없음을 명기하고 있는 것이기 때문이다. 즉 무계의 통의란 결국 유계의 통의를 전제했을 때 비

---

11) 이 부분은 福澤諭吉, 『西洋事情』 2編 1卷과 비교 고찰할 필요가 있다.

로소 존재의 가치가 있다는 것이다. 유길준은 유계의 통의란 "世俗에 居하며 世人을 交하여 互相關係하는 者"(『西遊』, 110면)이며, "人은 其 相與하는 際에 法律의 綱紀를 立하여 通義의 界域을 定"(『西遊』, 116면)한 것이라고 한다. 다시 말하면 인간의 자유란 하늘이 준 권리이지만 함께 살아가는 세상에서 그 자유의 권리는 제한 받을 수밖에 없다는 것이다.

"自由는 其心의 所好하는 대로 何事든지 從하야 窮屈拘碍하는 思慮의 無홈을 謂홈이로되 決斷코 任意放蕩하는 趣旨아니며 非法縱恣하는 擧措아니오 又他人의 事體는 不顧하고 自己의 利慾을 自逞하는 意思아니라 乃國家의 法律을 敬奉하고 正直한 道理로 自持하야 自己의 當行할 人世職分으로 他人을 妨害하지도 勿하며 他人의 妨害도 勿受하고 其所欲爲는 自由하는 權利"이다.

—『西遊』, 109면

국가의 법률에 복종해야 하는 개인에게 주어진 자유란 무한할 수 없으며 이는 "千事萬物에 其當然한 道를 遵하야 固有한 常經을 勿失하고 相稱하는 職分을 自守함이 乃通義의 權利"(『西遊見聞』, 110~115면)인 것이다. 그렇다면 여기서 직분을 스스로 지킨다는 것은 무엇을 의미하는가.

유길준에 따르면 직분이란 돈을 남에게 빌려준 사람이 약속한 대로 이자를 요구할 수 있으며, 논이나 밭을 빌려준 사람이 수확을 나누어 달라고 요청할 수 있는 것처럼 당연한 이치에 따라서 이에 맞게 행동하는 것이다. 그러므로 유길준이 생각하는 '직분'의 의미에는 자율적인 선택과 '향유의 의미', 그리고 주어진 상황에 충실해야 한다는 '당위의 논리'가 동시에 공존하는 것이다. 예컨대 그는 학자는 학문에 힘쓰고, 농부는 농사에 힘쓰며 직공과 장사꾼도 맡은 일에 충실할 것을 직분의 기본으로 삼았다.

자기에게 맡겨진 일에 충실함, 여기에는 다분히 도덕적이고 규범적인 인식이 내재되어 있다. 농사꾼은 농사꾼으로서, 정부는 정부로서의 소임을 다해야 한다는 것이다. 자유란 바로 이러한 직분에 충실했을 때 얻어지는 것이다. 장사꾼의 일이 아무리 사사로운 국민의 직업이라 할지라도 "나라의 공식적인 교제나 재물에도 연관된 것이어서 지극히 충차대라니, 장사도 나라를 사랑하는 마음으로 정성으로 힘쓰면서 조심할 일"이라고 강조한다(『西遊』, 305면). 학자(學者)의 직분도 이와 크게 다르지 않다. 학자(學者)의 직분(職分)은 그 나라를 교화(敎化)하는 커다란 책임을 스스로 맡는 것이다. 천만 가지 사물에 문명 같은 기풍(氣風)을 일으켜주고 편리한 방법(方法)을 열어 주어 조금이라도 다른 나라에 뒤지는 것이 있으면 부끄러움을 참지 못하고 밤낮으로 연구하며, 다른 나라를 앞지를 수 있는 방법(方法)에 힘써야(『西遊』, 309면) 하는 데 있다고 한다.

그는 이러한 당위적인 것뿐만 아니라 인간이 자신의 직분과 권리를 주장할 만한 힘을 갖고 있어야 함을 강조한다. "自己의 好惡를 從하여 自己의 趣意를 欲達"하려는 존재이며 "競勵하는 道의 一條門路를 從하야 出入하나니 一人의 身으로 論함에 才學名聞 地位 産業을 是作 是謨 是營 是求하야 欲高하는 心性과 進取하는 氣槪로 一步라도 人에게 勿屈하고 一毫라도 人에게 勿讓하야 頡頏低昂하는 者는 卽人의 活套生意니 是心是氣가 不具하면 一斗飯을 日食하야도 行屍走肉이라 然한 故로 是를 譏斥함이 不可하며 禁忌하기 不能호대"(『西遊』, 133~134면)라는 것이다.

그렇다면 각 개인은 어떠한 방식으로 자신의 직분에 대한 권리를 수호해야 하는가. 그에 의하면 경쟁심만이 이를 유지시킬 수 있는 중요한 방책이다. 다시 말하면 유길준은 경쟁심을 통해 자기 욕구를 달성하고 이를 통해서 자신의 권리를 지켜야 한다고 인식했던 것이다. 이는 그가 '제3편'에서 강조하고 있는 "이용(利用) 후생(厚生)"의 강령과도 통한다. 경쟁심을 통해서 자기에게 주어진 직분을 유지하고 이를 유용하게 이용할 수 있는 것, 유길준에게 있어서 직분이란 권리일 뿐만 아니라 의무였던 것이다. 이처럼 그의 직분론은 개인의 권리와 의무 사이에서 나타날 수 있는 모순의 역학 관계를 갈등 없이 봉합하는 매개가 되었던 것이다.

물론 유길준은 개개인이 부여받은 천부인권과 이에 따른 자유가 있다는 사실을 인정하였다. 개인은 자신에게 주어진 천부인권의 자유를 누리고, 이를 통해서 자신의 의지를 펼 수 있어야 한다고 믿었던 것이다. 그런 측면에서, 적어도 유길준은 신분 차별, 혹은 강자의 논리에 의해서 개인을 규정하는 태도나 습성에 대해서는 비판적인 태도를 견지했다고 할 수 있다. 그것은 일본이라는 거대한 강국 앞에서 약자일 수밖에 없었던 조선의 현실과도 무관하지 않을 것이다. 그러므로 여기에는 단순히 가진 자와 빈자, 강자와 약자의 이분법적 체계가 아니라 개인이 존재하는 방식에 대한 고민이 담지되어 있는 것이다. 강자의 힘의 논리로부터 자유로울 수 있는 것, 그것은 바로 개개인이 갖고 있는 천부인권 때문이다. 기실 천부인권이란 견지에서 본다면 일본의 불평등한 조약과 이를 통한 제국적 침탈은 있을 수 없는 일이며 용서받지 못할 행위인 것이다. 그가 개인의 자유와 천부인권을 주장한 것에는 적어도 일본의 침략이 얼마나 근거 없는 것인가를 논리화하고자 하는 의도가 담겨져 있음을 알 수 있다.

그런데 문제는 유길준이 이러한 천부인권을 지키는 것과 나라를 수호하는 일을 동일시하는 과정에서 생겨난다. 이에 대한 유길준의 논거에는 개인의 자유와 국가의 법률, 제도가 충돌하고 갈등하는 지점이란 존재하지 않는다. 개인에게 주어진 자유와 이를 행하는 실천의 문제에 있어서는 생겨나는 여러 가지 모순과 갈등의 요인을 유길준은 모두 보편적인 관계의 체계,12) 엄밀하게 말하면 국가의 권위적인 실천들, 법률(法律), 제도(制度), 교육(教育)과 같은 거대 담론 속에 용해시켜 버렸던 것이다. 그러므로 무계(無戒)의 통의(通義)와 직분론을 연결시키고 개인의 자율성과 절대 자유조차도 주어진 체계로부터 나온 것임을 역설적으로 자인하는 결과를 낳았던 것이다. 결국 유길준은 천부인권적인 개체의 자율성과 고유

---

12) 아도르노·호르크하이머, 김유동 역, 『계몽의 변증법』, 문학과지성사, 2001, 26~34면.

성을 체계의 부속물로 전이시키면서 개인과 국가의 '과잉 동일시', '상징적 해결로써'의 국가주의라는 딜레마에 빠지고 말았던 것이다.

3. 교육을 통한 근대적 국민 만들기의 양면성

유길준의 『서유견문』에 핵심적인 부분이라고 한다면 바로 교육과 관련된 담론에 있다. 유길준이 무엇보다 교육에 관심을 두었던 까닭은 무엇인가. 유길준은 인간이란 원래 어리석은 동물이라서 태어날 때 아는 것이 없으니 천하에 급한 것이 학교를 짓는 일이라 한 바 있다(『西遊』, 100면). 어리석은 사람은 자기가 영업하는 방법말고는 천하에서 생을 꾸려갈 방법을 모르기 때문에, 이들을 사물의 이치에 조금이라도 눈뜨게 하려면 가난과 궁색한 생활에서 벗어나게 해야 하며, 이것이 또한 나라를 부강하게 하는 방법 중에 하나라는 것이 그의 생각이었다. 인간이 천하에 생을 꾸려갈 방도를 배우기 위해서 열심히 교육을 받아야 한다는 것은 자기의 자유를 찾기 위한 방편이 될 수도 있는 것이다. 그렇기 때문에 국가, 특히 정부의 경우에는 국민들을 보호하는 차원에서 교육을 시켜야 할 직분을 가지고 있다고 강조한다. 나라의 빈부와 강약은 그 나라 국민의 교육에 달려 있기 때문에, 개인의 욕망이란 또한 교육에 의해서 실현될 수 있는 구체적인 전거를 마련해야 하는 것이다.

그는 제4편 '인세(人世)의 경쟁(競爭)'에서 각 개인이 자기의 욕구를 위해서 살아가도 크게 공중도덕을 해치지 않는 것은 나라가 국민들을 잘 가르치고 있기 때문이라고 한다. 교육받지 못한 야만인들은 경쟁에 있어서도 시끄럽게 다투는 모습을 자주 보이는데 이는 경쟁하는 과정에 기강이 없는 이유에서 기인한다는 것이다. 국가가 교육을 바로 시켜야만 자기의 직분에 충실할 수 있는 인간이 만들어진다는 것이다. 그는 선진국 국민들이 공중질서를 방해하거나 사사로운 욕심을 자행할 염려가 없는 것은 국민들을 정치적으로 잘 가르치고 교화하였기 때문이라고 보았다.

이를 위해 그는 무엇보다도 어린이 양육과 여성 교육에 힘써야 할 것을 강조한다. 왜냐하면 "어린아이는 나라의 근본이고 여자는 어린 아이의 근본"이기 때문이다(『西遊』, 315면). 그가 어린아이의 교육을 주장한 것은 단순히 서구적인 방식에 기댄 근대적 교육 프로젝트를 실현하기 위한 것만은 아니었다. 유길준은 다른 나라의 아이들에 비해서 굶주리고 추위에 시달리며, 학교 교육도 제대로 받지 못하는 조선의 아이들이 불쌍했던 것이다. 조선에는 병원 시설 하나 제대로 갖추어 있지 않기 때문에 "여러 가지 병에 걸려 요절하는 자"가 많은 것이며, 다른 나라의 경우에는 자녀를 섭생시킬 수 있는 제도가 잘 갖추어져 있어서 이러한 병폐가 일어나지 않는다고 인식하였던 것이다. 그러므로 어린아이를 잘 양육하기 위해서는 제도적 차원의 개선이 필요하다고 주장했던 것이다.

여성 교육에 대한 생각도 이와 크게 다르지 않다. 유길준은 조선의 여성들은 교육의 기회가 적었으며 나라에 따라 다른 풍속에 의해서 남녀의 내외하는 습성이 내면화되어 있다고 한다. 그러나 서양의 경우에는 "女子에게 敎育하는 制度를 마련하여 學識이 男子와 비슷해지자 비로소 內外하는 法이 없어졌다"(『西遊』, 408면)는 것이다. 교육을 받은 여성은 남자와 동등하게 자신의 입장을 내세울 수 있는 능력을 갖게 된다는 말이다. 그 결과 "평상시에 女子가 學識이 많으면 힘들여 애쓰지 않아도 할 수 있는 일이 많으니, 男子가 하던 일을 女子도 할 수 있으므로 그 공이 남자 못지 않은 셈"(『西遊』, 407면)이다.[13) 이처럼 유길준이 어린아이

---

13) 유길준은 "몇 년 전 합중국 대통령을 새로 뽑을 때 국내의 여자들이 생각하기를 "어찌 남자만이 대통령이 될 수 있고 여자는 될 수 없는가"라고 하였다. 그래서 여자들이 대회를 열어 법관 鹿久尤의 夫人을 지명하여 대통령의 자리에 오르기 합당한 인물이라고 하였다. 그 일이 이루어지지는 않았지만 남자들이 그 이야기를 전하면서 천하에 기일한 일이라고 하였다"(『西遊』, 410면)라고 덧붙이고 있다.

와 여성 교육에 남다른 관심을 보인 것은 이들이 사회적으로 약자들이었기 때문이다. 서양의 여자들이 옷이나 술, 음식 따위를 만드는 데 소일하지 않고 자신의 적성에 맞는 일을 선택하여, 교육받으며 정당하게 채용이 되는 것에 비하면, 조선 여성들의 현실이란 조약하기 그지없었던 것이다.

그렇다면 이러한 조약한 현실을 극복한 여성이란 어떤 존재인가. 유길준에 의하면 "집안을 다스리거나 손님을 접대하는 예절에 있어서도 배우지 못한 여성은 생소한 폐단이나 미련스런 일을 많이 일으킨다." 그러므로 집안 일을 잘하는 여성(조약한 현실을 극복하는 여성)으로 거듭나기 위해서 조선의 여성들은 교육을 받아야 한다는 것이다. 이러한 논리적 귀결은 심각한 자기 모순을 드러내는 것이다. 왜냐하면 그가 남성과 동등한 위치에 서기 위해서 여성도 교육을 받아야 한다고 주장했던 궁극적인 의미가 개인의 천부인권을 누리가 위함이 아니라, 남성이 국가를 위한 충실한 국민이듯이 여성도 이에 못지 않은 국민의 자격을 갖추어야한다는 것과 통하는 것이기 때문이다. 그는 여성교육 문제와 나라의 근본을 세우는 문제를 직결시켰다. 이에 대해서는 좀더 구체적인 논의가 필요하다.

유길준은 여성이 맡아야 하는 중차대한 임무가 바로 어린아이 교육에 있음을 재차 강조한 바 있다. 그는 "서양에서 여자들을 가르치는 이유를 생각해 보자. 어린이의 교육은 어머니가 주장하는데, 만약 어머니가 지식이 없으면 교육하는 방법을 알지 못하여 아이의 성질을 거스르게 되며, 아이의 성장을 손상시키기 쉽기 때문"(『西遊』, 413면)이라는 사실을 분명하게 명시한다. 어린 아이의 성격이 바르게 형성되지 못한다면 어떠한 결과가 초래되는가. 나라의 근본이 흔들리게 되는 것이다. "나라에 불행한 일이 생기면 男子는 전쟁터에 나가는 자가 많게 되고, 일체의 사무를 女子가 대신해야 할 것이다. 그러니 가르치지 않고도 할 수 있겠는가. 그러므로 女子를 가르치는 것은 要緊하다"(『西遊』, 407면)는 것이다.

결국 나라에 어려운 일이 생겨서 남자가 집을 비우게 되면 그 집안을 책임져야 하는 것도 여성의 몫이며 전장이 아닌 곳에서 사무적인 일을 해야 하는 것도 여성의 몫이기 때문에, 여성도 교육을 받아서 남성과 비슷한 지적 수준을 유지하고 있어야 한다는 것이다. 이것은 그가 앞에서 주장했던 천부인권 차원에서 어린이와 여성의 권리를 옹호하고 이를 현실적인 차원에서 어떻게 실현할 수 있을 것인가에 대한 궁극적인 방안이라고 할 수 없는 것이다. 이는 명백히 이들을 불쌍하게 여기는 '동정'에 기반하고 있으면서, 동시에 한 나라의 '국민'으로서의 자격을 갖추도록 제도적인 차원에서 뒷받침해야 한다는 '당위'적인 의미까지도 내포되어 있는 것이다.

이러한 그의 동정적인 시선은 "천한 일을 하는 자들은 본래 하등 인물이라서 교육을 적게 받았기 때문에 지식이 부족하여 그 생계를 구하는 방책이 노동밖에 없고 평생을 이러한 일로 마치게 된다. 그래서 어진 사람이나 君子들로부터 측은히 여겨져서 동정을 받지만 世間의 괴이한 풍속은 또 이 무리들 가운데 많이 나오기 때문에 엄한 법으로 다스리는 것이 옳다. 만약 낯선 사람이나 급한 일이 있는 사람을 만날 때는 본심에 있던 염치가 다 사라지고, 상식 밖의 품삯을 탐내는 자가 십중팔구다. 이러한 일이 비복 적지만 민간의 풍속에는 중대한 관계가 있는 것"(『西遊』, 171면)이라는 인식에까지 미친다. 이는 천한 일을 하는 자, 하등 인물, 여성과 어진 사람, 군자의 의미를 이분화시키면서, 대립적인 시선을 확고히 하는 결과를 낳았던 것이다.

4. 개인을 호명하는 방식과 '국가' 동일성

유길준은 "유럽과 아메리카 두 주에 있는 여러 나라가 아시아주의 여러 나라에 비해서 백배나 부강하다는 것은 사실이다. 누구든 자기 나라가 부강해지기를 바라겠지만 정부의 제도와 규범이 달라서 이 같은 차이가 생기는 것이다. 만약 사람의 재주와 지식에 등급이 있기 때문이라고 말한다면 이는 결단코 그렇지가 않다. 아시아주의 황색인을 유럽이나 아메리카주의 백색인과 비교할 때에, 그 자질이 모자람이 없다는 것은 분명하다"(『西遊』, 146면)라고 한 바 있다. 아시아가 다른 서양과 비교해서 상대적으로 열악하게 된 이유가 있다면 근대적인 제도와 규범을 만들지 못했기 때문이라는 것이다. 사람의 재주와 지식의 등급 때문이 아니라 문명적인 제도를 갖고 있지 못한 '정부'에 뒤쳐졌다는 시각은 조선을 야만적인 것 / 서양을 문명적인 것이라고 구분하는 이분법적인 사유와는 분명히 다른 것이다. 이 문맥에는 서양을 제도적인 차원에서 '문명적인 것'임을 분명히 하면서, 동시에 아시아 식민주의 담론을 넘어서고 있는 부분이 있다. 그렇다면 그가 주장하는 제도와 법규란 구체적으로 무엇인가.

유길준은 "재상에 이를 정도로 귀하고 왕후에 비할 정도로 부유한 사람이더라도 길가의 거지처럼 가난하고 천한 자에게 원통하거나 억울한 일을 저지른다면 정부의 기본적인 법률이 반드시 그에게 벌을 주어서 용서하지 않을 것이다. 이 어찌 개화된 효험이 아니겠는가"(『西遊』, 118면)라고 한다. 억울하고 원통한 자의 의견을 들어주고, 이를 법률에 의해서 판단해주는 것, 그것을 개화의 효험이라고 보았던 것이다. 법과 규범은 공평하게 작용되어야 한다는 그의 주장은 조선조 사회의 법 체계에 대한 강력한 비판임과 동시에 일본이라는 강자의 논리도 정부의 기존적인 법체계를 넘어설 수 없음이란 사실을 염두에 두고 있는 것이라 할 수 있다. 그럼에도 불구하고 그는 위계질서가 분명하게 정해져 있는 조선사회의 문화적 통념으로부터까지 완전히 자유로울 수는 없었다.

유길준은 정부와 재상은 국민 위에 서 있는 존귀한 것이며, 국민은 당연히 이에 복종해야 한다는 당위성의 논리로 이를 수렴시킨다. 유길준이 『서유견문』 '제4편'에서 주로 주장하고 있는 것은 "정부가 법을 세우는 가장 커다란 뜻은 국민들로 하여금 각각 자기 한 몸을 잘 지켜서 처세하는 자유를 이루게 하고 나아가 천하에 보편적이고도 동등한 큰 이익을 도모"한다는 것이다. 뿐만 아니라 "변하지 않는 규범으로는 임금이 국민의 위에 서서 정부를 설치하는 제도라든가 …… 국민은 임금을 위하여 충성을 다하고 복종하는 일"(『西遊』, 142면)에 있다[14]고 한다. 또한 그는 정부가 법을 세우는 일이란 자기 한 몸을 잘 지키게 하기 위함이라고 한다. 물론 여기서 자기 한 몸을 잘 지킨다는 것은 개인의 권리와도 통하는 말이다. 그러나 개인의 권리란 정부가 세운 법의 규범적인 측면, 다시 말하면 보편적이고 동등한 이익을 도모하게 하기 위한 것, 이상의 범주를 벗어나지 못한다. 그러므로 정부는 규칙을 정하여 일반 백성이 감히 범하지 못하게 하고 만약, 범하는 자가 있으면 추호도 용서하지 말아야 한다는 결론에 이르게 되는 것이다. 그 한계 안에서 무슨 일이든지 자기가 할 수 있는 재주에 따라서 생계를 구하게 하는 것이 자연스러운 일인 것이다. 또한 "인간 세상의 기풍이 차츰 개화될수록 민생의 수요도 급증하게 되어, 거처가 편리한 것을 구하는 데 그치지 않고 화려한 제도를 숭상하며 옷도 가벼운 것을 바라고 음식도 달고 맛있는 것을 원하는데 이는 자연스러운 성정"(『西遊』, 154면)이다.

그러나 개화된 세상에서 살고 있는 개인일수록 화려한 제도를 숭상한다는 것은 일종의 가설에 지나지 않는 것이다. 이는 개인(개체)의 자율적

---

14) 국민이란 무엇인가. 경제적·인종적·계급적·부족적·종교적·지리적 차이에도 불구하고 일정한 국가의 지배영역에 거주하는 주민사이의 공통성을 얽어매는 줄이 만들어내는 '원리'인 것이다. 즉 국민이란 사회적인 차이와 입장의 차이를 부인하는 원리다. 사까이 나오끼, 이규수 역, 『국민주의의 포이에시스』, 창작과비평사, 2003, 77~78면.

인 욕망과 제도를 동일선상에 놓고 해석하는 것 이상의 의미가 없다. 옷의 가벼움을 추구하고 맛있는 음식을 먹고자 하는 욕망과 화려한 제도의 문제는 별개의 것이다. 개인의 욕망과 사회, 제도의 욕망은 그 출발점이 다른 것이며 오히려 이 두 가지는 사회적 갈등의 연결고리로써 존재하는 것이다. 그럼에도 불구하고 유길준은 이 불안정한 대상을 국민, 국가라는 안정된 상태의 상징적 해결체로 묶어버렸던 것이다.

결국 그는 "人君은 其父요 人民은 其子라 …… 其子의 道理는 凡百周旋을 勤實히 하여 其父의 憂慮를 損하기에 在하니라"(『西遊』, 198면), "愛國하는 人民은 人君의 憂를 是憂하며 人君의 樂을 是樂하여 ……"(『西遊』, 202면), "政府의 要求하는 바는 多少를 不問하고 拒逆하면 不可하니라"(『西遊』, 203면)고 한다. 뿐만 아니라 "한 나라를 들어서 한 집안에다 비유해 보면, 임금은 그 아버지이고 국민은 그 자식이라고 할 수 있다. 나라에서 행하는 정치를 비유하자면 상업이라고도 할 수 있고 농업이라고도 할 수 있으며 정치를 행하는 여러 관리들을 심부름꾼이나 머슴이라고 할 수 있다. 아버지가 장사를 하기 위해서 심부름꾼을 두는 것도 자기 아들을 위해서이고 농사를 지으면서 머슴을 두는 것도 자기 아들을 위해서이니, 그 아들이 할 도리는 모든 일을 착실히 하여 아버지의 걱정을 덜어드리는 데 있다"(『西遊』, 186면)고 주장하기에 이른다. "예의를 소중히 여기고 행실을 단정히 하면서 나라를 사랑하는 국민은 임금의 걱정을 자기의 걱정처럼 여겨, 정부의 비용을 자기가 담당하겠다고 나선다. 그러므로 세금을 제때에 내지 못할까 봐를 걱정하고, 나라에 뜻밖의 사변이 생기면 자청하여 제물을 헌납하기도 한다. 이는 국민의 의미를 알기 때문"(『西遊』, 189면)이라는 것이다.

이러한 그의 주장에는 개인 주체의 자율성, 개체로서의 정체성이란 '국민'의 이름으로 호명될 때 진정한 의미가 있음이 은연중에 강조되어 있다. 이를 통해서 결국 그는 "정부에서 실책이 있는 것도 또한 국민들이 무식하기 때문"(『西遊』, 204면)이라는 자연스러운 결론에 이르게 되는 것이다.

그렇다면 정치는 누가 해야 하는가. 유길준에 의하면 정치를 하는 자는 학자이어야 하고 군자이어야 한다. "군자를 등용하는 것은 나라의 복이지만 천한 자가 많이 진출하는 것은 세상의 손실이다. 그 이해와 득실은 함께 비교할 수가 없다. 또 천한 자가 많이 진출할수록 기강과 염치가 무너지고 탐람한 풍조가 성행하게 될 것이니, 학자와 군자들은 그러한 기세를 당하지 못하고 같이 벼슬하는 것을 부끄러워하여 진출하지 않을 것이다"(『西遊』, 206면)라고 한다. 또한 국민은 그런 정치인을 믿고 충실하게 세금을 내야 하며 전쟁시에는 누구를 불문하고 뛰쳐나갈 준비 태세를 갖추고 있어야 하며 "정부에서 군대를 두는 것도 국민을 위해서니, 지출비는 국민이 부담"(『西遊』, 226면)해야 한다. "군대를 양성하는 일은 이처럼 중대하다. 국민들은 빈부귀천을 가리지 말고 군사훈련에 통달하여 만약에 나라에 사태가 일어나면 국민마다 군사가 아닌 자가 없어야"(『西遊』, 249면) 하는 것이다. 그리하여 "나라를 보전하는 직책이라든가 의무는 공직자에게 그치지 않고 그 나라 국민들이 다 함께 지니는 것이다. 무사한 시기에 태평스런 낙으로 저마다의 직업에 종사하는 것은 나라의 기본적인 생업이거니와 만약 유사시 외국의 침략을 당한다면 온 국민이 일제히 떨쳐 일어나 치욕이 임금에게 미칠까 두려워하며, 부끄러움이 정부에 돌아갈까 걱정하여, 생사를 가리지 않고 전쟁터로 즐거이 나아간다. 그러므로 평상시에도 국민들이 군사훈련을 익혔다가 불시의 변이 일어나면 온 나라 장정 가운데 군사 아닌 자가 없게 된다"(『西遊』, 275면)는 것이다.

이렇게 관리되는 국민(대중)이 자율적 자아의 퇴행에 이르게 됨은 지극히 뻔한 것이다. 관리되는 세계는 더 이상 갈등을 알지 못하며 인공적인 형성물로서의 국가를 상정하게 된다.[15] 즉 아도르노 식으로 말하면 '항

---

15) 슬라보예 지젝, 이만우 역, 『향락의 전이』, 인간사랑, 2001, 45면.

상 동일한 것'으로서 국가가 지니는 폐쇄성은 전능한 힘에 대한 대용물이 되는 것이다.[16]

결국 그에게 있어서 근대 국민국가란 근대, 일본, 서구와 같은 대타자에 대한 대항의 이념이었으면서 동시에 억압적인 현실을 견디는 환상이었다. 즉 유기적 총체성으로서의 사회를 보는 단체주의적 환상, 조직체로서의 사회, 국가라고 생각하는 모든 환상의 근본이 되는 "이데올로기적인 환상"[17]이었던 것이다.

5. 국가주의를 넘어서

유길준은 『서유견문』에서 개화의 등급을 다음과 같이 나누고 있다.

① 개화한 자 : 천만 가지의 사물을 연구하고 경영하여, 날마다 새롭고 새로워지기를 기약하는 나라, 지위의 귀천이라든가 형세의 강약에 의해서 구별하지 않는 나라, 국민이 하나로 마음을 합하여 여러 가지 개화에 함께 힘쓰는 자.
② 반쯤 개화한 자 : 지위의 귀천과 형세의 강약에 의해서 아주 심하게 인품을 구별하는 자. 국민이 자마다 자신의 영화와 욕심을 위해서 애쓸 뿐이지, 여러 가지 개화를 위하여 마음을 쓰지 않는 자.
③ 아직 개화하지 않은 자 : 능한 자가 어떠하고 능치 못한 자가 어떠한지에 구별이 없으며 사람을 접대하는 데 있어도 기강과 예법이 없기 때문에 천하에 불쌍한 자.

그리고 개화하는 일을 주장하고 힘써 행하는 자는 개화의 주인이고

---

16) 아도르노·호르크하이머, 김유동 역, 『계몽의 변증법』, 문학과지성사, 2001, 285면.
17) Slavoj Zizck, *The sublime Object of Ideology*, London : Verso, 1989, pp.126~127.

개화하는 자를 부러워하며 배우기를 즐거워하고 좋아하는 자는 손님이며, 개화하는 자를 두려워하고 미워하면서도 마지못하여 따르는 자는 개화의 노예라고 한다. 그가 개화의 기준으로 내세우고 있는 특징 중에 하나가 바로 지위의 귀천을 따지지 않는 것이다. 엄밀하게 말하면 이를 구별하지 않는 나라일수록 개화국에 가까운 것이다. 지위의 귀천을 없애기 위해서 필요한 것이 무엇일까. 그는 교육이라고 믿었다. 교육받은 자만이 천부인권의 권리를 부릴 수 있다고 인식하였던 것이다. 즉 유길준은 교육만이 지위의 귀천에 따른 구분을 없앨 수 있는 유일한 대안이며, 유교적인 신분 사회의 모순을 그나마 상쇄시킬 수 있는 중요한 수단이 될 수 있다고 믿었던 것이다.

그러나 그가 개화를 위해서 제시하고 있는 일련의 실천적 사안에는 지위의 귀천까지를 완전히 넘어설 수 없었던 거대한 이념적 틀이 전제되어 있었다. 어느 정도의 교육을 받았는가에 따라서 귀한 신분과 천한 신분을 암암리에 구분하고, 천한 자들에 대한 동정적인 시각을 끝까지 견지하였다는 것이 이를 여실하게 증명하는 것이다. 그가 주장하는 직분론이라는 것도 사실은 이러한 인식에 근거하고 있다. 인간 개인이 자신의 취향과 능력에 따라서 직업을 선택할 수 있다는 사실과 더불어 그가 주장하고 싶은 것은 신분에 '충실'하기였던 것이다. 농사짓는 사람은 농사에, 상업에 종사하는 사람은 상업에, 그리고 그 맡겨진 일을 제대로 수행하지 못하는 사람은 "나쁜 국민"이라고 지칭하였으며 엄정한 법에 의해서 관리해야 함을 강조하였던 것이다.

그러므로 이러한 논의의 치명적인 약점은 각 개인이 어떠한 직분을 갖고 살더라도 교육의 정도에 따라서 신분적인 제제를 받을 수밖에 없다는 것, 그리고 국가의 법률, 제도에 의해서 개인의 직분을 관리하는 것을 당연한 것이라고 여기고 이를 분명한 규율체계 속에서 귀속시키고 있다는 것에 있다. 법률과 제도로의 귀환은 정부와 국가 체제에 대한 맹신으로 이어지면서 철저하게 위계질서에 충실한 국가제도를 위한 명분론으로 전이되었다.

그렇다면 그에게 있어서 진정한 의미의 근대 국민국가란 무엇이었을까. 교육의 기회를 균등하게 제공하는 국가, 그리고 그 결과를 기준으로 하여 국민의 신분을 구별하고 각자 맡은 일에 충실할 수 있도록 하는 국가, 막강한 법률과 제도로서 이를 관리하는 위엄 있는 국가, 모든 국민들이 '그 이름' 앞에 복종하고 따르는, 즉 신의 위치에 선 국가, 이를 통해 막강한 자생력을 갖고 다른 나라들과 의연하게 맞서 있는 국가였던 것이다.

유길준은 천부인권사상을 논할 만큼 유교사회가 갖고 있는 모순들을 직시하고 있었으면서도 국가를 중심으로 한 가부장적 질서 체제에 대한 환영만큼은 떨쳐내지 못하였다. 그러므로 그에게 국가는 근대적 국민 만들기를 통해 이루어야 하는 최종의 귀결점이면서 동시에 그 과정상에 모든 모순과 착종을 무마시키면서 '상상'했던 "상징적 해결체"였던 것이다. 이에 대한 인식적 편린들이 그렇게 단순한 것만은 아니었다. 개화기 문학 담론들을 총체적으로 다시 점검해봐야 하는 이유도 여기에 있다.

개화기 담론들에서 이러한 갈등과 분열된 인식보다 국가 만들기의 책무가 더욱 비중 있게 다루어졌다는 사실 또한 부정할 수 없는 것이다. 그것은 개화기 지식인의 현실, 다시 말하면 일본이 발빠르게 서양의 법제도를 받아들이고 이를 통해서 조선의 통치를 합법화하려 한다고 믿었던 시대적인 상황인식과 밀접한 관련이 있다. 개화기 근대국가 만들기 담론 속에는, ① 서구적 의미의 법과 제도에 대해서 제대로 알고 있었다면 일본과 불평등 조약을 체결하지 않았을 것이며, ② 일본의 강대국 지배논리 앞에 맥없이 당하지만은 않았을 것이란 자기 신념이 내포되어 있었던 것이다. 이 저항의 이념이 또 다른 측면에서는 근대 국민국가 만들기에 대한 염원이자, 동시에 환상의 돌림병이었다는 것이다. 기실 개화기 문학 담론에는 시대적인 상황과 처해 있는 문화적인 이데올로기로부터 결코 자유로울 수 없었던 지식인의 고뇌와 다수의 모순된 상황을 국가와 과잉 동일시했던 구체적인 실체, 그리고 '확신된 것'에 대해 복종하며 살아야 했던 개화된 엘리트의 환상 등이 혼재되어 있었던 것이다. 따라서 문제는 이를 가능하게 한 환상의 돌림병이라는 '증세'가 아니라 그 이면의 '징후'들에 대한 치밀한 분석적 시각을 견지하는 것이다.

여기에서부터 한국 근대문학 담론에 나타난 국가주의의 특수성에 대한 해석과 평가가 시작되어야 한다고 생각한다.

한국 근대문학과 '민족'이라는 상상 공동체[1)]

민족주의적 정열, 혹은 한국 근대문학 형성의 주동력

한형구

1. 머리말—민족(주의) 현상과 이론, 혹은 민족문화의 공모(共謀) 현상으로서의 근대문학

'민족주의는 (이제) 반역'[2)]이라는 명제가 제기되는 실정이지만, 사실 '민족주의'만큼 끈질긴 생명력과 뿌리를 지니고 문화 형성에 작용하는 힘, 이념도 드물 것이다. '저항 민족주의'라는 저 오래된, 낯익은 이념적 표상은 실상 한국의 근, 현대 역사 형성 전체의 이념적 동력으로조차 작용해 왔음을 부인하기 어렵다. "나의 청춘은 나의 조국"이라고 시인(정지

---

1) 여기서 "'민족(民族)'이라는 상상 공동체"의 의미는 기본적으로 베네딕트 앤더슨의 저술,『상상의 공동체』(윤형숙 역, 나남출판, 1991)에 따른 개념적 설명에 따른다. 본문 중에서 자세히 설명하겠지만, 이것은 한국 근대문학 형성의 주동력이 '민족'이라는 근대적 공동체를 상상케 하는 힘, 즉 그 문화적 열정과 의지, 혹은 장치로서의 미디어 기제로부터 연원된 바 크다는 점을 밝히고자 한 것이다.

2) 임지현,『민족주의는 반역이다』, 소나무, 1999.

용)은 갈파했거니와, 조국을 향한 열정은 언제나 청춘의 뜨거운 피만큼 시인, 작가의 이념을 덮여 왔다. 나라를 잃어버린, 조국을 빼앗겼던 시대의 그 시적, 문화적 열정을 새삼 상기하지 않더라도, 오늘 현재 분단 체제 극복을 위한 통일 사업의 현장에서도 그 피의 이름, 즉 '민족'이라는 대명사는 여전히 뜨겁다. 결국 모든 역사는 '민족사'에 다름 아니라는 명제를 여기서 상기하게 된다. 지식의 한 영역으로서 '세계사'에 상도할 때, 혹은 오늘날과 같은 국제화, 지구화 환경을 염두에 둘 때, '탈민족주의'의 기치 역시 필연적이라 하겠지만, 이와 같은 일회적 기치로서 민족주의적 정열이 쉽게 파기되거나 단념되지 않는다는 것을 역사는 증언한다. 그 필요성을 인정하든 옹호하든, 혹은 비판하고 부정하든, 이에 대한 면밀한 학적 관심과 이론을 가지고 이 현상을 투시해 보아야 할 필요성은 이 현실성, 역사적 현실성에서 주어진다. 이성적인 것은 현실적이고, 현실적인 것은 이성적이라고 철학자는 또한 갈파하지 않았던가.

간단히 상기해 보면 알 수 있지만, 19세기 이래 20세기를 휩쓸었던 사회주의, 공산주의의 구호 속에도 무엇보다 '탈민족주의'에의 정열이 꿈틀대고 있었다. 마르크스와 엥겔스가 내걸었던 저 유명한 '만국의 노동자여, 단결하라!'는 구호 속에 이미 보잘것없는 민족주의를 넘어서지 않으면 안 된다는 보편적, 이론적 요구가 숨쉬고 있었던 것이다. 그러니까 저 '만국'이라는 언어 속에 내포된 '국제주의'에의 이념 지향성은 따라서 오늘의 세계 자본주의 확대를 위해서만 외쳐진 것이 아니고, 노동자 계급의 국제적 연대를 위해서도 강조되었음을 상기할 수 있다. '인터내셔날'이라거나, '코민테른' 등의 언어가 이런 뜻과 이념 조직을 위해서 구축되었던 것이다.

하지만 공산주의운동이 현실화되는 단계에서 이 이념의 본원적인 보편 지향성은 커다란 자기 모순의 벽에 부딪히지 않을 수 없었다. 스탈린의 '일국 사회주의'는 이 모순 속에서 연출된 현실 타개의 잠정적 이론이었음을 알 수 있거니와, 소비에트 연방이나, 혹은 티토 주도의 유고슬

라비아 연방 등이 이후 어떤 역사적 과정을 걷게 되었는지는 우리 모두가 아는 사실이다. 결국 맑스주의 내부에서 가장 커다란 적은 이른바 '민족(주의)'의 문제라는 것을 역사는 증명하고 만다.[3) 요컨대 하나의 국가를 이루는 가장 커다란 현실적 동력은 실상 '이념'이라 하기도 어려운 '민족(주의)'의 동력이라는 것을 20세기의 역사는 다시 한번 증명하고 만셈이다. 그렇지만 역사가 진행되기 전까지는 이 모든 사실들을 사람들은 간과하기 마련이다. 가령 1917년 러시아혁명 이후 결성된 제3인터내셔널, 즉 코민테른 역시 이 문제, 즉 '민족' 문제를 매번 심각하고도 중요한 의제로 다루곤 하였지만, 그것을 실질적인 현실적 과제로서 다루는 데는 무력할 수밖에 없었다. 코민테른 제6차 대회(1928)에서 '조선공산당'의 문제가 제기되었을 때도, 그들은 '민족 해방'의 과제를 무엇보다 시급한 과제로 설정했지만, 그것을 위해 현실적으로 어떤 실천들을 하고, 또 그것이 차후에 어떤 역사적 현실들을 낳을지에 대해서는 아직 무지한 상태에 놓일 수밖에 없었다. '조선공산당'의 상위 기관으로서 '국제공산당'의 존재가 비록 현실적으로 의식되고 존치되었다 하더라도, '독·소 불가침 조약'의 협정과 그것의 파기 이후 소련과 스탈린은 자기를 방어하는 데도 급급하고 힘겨운 상태에 놓일 수밖에 없었다. '일국 사회주의' 이론은 잠정적으로 이런 맥락에서 제기되었다고 할 수 있거니와, 각 공산주의 정권이 (적어도 형식상의 차원에서는) 독립 정권으로 출현하는 2차 대전 이후 이러한 '계급―민족―국가'의 3자 관계는 보다 복잡한 현실적 관계 항들로서 대두하지 않을 수 없었다.[4) 보다 직접적으로 말하면, 공산주의 정권들 사이의 국제적, 계급적 연대는 이제 점차 느슨해지고, 각국 공산주의 정권들의 독립성이 강화되지 않을 수 없었는데, 동구 국가들의 연속된 자유화운동은 이 국면의 대표적인 상징적 사태였다고 할 수 있다. 급기야 세계 공산주의운동의 지도 국가로 군림하는 중국과 소련 사이에

---

3) 임지현, 위의 책, 2부 참조.
4) 한형구, 「12월 테제에서 물논쟁까지」, 『민족문학사 연구』 24호, 2004년 3월 참조.

도 갈등이 조성돼 국경 분쟁이 야기되고, 이후 중국과 베트남 사이에도 영토 분쟁이 야기되는가 하면, 마침내 동구 붕괴에서 소련 붕괴로 이어지는 연속적 사태들이 야기되었다고 할 수 있는 것이다. 이와 같은 20세기 공산주의 역사는 결과적으로 '민족—국가'의 결합력이 얼마나 현실적으로 강고한 것이며, 동시에 초민족적, 탈민족주의적 보편이념에의 정향성이 현실적으로 얼마나 무력한 것인가를 역설적으로 증명하는 사태들이라 할 수 있다.

베네딕트 앤더슨의 유명한 저서 『상상의 공동체(Imagined Communities)』는 현실 공산주의가 노정한 저와 같은 역사적 사태들을 염두에 두면서 '민족'과 '민족주의'의 문제를 다시 한번 이론화하고자 한 논의라고 할 수 있다. 1970년대와 1980년대에 걸쳐, 소위 맑스주의 정권들 사이에 노정된 점증하는 해체적 경향, 즉 각 민족 공산주의 정권들 사이의 경쟁 현실을 꼬집으면서, 이로 볼 때, 오늘의 세계에서 역시 '민족'과 '민족주의'의 문제가 얼마나 강고한 현실적 범주이며, 실체인가를 역설적으로 묻고 있는 것이다.5) 따라서 '민족'과 '민족주의'의 문제가 오늘의 세계에서도 여전히 그처럼 강고한 현실적 작용력을 발휘하는 힘이라면, 그 실체, 즉 이념적 형성력과 그것을 떠받드는 문화, 종교, 제도적 기반들에 대해서 다시금 진지하게 따져 묻지 않을 수 없다고 저자는 이 저작의 서두에서 정색하여 말하고 있는 것이다.

최초 발간 연도를 1983년도로 기록하고 있는 이 저서, 『상상의 공동체』가 따라서 이제는 얼마쯤 퇴색한 느낌을 주는 것도 사실이라 하겠지만, '민족주의의 기원과 전파에 대한 성찰'이라는 부제를 달고 있는 이 저서가 과거 민족주의 현상, 특히 근대 초기의 문화적 민족주의의 현상을 이해하고 설명하는 데는 유력한 참조틀을 제시해 준다는 점을 이 방면의 논자들은 증언하고 있다.6) 민족과 민족주의 형성의 근대적 기반 중

---

5) 베네딕트 앤더슨, 앞의 책, 1장 참조
6) 일본의 경우 베네딕트 앤더슨의 이 『상상의 공동체』에 의거하여 천 편 이상의 논문

에서도 특히, 특별히, 문학과 미디어 장치로서의 인쇄-출판의 기제를 강조하고 있다는 점에서 이 저서가 우리에게 유익한 논점을 제공한다고 할 수 있다. 이런 뜻에서 최근 활발히 모색되고 있는 문화인류학 쪽의 '공모(conspiracy)' 이론 또한 우리에게 유익한 해석의 한 관점을 제시해 줄 수 있다고 생각하는데, '민족문화'란 이를테면 문화 공동체의 한 공모 형태로서 파악될 수 있고, 그 중에서도 상징성이 가장 강하여 '민족문화'의 음어(기호)적 성질을 강화하는 것이 말하자면 민족문학이고, 한편 근대문학이라고 이해될 수 있기 때문이다. 베네딕트 앤더슨이 말하는 '상상의 공동체' 이론은 바로 이와 같은 뜻에서 근대적 인쇄 매체들을 중심으로 의식적, 무의식적 이념 형성의 기제 작용으로 주어진 것이 곧 근대의 핵심적 현실 장치인 '민족공동체'로 성립하였다고 보는 것이다. 이런 특질적 시야에서 상상의 매개 기능을 이루는 '언어'가 근대적 민족공동체를 이루는 데 핵심적 기제로 작용하였다고 보는 것이며, 또 같은 시야에서 근대문학의 장치들이 의식적, 무의식적으로 근대적 민족공동체를 형성하는 데 중심 기제의 하나로 작용하였다고 보는 것이다. 여러 인쇄 매체들, 통칭 '인쇄 자본주의'를 이루는 여러 인쇄 매체의 기제들이 중요하게 인식되는 이유가 또한 이런 맥락에서 이해될 수 있는데, '언어-문자'를 매개로 한 이러한 문화 매체들이 기본적으로 '공모(共謀)'의 성질을 갖는다는 것은 우리가 알다시피 '기호(언어)'란 기본적으로 그 공유 집단 내에서만 기호적 기능을 발동하는 것이며, 따라서 그 기호 밖의 타자-배제자들을 향해서는 희생자의 역할을 강요하는 것이 또한 기호 자체의 본질적, 본성적 측면의 일부라 할 수 있다. 이와 같은 맥락 속에서 결국 근대문학을 이룬 의지적 측면은 '민족주의적 정열', 곧 '민족주의'의 정신적 자질로 파악되거니와, 이와 같은 에너지, 자질이 초창기 한국 근대문학

이 씌어진 바 있음을 비교문학자 가와모토 고지(川本皓嗣) 교수와 사회언어학자 이연숙 교수는 증언한 바 있다. 제1회 한일국어교육비교학술대회(서울시립대, 2000년 9월 15일) 발표문, 『국어교육이란 무엇인가』(정상균 외편, 혜안출판사, 2001) 소재.

을 형성하는 데 어떤 문화적 장치, 기능과 공모하여 그 발현을 이루었는가 살피는 데 본 논의의 주안점을 두기로 하겠다.

2. 한국 근대문학의 담론 구조와 민족이라는 상상의 공동체

1) 근대소설의 경우

(1) 「무정」의 경우

베네딕트 앤더슨(이하 앤더슨)은 '민족'이라는 상상의 공동체를 지각케 함에 있어서 결정적으로 기여한 근대적 문화 장치, 즉 담론 형태의 하나가 바로 '(근대)소설' 양식이라는 데 추호의 의심도 두지 않는다. 왜 그러한가를 이제부터 조금 설명할 필요가 있을 것이다. 그러기 위해서 먼저 구체적인 텍스트 분석의 작업이 수행될 필요가 있고, 그 대상으로는 잘 알려진 이광수의 「무정」이 제격이다. 이 작품의 서두 부분을 잠시 확인해 두기로 한다.

경성학교 영어 교사 이형식은 오후 두 시 사년급 영어 시간을 마치고 내려쪼이는 유월 볕에 땀을 흘리면서 안동 김 장로의 집으로 간다. 김 장로의 딸 선형이가 명년 미국 유학을 가기 위하여 영어를 준비할 차로 이형식을 매일 한 시간씩 가정교사로 고빙하여 오늘 오후 세 시부터 수업을 시작하게 되었음이라.
이형식은 아직 독신이라, 남의 여자와 가까이 교제하여 본 적이 없고 이렇게 순결한 청년이 흔히 그러한 모양으로 젊은 여자를 대하면 자연 수줍은 생각이 나서 얼굴이 확확 달며 고개가 저절로 숙여진다. 남자로 생겨나서 이러함이 못생겼다면 못생겼다고도 하려니와, 처녀자를 보면 아무러한 핑계를 얻어서라도 가까이 가려하고, 말 한마디라도 하여 보려하는 잘난 사람들보다는 나으리라.

형식은 여러 가지 생각을 한다. 우선 처음 만나서 어떻게 인사를 할까. 남자 남자간에 하는 모양으로, '처음 보입니다. 저는 이형식이올시다' 이렇게 할까. 그러나 잠시라도 나는 가르치는 자요, 저는 배우는 자라, 그러면 미상불 무슨 차별이 있지나 아니할까. 저편에서 먼저 내게 인사를 하거든 그제야 나도 인사를 하는 것이 마땅하지 아니할까. 그것은 그러려니와 교수하는 방법은 어떻게 나 할는지. 어제 김 장로에게 그 청탁을 들은 뒤로 지금껏 생각하건마는 무슨 묘방이 아니 생긴다. 가운데 책상을 하나 놓고, 거기 마주 앉아서 가르칠까. 그러면 입김과 입김이 서로 마주치렷다. 혹 저편 히사시가미(앞머리를 높게 묶은 일본식 머릿단)가 내 이마에 스칠 때도 있으렷다. 책상 아래에서 무릎과 무릎이 가만히 마주 닿기도 하렷다.

이렇게 생각하고 형식은 얼굴이 붉어지며 혼자 빙긋 웃었다. 아니 아니? 그러다가 만일 마음으로라도 죄를 범하게 되면 어찌하게. 옳다! 될 수 있는 대로 책상에서 멀리 떠나 앉았다 만일 저편 무릎이 내게 닿거든 깜짝 놀라며 내 무릎을 치우리라. 그러나 내 입에서 무슨 냄새가 나면 여자에게 대하여 실례라. 점심 후에는 아직 담배는 아니 먹었건마는, 하고 손으로 입을 가리우고 입김을 후 내어 불어 본다. 그 입김이 손바닥에 반사되어 코로 들어가면 냄새의 유무를 시험할 수 있음이라.

형식은, 아뿔싸 내가 어찌하여 이러한 생각을 하는가, 내 마음이 이렇게 약하던가 하면서 두 주먹을 불끈 쥐고 전신에 힘을 주어 이러한 약한 생각을 떼어버리려 하나, 가슴속에는 이상하게 불길이 확확 일어난다. 이때에,

"미스터 리, 어디로 가는가."

하는 소리에 깜짝 놀라 고개를 들었다. 쾌활하기로 동류간에 유명한 신우선이가 대팻밥 모자를 젖혀 쓰고 활개를 치며 내려온다.[7]

앤더슨에 의하면, '민족'이라는 '상상의 공동체'를 구현하는 데 가장 중요하게 기능하는 소설의 형식적 요소 중 하나로 '시간'이 지적된다. 말하자면 '동시성'의 요소가 바로 그것이다.[8] 근대 이전의 독자가 도저히

---

7) 이광수, 『무정』, 연재 1회분(『매일신보』, 1917.1).
8) 베네딕트 앤더슨, 앞의 책, 2장 참조.

지각할 수 없었던 하나의 민족공동체가 구체적으로 지각되기 위해서는 요컨대 하나의 동시성으로서 주어지는 '세계'의 존재가 인식되고 성립하지 않으면 안 된다. 마셜 맥루한이 지적하는 바, 오늘날 텔레비전을 통해서 '지구촌'이 인식되는 것처럼, 근대의 초기 단계에서는 무엇보다 '신문'(혹은 잡지)이라는 인쇄 매체를 통해서 하나의 민족공동체가 인지될 수 있었다는 뜻이다. 이 효과는 그러니까 좀더 구체적으로 말할 때, 근대 이전의 인류가 오늘날과 같은 세계의 존재를 전혀 인식 못했다는 뜻에서가 아니라, 하나의 훈련으로서, 말하자면 매일매일 '신문'을 보는 것 같은 그러한 상상 훈련으로서 '민족'이라는 공동체가 점차 실감으로서 육화되고, 그리하여 근대적인 의미의 민족공동체 구성이 가능하게 되었다는 뜻이된다. 근대적인 민족의식, 혹은 민족주의적 이념 형성에 신문, 잡지 등과 기타의 책자물들을 포함한 인쇄 자본주의의 역할이 결정적으로 작용했다고 보는 앤더슨의 시각 역시 이러한 맥락에서 성립한다. 같은 맥락에서 근대소설이 하나의 민족공동체를 구체적으로 지각케 하는 데 기여하는 것은 (신문과) 마찬가지로 '나(독자)'와 다른 자리에서 존재하는 '민족' 세계의 존재를 구체적으로 상상케 하는 데 그것이 기능성을 발휘하기 때문이다. 신문연재소설의 형식이란 그 전형적인 것인데, 「무정」의 첫 장에서 그와 같이 생동하는 (민족)공동체의 현실을 환기시키기 위해, 서울 안(국)동 네거리를 걸어가는 이형식의 자태, 그 내면 현실이 아주 손에 쥐어질 듯이 묘사되는 것은 그러한 상상적 효과, 곧 민족공동체의 현실을 구체적으로 지각케 하기 위한 소설가의 의식적(혹은 무의식적) 수법의 소산인 것으로 설명될 수 있다. '동시성'의 요소가 중요한 것은 이러한 맥락에서라고 할 수 있는 것이다. 다시 한 번 이 점을 소설 첫 회 분의 첫 단락 인식을 통해 살펴보자.

경성학교 영어 교사 이형식은 오후 두 시 사년급 영어 시간을 마치고 내려쪼이는 유월 볕에 땀을 흘리면서 안동 김 장로의 집으로 간다. 김 장로의 딸 선형이가 명년 미국 유학을 가기 위하여 영어를 준비할 차로 이형식을 매일 한 시간씩 가정교사로 고빙하여 오늘 오후 세 시부터 수업을 시작하게 되었음이라.

"경성학교 영어 교사 이형식"이 "오후 두 시" "사년급 영어 시간을 마치고 내려쪼이는 유월 볕에 땀을 흘리면서 안동 김 장로의 집으로 가"는데, "오늘 오후 세 시부터" 김선형과 영어 수업을 하기로 한 때문이라고 태연히 말하고 있음을 볼 수 있다. 이와 같은 동시성의 사태를 더욱 실감나게 하기 위해 소설의 서술 시제는 현재형을 기본으로 하고 있으며, 그 동시성의 공간에서 구체적으로 현실이 이루어짐을 실감시키기 위해 한편 '만남'의 장치가 강조되고 있다. 김선형과 만나 최초의 수업을 가지는 장면을 내면적으로 상상케 하는 동시에 그 길의 도중에서 살아 있는 현실의 인간, 신우선(『상록수』의 저자 심훈의 형이자, 『매일신보』 기자)을 만나게 함으로써 이 소설 속 이야기가 참으로 현실의 공간에서 이루어진 이야기임을 실감케 하는 것이다.

흔히 '리얼리즘'으로 설명되는 이러한 근대소설의 장치, 형식적 요소들이 '민족공동체'를 상상케 하는 힘을 불러왔다는 것은 이러한 맥락에서 뚜렷이 설명된다. 이러한 기능적 장치, 요소들이 무엇보다 신문연재소설에서 그 모습을 뚜렷이 드러내었던 것이다. 따라서 이광수의 「무정」이 근대적인 신문연재소설로서 최초의 것은 아니었다 하더라도 「무정」만큼 신문연재소설이 요구하는 이러한 기능성을 뚜렷이 자각한 선행의 소설은 존재하지 않았다고 할 수 있다. 이인직의 「혈의 누」가 비록 과도기적 형태로 그러한 요구를 담고 있었다 하더라도 「무정」에 비해 그 실현의 정도는 현저히 미약했다고 할 수 있다. 「무정」이 획기적이었던 것은 따라서 소설 속 인물들의 세계, 곧 이형식과 신우선, 김선형 등의 세계가 그 소설을 읽는 독자들의 세계와 한치의 어긋남도 없이 동시적으로, 공동적 현실로 진행되는 세계라 함을 일깨우고 실감시킨 점에 있었다고 할 수 있으며, 결국 소설의 연재 기간 동안 소설을 따라 읽어감으로써 독자들은 하나의 상상된 공동체로서 민족공동체를 구체적으로 의식하고 지각하고 의지화하는, 그러한 '민족화'의 학습 과정을 반복하게 되었다고 설명될 수 있다. 「무정」의 주인공 이형식이 교사이며, 이 작품의 주된 인물들 상호간의 관계가 교사―학생 관계로 성립되어 있다 하는 점도 이러한 시각 속에서 우연이 아닌 사태로 인지될 수 있으며, 계몽성 곧 교육성을 핵심으로 하는 근대소설의 형식이 '민족주의'와 표리의 관계를 이루어 왔음도 이러한 맥락에서 우연이 아닌 사태로 주목될 수 있다.

'신문'의 일부로서 신문연재소설이 가지는 이러한 형식적 특성, 혹은 장치 요소들이 가지는 성격이란 앞서 설명한 대로 마셜 맥루한의 미디어론을 떠올리면 금방 납득할 수 있다. 텔레비전이 오늘날 새로운 현실, 곧 '지구촌'의 지구화 현실을 만들어 낸 것처럼,[9] 결정적으로 '신문'의 기제, 그리고 그 속의 문화적 장치 중 일부였던 '신문연재소설'은 '민족공동체'를 하나의 상상된 공동체로 인식하고 지각케 하는 데 결정적인 문화적 힘을 발휘하였다. 마치 현대의 대중, 청중들이 라디오와 텔레비전, 그리고 영화와 인터넷의 세계에서 위안을 찾고, 구체적인 세계 감각을 형성하듯이, 과거의 독자들은 '소설'이란 이름의 이 새로운 문화적 장치에서 위안을 찾고 한편으로 그들만의 고유한 세계 감각을 인식하고 형성해 갔던 것을 이해할 수 있는 것이다. 동시 다발의 다양한 세계 현실, 곧 다양한 사건들의 공동적 세계 현실로서 민족이란 상상의 공동체가 구체적으로 지각되기에 이르렀다면 이 세계 현실의 감각을 뒷받침하는 문화적 장치로서 신문의 뉴스, 곧 기삿거리들이 주어졌다고 할 수 있고, 이 뉴스, 기사들과 함께 신문연재소설이 함께 공존함으로써 리얼리즘의 현실 감각이 더욱 구체화되었다고 할 수 있는 것이다.

이처럼 하나의 상상된 공동체, 곧 근대적인 의미에서의 민족공동체를 구성하는 데 크게 기여한 것이 '신문'의 일부로서 그 연재소설이었다고

---

9) 마셜 맥루한, 임상원 역, 『구텐베르크 은하계』, 커뮤니케이션 북스, 1999 참조.

보면, '동시성'의 요소 감각, 즉 현재형의 서술, 문체 감각이 왜 중요했던 가를 다시 한번 실감하여 인식할 수 있다. 흔히 '한편'이라는 부사어를 동반하면서, 앞서 등장한 (주인공의) 인물들과 다른 공간의 인물들이 어떻게 하나의 세계 속에 동시적으로, 그러니까 공동적으로 존재하는가를 소설가들은 주의 있게, 그리고 빈번히 묘사하여 보여주곤 하였거니와, 다시 「무정」의 내부로 돌아가 살피기로 하면, 선형과의 영어 과외 수업을 마치고 돌아온 형식에게 그 과외가 이루어진 같은 시간, 형식의 집을 찾는 영채의 방문이 있었다고 하는 기술(이 장면을 소설은 형식의 하숙집 주인 노파가 대신 전해주는 형태로 전한다) 등이, 말하자면 그와 같은 동시성의 세계 존재를 구현하기 위해 동원된, 곧 의도된 기술 같은 것으로 해석될 수 있다. 「무정」의 작품 세계 전반을 통해서 관찰되는 이와 같은 동시성의 다발 현상들은 이 작품의 특질이자 속성 자체라 해도 좋을 만큼 두드러지게 그 면모를 드러내는 양상이라 할 수 있다.

「무정」과 이광수 소설 세계 전편을 통해서 왜 그처럼 많은 우연적 만남의 사건들이 되풀이, 남발되게 되는지10)에 대해서도 위의 설명법을 빌린다면 좀더 일목요연한 설명이 가능할 수 있다. 요컨대 이와 같은 신문 연재소설이 궁극적으로 형상화하고자 하는 바가 마침내 민족공동체라는 가시적인 세계의 구현에 있다고 한다면, 이 가시적 세계의 구체적인 구현 방식은 각기 다른 공간에서 존재했던 인물들을 한 자리에 모이게끔 하는 방식으로 나타나지 않을 수 없다. 예컨대 「무정」의 최종 결말부에서 형식과 선형, 영채, 병욱이 우연히 함께, 동승의 유학 여행을 떠나게 되는 바, 궁극적으로 이 네 사람의 예비 선각자가 삼랑진 수해 현장에서 공통적으로 민족의 참상을 목격함으로써, 이를 기화로 한 구체적인 민족 갱생에의 의지가 확립되기에 이른다는 계몽적 의미 구조의 성립 양상 등

---

10) 서영채, 「이광수의 초기 단편에 나타난 사랑의 양상」, 『한국현대문학연구』 10, 월인, 2001년 12월. 여기에서 논자는 이광수 소설에 있어서 반복되는 '만남'의 '우연'성이 열정적 사랑의 성격 때문인 것으로 설명하고 있다.

은 이 작품의 민족적 담론 지향성이 야기시킨 필연적인 (우연적) '만남'의 서사화 증대 양상이라 설명될 수 있는 것이다.

시종 신문연재소설의 형태로 전개되었던 이광수 소설 세계의 특질, 그 상상력의 의미 지향적 속성과 그 서사적 장치의 기능성이 이와 같이 설명될 수 있다면, 이광수 소설의 특질과 '민족'이라는 상상적 공동체의 내면적 상관성이 전제되지 않고서는 그 전체의 면모가 설명되기 어렵다는 것을 알 수 있다. 신문사 편집국장의 직위에 시종 위치하면서 소설을 써나갔던 이광수에게 소설을 통한 민족공동체의 상상적 구현 작업은 지극히 자연스럽고도 익숙한 글쓰기의 실천 과정이었던 것이다. 물론 소설 양식을 통한 이와 같은 민족공동체의 상상적 구현 작업이 반드시 이광수에 의해서만 실천 가능했다고 보기는 어렵다. 그보다 대중적인 영향력을 미흡했다고 볼 수 있을망정, 이광수의 뒤를 이은 김동인, 혹은 염상섭의 경우에 있어서도 소설을 통한 민족이라는 상상 공동체의 실현 작업은 마찬가지로 구체화되었다고 할 수 있다. 본고에서는 일단 「만세전」의 예를 들어 이 문제를 다시 한번 더 구체적으로 검토, 논란해 보기로 하자.

(2) 「만세전」의 경우

「만세전」이 당대의 민족 현실을 말하고, 이로써 민족의식을 계발하거나 앙양하려는 의도에서 쓰어진 작품임을 부정할 논자는 별로 없을 것이다. 민족이라는 상상된 공동체의 현실을 더욱 정교하고 자세한 필치로 묘사하려는 의도에서 염상섭의 이 「만세전」이 쓰여졌음을 우리는 전제할 수 있는 것이다. 이 소설 속에서 지시되고 묘사되고 있는 현실의 규모와 부피가 분명 「무정」의 그것을 넘어서는 수준에 있는 것은 틀림없지만, 그렇다고 그것이 본질적으로 민족 담론의 수준을 넘어서려고 하는 수준에서, 그러니까 탈민족(주의)의 의식 지향성을 본질적으로 내재한 작품이라고 보는 것은 아무래도 해석의 비약이라고 하지 않을 수 없다. 「만세전」

의 주된 의미 구조의 성격이 무엇인가를 확인해 두기 위해 여기서 조금 상세한 논란을 펼쳐 두기로 한다.

우선 이해를 돕기 위해 이 작품을 크게 두 부분으로 나누어 설명해 보기로 한다면, 「만세전」 구조의 의미론적 분절은 일단 동경 유학생이자 근대적 허위의식의 사고에 빠진 주인공 이인화가 아내 위독의 급전을 받고 서울로 귀경하기까지의 외부적인 여행 과정 전반부와 그 여로 과정에서의 여러 계기들을 통한 내면적 성숙이 구체적으로 피로되는 후반부 서울에서의 체류 일정으로 크게 이분되는 양상을 보인다고 할 수 있다. 여행 과정에서의 이러저러한 체험 계기들과 새롭게 눈뜨게 되는 민족 현실의 발견을 통해 마침내 성숙한 민족적 자아로 이동한다는 것이 전체적으로 하나의 교양소설적 구조를 이루는 이 작품의 뼈대 의미 구조라 할 수 있는 것이다.[11] 시간적으로 그리 길지 않은 여행의 과정을 통해서 과연 한 사람의 자아가 "여행이 끝나고 길이 시작되었다"라는 유명한 교양소설적 명제처럼, 두드러진 인격적 성숙을 기하고 있느냐에 대해서는 물론 다른 관점에서의 논의가 가능하고, 이른바 '아이러니'라고 하는 것처럼, 스스로 '민족 지사'도 아니고, 그저 문학 병에 들린, '문학 청년'의 일종일 뿐인 주인공이 작품의 마지막 장면에 이르러서도 그저 (새 장가 들 차비를 하여야 하지 않겠느냐는 물음에) "겨오 무덤속에서 빠져나가는데요? 땃듯한 봄이나 만나서 別莊이나 한아 작만하고 거드럭 어일 때가 되거든요?" 하면서 능쳐버리는 대목 등을 중시한다면, 과연 이런 식의 자기 방기적인 양상으로 어느 만큼의 인격적 성숙이 기해진 것이냐고 묻는 것도 타당한 의문일 수는 있다. 하지만 교양소설이 가진 미학적 근본 구조의 성격을 유명한 G. 루카치는 다시 한번 '아이러니'의 개념을 빌려 설명했거니와, 아무 것도 진전된 것이 없는 척하면서도, 실상 작품의 전반을 통해 유지해 왔던, 오로지 '근대성'의 매력에만 침윤된

---

11) 한형구, 「만세전 론」(정호웅 외, 『장편소설로 보는 새로운 민족문학사』, 열음사, 1993) 참조

듯한, 주인공의 탈민족적 코스모폴리탄의 자세가 작품의 결말부에 이르면서 모종의 전환으로 변환되는 것은 루카치가 말한 그 형식적, 구조적 차원에서의 참된 의의로 보아 가히 '아이러니'적 구조를 실현했다고 평가할 만하다. 그 내용을 조금만 더 자세히 음미해 보기로 한다.

위에서 전제한 것처럼 작품 전체를 우선 크게 두 부분으로 나누어 주인공이 보여주는 그 의식적 전회의 양상을 우리가 일단 '아이러니'의 개념으로 조명할 수 있다면, 이 과정에서 결정적으로 기능하는 매개적 인물이 다름 아닌 일본인 여급 '靜子'인 것을 인식할 수 있다. 작품의 서반에서 주인공은 아내가 죽어가고 있다는 데도 태연히 일본인 여급과의 애정 행각을 보여주는 바, 이처럼 철없이 자기를 구속하는 온갖 현실적 질곡으로부터의 해방을 구가하며, 단지 감정의 자유로운 유희만을 추구하는 주인공의 모습을 보여주는 것은 거꾸로 작품 후반부에서의 민족적 자아로의 복귀, 즉 의미구조의 역전을 실현하기 위한 예비적 장치의 마련이었다고 할 수 있다. 요컨대 '아내(민족)의 죽음'이라는 상징적 현실의 한가운데에서 주인공의 자아의식은 단지 근대(문명)의 마력이 뿜어내는 코스모폴리탄의 범주를 맴돌고 있었을 뿐이라는 얘기가 되는데, 이 같은 탈민족적, 초월적 자아의식이 결국은 민족적 자아의식으로 귀환될 수밖에 없다는 데에서 이 작품의 참된 의미 구조가 발현되는 것으로 해석될 수 있는 것이다. 이와 같은 의미구조의 역전을 마련키 위해 주인공의 여행 과정이 주어지는 바, 동경에서 서울로의 귀환 과정에서 주인공이 내내 발견하는 것은 민족적 차별의 현실과 동시에 가히 '(공동)묘지'의 현실이라 하지 않으면 안 될 비참한 민족적 현실, 즉 식민지 현실로 나타나는 것이다. 결국 서울에 도착하여 아내의 죽음을 구체적으로 맞는 과정에서 주인공의 '회심(回心)', 즉 의미구조의 '전회(轉回)'가 일어나지 않을 수 없게 되며, 이를 위해 마련되는 것이 '고백체' 소설의 전형적인 의미 구조 발현 형식이 되는, '편지글'을 통한 '회심'의 양상이다. 일본 여인 西村靜子를 향한 편지글의 내용이 그것이다. 우선 그 내용을 구체적으로 음미해 보기로 하자.

京都에서 주신 글월은 반갑습니다. 나는 당신을 생각할 때마다 M軒의 하로
ㅅ밤…… 東京驛의 밤을 생각하야보고는 혼자 깁버합니다. 그러나 나의 周圍
는 그러한 깁븜을 마음껏 맛보도록, 나를 便하고 自由롭게 내버려두지는 안씀니
다. 다른 것은 고만두드라도 나의 周圍는 마치 共同墓地 갓슴니다. 生活力을 일
흔 白衣의 民族가튼 生命들이 蠢動하는 이 무덤 가운데에 드러안즌 只今의 나
로서 어찌 「꼿의 서울」을 꿈꿀 수가 잇겟슴니까. 눈에 뗴이는 것 귀에 들리는 것
이 한아나 나의 마음을 보드랍게 어루만저주고 氣分을 愉快하게 돗아주는 것
은 업슴니다. 이러다가는 이 弱한 나에게 차자올 것은 아마 窒息밧게 업겟지
요. 그러나, 그것은 芳醇한 薔미꼿송이에 파뭇치어서 强烈한 香氣에 醉하는
버레의 窒息이 안이라 大氣와 絶緣한 무덤속에서 구덱이가 化石하는 것과 가
튼 窒息이겟지요.
靜自樣!
그러나 나는 스스로를 求하지 안으면 안이 될 責任이 잇는 것을 깨다랏슴니
다.[12] (강조는 필자)

이 작품의 결정적인 의미의 발현이 이 대목에서 주어지고 있다는 것
은 거의 의심의 여지가 없다. 우울한 어조로 화자—주인공은 마침내 민
족적 자아로서의 자기 정립과 그 인식의 실천에 나설 수밖에 없음을 토
로하고 있는 것이다. 이 확인을 위해 정자(靜子)와의 상징적 단교(斷交) 조
치가 불가피해지며, 작품 후반부는 이 같은 구조적 정리 이후 급속히 하
강한다. 더 이상 할 얘기가 없게 되기 때문이다. 형식적으로 작품의 서사
는 아내의 장례를 마치고 다시 동경으로 귀환하는 것으로 되어 있지만,
이 작품의 제목이 처음에는 '묘지'로 주어졌다가 「만세전」으로 고쳐진
사정을 우리는 주목할 필요가 있다. '묘지'의 현실이라는 좀 더 자극적인
뜻의 제목에서 '만세전'이라는 시간 지정의 어사로 그 제목이 변경된 것

---

12) 『염상섭 전집』 1, 민음사, 1987, 104~105면.

을 음미할 수 있는 것이다. 하지만 이렇게 제목을 바꿔놓게 됨으로써, 작품 서사의 와중에서 전근대적 '미개발'의 이미지로 부각되었던 '묘지'의 어사는 사라지고, '3·1만세운동'으로 상징되는 민족(사)적 시간의식의 감각이 적극적으로 표출된 것을 알 수 있다. 작가가 이 작품을 두 번이나 고쳐 씀으로써 이 작품에 기울인 남다른 애정의 성격도 우리가 이러한 맥락에서 다시 살펴 음미할 수 있다. 결국 문학, 그리고 근대문학의 의미 자장이 민족 문화와 민족(주의)적 의식 운동의 맥락 안에 있다는 것을 무엇보다 「만세전」의 역사가 실증한다고 할 수 있는 것이다. 한때는 일본 문단에의 진출을 노리고 꿈꾸었을 만큼 작가로서의 보편적인 의식 확보에 적극적이기도 했던 염상섭이었지만, 자기 문학의 범주가 궁극적으로 민족적 범주일 수밖에 없다는 사실도 그는 절감하고 깨달았을 것이다. 비단 이광수나 염상섭이 아니더라도, 김동인을 위시한 그밖에 많은 한국 근대문학 작가들이 민족의식의 확립과 계발을 위해 그 상상력의 최대치를 쏟아 붓고 전력을 기울였다는 것은 이러한 맥락에서 더 이상의 증거가 필요 없이 확인될 수 있는 사실이라 하겠다.

2) 근대시의 경우

(1) 「불놀이」에 있어서……

한국 근대시의 경우에도 역시 그것이 민족적 상상의 형식으로, 즉 민족주의적 의의의 담론 형태로 출발하였다는 것을 인식하기는 그리 어려운 일이 아닐 것이다. 우리가 아는 근대시 초기의 명작들, 그러니까 한국 근대시를 일군 것으로 평가되는 몇몇 주요 작품들이 대개 민족적 상상의 형식으로 출현하였다는 것을 입증하기는 그리 어려운 일이 아니다. 가령, 한국 근대시의 출발을 알린 선구적인 시의 하나로 일컬어지는 「불놀이」의 경우를 보아서 우선 그렇다. 이 시의 전편을 여기서 다시 한 번 상기해 보기로 하면 그것은 다음과 같이 나타난다.

아아 날이 저문다. 서편 하늘에, 외로운 강물 우에, 스러져 가는 분홍빛 놀 …… 아아 해가 저물면 해가 저물면, 날마다 살구나무 그늘에 혼자 우는 밤이 또 오건마는, 오늘은 사월이라 파일날 큰 길을 물밀어가는 사람 소리는 듣기만 하여도 흥성스러운 것을 왜 나만 혼자 가슴에 눈물을 참을 수 없는고?

아아 춤을 춘다, 춤을 춘다, 시뻘건 불덩이가, 춤을 춘다. 잠잠한 성문 우에서 나려다보니, 물냄새 모랫냄새, 밤을 깨물고 하늘을 깨무는 횃불이 그래도 무엇이 부족하야 제 몸까지 물고 뜯을 때, 혼자서 어두운 가슴 품은 젊은 사람은 과거의 퍼런 꿈을 강물 우에 내어던지나, 무정한 물결이 그 그림자를 멈출 리가 있으랴?—아아, 꺾어서 시들지 않는 꽃도 없건마는, 가신 님 생각에 살아도 죽은 이 마음이야, 에라 모르겠다, 저 불길로 이 가슴 태워버릴까, 이 설움 살라버릴까 어제도 아픈 발 끌면서 무덤에 가 보았더니 겨울에는 말랐던 꽃이 어느덧 피었더라마는 사랑의 봄은 다시 안 돌아오는가, 차라리 속 시원히 오늘 밤이 물 속에…… 그러면 행여나 불쌍히 여겨줄 이나 있을까…… 할 적에 퉁, 탕, 불꽃을 날리면서 튀어나는 매화포, 펄떡 정신을 차리니 우구구 떠드는 구경꾼의 소리가 저를 비웃는 듯, 꾸짖는 듯. 아아 좀더 강렬한 정열에 살고 싶다. 저기 저 횃불처럼 엉기는 연기, 숨맥히는 불꽃의 고통 속에서라도 뜨거운 삶을 살고 싶다고 뜻밖에 가슴 두근거리는 것은 나의 마음……

사월달 다스한 바람이 강을 넘으면, 淸流壁 모란봉 높은 언덕 우에, 허어옇게 흐늑이는 사람떼, 바람이 와서 불 적마다 불빛에 물든 물결이 미친 웃음을 웃으니, 겁 많은 물고기는 모래 밑에 들어백이고, 물결치는 뱃슭에는 졸음 오는 리듬의 형상이 오락가락—어른거리는 그림자, 일어나는 웃음소리, 달아논 등불 밑에서 목청껏 길게 빼는 어린 기생의 노래, 뜻밖에 정욕을 이끄는 불구경도 이제는 겹고, 한 잔 한 잔 또 한 잔 끝없는 술도 인제는 싫어, 지저분한 배 밑창에 맥없이 누우면 까닭 모르는 눈물은 눈을 데우며, 간단없는 장구 소리에 겨운 남자들은 때때로 불 이는 욕심에 못 견디어 번득이는 눈으로 뱃가에 뛰어나가면, 뒤에 남은 죽어가는 촛불은 우그러진 치마 깃 위에 조을 때, 뜻있는 듯이 찌걱거리는 배젓개 소리는 더욱 가슴을 누른다……

아아, 강물이 웃는다. 괴상한 웃음이다. 차디찬 강물이 컴컴한 하늘을 보고 웃는 웃음이다. 아아, 배가 올라온다. 배가 오른다. 바람이 불 적마다 슬프게 슬프게 삐걱거리는 배가 오른다……

저어라 배를, 멀리서 잠자는 능라도까지, 물살 빠른 대동강을 저어 오르라. 저기 너의 애인이 맨 발로 서서 기다리는 언덕으로 곧추 뱃머리를 돌리라. 물결 끝에서 일어나는 추운 바람도 무엇이리오 괴이한 웃음 소리도 무엇이리오 사랑잃은 청년의 가슴 속도 너에게야 무엇이리오 그림자 없이는 '밝음'도 있을 수 없거늘—오오 다만 네 확실한 오늘을 놓치지 말라. 오오 사르라, 오늘밤! 너의 빨간 횃불을 빨간 입술을 눈동자를 또는 너의 빨간 눈물을……

이 시의 핵심적인 의미 구조가 무엇인가를 밝히는 데는 물론 여러 시각이 있을 수 있다. 가령 이 시가 하나의 개인적인 연애시에 불과하다는 해석이 있을 수 있다. 님을 잃은 슬픔의 노래! 이 시의 화자는 지금 님을 잃은 설움의 상태에서 불놀이의 광경을 구경하고 있다. 김윤식의 해명[13]에 의하면 이 시 「불놀이」는, 4월 초파일 대동강을 배경으로 벌어진 불놀이의 축제를 주요한이 상상하면서 쓴 시라고 하며, 시 속에서 화자는 앞서 말한 바와 같이 님을 잃은 '실연(失戀)'의 상태에 있다. 즉 사랑하던 님이 망자로서 이미 무덤 속에 죽어 있는 상태로 주인공에게는 주어져 있는 것이다. 이처럼 실연의 상태에 있으면서도 한편 화자는 재생을 꿈꾸며("어제도 아픈 발 끌면서 무덤에 가 보았더니 겨울에는 말랐던 꽃이 어느덧 피었더라마는 사랑의 봄은 다시 안 돌아오는가"), 더 나아가서는 '좀더 강렬한 정열', '숨맥히는 불꽃의 고통 속에서라도 뜨거운 삶을 살고 싶다'고 외치고 있는 것이다("저를 비웃는 듯, 꾸짖는 듯. 아아 좀더 강렬한 정열에 살고 싶다. (…중

---

13) 김윤식, 『김동인 연구』(민음사, 1987), 3장 3절 참조.

략…) 숨맥히는 불꽃의 고통 속에서라도 뜨거운 삶을 살고 싶다고 뜻밖에 가슴 두근거리는 것은 나의 마음"). 이와 같이 재생과 좀더 강렬한 정열의 인생을 꿈꾸면서, 그렇다고 죽은 님을 버리고 새 님을 찾아가겠다는 따위의 (팔자)고침의 자세는 전혀 보여주지 않는다. 그렇다면 이와 같이 일견 모순된 담론의 시를 우리는 어떻게 해석해야 할까.

잘 아는 것처럼, 「불놀이」의 발표를 전후한 시기에 주요한은 겨우 고등학교 졸업반 정도의 청소년기를 통과하고 있었다. 그가 의지적 감정의 형태로 이 시기에 강렬한 정열과 애모의 감정을 품었으리라는 것은 능히 짐작될 수 있지만, 그 사랑과 정열의 대상이 다름 아닌 '민족'의 형체로 주어질 수 있었으리라는 가정 또한 얼마든지 성립할 수가 있다. 실제로 그는 이 시를 발표한 직후, 2·8독립선언 사건에의 연루와 함께 상해(임시정부)로 망명하는 신세가 되며, 이 시가 발표된 동인지 『창조』의 발간부터가 민족적인 신문화운동의 일환으로 제기된 것이었음이 김동인의 회고를 통해 여러 차례 밝혀져 있기도 하다. 결국 이 시기 주요한이 강렬한 민족주의적 열망의 상태에 놓여 있었을 것이 여러 정황으로 보아 이해될 수 있으며, 주요한은 「불놀이」를 통해 이러한 민족주의적 열망의 감정을 노래한 것이라고 봄이 타당한 해석일 수 있는 것이다. 그가 고향의 '불놀이'를 배경으로 시를 지었다는 것도 이러한 맥락에서 합리적으로 수용될 수 있으며, '님'을 여전히 망자의 상태로 놓아두고서도 어떻게, 그리고 왜, 좀더 강렬한 정열의 생을 꿈꾸게 되느냐의 문제가 이러한 맥락과 전망 속에서만 비로소 합리적으로 해석될 수가 있는 것이다. 즉, 이 시기 주요한 역시 소설가 이광수, 혹은 염상섭 등이 놓여 있었던 상태와 같이 '민족(주의)적 계몽'을 향한 열정의 상태에 빠져 있었던 것이다. 그러기에 그는 '님(조국)'이 이미 망자의 상태에 놓여 있다는 것을 전제하면서도, 한편 소극적으로 영탄하고 자책하지만 말고 오히려 '강렬한 정열'의 인생을 살 것을 권유하고 있다고 해석할 수 있는 것이다. 이처럼 민족주의적 해석과 그 전망에 설 때, 이 시의 의미구조가 전체적으로 합리적으로 해석된다는 것을 알 수 있다.

당대의 현실, 곧 민족 현실을 '밤'으로 인식하면서도 한편 미학적인 찬란한 '새벽'을 예기하면 살지 않으면 안 될 것을, 그는 『아름다운 새벽』이라는 시집의 제목 언어로서 표상하고 있었다고 다시 한번 주요한 초기 시세계의 면모 전체가 민족주의적 맥락에서 해석될 수 있는 것이다.14)

이와 같이 한국 최초의 근대시 「불놀이」는 실증주의적, 혹은 해석학적 시야에서 민족의식의 강렬한 세례 아래 쓰여진 것을 확인할 수 있지만, 이를 다시 베네딕트 앤더슨의 시각으로 바꿔 설명하면 근대문학의 민족주의적 속성 자체에 따라 이와 같은 강렬한 민족주의적 정열의 근대시가 쓰여질 수 있었노라고 설명될 수 있겠다. 이는 근대소설의 경우와 마찬가지로 근대시의 정열 또한 민족주의적 정열에 기반한 것이었음을 뜻하는 사태로 설명될 수 있고, 이는 결국 근대 문화를 향한, 근대적 정열 자체가 본질적으로 민족주의적 정열을 의미하는 것으로 해석될 수 있음을 뜻하는 사태로 볼 수 있다. 아마도 이러한 일반화에의 이론적 결론이 성립하기 위해서는 좀더 많은 사례의 증거 수집이 필요하지 않느냐고 사람들은 의문을 표시할 것이다. 바로 그렇다. 이 대목에서 우리가 좀더 많은 사례들의 검토를 통해 근대시와 민족주의적 정열 사이의 관계를 묻고자 하는 이유도 그와 같다. 좀더 자세히 살펴보기로 하자.

(2) 한용운, 김소월, 이상화, 정지용, 기타 한국 근대시 초창기의 시인들

그리하여 주요한 이외에 한국 근대시 초창기의 시인을 우선 몇 사람 더 꼽아보기로 하면, 한용운·김소월·이상화·정지용 등의 이름이 먼저 떠오르고, 이들은 모두 그들의 시적 작업들 속에서 나름의 민족적 정향, 곧 민족적 상상력을 발휘한 경우로 예거될 수 있음을 생각할 수 있다.

---

14) 김학동, 「주요한 론」, 『현대시인연구』 1, 새문사, 1995 참조.

각자의 편차는 부인할 수 없지만, 넓은 의미에서 민족의식과 무관한 자리에서 자신의 시 세계를 열어간, 한국 근대시 초창기 큰 시인의 경우는 거의 없었다고 말해도 좋은 것이다. 시집 『님의 침묵』으로 모아진 한용운의 시 세계가 그러한 것이었음은 여기서 더 말할 필요가 없고, 「빼앗긴 들에도 봄은 오는가」로 대표되는 이상화 시의 경우, 그리고 시집 『진달래 꽃』으로 나타난 김소월의 경우에도 역시 그 나름의 특징적 면모와 함께 무엇보다 민족적인 것에의 정향성을 깊이 드러낸 것이었음을 여기서 더 설명할 필요가 없다. 다만 흔히 모더니스트 시인의 대표격으로 인식되고, 그런 점에서 상대적으로 민족(주의)적 정향성이 약했다고 인지될 수 있는 정지용의 경우를 살핌으로써 이 문제에 대한 검토에 가름하기로 하자.

우선 실증적 사실부터 살피면, 초기 정지용의 시는 대부분 경도(京都) 시절 유학기를 배경으로 쓰여진 것으로 알려져 있다. 절창 「향수」가 그 대표적인 보기의 경우이다. 이처럼 고향에 대한 그리움을 노래하고 있는 시가 문자 그대로 민족적인 것에의 정향성을 내포한 것임은 말할 나위가 없거니와, 그의 초기 시작 중 하나이며, 한국 모더니즘 시의 선구 격으로 꼽히는 「카페 프란스」를 통해서 이 문제를 좀더 자세히 살펴보기로 하자. 우선 시 전문을 인용해 보자면 이렇다.

옮겨다 심은 종려나무 밑에
빗두루 슨 장명등,
카페 프란스에 가쟈.

이놈은 루바쉬카
또 한 놈은 보헤미안 넥타이
뺏적 마른 놈이 압장을 섰다.

밤비는 뱀눈처럼 가는데

페이브먼트에 흐늙이는 불빛
카페 프란스에 가쟈.

이 놈의 머리는 빗두른 능금
또 한놈의 心腸은 벌레 먹은 장미
제비처럼 젖은 놈이 뛰여간다.

"오오 패롯(鸚鵡) 서방! 굿이브닝!"

"굿이브닝!"(이 친구 어떠하시오?)

鬱金香 아가씨는 이 밤에도
更紗 커—틴 밑에서 조시는구료!

나는 子爵의 아들도 아모것도 아니란다.
남달리 손이 희여서 슬프구나!

나는 나라도 집도 없단다
大理石 테이블에 닿는 내 뺨이 슬프구나!

오오, 異國種 강아지야
내 발을 빨어다오
내 발을 빨어다오[15]

　전체적으로 이국적 내용을 담고 있고, 그래서 모더니즘적인 내용을 담고 있는 작품이라 해서 크게 무리랄 것이 없는 작품이지만, 그 속에서 강렬한 민족의식이 숨쉬고 있다는 것도 전혀 부인할 수 없는 사실임이 확인될 수 있다. 특히 종반부에서 확인될 수 있는 사실이 그렇다. 섬세한

---

15) 『정지용 전집』, 민음사, 2003, 16~16쪽.

해석적 여지가 여전히 남아 있긴 해도, "나는 子爵의 아들도 아모것도 아니란다. / 남달리 손이 희여서 슬프구나! // 나는 나라도 집도 없단다 / 大理石 테이블에 닿는 내 뺨이 슬프구나! // 오오, 異國鍾 강아지야 / 내 발을 빨어다오 / 내 발을 빨어다오"의 부분들에서 우리가 확인할 수 있는 사실은 당시 시인의 내면의식이 계급적 의식의 흔적과 함께 전체적으로 민족적 자아의식의 형체에 크게 침윤당한 상태에 있었다고 하는 사실이다. "이국종 강아지야 / 내 발을 빨어다오 / 내 발을 빨어다오"의 대목을 지나치게 민족적 저항의식의 투영으로까지 읽을 필요는 없다 하더라도, 시인다운 우울과 망국민으로서의 설움, 미래에 대한 불안 등이 얽혀 위와 같은 시를 창조해 내었던 것으로 읽힐 수 있다. 세기말의 유럽 지식인, 혹은 그 문화의 감수성이 작용하여 저러한 멜랑콜리와 엑조티시즘의 감정이 어우러진 독특한 모더니즘의 시편이 창조된 것은 분명한 사실이나, 그러나 그럼에도 불구하고 이러한 가벼운 미학적 의식의 저변에 그래도 민족적 주체성의 면모가 예사롭지 않게 자리해 있었던 것을 그 시적 어사들의 문맥으로 보아 분명히 확인할 수 있는 것이다.

이처럼 정지용을 포함한 한용운, 김소월, 이상화 등 초창기 한국 근대시의 대표적인 시인들이 모두 민족적인 지향, 혹은 저항의 이념을 바탕으로 그 시적 표현의 작업에 나서고 있었던 것을 알 수 있다. 이것은 다시 말하거니와, 당시 민족이 놓여 있었던 식민지 상황 때문이라거나, 시인들 자신의 예민한 자의식 때문이었다고 말할 수 있지만, 더욱 근본적으로 말하면 근대소설, 근대시가 원질적으로 민족적인 것을 지향하기 마련인 근대문학 자체의 속성 때문이었다고 말할 수 있다. 결국 이러한 사태 귀결의 맥락은 시인 자신의 주체성에 의해서만 주어진 것이 아니라, '독자'라는 조건, 즉 잠재적으로 '민족'의 대다수를 상정하기 마련인 '독자' 고려의 조건에 의해서 이와 같은 의미 소통의 맥락이 성립하게 된 것으로 살필 수 있는 것이다. 이와 같은 양상은 시와 소설, 그리고 희곡과 비평, 에세이를 포함하여 근대적 글쓰기 전반을 통해서 관철될 수밖에 없는 사실이라 하겠으나, 특히 '시(양식)'에 주안하여 말한다면, '모국어'라는 언어 기제가 핵심적으로, 혹은 결정적으로 작용한 때문이라고 말할 수 있다. 근대문학의 장이 무엇보다 '모국어(자국어)'의 활성화라는 문화 작용에 힘입어 펼쳐지게 되었다고 볼 때, 거기에는 근대적인 의식과 함께 무엇보다 민족적인 것으로서의 민족 언어에 대한 감수성이 크게 작용하게 되었다고 볼 수 있다. 민족어에 의지하는 한 결국 민족의식의 생성과 그 소담한 의식의 확장 노력은 시인으로서 당연히 품어가야 할 의식적, 정신적 핵자의 이념태로서 작용하게 되었다고 할 수 있는 것이다. 결국 모국어에 의지하는 한 모든 의식적, 문화적 작용은 민족적인 범주를 중심으로 행사될 수밖에 없다. 그래서 가장 중요한, 결정적인 기제는 역시 언어이며, 그런 뜻에서 민족어일 수밖에 없는 것이다. 물론 이것은 특별히 한국 근대시 형성의 초창기를 배경으로 성립한 문화적 양상이 되며, 그 시기가 지나 '민족' 내부에 또 다른 타자, 즉 '민중'이라거나 '계급'의 존재를 불러들이게 될 때, 이와 같은 담론 상황은 변전하게 된다. 그래서 특별히 이 글은 한국 근대문학 초창기의 양상만을 두고 벌이는 민족적 담론의 해석 작업이 되며, 그 문학사적 연구의 실천 작업이 되는 것이다. 이후 문학사가 어떻게 변전되는지에 대해서는 아마도 더욱 상세한 논의가 필요할 것이다. 그러기 전에 이 글에서는 우선 한국 근대 초창기의 문예 비평과 민족주의적 담론과의 상관 양상을 잠시 검토해 보기로 한다.

3) 근대 비평—신채호 언설의 경우

한국 근대 문예비평의 원점, 그 시작점을 어디에 설정할 것인가의 문제가 여전히 남아 있기는 하지만,[16] 신채호 비평의 존재는 한국 근대 비평사에서 빼놓을 수 없는 지점의 하나임에 틀림없다. 1920년대 초두의 김동인-염상섭 사이의 논쟁보다도 그것은 10여 년을 앞선 시점에 존재하는 것이며, 조선 후기의 김만중이나, 박지원 비평에 비해서는 물론 훨씬 근대적인 형체를 갖춘 것이 그것이다. 『독립신문』 전체의 비평 부재 양상에 비해서도 신채호 언설의 양상은 훨씬 비평적인 형태의 구체화를 보여주며, 개인 문집 앞뒤에 실린 당대의 '서발비평(序跋批評)'에 비해서도 그것은 훨씬 본격적인 비평의 양상을 이룬다. 물론 본격적인 의미에서 근대적인 문예비평의 양상을 이룬다고까지 그 언설사적 의의를 평가하기는 어렵지만, 그렇다고 해도 그것은 근대적으로 여러 가지 유의미한 비평사적 의의를 껴안고 있다.17) 이에 관해 간략히 살펴보기로 한다.

망명 이전 시기(1905~1910) 신채호의 존재는 한 마디로 이 땅의 대표적인 언론인의 초상이었다. 20대 약관(弱冠)의 시절에 그는 신문사의 '논설 주간'에 해당하는 핵심 직위에서 날카로운 평필을 휘두르고 있었던 것이다. 당시 국한혼용문체(國漢混用文體)를 구사하는 대한제국기의 신문 지면, 곧 『황성신문』이나 『대한매일신보』 등의 지면 위에서 활발한 논설 활동을 펼치고 있었음이 그의 전집 등의 자료를 통해 확인된다. 당시 신채호의 글 중에 「소설가(小說家)의 추세(趨勢)」(1909.12.2)라는 제목을 달고 있는 글 한편을 보이자면 다음과 같다.

　　近日 小說家의 趨勢를 觀하건대, 人으로 하여금 大驚을 喫할 者- 不一이로다.
　　此 小說도 誨淫小說이요, 彼 小說도 誨淫小說이라. 美人의 冶遊容態를 描出하며 男子의 花柳身分을 寫來하여 一讀하며 淫心이 萌하며, 再讀하매 淫心이 蕩케 하니, 嗚呼라. 小說은 國民의 羅針盤이라. 其 說이 俚하고 其 筆이 巧하여 目不識丁의 勞動者라도 小說을 能讀치 못할 者- 無하며, 又 嗜讀치 아니할 者- 無하므로, 小說이 國民을 强한 데로 導하면 國民이 强하며, 小說

　16) 한형구, 「한국 근대 문예비평의 원점」, 『인문과학』 6, 서울시립대, 1999.
　17) 한형구, 「신채호 언설의 비평사적 의의와 특질」, 『단재 신채호의 현대적 조명』(대전대학교지역협력연구원 편), 2003 참조.

이 國民을 弱한 데로 導하면 國民이 弱하며, 正한 데로 導하면 正하며 邪한 데로 導하면 邪하나니, 小說家된 자— 마땅히 自慎할 바어늘, 近日 小說家들은 誨淫으로 主旨를 삼으니 이 社會가 장차 어찌되리오

近間 大韓新聞에 揭載된 漢江船을 讀하매 더욱 聲을 失하며 長吁할 바로다. 雖然이나 漢江船은 明白히 淫을 論함으로, 譬컨대 刀槍으로 人을 殺함과 如하여 見하고 避하기 易하거니와 他 許多 小說家는 名曰 社會小說이라 하고, 名曰 政治小說이라 하고, 名曰 家庭小說이라 하면서 暗暗히 淫說을 鼓吹하여 鳥毒으로 人을 殺함과 無異하니, 吁라. 可畏인저.18)

당시 신문의 논설이 어떤 모습이었는가를 알 수 있게 해 주는 위의 글은 그러나 아직은 미약한 상태일망정 분명한 문학 비평의 모습을 보여주고 있다. 오늘날 독자의 감각으로부터는 너무나 멀어진 그 문체적 양세로 말미암아 그 실감이 잘 전해지지는 않지만, 그럼에도 불구하고 여기에 문학 비평의 분명한 의식이 깃들어 있는 것은 부인하기 어렵다. 작품에 대한 구체적이고도 자세한 논설은 아니라도 여기에 작품평의 논설이 깃들어 있음도 부인하기 어렵다. 논자의 관심이 아직 근대적 분화의 상태에 도달해 있지 못하다는 점은 분명하지만, 그렇기에 이러한 비평은 크게 정치적이고, 도덕적인 비평의 성격을 머금고 있다. 신채호의 논설이 막바로 '민족주의' 담론, 곧 민족주의이념의 사학 담론 같은 것으로 곧바로 연결될 수 있었던 까닭도 위와 같은 특질에서 말미암았다고 할 수 있다. 그 원인은 물론 역사적 배경 속에 있다. 그야말로 나라가 백척간두, 누란의 위기 속에 놓여 있어, 바야흐로 을사조약도, 정미7조약의 단계도 지나, 합방을 코앞에 둔 대한제국기의 말엽 시기였던 것이다. 이러한 절대절명의 국가 위기, 민족 위기의 시대에 그는 닥치는 대로 필봉을 휘둘러 정치, 경제, 사회, 군사, 문화 영역을 가리지 않고 민족적 위기의식의 기치를 높이 쳐들었다. 결국 그가 한평생 민족주의자로서, 민족

---

18) 『丹齋申采浩全集—別集』, 형설출판사, 1979, 81면.

운동가와 사상 운동가로서 생애를 관철해 나갈 수밖에 없었던 까닭도 이러한 맥락에서 해명될 수 있는 것이다.

망명 후 중국을 전전하면서 무정부주의로까지 전신한 신채호가 재판정의 인정 심문에서 자신을 '신문기자'로 소개하였다는 사실은 그의 자의식과 관련하여 의미 있는 사실이 된다. 요컨대 신채호는 무엇보다 자신을 '신문기자'로서 의식하였다는 사실이 되는 것이다. 근대 민족주의의 형성에 '인쇄 자본주의'의 역할이 무엇보다 중요했다고 보는 베네딕트 앤더슨의 관점이 이런 맥락에서 다시 한번 설득력을 발휘한다. '인쇄 자본주의'란 결국 '신문'이며 '잡지', '문학'과 '책'의 문화를 의미함에 다름 아닌 것이다. '민족'이라는 '상상의 공동체'가 이러한 인쇄 미디어들을 통해서 형성되고, 발전되었다는 앤더슨의 인식은 강렬한 '민족주의자'의 존재가 '민족적 위기'의 현실 속에서 그 현실을 바라보고 타개하고자 하는 의식적인 문필가, 지식인의 형태로 발현될 수 있었음을 의미하고 함축한다. '민족'이라는 공동체의 뿌리는 물론, 역사적이고 원형적인 차원에서 종교적 관습과 문화를 배경으로 왕조국가라는 실체적 전통과 함께 주어졌다고 보는 것이지만, 적어도 근대적 의미의 '민족주의', 그 '상상의 공동체'에 대한 의식적, 이념적 형성 과정은 '인쇄 자본주의'의 매체를 떠나서는 상상할 수 없다는 것이 베네딕트 앤더슨의 인식이라고 할 수 있는 것이다. "신문은 그날의 우유와 같다"는 정언적 인식이 이러한 맥락에서 성립하거니와, 일상적이면서도 거대한, 근대적 시간의 지속과 공유 감각 속에서, 그 의식을 지탱하고 되풀이 훈련시키는 '상상'의 기제가 바로 '인쇄' 매체들이었고, 따라서 이 인쇄 매체들이야말로 근대 민족주의를 형성하고 완성한 직접적인 기제였다는 인식이 이러한 맥락에서 성립할 수 있는 것이다. 한국의 근대 민족주의를 이론적으로 대변하고 대표하고자 했던 개화기 지식인 신채호가 무엇보다 '신문기자'의 소명의식을 지녔던, 전형적인 책의 지식인, 언론인이었다는 사실은 이런 맥락에서 주의 깊게 음미될 사실이 아닐 수 없다. 결국 근대 민족주의라는 것도 책과 의식, 언어와 이념 사이의 상관 관계로서 인식되고 해명되지 않으면 안 될 그 무엇인 터이다. (근대적) '비평'이란 이런 맥락에서 문학과 현실, 의식과 현실을 중재하는 문화적 장치의 일부가 아닐 수 없었으며, 결정적으로 그것이 인쇄 매체의 지면을 떠나서는 성립할 수 없었다는 점이 이 맥락에서 다시금 상기되지 않으면 안 된다. 신채호는 이런 뜻에서 아직 근대적 미분화의 과도기적 형태였긴 하지만, 대한제국기, 개화기의 공간 속에서 당시의 신문 지면을 통해 근대적 비평을 실천한 한국 근대의 선구적 비평가의 한 사람인 것을 확인할 수 있다. 결국 한국 근대 최초의 비평가 중 한 사람이었던 그가 한국 근대 최고의 민족주의자, 민족주의 이론가의 대표자로 자리매김되는 사실이 이런 맥락에서 곱씹어 음미되지 않으면 안 된다.

3. 결어 및 남는 문제─'공모'의 인식과 세계적 시야

한국 근대문학과 민족주의, 혹은 민족의식과의 상관 관계를 밝히는 데 급급한 나머지, '민족' 담론의 공모적 성격을 밝히는 작업은 소홀히 되고 말았지만, 넓게 보면 연구 담론을 포함한 '(민족)문학'의 해석 공동체가 말하자면 하나의 공모적 성격을 지닌, 담론 공동체의 성질을 지녔다고 할 수 있다. 이때 '(민족)문학'의 공모적 성격을 형성하는 데 기본적으로 작용하는 기제가 바로 상징적 기호로서의 '언어' 기제라 할 수 있는데, 말하자면 '암호', 혹은 '음어'와 같이 은밀하게 민족 내부에서 수수되는 언어 기호의 상징적 작용이 곧 '상상의 공동체'로서의 '민족공동체'를 형성하는 중심적 기제, 주된 문화적 기제를 이룬다고 할 수 있는 것이다. 검열의 상황을 생각해 보면 이 기제 작용의 음성적 성질, 곧 하나의 공동적 작용으로서 '공모'적 성질을 이해할 수 있는데, 검열의 상황이 강화될수록, 곧 정치적 억압과 탄압이 강요되는 상황에서 오히려 문학의 작용이 활발하게 이루어질 수 있다는 역설적 사실도 이러한 문맥에서 문학적 공모의 성질을 이해시켜 주는 하나의 방증이 된다고 할 수 있다. 수없이 존재하게 되는 문예 작품, 문예 작가 중에서 특별히 '민족성'이 강한 문학이 근대문학의 중심 작가, 혹은 훌륭한 문예 작품의 사례로 지목되는 비평적 선별 작용, 혹은 문학 연구 담론의 작용도 같은 문맥에서 문학 공모의 성질을 입증시켜 주는 또 하나의 보충적 증거가 된다고 할 수 있다. 신채호의 경우에서 볼 수 있는 것처럼, 민족이 위기 상황에 처해서 더욱 이 민족주의적 의식이 발동되고 그것이 치열하게 문학적 담론으로 전화, 발현된다는 것도 근대문학사의 여러 사례들을 통해서 우리가 충분히 입증해 볼 수 있는 사안이다. '공모'란 일반적으로 '공모'의 배제자(排除者)를 상정하고 함축하기 마련이라고 할 때, 문학의 상징(기호)적 성격이 강화될수록(양식적인 면에서는 특히 '시'와 같은 양식이 활성화될수록), 그 기호 해석의 바깥에 위치하는 공모 배제자에 대한 배제의 기운(원한의 감정)이 강화되면서 민족 내부의 구성원을 향한 계몽적 열도 또한 동반하여 상승하게 된다고 할 수 있다.[19] 우리 근대문학사에서는 초창기 근대문학이 대개 그러한 정신적, 정서적 상태에서 이루어졌다고 할 수 있으며, 해방 이후 독재 정권, 혹은 외래 권력과 싸우는 과정에서도 문학의 이러한 면모가 두드러지게 나타났다고 할 수 있다. '민족문학'의 공모적 성격이란 대개 이러한 성질을 두고 말함이라 이해한다면 그것이 결코

---

19) 공동체와 그 배제자, 요컨대 '희생(양)'의 문제로 공동체와 문화적 제의의 관계를 파악한 사람은 잘 알려진 르네 지라르였다. 『폭력과 성스러움』(김진식 · 박무호 역, 민음사, 1993)은 그 대표적 저작이 되는데, 여기에서 이미 그는 '공모' 이론의 한 선구적 관점을 제시한 셈이라 할 수 있다. 책의 한 대목에서 그는 다음과 같이 서술하고 있다. "얼마 전까지만 해도 수많은 개별적인 갈등들과 수많은 쌍의 원수 형제들이 존재하던 바로 그곳에 이제는 또다시 하나의 공동체, 즉 구성원들 중의 단 한 사람에 대한 증오로 완전히 하나가 되는 공동체가 존재한다"(같은 책, 123면).

부정적 의미만으로 규정될 성질의 것은 아님을 알 수 있다.

 '민족주의의 기원과 전파'라는 부제를 단, 베네딕트 앤더슨의 저서 『상상의 공동체』이론을 적용해서 초창기 한국 근대문학의 '민족(주의)'적 정향성을 밝히고, 거꾸로 그와 같은 민족주의적 열정이 한국 근대문학을 형성한 주요 모태의 에너지가 되었다는 점을 밝히고자 한 이유도 같은 맥락에서 주어진다. 민족문학의 공모적 성질이 그런 것처럼, 한국 근대문학 형성의 원형질 또한 민족(주의)적 정열에 있었음을 우선 필자는 표나게 밝혀보고 싶었던 것이다. 앤더슨이 강조하는 것처럼 한국 근대문학의 이와 같은 '민족(주의)'적 정향성은 비단 한국 근대문학의 경우에만 국한, 인식될 수 있는 문제 양상이 아니다. 따라서 세계적 시야에서 이러한 각 (민족)근대문학의 민족적 성격, 곧 지방적 성격을 밝히는 것이 하나의 과제로 주어지며, 통시적인 면에서는 이러한 민족주의적 정향성이 어떤 변곡점들을 거치면서 근대문학사 전체의 복잡계 면모로 전화되는가를 구체적이고도 선명한 분할 논법으로 설명해 내는 일이라고 하겠다. 한국 근대문학에 대한 뻔한 해석적 전통을 답습하고 있다는, 비교적 단순 공모자의 혐의로부터 우리 자신의 문예 인식적 작업을 구해내는 것도 다름 아닌 이처럼 보편자와 개별자의 길을 적절히 조응시켜, 한국 민족문학, 혹은 근대문학 전체의 특수성의 면모를 부각시켜 주는 작업 속에서 주어진다고 할 것이다.

기원의 신화를 향해 가는 길

최남선의 『백두산 근참기』

서영채

1. 왜 기행문인가

최남선(1890~1957)이 백두산을 향해 서울을 떠난 것은 1926년 7월 24일의 일이었다. 이 여행을 위해 최남선은 그 해 3월 3일 이래 4개월 넘게 『동아일보』에 연재하고 있던 회심의 「단군론」을 중단해야 했다.[1] 그에게 「단군론」은 단순한 연재 논문이 아니었다. 역사학자로 나선 1920년대의 최남선에게 무엇보다 절실했던 것은 단군의 실재성과 역사성을 증명하는 것이었고, 이를 위해 우선적인 것은 단군의 실재성을 부정했던 일본의 역사학자들의 논리를 검토하고 반박하는 것이었다. 그의 「단군론」

---

1) 「단군론」은 1926년 3월 3일부터 7월 25일까지 77회를 마지막으로 연재가 중단되었고 결국 이 논문은 미완으로 남는다. 뒤이어 7월 28일부터는 『백두산 근참기』가 1927년 1월 23일까지 전89회에 걸쳐 연재되고, 1927년 7월 단행본으로 출간된다.

은 바로 그 일이 시작되는 지점에 위치해 있는 글이었다. 이 글에서 최남선은, 일본 역사학자들의 세 가지 형태의 단군 부정론에 대해 주를 달아 가며 조목조목 반박하고 있었다. 그런 글조차 중도반단하고 나선 것이 그의 백두산 기행이다. 그만큼이나 절실하고 중요했다는 것인가. 그렇다면 그것은 무엇 때문인가. 이 질문은 1920년대, 식민지의 역사학자이자 민족 지사로서 최남선이 안출하고자 했던 민족주의 이데올로기의 속성과, 그리고 그것이 당면할 수밖에 없는 딜레마와 연관되어 있다.

잘 알려져 있는 바와 같이, 최남선은 3·1독립선언서를 쓴 민족 운동가이자 동시에 역사학자이기도 했다. 역사학은 객관적 사실에 기반해야 하는 것이며 그 자체가 사실과 논리의 차가움을 자신의 동력으로 삼는다. 그러나 식민지의 민족 운동가로서의 최남선은 민족주의이념의 창안자이자 실천가이기도 했으며, 이 경우 절실한 것은 지사로서의 신념과 열정의 뜨거움이다. 최남선의 고대사 연구는 이 두 개의 상반되는 힘이 만나는 지점에서 이루어졌다. 1920년대 최남선에게 단군론은 학자의 일이면서 동시에 지사의 일이기도 했다는 것이다.

최남선이 본격적인 역사학자의 길을 걷기 시작한 것은 1920년대에 들어서고 난 이후의 일이다. 그가 3·1운동으로 인해 체포되어 2년 6개월여의 형기를 치르고 출옥한 것은 1921년 가을이다. 최남선이 18세 때부터 30대 중반의 나이에 이르기까지 가장 힘을 기울였던 것은 언론 매체를 만들고 운영하는 일이었다. 1907년 이후 15년 동안 운영해온 '신문관'이 그 상징이다. 출옥 이듬해인 1922년 그는 '신문관'을 '동명사'로 바꿔 주간지 『동명』을 냈고, 또 이를 기반으로 1924년에는 일간지 『시대일보』를 창간하여 운영하기도 한다. 그러나 창간 반 년 만에 『시대일보』 사장직에서 사임한 것을 끝으로 최남선은 매체 운영자로서의 일을 실질적으로 마감하고[2] 단군론을 중심으로 한 고대사에 관한 논문들을 집중적으

---

2) 이 이후에도, 최남선은 그의 단군론이 일단락을 본 1929년에 잡지 『괴기』를 창간한 적이 있으나 창간호로 끝나고 더 이상 이어지지는 않는다. 최남선의 전기적 사실에 관

로 발표하기 시작한다. 그가 한국의 역사나 단군에 대해 관심을 보인 것은 『소년』지 시대부터지만,[3] 1920년대 중·후반기의 5~6년 동안은 단군 연구에 집중하여 주목할 만한 성과를 남긴다. 그 시기는 3·1운동 이후의 민족주의적 열정이 사회 전체에 가득 차 있을 때이기도 했다. 그러니 그에게 중요했던 것이 무엇인지는 충분히 짐작할 수 있는 것 아닌가. 중요한 것은 역사학 연구나 학자 노릇하는 일이 아니라, 단군론 그 자체였다. 일본의 동양사학자들에 의해 그 역사적 실재성이 부정되고 있던 단군이라는 존재를 살려내는 것, 최남선에게 그것은 단순히 한국의 고대사에 관한 학구의 문제가 아니라 민족의 정기를 바로 세우는 것이었고, 그 자신의 표현을 빌리자면 '조선심'의 핵심을 지켜내는 일이었다. 그는 이 일에 전 생애를 걸었다고 할 만큼 전투적으로 임했다.

그가 금강산과 지리산, 백두산 등을 향해 기행의 길을 떠났던 것도 이 시기의 일이다. 『시대일보』 사장직을 사임한 직후인 1924년 가을에는 금강산에 올랐고, 1925년 봄에는 백암산과 변산, 무등산, 조계산 등을 거쳐 지리산에 오른다. 백두산을 향해 떠난 것은 그 이듬해인 1926년 여름이었다. 지리산과 백두산을 오르는 사이에 최남선은 자신의 단군론의 골자를 이루고 있는 「불함문화론」의 초고를 쓰기도 했다. 기행문 쓰기와 단군론 연구가 그에게는 동일한 맥락에 있었던 셈이다. 그의 기행문들이 다음 두 가지 특징을 지니고 있는 것은 이런 점에서 당연해 보인다.

첫째, 최남선에게 국토 기행은 민족의식을 함양하고 민족주의자로서의 정신적 동력을 만드는 종교적 순례였다. 금강산과 지리산에 대해서는 순례라는 말을 썼고 백두산에 대해서는 근참(覲參)이라 했다. 그는 그런

해서는 조용만의 『육당 최남선』(삼중당, 1964)과 최남선 전집의 연보에 의거함.
3) 1909년 창립된 대종교는 그해 10월 3일에 聖祖開極節(개천절) 기념식을 했고, 최남선은 개천절을 기념하는 창가 「단군절」을 써서 『소년』(2~10호, 1909)에 실었다. 또 1910년에는 영웅적인 단군의 모습을 기술한 신채호의 「讀史新論」(1908년 『대한매일신보』에 발표됨)을 「國史私論」이라는 제목으로 『소년』지에 전재했다. 이영화, 『최남선의 역사학』, 경인문화사, 2003, 3장 참조.

의사 종교적 태도로 국토 기행에 임했다. 그래서 그의 기행 경험은 종종 종교적 황홀경의 상태까지 고양되기도 한다. 그의 첫 번째 금강산 기행문인 『풍악기유』가 대표적인 예다. 내금강의 초입인 영원동 골짜기에서 최남선은 고대사의 흔적들을 온몸으로 감수했고, 기행문을 쓰는 그의 손은 그 법열의 공간을 떠날 수 없었다. 그로 인해 최남선의 『풍악기유』는 금강산 기행문이면서도 정작 금강산 안쪽으로는 들어가 보지도 못하고 내금강 입구에서 멈춰버린 기형적인 형태가 되고 말았다.[4] 정도의 차가 있기는 하지만 그의 다른 기행문들도 사정은 크게 다르지 않다. 그는 어디에서나 어김없이 민족이라는 개념의 정서적 고갱이들과 조우했고, 민족의 자기 지식과 민족적 정체성의 핵심적인 상징들을 찾아냈다.

둘째, 최남선의 국토 기행은 역사학자인 그에게 일종의 필드워크이기도 했다. 그는 기행을 통해 조선의 민속학적 지식에 접근할 수 있었고, 이를 통해 자신의 단군 연구의 뼈대를 만들고 살을 붙여갔다. 지리산을 정점으로 백제의 강역에 대해 쓴 『심춘순례』는 그 자체가 여행기이면서 동시에 민속학적 보고서였다. 또 금강산에서는 불교와 도교의 흔적 속에 감추어져 있던 고대사의 흔적들을 곳곳에서 발견했고, 백두산으로 가는 길의 허항령의 한 사당에서는 천신 숭배의 사적을 확인하고 가슴이 턱 막히는 순간을 경험하기도 했다. 문헌 자료에서 검출된 사적이나 고안된 논리들이 기행의 현장에서 검증되었고, 거꾸로 기행에서 얻은 자극과 아이디어가 역사의 논리로 변화되기도 했다. 그래서 그는 『백두산 근참기』의 서두에서 자신의 백두산 기행의 의의를 지칭하여, "크게는 朝鮮人에게 白頭山 意識의 一轉換期를 만들고, 작게는 사사로이 積年 學究하는 바의 實驗 臨證할 기회를 얻"기 위함이라 할 수 있었다.[5]

---

4) 서영채, 「최남선과 이광수의 금강산 기행문에 대하여」, 『민족문학사연구』 24호, 2004, 4-3절.
5) 『백두산 근참기』는 『최남선 전집』 6(현암사, 1973)에 수록된 것을 텍스트로 삼는다. 위의 인용은 『전집』 6, 14면. 이하, 『전집』으로 약칭하고 면수는 본문에 밝힘.

최남선의 기행은 이 같은 두 개의 의미선이 만나는 곳에서 이루어졌다. 그의 기행은 국토라는 민족 감정의 물질화된 신체에 대한 배례이면서 동시에 민족의 고대사에 접근하기 위한 지적 답사이기도 했다. 민족의식이라는 주관성의 영역과 역사 연구라는 객관성의 영역이 기행이라는 지점에서 조우하게 된 형국이다. 이 둘이 조화롭게 함께 갈 수 있다면 다행이겠으나, 일치하지 않는 대목에서는 문제가 된다. 주관적 신념과 객관적 사실이 합치하지 않는 경우 어떻게 할 것인가. 단군이나 고조선의 문제 같은, 사료도 고고학적 자료도 부실한 고대사의 문제가 현안일 때 이런 일은 비일비재할 수밖에 없다. 물론 역사 연구라는 학문의 영역에서는 그 어떤 강렬한 신념이라도 객관적 사실 자체를 넘어설 수 없다. 최남선도 역사학의 울타리를 벗어나지 않는 한 이로부터 예외일 수는 없다. 그러나 1920년대의 최남선에게 역사 연구는 과학이면서 동시에 민족운동이기도 했으며, 그의 세계에서 무엇보다도 우선적인 것은 그를 역사학의 세계로 이끈 강렬한 파토스로서의 민족의식이 아닌가. 비록 학문의 언어 속에 수용될 수는 없다 하더라도 1920년대의 최남선에게 민족의식은 다른 어떤 것에게도 양보할 수 없는 지고의 가치를 지니고 있는 것이었다.

최남선에게 기행문은 역사 연구에 수용될 수 없는 민족주의적 파토스가 위력을 발휘하는 장으로 존재했다. 사실이 아니라 신념을, 역사가 아니라 환상을 말할 수 있는 자리가 그에게는 바로 기행문이라는 장이다. 최남선에게 기행문은 이처럼 객관성의 봉합선 사이로 삐져나오는 주관성들이 용인되고, 민족주의 이데올로그로서의 자신의 환상이 마음껏 펼쳐질 수 있는 장이었던 것이다.

최남선이 남긴 기행문의 행정은, 1924년의 금강산에서 시작하여 1925년의 지리산을 거쳐 1926년의 백두산에서 정점에 도달한다.[6] 『백두산 근

---

6) 1924년, 금강산 기행문 「풍악기유(楓岳記遊)」를 『시대일보』에 연재했다. 이와는 별도로 1928년에는 단행본 『금강예찬(金剛禮讚)』을 냈다. 1925년, 기행문 『심춘순례』를

참기』는 다른 기행문들과는 달리 전형적인 등산기의 형식을 지니고 있다. 등산기는 그 자체가 극적 플롯을 고유한 특성으로 지니고 있다. 정점을 향해 올라가는 등산의 구조 자체가 극적 구성에 기반하고 있기 때문이다. 1920년대 최남선의 기행문 중 이런 의미의 등산기라면『백두산 근참기』가 유일하다. 최초의 금강산 기행문이었던『풍악기유』는 따로 절정이 없다고 해야 할 만큼 전체가 열광 덩어리였고,『금강예찬』은 대중적인 관광 안내서에 가깝다. 또『심춘순례』는 핵심이라 할 지리산 기행 부분이 빠져 있어 백제 강역에 대한 민속지의 성격에 가깝다. 이에 비해『백두산 근참기』는, 허항령과 신무치 등의 전개 과정과, 무두봉과 장군봉에서의 위기를 지나 천지의 경험에서 절정에 이르는 전형적인 등산기의 서사 구성을 지니고 있다. 게다가 백두산은 금강산이나 지리산과는 또 다른 의미를 지니고 있다. 최남선이 그때까지 단군조선의 성지로 생각했던 곳이 바로 백두산이었다.[7] 그 자신이「계고차존(稽古箚存)」(1918)에서 조선 최초의 입국지라 설정했던 백두산록의 고지평원 천평(天坪)으로 가는 길이, 그리고 그의 이른바 '불함문화권'의 으뜸가는 성지라 생각했던 백두산의 천지로 가는 길이 예사로울 수는 없다. 백두산 가는 길이 최남선에게는 순례의 절정이었던 것이다.

뒤에서 좀더 자세히 살펴보겠지만, 최남선은 백두산 가까이에 다가가자 거침없이 학자로서의 무장해제를 선언해버린다. 중요한 것은 사실이 아니라 신념이라고 토로하는 것이다. 백두산의 영역 곳곳에서 그리고 천지와의 조우라는 황홀 속에서 그는 거듭 논리가 아닌 신념을 강조한다. 스스로 역사학자를 자임하고 나섰던 것이 단군론 때문이었음을 상기한다면 이것은 예사로운 일이 아니다. 학자의 정체성을 부정한다는 것은

『시대일보』에 연재한 후 1926년 단행본으로 냈다. 1926년,『백두산 근참기』를『동아일보』에 연재한 후 1927년 단행본으로 냈다.

7) 단군조선의 강역을 평양 근처로 비정하는 것은「壇君神典에 들어 있는 歷史素」(1928)에서부터다.

그가 견지하고자 했던 단군론에 대한 논리적 접근을 포기한다는 말에 다름 아니다. 무엇 때문인가. 최남선에게 압도적으로 다가온 백두산과 천지의 숭고의 위력 때문이었을 것이라고도, 혹은 학자로서의 그가 유지해야 했던 스토이시즘의 허약함 때문이라고도 할 수 있을 것이다. 어느 쪽이건 마찬가지다. 민족이라는 숭고한 파토스의 저 엄청난 위력에 비하면 그에 맞설 수 있을 만큼 논리의 스토이시즘은 강하지 못했다. 그리고 그 허약성은 그의 단군론 자체의 논리적 취약성에 다름 아니며, 또한 그 시대에 민족주의적 파토스가 지니고 있던 엄청난 위력의 반증에 다름 아닐 것이다.

그의 기행문 『백두산 근참기』는 이와 같은 자리에 놓여 있다. 그곳은 이데올로기의 파토스와 논리가 부딪치는 곳이며, 그로 인해 논리의 취약성과 이데올로기 자체의 본성이 드러나는 곳이기도 하다. 『백두산 근참기』를 읽으며, 백두산이라는 저 놀라운 장소에서 최남선이 보고 생각했던 것들에 대해, 그가 안출해낼 수 있었던 민족적 정체성의 논리와 구조에 대해, 이데올로기의 봉합 방식과 그에 통합되지 않는 잉여에 대해 살펴볼 것이다.

2. 그는 백두산에서 무엇을 보았는가—민족의 외부와 기원의 신화

1926년 6월 22일의 『동아일보』 지면은 매우 인상적이다. 「백두산 근참대 파송」이라는 제목의 사고(社告)가 게재되는데, 최남선과 박한영 두 사람이 『동아일보』의 위촉을 받아 7월 중순 백두산으로 떠난다는 내용이다.[8] 이 날짜 신문의 1면 사설란에는 「백두산의 신비—동방운명의 암시자」라는 제목의 글이 실려 있으며, 이는 이후 사흘 동안 연재된다. 물론

최남선이 쓴 글이다. 그 밑으로 4단부터는 최남선의 「단군론」 50회가 5
단 크기로 연재되고 있다. 최남선과 백두산과 단군이 삼위일체로 한 데
모여 있는 장면이다.[9]

『백두산 근참기』의 서문에 따르면, 최남선은 백두산에 오르기 위해
'조선교육회'에서 주관하는 백두산과 압록강 유역에 대한 박물 탐사단의
일원이 되어야 했다. 탐사단은 교직자들을 중심으로 60명의 단원으로 구
성되어 있었으며, 대부분이 일본인들이었을 것으로 추정된다.[10] 『동아일
보』에서 파송한 이른바 근참대는 최남선과 그의 기행 파트너였던 박한
영 두 사람뿐이었으니, 영락없이 더부살이하는 형국이었다.

최남선은 1926년 7월 24일 남대문 역을 출발하여, 원산선과 함경선을
갈아타고 속후에 도착, 거기에서 다시 자동차를 타고 북청, 풍산, 갑산
등을 거쳐 7월 28일 혜산에 당도한다. 혜산에서부터는 도보로 이동하기
시작한다. 허항령을 넘어 삼지연 호수가 있는 천리 천평의 이깔나무 숲

---

8) 사고의 전문을 밝혀둔다. "白頭山은朝鮮人이國土的歷史的으로 憾省과激奮을要할
때에야모것보담앞서서 又深切히히想起되고고嘆仰되는것임니다 白頭山이朝鮮民物一切
의胎盤이오搖籃임은莫論이어니와 大震一區의尊極한主人으로 東洋歷史上의風雲과
波瀾이 太半은이山谷을中心으로하야醞釀되고發作한것은盡人의다아는바임니다 그
러나歷史舞臺의上에白頭山만큼큰俳優도업는同時에 일변그만큼暗黑과沈默에封鎖된
者도업습니다 여긔들어잇는秘謎와神機를發出함이 全朝鮮와東洋의歷史的大照明일
것은毋論이오 참으로이것을活讀하고色驗함이 朝鮮人의精神涵育과東洋全局의機運
卜察에도 아모것보담偉大한關係가잇는것임니다 本社는여긔感함이잇서朝鮮意識이바
야흐로飛躍的發展을遂하려하는此際로써 / 白雲香徒 최남선, 石顚山人 朴漢永 / 兩氏
를囑하야 久遠劫來의 그沈默을깨터릴량으로 白頭山突破를 敢行케하얏습니다 兩氏
의識見과文章은 이제다시吾人의贅辯을要할것업거니와 그熱烈沈博한國土愛의至情
이 어떠케燭天의靈光으로發하고 憾勢의神風으로動할는지 吾人은讀者와한가지로刮
目하야 그巨腕의活文을企待코저합니다."
9) 최남선과 이광수가 직간접으로 편집에 간여했던 『동아일보』는 백두산에 각별한 애
정을 보여주었다. 그 전해인 1925년에도 성사되진 않았지만 백두산 기행단을 모집했다.
『동아일보』 무산지국 주최로 백두산 탐승단원을 모집한다는 사고가 1925년 7월 4일자
에 실려 있다. 왕복 9일 일정으로 정원은 30명, 비용은 6월 50전, 8월 3일 출발 예정이
었다. 준비가 구체화되고 구체적인 일정도 잡혔지만(『동아일보』 7월 15일자) 남부 지방
의 홍수로 인해 신청자 다수가 탈단하는 바람에 무산되었다(『동아일보』 8월 8일자).
10) 『전집』 6, 15면, 35면, 110면 등에 주관 단체 및 인원의 구성이 밝혀져 있다.

을 지나, 꼬박 이틀을 걸어 무두봉에 도착한다. 무두봉에 베이스 캠프를 차리고 8월 3일 새벽 2시 기상을 하여 드디어 아침 7시, 천지에 이른다. 왔던 길을 거슬러 다시 혜산으로 돌아온 것이 8월 7일이었고,[11] 그의 기록 『백두산 근참기』는 서울을 떠나던 7월 24일부터 혜산으로 돌아온 8월 7일까지의 기록이다.

　서울에서 백두산으로 가는 길은 그 여정 그대로가 '조선심'의 핵심을 향해 가는 길이었다. 북청을 지나 1,325미터의 후치령을 넘어서면 개마고원의 영역에 들어서게 되고, 풍산을 지나 혜산에 이르면 국경 노릇을 하는 압록강 상류가 나타난다. 그리고 그곳에서 다시 1,402미터의 허항령 고개를 넘으면 천리 천평이라 불리는 장대한 이깔나무 숲이 나타난다. 그곳은 그가 단군 조선의 최초 입국지라 생각했던 곳이었다. 그러니 최남선이 갔던 그 길은 그 자체가 민족의 현재에서 출발하여 과거를 거쳐 고대를 향해 가는 길이기도 했다. 그곳에서 그는 새삼스럽게 민족의 현실을 목격하고 또한 그가 보고 싶어했던 민족의 기원에 대한 환상과 만나게 된다. 그는 무엇을 보고 무슨 생각을 했는가.

---

11) 일정을 간단하게 정리해두자. 7월 24일 경원선 기차로 원산을 향해 서울 출발 / 7월 25일 원산에서 함경선으로 갈아타고 속후(당시 함경선의 종점. 1928년 전구간이 개통됨)까지. 다시 자동차로 북청 도착 / 7월 26일 북청에서 후치령을 넘어 풍산까지, 자동차로 이동 / 7월 27일 풍산에서 하루를 보냄. '야소교당'에서 열린 강연회에서 최남선은 '조선심'이라는 제목으로 강연 / 7월 28일 풍산에서 갑산을 거쳐 혜산까지, 자동차로 이동 / 7월 29일 혜산에서 보천보까지. 여기에서부터는 도보 이동 / 7월 30일 보천보에서 곤장덕을 거쳐 포태산리까지 / 7월 31일 포태산리에서 허항령까지 / 8월 1일 허항령에서 삼지연, 천평을 거쳐 신무치까지 / 8월 2일 신무치에서 무두봉까지 / 8월 3일 무두봉에서 연지봉, 정계비, 장군봉을 거쳐 천지까지. 다시 거꾸로 천지에서 무두봉으로 하산 / 8월 4일부터 7일까지, 무두봉에서 혜산으로 하산. 7일 오후 네시 혜산 여관에 도착함.

1) 외부를 통해 존재하게 되는 민족

『백두산 근참기』의 구성을 보면, 서울에서 출발하여 국경 도시 혜산에 도착하기 전까지는『심춘순례』의 경우와 크게 다르지 않다.『심춘순례』는 본디 지리산 기행문의 전편으로 씌어진 것으로,[12] 전주에서 시작하여 정읍·고창·장성·광주·순천·화순·구례에 이르기까지 각 지역의 민속과 풍습, 명산대찰에 대한 민족지학적 기록이다. 여기에서 글의 주축을 이루고 있는 것은 '백산'의 의미에 대한 해명인데, 이는 그의 불함문화론을 구성함에 있어 핵심적인 전거를 이루고 있는 것이기도 하다. 개요를 간추려 보자. '인도나 중국 문화와 구분되는 불함문화라는 것이 있다. 이 문화권에서는 하늘과 태양이 숭배의 대상이었고, 각 지역마다 가장 높고 신령한 산에서 하늘에 제사를 지냈으며, 제사를 지낸 산도 역시 존숭의 대상이 되었다. 불함문화권의 고대인들은 그 산의 이름을 일컬어 '붉'산이라 했고, 백산(白山)은 그것의 한자식 표기라는 것이다.' 최남선은 민속과 지명에 대한 역사적 고찰을 통해, 그 아래 숨어 있는 고대사의 흔적들을 찾아내고자 했으며, 이것은『풍악기유』에서부터『심춘순례』를 거쳐『금강예찬』에 이르기까지 1920년대 그의 기행문이 지니고 있는 기본적인 태도였다. 그래서 종교 및 제사와 연관된 풍속이나 한자어를 빌려 표기된 고유명사들에 대해, 그의 감수성은 예민하게 작동했다.『백두산 근참기』에서도 이 점은 마찬가지다. 개마고원의 이쪽과 저쪽에 해당되는 북청과 풍산 등지를 지나며 그는 다양한 민속들을 관찰하고 기록한다. 그리고 그 많은 부분들이 그의 불함문화론이나 단군론의 논리로 연결된다. 대표적인 예를 들자면 다음과 같은 방식이다.

豊山 북으로 甲山 지경만 들어서도 제사 치성이 더욱 가륵하여 祭儀가 일층

---

12)『심춘순례』는 전주에서 시작하여 화엄사 계곡 입구에서 끝난다. 후편으로 지리산 기행문을 따로 내겠다고 했으나 나오지는 않았다.

詳備함을 보는데, 거기서는 大祭를 三段에 나누어 제일이 되면 일찍이 精飯만
으로써 「白山祭」란 것을 앞서 거행하고, 그 다음에 雜食으로써 「거리귀신」을
치르고 그 뒤에 牛豚의 제물로써 「天祭」란 것을 행하여 식이 비로소 畢하는
법이라 한다. 이것이 아마 古禮의 완전한 承受일 듯하며, 그 먼저 設行하는 것
이 白山祭임을 주의할지니, 이 白山이 白頭山 그것을 이름이 아님은 이 근처
에 白頭山을 白山이라고 약칭하는 버릇이 없음과 白山祭는 白頭山이 보이지
도 당하지도 아니한 데서도 虔修하는 것임으로써 알 것이요, 돌이켜서 神으로
섬기는 그 지방의 一山을 「白」이라 하여 여기다가 최고의 경의를 표함인 줄을
깨달을 것이다. 咸鏡南道의 지도를 펴 놓고 보매 白頭山으로부터 내려오면서
이른바 盖馬高原의 山彙 중에 좀 高大한 것에는 거의 다 白山의 명이 붙고
豊山 경내에만 西으로 치우치는 大幹龍의 중에 同名의 白山이 三處나 連出
함도 물론 이러한 내력에 말미암을 알 것이니 「白」의 本語인 「붉」이 古語에
最高神을 의미하는 말임을 아는 이는 白山의 名이 무더기로 있고 또 최고 祭
享을 白山祭라 함이 所以 있음을 얼른 깨달을 것이다. (『전집』 6, 27면)

하지만 혜산에 이르면서부터는 분위기가 사뭇 달라진다. 혜산은 압록
강 상류 남안에 자리잡고 있는 국경도시로, 뗏목 사업의 중심지이기도
했다. 일본인들이 백여 호 들어와 있는데 대개가 요식업자와 매춘업자들
이었다. 수시로 국경을 넘나드는 독립군들과 마적단들이 있어 일본군의
경계가 삼엄했다. 더욱이 혜산에서부터는 자동차 길이 없어 백두산 탐사
단은 도보로 행군을 하며 야영을 해야 했고, 이들을 보호하기 위해 40명
의 일본군 호위대가 따라 붙었다. 그 사이에 최남선이 끼어 있었다. 그러
니 감개가 없을 수 없다.

도착 즉시로 守備隊營에 가서 飯哈炊烹, 軍幕 사용 등의 露營上 필요 방법
을 배우고, 인하여 一旗亭에서 성대한 환영회를 받았다. 그러나 이것저것이 공
연히 심사를 도와서 밤에는 늦도록 鴨綠江流를 눈으로 어루만지면서 胸中의
억울을 조금이라고 펼까 하였다. (『전집』 6, 34면)

이런 식의 감개는 압록강을 따라 이동하는 동안 내내 최남선을 사로 잡는다. 백두산 탐험대 58명과, 호위대와 치중대, 그리고 혜산에서 따라나선 사람들과 짐꾼들을 합해 도합 200여 명의 사람들, 그리고 식량, 군막 등의 장비를 실은 50여의 마필이 깃발을 나부끼며 행군을 시작했다. 최남선은 그 굉장한 정경을 묘사하면서, "偉軀가 구름에 닿는 듯한 우리 순사 1인과 小身이 땅에 기는 듯한 日本 순사 1인을 선두로 세우고"(『전집』 6, 35면)라는 말로 첫 구절을 삼았다. 그는 또한, 실개천만한 압록강 상류 건너편으로 보이는, 이쪽과는 전혀 다른 중국 쪽의 입성과 집 모양, 밭 다스리는 규모 등을 바라보며, 민족의 고대사에 대한 회한에 휩싸이기도 한다. "더구나 우리 민족의 震域에 있는 요람지로, 어떠한 의미로는 도저히 남의 손에 버려두지 못할 저 땅이거니 하면, 하염없는 눈물이 핑그르르 돌기도 한다. 생각으로는 아무래도 남의 땅이라고 할 수 없건마는, 어느 모로 보아도 우리 땅은 아니다."(『전집』 6, 37면) 압록강 줄기와 나란히 가는 길을 따라, 일본의 순사 주재소들이 침입을 방비하기 위해 견고한 성채로 무장을 하고 서 있는 모습을 보면서 그의 감개는 더욱더 비장해진다. 성이라는 것이 이미 폐물이 되어 가는 터인데, 이곳에서 새로이 성을 쌓은 모습이 우습게 느껴질뿐더러, "더욱 그것이 尹瓘의 九城이란다든지 金宗瑞의 六鎭처럼 駐防의 대상이 異民인 女眞인 것이 아니라, 실상 朝鮮 땅에서 朝鮮人을 방어함이 목적임에는 말할 수 없는 느꺼움이 없을 수 없었다"(『전집』 6, 38면)는 것이다.

벌목의 중심지인 보천보와 당시의 최북단 마을인 포태산리 등지를 거치면서 이런 식의 감회는 더욱 깊어진다. 마적의 소문이 빈번한 곳이라 경계가 심해져서 호위대가 대열의 앞뒤로 붙는다. 게다가 포태산리는 1922년 독립군의 습격으로 일본의 순사 주재소가 쑥밭이 되었던 곳이다. 이른바 장강호 마적단 사건의 여파였다. 사건의 경개는 간단하다. 국경 밖에서 침입하는 독립군(최남선은 무장단, 혹은 ○○단이라고 표현했다)들 때문에 골머리를 썩이던 일본군이 꾀를 냈다. 국경 양쪽을 드나들 수 있는 마적단을 회유하여 독립군을 치게 했다. 일본군의 비호를 받은 장강호 마적단은 거칠 것이 없었고 그들의 발호로 국경 양안에 피해가 속출하여 중일간의 외교 문제가 되기에 이르렀다. 마침내는 중일 양국에 의해 이들이 토벌되고, 일본군이 마적단의 보호자였다는 사실이 드러나 일본군 관계자가 처벌을 받는 등의 사단이 벌어졌다. 이 일이 알려진 후 포태산리의 순사 주재소에 대한 독립군의 내습이 있었는데, 그것은 마적단 사건에 대한 복수였다는 것이다. 그 와중에 돌이킬 수 없게 피해를 당한 것은 양안에 살던 민간인들이었고, 최남선은 이들을 '독 틈에 낀 탕관' 신세라고 가슴 아파했다.

민족에 대한 의식은 이처럼 민족과 그것의 외부가 만나는 지점에서 시작된다. 중국과의 국경 지대에서, 그것도 일본의 지배를 받는 식민지의 신민으로서 민족의식이 촉발되는 것은 당연한 일이다. 어디에도 조선은 없다. 영토도 군대도 힘도 없는 존재, 그것이 최남선이 보게 되는 조선의 현재 모습이다.

백두산록에서 벌어졌던 숙종 때의 정계비 사건의 유적들을 만남으로써 이런 의식은 더욱 강한 표현 수단을 얻는다. 보태리와 포태산리 사이에는 곤장덕이 있고, 연지봉과 장군봉 사이에는 정계비가 있다. 최남선은 백두산록의 고원을 걷다 작은 비석을 발견했고, 이끼 낀 비면을 살피다 그 작고 초라한 비석이 그 유명한 숙종 때의 정계비라는 사실을 알고 깊은 감회에 잠긴다. 정계비란 1712년에 청나라와의 국경을 정하기 위해 세워진 것으로, 힘없고 무능한 조선 관료들의 모습이 새겨져 있는 사적이다. 사연인즉, 청의 압력에 의해 조선과 청나라 양국이 감계사를 파견해 국경을 분명히 하고자 했다. 조선의 감계사 박권(朴權)과 이선보(李善溥)는 늙고 무능하여 중간에서 등산을 포기한 채 돌아가 버렸다. 청나라 감계사였던 목극등(穆克登)이 전단할 기회를 얻게 되었지만, 그래도 김응문(金應門)이라는 유능한 역관이 있어 어느 정도 국토를 지켜낼 수 있었다는 이야기다. 곤장덕이라는 지역은, 조선의 늙은 감계사들이 가마를 돌렸던 곳이다. 또 정계비에 새겨진 토문강이라는 지명 때문에, 토문강과 두만강 사이의 땅, 간도의 귀속 문제를 둘러싸고 벌어졌던 백년 넘은 영토분쟁이 있었다. 최남선은 곤장덕을 넘어가면서, 또 백두산록에서 정계비를 발견하고 나서, 이런 역사들을 길게 회고한다. 이로 인해 촉발되는 것이 국토에 대한 생각이다. 그에게 중요한 것은 조선 민족에게 백두산이 지니는 의미였다. 그에게 1712년의 사건의 의미는, 청나라가 조선으로부터 백두산을 빼앗아가고자 했다는 것, 곧 백두산의 소유권을 둘러싸고 벌어진 싸움이었다는 것이다. 백두산이 왜 중요한가. 국경을 정함에 있어 가장 중요한 것은, 최남선에 의하면 "국민성(Nationality)"이자, "역사적 전통성과 지리상 발전 방향과의 일치된 국민 정신"(『전집』 6, 101면)이고, 백두산은 이런 점에서 '국민성'을 체현하고 있는 대표적인 상징이 된다. 최남선에게 백두산을 빼앗긴다는 것은 나라를 빼앗기는 것이나 다름없는 것이다.

최남선은 민족정신의 가장 거대한 상징을 찾아 백두산에 왔다. 그 길에서 그가 가장 먼저 본 것은 민족의 정신적 고갱이를 둘러싸고 있는 민족의 외부들, 민족의 타자들의 모습이었다. 무엇보다도 먼저, 일본 군경의 호위를 받으며 백두산을 향해 가고 있는 그 자신의 모습 자체가 그런 상황의 우선적인 상징이었고, 그것이 또한 최남선의 '민족'이 처해 있는 현실이었다. 그런 외부들이 있음으로써, 그가 상상하는 민족이 비로소 존재할 수 있게 되는 것 또한 자명한 사실이다. 민족을 만난다는 것은 민족의 외부를 만나는 일에 다름 아니다. 최남선의 글 속에서도 민족은 일본이나 청나라와의 만남을 통해 비로소 존재하게 된다.

최남선은 민족의 시원을 향해 백두산에 오르고자 했으나, 백두산을 향해 가는 길은 국경을 향해 가는 길이기도 했고, 그것은 곧 한중일 삼국의 정치적 현실이 교차하는 민족의 현재 상태와 근접 과거를 향해 난 길이기도 했다. 민족의 기원에 이르기 위해서 그 길을 거쳐야만 한다는 것은 상징적이다. 역사 이전의 시대, 신화의 시대로서의 고대란 현대의 시선으로 보자면 무정형의 것일 수밖에 없다. 그곳에서 무엇인가를 건져오거나 그것을 통해 무엇인가를 조형해내는 것은 전적으로, 질료인 고대가 아니라 조형자인 현재의 소관이다. 그래서 조형된 것으로서의 고대의 이미지는 주관적 신념이나 이념 같은 강렬한 파토스의 산물이기 쉽다. 실재로서의 고대란, 우리가 건너뛸 수 없는 저 엄청난 시간의 강 건너편에서 그저 침묵하고 있을 뿐이다. 최남선은 그 고대를 향해 나아갔고, 그 결과로 단군론와 불함문화론을 세상에 내놓았다. 최남선에게 그것은 민족의 기원을 향해 가는 길이었지만, 상상된 것으로서의 기원은 민족의 외부와의 만남을 통해서만 도달할 수 있는 어떤 것이었다. 기원에 대한 동경을 야기하고 기원에 대한 탐구와 상상을 촉발하는 것은 무엇보다도 외부의 존재다. 비단 민족주의나 최남선뿐 아니라, 기원에 대한 사유를 전개했던 수다한 근대적 정신들의 경우가 그랬었다는 것을 『백두산 근참기』의 여로가 새삼 일깨워준다.

2) 기원을 통해 존재하게 되는 민족—고대인 되기

허항령을 넘어서면서부터는 본격적인 백두산록의 고원지대와 이깔나무 밀림이 시작된다. 최남선은 그 숲을 일컬어, "헌칠민틋한 낙엽송림의 신비 숭엄한"(『전집』 6, 47면) 곳이라 했다. 바야흐로, 사람의 손이 닿은 적 없는 숭고한 자연의 모습이 전개되기 시작하는 것이다. 그 원시림을 통과해야 백두산에 오를 수 있다. 그 길을 향해 발을 내딛는 것은 말 그대로 숭고를 향해 가는 길이다. 그 길에 들어서는 순간, 혜산 등지의 국경지대를 지나오면서 최남선을 사로잡았던 민족의 현실에 대한 감회 따위는 대단찮은 것이 되어 버린다. 그 모든 것들을 압도해버릴 만한 시원적인 것, 고대적인 것, 우람하고 거대한 것이 그 앞에 자리 잡고 있기 때문이다. 그곳에서 최남선은 원시림이라는 숭고한 자연과 민족의 기원에 대한 신화적 영감이 하나로 결합되는 순간들을 만나게 된다.

고대적인 것의 첫 번째 표지는 허항령에서 만나게 된다. 그곳의 원시림 한가운데 사당집이 있었다. 밀림 한 복판인데도 나름대로 규격을 갖춰 마련된 그곳은 최남선이 백두 고원에서 보게 된 유일한 종교사적이었다. 최남선은 조심스러운 마음으로 사당 문을 열어보다가 눈앞에 서 있는 신주를 보기가 무섭게 오체투지를 하고 감격스러운 배례를 바친다. 눈이 번쩍 뜨이고 입에서는 그렇지 소리가 저절로 튀어나오는 순간을 맞이하게 된다. 최남선은 그때의 심경을 이렇게 술회했다.

> 내 평생 이때까지 생각한 일이 열이면 열이 다 不如意하여 기대대로 된 일이라고는 거의 없다 함이 可한데, 오직 한번 옥중에서 壇君 문제의 期死的 연구를 행하여 대체의 견해를 세우고 壇君이 이론상으로 「단굴」이란 말의 對音일 것을 추정하고서, 과연 實證이 있는지 없는지, 文字 傳說에는 물론 없거니와 혹시 遐方僻語에라도 그 片影을 찾을 수 있을지 없을지를 조 비비듯 궁금해 하다가, 출옥한 뒤에 사방 탐문한 결과로 錦江 좌우 지방─『三國志』의 이른바 天君의 임자인 馬韓 故土에서 무당을 「단굴」이라고 일컬음을 발견하였을 적에 꼭 한번 소원 성취의 快味란 것을 맛보고, 무슨 福力에 다시 이러한 아름다운 기회를 얻어볼까 하다가 이제 뜻밖에 여기서 다시 한번 똑같은 심경을 얻으매, 「天王」님의 은총에 대한 감사가 저절로 噴湧激發치 아니치 못하여 그것이 자꾸 절이 되어 나오는 것이었다. (『전집』 6, 51면)

대체 어떤 신주였길래 그로 하여금 저토록 감격에 젖게 만드는가. 그가 본 사당의 신주는 "국사대천왕지위(國師大天王之位)"라고 새겨진 한 목주였을 뿐이다. 무엇 때문에 그것이 그토록 감격적이라는 것인가.

단군 연구에 몰두하고 있던 최남선에게 가장 절실했던 것은 단군의 실재성을 증명해내는 일이었다. 그의 입장에서 볼 때, 민족의 시조로서 단군의 존재가 조선 사람에게는 너무나 당연한 것이었다. 그런데 일제에 국권을 빼앗긴 이후로는 사정이 달라져, 단군이라는 존재의 역사적 실재성을 증명해내야 할 처지가 되어 버렸다. 일본의 역사학자들은 일찍부터 근대 역사학의 선편을 쥐고 있었고, 게다가 그들은 조선총독부라는 제국 주의의 권력 기관을 끼고 조선 역사를 공식적으로 편찬하기에 이르렀다. 그들이 보기에 『삼국유사』에 실린 단군 신화는 편년체의 역사에 실리기 어려운, 말 그대로 전설에 불과했다. 나아가 그들은 단군신화가 몽고 침략기에 민족의식을 고취하기 위해 일연이라는 한 승려가 만들어낸 위조 품에 불과한 것이라고 주장했다. 메이지 시대가 열린 이후로, 일본에서 '동양사'라는 새로운 분과를 만들고 그 우이를 쥐게 된 시라토리 구라기 치(白鳥庫吉)와 그의 제자 이마니시 류(今西龍) 등의 주장이 그랬다.

실증사학의 방법론으로 무장한 이들 동양학자들에게, 확실한 문헌학 적 증거나 고고학적 유물에 의해 뒷받침되지 않는, 확실한 연대를 추정 할 수 없는 일은 사실이 아니고 따라서 역사가 아니다. 시라토리는 조선 의 건국 신화뿐 아니라, 일본의 건국 신화에 대해서도, 어디까지나 지어 진 이야기일 뿐 역사는 아니라고 했다.[13] 그렇다면 공평한 것인가. 여기 에서 문제가 되는 것은 어떤 기록이 신화냐 사실이냐의 여부가 아니라 그것에 접근하는 태도다. 단군신화와 조선 문제에 대해 접근하는 시라토 리의 태도는 시종일관 일본의 우월성에 바탕해 있으며, 이 점에서는, 그 와 조금씩 다른 견해를 가졌던 동시대의 일본인들, 구메 구니다케(久米邦 武)나 이노우에 데쓰지로(井上哲次郎) 등의 견해도 다르지 않다.[14] 요컨대, 단군신화는 정치적 의도에서 비롯된 후대의 위조일뿐더러, 일본이 통일 왕국을 이루기 전에 통일된 개념으로서의 조선 같은 것은 존재할 수가 없었다는 것이 시라토리의 주장의 핵심이다. 건국 신화가 역사냐 아니냐 가 문제가 아니라 고대의 한국과 일본 중 어느 쪽이 우월하고 강력한 존 재였는지가 좀더 중요한 문제가 되는 것이다. 최남선이 견딜 수 없어 했 던 것도, 사실과 고증을 중시하는 실증 사학의 방법론 자체가 아니라, 그

---

13) 오구마 에이지, 조현설 역, 『일본 단일민족신화의 기원』, 소명출판, 2003, 362면.
14) 스테판 다나카, 박영재·함동주 역, 『일본 동양학의 구조』, 문학과지성사, 2004, 134면.

이면에 존재하고 있는 이와 같은 제국주의적 시선이었다. 그가 백두산에 오르느라 마무리짓지 못한 채 두고 온 「단군론」은, 표면적으로는 일본의 동양사학자들의 견해를 낱낱이 적시하고 비판하기 위한 것이지만, 궁극적으로는 바로 그 제국주의적 시선과 맞서기 위한 장이었다.

그렇다면 최남선은 어떻게 단군 신화의 역사성을 증명해낼 것인가. 사료는 태부족이고, 고고학적 자료를 얻는 일도 그의 사정으로는 언감생심이다. 게다가 하늘에서 풍백과 우사와 운사를 거느리고 태백산으로 내려온 환웅 천왕이나 마늘과 쑥을 먹고 여자가 된 곰의 이야기를, 그 자체로 사실에 입각한 역사라고 주장할 수는 없는 일이 아닌가. 그렇다면 방법은 무엇인가. 그가 선택할 수 있었던 거의 유일한 옵션은 민속학과 신화학의 방법을 통해 상징 해석의 코드로 단군론에 접근하는 길이었다. 『삼국유사』에 실려 있는 단군 신화의 문면 그 자체의 역사성을 주장하는 것이 아니라, 신화라는 상징 체계 속에 깃들어 있는 역사성을 규명하는 것이다. 그래서 그의 단군 연구는 민속학이나 신화론의 영역으로 나갈 수밖에 없었고, 그 길을 계속해 나아가고자 하는 한, 불함문화론과 같은, 동북아시아 일대를 포괄하는 문화권 단위의 거시적 통찰의 영역에 이를 수밖에 없다. 그리고 그 방법은 기본적으로 해석학에 입각해 있다. 짧고 초현실적인 문면을, 비교언어학과 비교문화론의 방법을 통해 풍부한 해석의 공간으로 끌어내는 일이 그것이거니와, 여기에서 문제가 되는 것은 해석의 중심적인 전거들을 확보하는 것이었다. 그가 허항령 사당에서 발견한 신주도 그런 전거의 하나였다. 그는 이런 사정을 다음과 같이 썼다.

문헌도 이를 전함이 부실하고 전설도 이를 나타냄이 흐리멍덩하여, 자칫하면 그 생명이 파측(叵測)한 경우에 빠지지 말란 법이 없을 것이어늘, 다만 한 가지 검질기고 피둥피둥한 민속적 근거가 있기로 하여 겨우 그 발끝만 붙은 立脚地를 支持하던 壇君으로 그 생명의 흐름에 바닥 없는 샘을 얻은 듯한 이것이 이곳 神主에서 天王이란 글자를 발견함이다. 天王이란 이름이 다른 데도 많고 더욱 咸鏡道 들어서서는 무릇 山上嶺頭에는 반드시 神廟가 있고 廟에는 반드시 天王 혹 國師의 位를 봉안하다시피 하였지마는, 이 모든 것이 다 영원을 얻고 귀속을 가지게 되자면, 이 白頭聖山 天祖神跡에 뚜렷한 基準的 大證迹이 있어 總括 全收로 一源의 衆支이게 한 뒤에 乃可할 것이니, 白頭山神에 天王의 號를 보고 못 보는 관계가 이렇게 큰 것이었다. (『전집』 6, 52면)

요컨대, 그의 단군론에서 중요한 참조점이 되는 민속학적 전거를, 그것도 다른 곳이 아니라 백두산록에서, 곧 그가 환웅의 천강지로 생각했던 장소에서 발견했다는 것이 그에게는 놀라운 일이었다는 것이다. '국사대천왕지위(國師大天王之位)'라는 신주의 문면은 그의 불함문화론의 핵심적인 가설인 '천신(天神)=성산(聖山) 숭배'를 뒷받침하는 중요한 증좌다. 천왕이란 무엇인가. 고대 조선의 최고 존재였다는 것이 그 답이다. 단군신화의 환웅천왕, 천왕랑(天王朗)이라 불렸던 부여의 해모수, 산봉우리와 사적의 이름들(지리산과 속리산의 천왕봉, 구월산의 사왕봉, 봉화 태백산의 천왕사, 달성의 천왕당 등)과, 이름이 바뀐 채로 전국 각지에 산재해 있는 '선왕당'들, 또 중국의 사서 『삼국지』에 등장하는 '천군(天君)'이나 『후주서』의 '등고(登高)', 조선의 사서에 등장하는 단군 등이 모두 천왕의 의미라는 중심으로 결집된다. 천왕은 곧 단군이고, '천왕단군(天王壇君)'은 "族祖이자 國祖이요 神人인자 天人이며, 실로 朝鮮 人文 일체의 出發點"(『전집』 6, 52면)이라는 것이 그 생각의 귀결점이다. 또 여기에 '국사(國師)'라는 말에 대한 해명이 덧붙여진다. 전국 각처에 국사당이나 국사봉이 있다. 국사라는 말 자체가 불교식 용어이고, 또 개성 송악산이나 서울 남산의 국사당처럼 도선이나 무학 등의 고승에 관한 전설과 결합되어 있는 경우도 있지만, 최남선의 주장에 따르면 이런 불교적 색채는 후대에 덧씌워진 것일 뿐, 본래 국사라는 한자어는 붉이나 술의 유의어로 '신(神)'과 관련된 의미를 지니고 있다는 것이다. 현대어의 '굿'이나 일본어의 '구시[靈異]', 또 수로왕의 천강지를 일컫는 구지봉(龜旨峯)이나 일본 국조신화에서 천강지를 일컫는 '구시

부루'와 같은 말도 다 이와 연관되어 있다는 것이 그의 주장이다.

허항령의 사당에서 발견한 "국사대천왕지위"라는 신주의 문면은 최남선에게 이런 의미를 지니고 있었다. 사당의 신주 앞에 섰을 때 그는 그 문면 속에서, 불교와 유교의 도래 속에서 점차 스러져왔고 일제의 손에 의해 바야흐로 진멸의 위기에 처한, 머나먼 고대 왕국의 흔적을, 민족사의 기원점을 바라보고 있었던 것이다. 그것이 그에게는 주체할 수 없는 감격의 원천이었고, 그래서 그는 그 앞에서 하느님을 부르며 오체투지를 할 수밖에 없었다.

그리고 그 감격의 고개를 넘어, 삼지연을 둘러싸고 있는 거대한 이깔나무 숲에 접어들면서부터 그는 완벽한 고대인이 된다. 소백산, 간백산, 포태산 등의 봉우리들을 좌우안팎에 거느리고 있는 천리천평에서 최남선은 그가 넘어온 허항령 밖을 생각했다. "虛項嶺 저 밖에 텁텁하게 막힌 것은 漢의 때, 唐의 구정물, 蒙古의 먼지, 倭의 부스럼"(『전집』 6, 61면)이라고 그 너머의 세계를 표현했다. 허항령 너머 저쪽의 땅은 더럽혀진 역사와 현실의 땅이고, 그 이 쪽의 땅은 모든 민족 외적인 것으로부터 정화된 땅이다. 그곳에서 그는 아름다운 호수 삼지연을 만나고, 신무치에서의 장엄한 일출을 목격한다. 신무치의 야영지로 무시무시한 소나기가 지나갔다. 북구 신화의 거인족 같은 나무들이 둘러싸고 있는 가운데, 어둠이 내리고 또 비가 쏟아져오고, 그 빗속에서 봇나무의 흰 껍질을 벗겨 불을 피우고 야영을 했다. 원시림 속에서의 맞이한 그 광경들은 하나하나가 최남선에게 원시적 삶에 대한 감흥을 부추겼고, 그것이 그의 마음속에서는 민족의 시원에 대한 환상으로 번역되었다. 둥글게 포진한 화톳불을 바라보고 있었을 때 그의 눈앞을 스쳐갔던 고대 왕국에 대한 환상이 있었다. 그 환상의 내용은 전쟁과 제사라는 두 축으로 구성되어 있다. 고대의 왕국에서도 여전히 민족의 외부와 기원에 대한 열망이 문제가 되고 있는 것이다.

최남선은 원시적 공간이 제공하는 숭고감 속에서도 여전히, 그가 저

허항령 아래에서 지고 온 민족이라는 등짐을 부려놓지 못하고 있다. 오히려 그는, 원시적 자연의 숭고에 민족의 고대사라는 의관을 덧씌움으로써, 민족의 신화를 숭고의 차원까지 끌어올리고 있다. 민족의 신화를 위한 동력으로써 자연의 숭고를 징발하고 있는 것이다. 따라서 그에게 있어 백두산 정상을 향해 가는 길은 자연의 핵심을 향해 가는 길이면서 동시에 민족 신화의 핵심을 향해 가는 길이 된다. 갈수록 경건해지고 엄숙해지고 감격스러워진다. 고대인으로 변신한 그에게 그와 동행한 경박한 근대인들의 행태는 참을 수가 없다.

예로부터 白頭山에 들어와서는 함부로 떠듦을 大忌하여 감히 違越하지를 못하였었는데, 일본 사람 간 곳에 피할 수 없는 것은 종이부스러기, 상자 나부랭이 헤뜨림이라, 떠나려고 보매 定界碑 일대가 거의 휴지통을 이루다시피 하고, 게다가 말의 便利物이 여기저기 무더기를 지어서 마치 깨끗하게 쓴 名園에 거름더미를 모아놓은 것 같으며, 이것만이 부족하여 일제히 모이자 하더니만 모자들을 벗어 두르면서 白頭天帝는 들어보시지 못하던 무슨 소리를 꽥꽥 질러서, 행여나 神聖 虔肅 기분이 곱다랗게 보전될까를 저어하는 듯하였다. 명산에 들어가서 淸淨과 靜肅을 지키는 것이, 시방 와서는 등산 도덕으로도 말할 것이요, 미의 애호라고도 말할 것이요, 또 靈氣에 대한 민감과 자연의 大能에 대한 심묘한 평등의식을 表證하는 것이라고 할 것이어서, 近代人이기 때문에 더욱 이를 嚴守恪踐할 것이어니와, 그까짓 淺膚浮躁한 近代心과 근대적 해석이란 것은 어찌갔든지, 진실로 깊은 교양과 엄숙한 마음의 주인일진대, 뉘 능히 이런 超絶한 경계에 임하여 잠자던 敬虔精神의 눈이 얼른 떠지지 아니하며, 自己反照에 말미암는 實相感이 유도되지 아니하며, 걷잡을 수 없는 종교적 정서의 激發에 인하는 봉사적 자율행위가 顯出되지 아니할까. 한번 이러한 減省이 있을진대, 겉 약음과 잔 똑똑과 헛 잘남은 고개를 숙이지 아니치 못할 것이요, 겁 없는 凌踏과 무람없는 喧騷는 꼬리를 샅에 끼지 아니치 못할 것 아닌가? (『전집』 6, 110면)

이와 같은 비판은 그가 민족과 자연이라는 두 개의 숭고의 교차점에 존재하고 있었기에 가능한 것이거니와, 이를 가능케 한 것은 등산객들을 바라보는 순례자의 시선이고 근대인들을 바라보는 고대인의 시선이다. 그렇다면 과연 최남선은 고대인 되기에 성공한 것인가.

그는 단군론을 탐구하고 백두산에 오름으로써 저 아득한 고대 세계를 향해 나아가고자 했지만, 그에게 절실한 것은 고대 그 자체가 아니라 현재의 출발점으로서의 고대, 민족의 기원으로서의 고대였을 뿐이다. 그런 곳의 시민권을 얻는 것을 일컬어 고대인 되기라 한다면, 그는 이미 출발하기 전부터 고대인이었다. 뒤집어 말하자면, 그는 결코 고대인이 될 수는 없었고 단지 고대인 흉내를 낼 수 있었을 뿐이다. 그가 상상해낼 수 있는 고대의 심상은 성스럽고 아름답지만, 그것은 고대가 아니라 미래에 속하는 것이다.

예를 들어보자. 그가 안출해낸 불함문화론의 구도 속에서 조선은 불함문화권의 중심에 존재하고 있다. 그의 불함문화권은, 좁게는 몽고·만주·조선·일본·유구로 구성되고, 넓게는 동부 중국을 포함하여 중앙아시아를 거쳐 발칸 반도에 이르는 지역을 포괄한다. 그런 구도 속에서 조선은 불함문화권에서 가장 깊은 역사와 전통을 가지고 있는 중심지로, 또 백두산은 불함문화권의 표지가 되는 모든 '붉산'들의 총수가 되어 있다.[15] 최남선은 그것이 과거의 실상이자 역사라고 말하고 있으나, 그러나 그것은 고대에 속하는 것이기보다는 그가 바라는 미래의 모습에 훨씬 더 가깝다고 해야 하지 않을까. 언어와 문화의 비교를 통해 불함문화권이라는 틀을 안출해내는 것은 객관적인 세계의 일이고, 거기까지는 많은 사람들이 동의할 수 있을 것이다. 하지만 조선을 불함문화권의 중심에 놓는 것은 어떨까. 그것조차 객관적인 세계의 일이라고 판단하기는 어렵지 않을까. 그것은 학문보다는 이념에 훨씬 가까운 것이 아닐까. 역사학자 최남선으로 하여금 이런 길에 접어들게 한 것이 무엇인지 또한

15) 최남선, 「불함문화론」, 『전집』 2, 49·61·71·72면.

자명하다. 무엇보다도 그는 망국의 땅에 사는 지식인이었다. 그가 애타게 찾아 헤맸던 것이 고대 세계의 실제 모습이 아니라 그 어디쯤에 존재하고 있을 민족의 기원이었다는 사실도, 이런 점에서 보자면 그다지 어색할 것이 없다.

기원에 대한 사유는 그 속성 자체가, 연속적인 시간의 흐름을 단절시킴으로써 비로소 성립되는 것이다. 그런 점에서, 확증할 수 없는 것으로서의 기원에 대한 사유는 그 자체만으로도 이데올로기적이고, 그런 사유를 통해 복원된 과거상은 현재나 미래의 투사체에 가깝다. 강력한 이념적 동력을 지니고 있는 민족의 기원에 대한 사유는, 기원에 대한 사유 자체보다 더한 것일 수밖에 없다. 어떤 경우건, 이데올로기적인 심상으로서의 민족의 기원은 결코 객관적인 과거일 수가 없다. 그것은 기껏해야 지나간 미래거나 현재의 투사거나, 혹은 장차 도래할 과거에 불과하다. 최남선의 경우도 예외일 수 없다. 그런데 최남선은 왜 그토록 기원에 집착하는가. 답은 자명하지 않은가. 대부분의 경우, 민족을 유지시켜주는 힘은 민족성(nationality)이고 그것은 국가라는 외적 틀에 의해 구현된다. 그런데 국가가 없는 상태에서 민족성을 유지할 수 있는 길은 무엇인가. 기원의 서사를 공유해야 한다는 것이 최남선의 답이었다. 식민지에서 민족의 자기 보존은 역사를 공유함으로써, 그것을 성스러운 기억으로 간직함으로써 비로소 가능하게 된다는 것이다. 백두산을 오르던 최남선은 바로 그 길 위에 서 있었던 셈이다.

원시의 초자연력 속에 잠겨 있던 기원의 신화는, 논리의 외피를 빌려 역사화되는 순간 더욱 강력한 신화, 민족이라는 신화의 자리로 등극하게 된다. 최남선의 단군 연구도 국토 기행도, 신화와 역사가 착종되고 전도되며 만들어지는 선 위에서 수행되고 있었다. 그러나 그것을 전적으로 최남선 탓으로 돌리기는 어렵다. 오히려 역사화되는 기원의 서사 자체가 지니고 있는 운명이라 함이 좀더 타당할 것이다.

3) 신화의 역사화, 역사의 신화화

백두산을 향해 가는 최남선의 여정은, 앞에서 지적한 바와 같이, 단군론의 전거를 향해 가는 길이기도 했다. 역사학자로서 최남선이 스스로에게 부과한 임무는 신화라는 외형 속에 잠들어 있는 단군의 존재를 역사의 차원으로 이끌어내는 일이었다. 『삼국유사』의 초자연적인 신화를 역사학의 언어로 번역하는 것이 그것이다. 최남선은 이 일을 자신의 소명으로 생각했고 거기에 자신의 30대를 바쳤다. 그래서 그는 여러 번의 회고를 통해, 옥중에서 단군론의 실마리를 얻었을 때야말로 인생에서 가장 기쁜 순간이었다고 말할 수 있었다. 신화를 역사화하는 것이 그에게 무엇보다 중요하고 절실한 일이었다는 것이다. 게다가 그가 백두산을 오르고 있었을 때는, 일본 역사학자들의 논리에 대한 비판을 통해 자신의 단군론의 뼈대를 만들어가고 있던 시기였다. 그런 그가 백두산에 접어들면서부터는 역사학보다 더 우선적인 것으로서 신념의 중요성에 대해 말하기 시작한다. 논리보다 신념이 중요하다는 것이다. 허항령을 넘어 천리천평의 이깔나무 숲에 한가운데서 최남선은 이렇게 말한다.

煩瑣眩亂한 역사적 고증은 전문가와 아울러 전문적 기회로 미루어 두자. 그네의 좀스럽고 머릿살 아픈 싸움이 어떻게 결말되든지 그것은 그것대로 한 구석에 버려 두자. 우리는 아직 동안 이론적 갈등을 초월하여서 우리 조선의 민족들끼리 시방까지 마음과 마음으로 물려 내려오고 관념과 관념에 얽어매여 있는—항상 생명 있는 국민, 신념상의 국가 민족적 聖地·靈場·神蹟을 순연한 그대로, 傳統精神上 存在 그대로 景仰하고 嚮慕하고 嘆美하고 味感하며, 그리하여 그리로서 流溢하는 種族的 靈泉과 국토적 法乳에 久遠한 생명을 북돋우고 길러 가기만 하자. 이만한 것에서라도 우선 타는 듯한 목을 여기 와서 축이며, 시들어가는 고갱이를 여기 와서 생기나게 하면 그만이 아니냐. 절대한 신념의 위에서야 주관, 객관의 대립할 여지가 무엇이며, 전설과 사실의 截然한 경역이 어디 있으랴. 가시덤불 밖에 흐린 구름 속에서라도 朗然한 孤月이 萬

心을 直照할 따름이 아닌가? (『전집』 6, 63~64면)

여기에서 최남선은 흡사 역사학자로서 자신의 정체성을 온통 부정해 버리고 있는 것처럼 보인다. 일본의 역사학자들과 '좀스런' 싸움을 해온 것은, 백두산을 떠나오기 직전까지 논쟁적인 「단군론」을 쓰고 있던 자기 자신이었기 때문이다. 다소의 자기 비하적 과장이 섞여 있는 것으로 이해할 수도 있겠지만, 그럼에도 여기에서 분명한 것은 주관과 객관의 대립을 넘어 신념의 중요성을 강조하고 있는 최남선의 모습이다. 역사학자 최남선에게서 표출된 이런 식의 태도를 어떻게 받아들여야 하는가.

시절 탓을 하거나 땅 기운 탓을 할 수밖에 없을 듯싶다. 당시의 최남선에게 최고의 가치는 국권과 민족의 자부심을 회복하는 것이었고, 그 어떤 논리의 세계도 그에 비하면 이차적인 것일 수밖에 없다. 게다가 그가 서 있던 땅은 천리 천평이었다. 그가 불함문화권의 총수라 일컬었던 백두산은 그에게는 무엇과도 비교할 수 없는 가장 성스러운 땅, 곧 가장 이데올로기적인 땅이고, 그 땅을 둘러싸고 있는 천리 천평은 그가 일찍이 「계고차존」(1918)에서 환웅천왕의 천강지(天降地)이자 신시(神市)의 무대로 추정했던 곳이다. 발을 딛고 서 있는 땅 전체가 고대사의 신화가 생생하게 살아 있는 성스럽고 신비로운 공간인 것이다. 더욱이 『백두산 근참기』는 역사학 논문이 아니라 기행문이다. 땅의 기운과 조응하면서 그의 내면에서 들끓어오르는 논리 이전의 파토스를 마음껏 펼쳐 보일 수 있는 장인 것이다.

백두산을 찾아가는 여행길에서 최남선의 마음을 가장 아프게 압박하고 있었던 것은 말할 것도 없이 그 자신이 망국의 유민이라는 사실이었다. 백두산이라는 숭고의 본령 속에서, 원시의 자연이 뿜어내는 힘과 그 스스로 민족사의 발원지라 생각했던 성스러운 땅의 엄청난 기운 속에서, 최남선은 피맺히는 속울음을 삭이고 있었다. 무두봉에서 장군봉으로 가는 길, 비가 그칠 때마다 무지개가 그의 일행을 맞았다. 그것이 최남선에게는 못난 자식을 기꺼이 맞아주는 부모의 심정으로 보였다. 그 정경 앞에서 그는 대뜸 돌아온 탕아의 심정이 되어 부끄러움에 휩싸인다. 그들은 물려받은 집을 지키지 못한 못난 자식들이다. 문패와 신주에 진탕물이 묻게 하고 또 세간과 살림을 다 빼앗기고도 부끄러운 줄도 모르고 분한 줄도 모르는 한심한 자식들이다. 누가복음의 탕아와 법화경의 궁자(窮子) 이야기가 이어지고, 그런 자식들조차 무지개로 맞아주는 백두산은 자애로운 어머니가 된다. 또 장군봉을 향해 올라가는 길에서는 엄청난 비바람을 만난다. 이제 백두산은 못된 자식들을 향해 '눈물의 채찍을 든 어머니'가 된다. 최남선은 몸을 가누기 어려운 비바람 속에서 산등성이를 기어오르며 수없이 뉘우치고 용서를 빈다. 이런 방식으로, 정상에 가까이 다가갈수록 백두산은 좀더 분명하게 인격화된다.

그리고 마침내 천지에 도착한다. 비는 그쳤지만 천지는 안개에 싸여 모습을 드러내지 않고 있다. 바람은 여전히 세차고 차가운 날씨 때문에 사람들은 수선스럽게 오가지만, 박힌 듯 꼼짝 않은 채로 최남선은 천지를 내려다본다. 그 장면을 최남선은 이렇게 썼다.

바람이야말로 세다. 天池로서 나와서 天山을 吹動하는 것이매, 무론 글자 그대로의 天風이다. 그렇지 않아도 神氣가 全局에 서리서리하여 심신이 한가지 아득해지는데, 天池를 들먹거리는 罡風이 각각 제 한몸씩으로만 덤비는 듯하매 前劫적 魂까지 懍慄栗慓하여 거의 片時의 留住를 얻기 어렵다. 靈威의 크심을 보지 못하면 神德의 넓음을 알지 못하리니, 바람 아니 이만큼 불 것이리마는 不覩皇居壯이면 安知天子尊이라고도 하옵거니, 아무리 天界에서지마는 혹시 저 인간에서와 같은 무서운 바람이 그대로 저 깊은 휘장을 좀 걷어 주어서, 眞身 瞻仰하려는 이내 至希極願을 이루어지라 하는 마음이 불기둥처럼 가슴을 버틴다. 「어머니! 저올시다. 괘씸하지마는 잠깐이라도 거룩하신 얼굴을 내보여 주시옵소서. 온 것이 늦기는 하였읍니다마는 멀기도 합니다. 제발 일분간이라도요」하고 연방 빌기 위하여 눈을 감았다가는 응했나 하여 고대 다시 떴다. 영하 섭씨 五度니 六度니 하여 「추워 추워」하는 소리가 異口에 同出하고,

화톳불을 질러야 한다는 둥, 암석 채집이라도 하자는 둥, 떠들썩법석들을 하지마는, 내 발은 심은 것 같고, 내 눈은 잡아맨 것처럼 행여 터질까 하는 앞만을 내다본다. 이 순간에는 천지가 부서져도 이 구멍으로 나는 빠져 나갈 斷斷한 일념뿐이다. (『전집』 6, 112면)

심은 듯이 천지를 바라보는 최남선의 모습이 절실하고 생생하다. 그는 백두산과 천지를 일컬어 우리 어머니라 했다. 천지를 보는 것이 최남선에게는, 오랫동안 그리던 어머니의 얼굴을 보는 고아의 심정이었다. 어머니의 얼굴을 보기 위해 최남선은 벼르고 벼른 끝에 백두산정에 이르렀다. 안개에 싸여 드러나지 않는 천지를 내려다보고 있는 그의 침묵의 기도 속에서, 어머니로서의 천지는 단순한 비유의 차원이 아니게 된다. 그는 이미 금강산과 지리산을 올랐고, 또 『심춘순례』의 서문에서 자신의 국토애를 일컬어 애니미즘과도 같은 것이라 했다. 그에게 국토는 역사와 더불어, 조선 정신을 표상하는 가장 확실한 물질적 지주였으며, 그래서 그는 국토를 일컬어 커다란 책상이고 살아 있는 책이라 할 수 있었다. 백두산은 그 땅의 가장 깊고 높은 곳에 자리 잡고 있는 상징이다. 빗속에서 백두산정을 향해 오르며, 또 안개에 쌓인 천지를 내려다보며 최남선은 어머니 국토를 향해 애끓는 속죄의 기도를 바쳤다. 얼마간의 기다림 끝에 마침내 천지가 모습을 드러내자, 그는 놀라운 찬양의 언어들이 도도하게 물결쳐 나오는 입이 된다. 그리고 『백두산 근참기』는 거칠 것 없는 천지 예찬의 언어의 흐름을 타고 바야흐로 절정을 향해 치달린다. 안개 속에서 얼굴을 드러냈다 사라지곤 하는 천지의 신비로운 모습은 창세의 장면에 대한 상상과 겹쳐지고, 뒤이어 동서고금의 창세 신화들을 줄줄이 소환된다. 그 거대한 신화적 담론 속에는 그 어떤 논리도 들어설 자리가 없다.

이렇게 잠시 예찬을 올리는 동안에도 天池의 신비한 활동은 일각도 정지하는 일이 없다. 一點의 뿌연 기운이 수면에 떠오르기 무섭게 雄渾 壯麗한 神殿의 광경이 금시에 꿈같이 사라지고 일선의 빤한 기운이 자욱한 속에서 움직이기 무섭게 밤이 가고 나서 와서, 一塊의 혼돈이 문득 靈威한 大聖容으로 幻變한다. 이렇게 답답하게 잠겼다가 이렇게 환하게 터지기를 되풀이하는 사이에, 한번은 한번보다 더 우람스러운 느낌을 용솟음하여 낸다. 막히는 것은 天王이 눈을 감으심이요, 터지는 것은 감으셨던 눈을 뜨심이며, 급작스럽게 막혔다 틔었다 함은 눈을 얼핏 깜작거리심인 양하다. 뜨실 때에는 천지가 개벽하고, 감으시면 세계가 閉闔되는 것이 우주의 有僞相과 無常法을 연설하는 셈이다. 白頭天王의 이렇게 눈 한번씩 꿈적거릴 때에, 下界에서는 어떠한 풍운이 몇 번이나 뒤번복되었는지, 천지의 生滅이란 본디부터 白頭天王의 一瞬間임에 불과하는 것은 사람이란 버러지들은 바로 긴 시간으로나 여겨서, 두꺼비 씨름에 머리악들을 쓰고, 그 중에도 학자라는 꼼지라기는 이것을 또 바로 큰 사변이나 여겨서, 오묘한 이치를 알겠다 하여, 歲歲相傳하면서 數를 벌인다, 表를 꾸민다 함이 우습다 하자면 퍽 우스운 일이다. (『전집』 6, 123~124면)

리그 베다에서부터 구약의 창세기, 이집트의 태양신 찬가, 열자(列子)의 창세 서사, 헤시오도스의 신통기로 이어지는 흐름의 마지막에, 마침내 『삼국유사』의 단군신화와 혁거세 신화 그리고 『삼국사기』의 동명왕 본기의 문자들이 펼쳐진다. 최남선의 눈앞에서 천지는 거대한 영사막이 되고 그 한가운데로 섬광처럼 작열하는 문자들이 한 글자씩 조영되는 것이다. 누가 뭐라든 최남선은 그렇게 느끼고 있는 것이다. 그에게 단군과 동명왕, 박혁거세의 서사는 모두 하나다. 그리고 그것은 단순한 건국 서사에 머무는 것이 아니다. "朝鮮의 최고 유일한 聖典이요, 朝鮮에 대한 神의 聖約을 담은 寶牒이요, 朝鮮民族을 통하여 顯彰된 인류 이상의 大炬火요, 朝鮮人의 마음과 朝鮮의 말로써 성립된 것 중의 가장 靈貴한 多寶塔이요, 조선인을 守直軍으로 한 인류 사상의 영광의 大寶藏인 것이다."(『전집』 6, 128면) 그래서 최남선은 단군신화로 대표되는 그것을 신화도 역사도 아닌 것, 곧 '신전(神典)'이라 일컫는다. 『삼국유사』의 단군기라면 그로서는 얼마나 많이 읽었는지 헤아릴 수조차 없는 대목이다. 그런데도 최남선은 백두산정 천지 옆에서 그토록 환하게 횃불처럼 떠오르는 문자들을 바라보면서 뜨거운 눈물을 흘린다. 북받치는 감격이 그의 입에서 '한아버지'라는 말이 되어 나온다. 그 말이 어떤 의미를 지니고 있는지, 얼마나 뜨거운 단어인지, 어떤 마음이 담겨 있는지, 당자가 아니라면 아무도 모를 것이라고 최남선은 썼다.

이와 같은 방식으로, 어머니 국토는 할아버지 역사와 결합되고 그로부터 조선의 건국서사는 위대한 신화로 솟구쳐 오른다. 그 신화는, 최남선이 부정하고자 했던 허무맹랑한 초자연적인 서사로서의 신화와는 거리가 멀다. 모든 사람들이 우러르고 받들어야 하는 성스러운 것으로서의 신화, 세계의 어떤 신화도 자신의 주석이나 불필요한 장광설로 만들어버리는 굉장한 신화다. 천지에서 『삼국유사』의 문면을 환상 속에서 보고 있던 최남선은 이렇게 말한다.

나는 이것을 신화라고도 아니하고, 역사라고도 아니하고, 端的하게 일컫되 神典이라 한다. 이것이 진실로 신화이기도 하고 역사이기도 하지마는, 그보다도 더 우리의 神聖靈貴한 민족 신앙의 經典이던 것이요, 우리의 博厚高明한 人生理想의 標幟인 것이다. 우리의 三世十方을 통한 위대성과 聰明質을 표상해 놓은 龍藏象塔인 것이다. 평범하나 全一임을 취하여 이것을 神典이라고 이름함이다. 찢어발김으로 재주를 삼는 학자란 이는 淺見妄念대로 무엇이라고 할는지 모르거니와, 아무리 아무라도 이것이 朝鮮人 이상의 結晶으로 그 인생관의 歸趣요 그 開化 運動의 推進機임까지를 아니라 할 자는 없는 것이다. (…중략…) 인류는 무슨 光의 東方으로서 오기를 기다린다든지 모르거니와, 東光이란 東明이며, 東明이란 朝鮮神典에 湛碧盈科한 「光明理化, 弘益人間」의 大精神, 大願行에 不外하는 것이다. 「太白」이란 것, 「壇君」이란 것이다. 시방 그 실체를 여기서 보았다. 반생에 생각한 것보다 더 크고 올지게 그 眞形과 變相을 여기 감득하였다. 그리하여 세계의 허다한 聖敎 哲理와 人生訓 社會理想이란 것들이 요하건대 總別의 가치에서와 主從의 관계에서 그대로 죄다 朝鮮神典의 一別行・一別派 一注脚 一廣說에 지나지 못하는 것을 생각하고 한

번 눈을 감고 고개를 끄덕였다. (「어허 한아버지!」, 132면)

그럼으로써, 최남선의 불함문화론을 통해 역사화해냈던 단군 신화는 다시 신화가 된다. 그 신화란 무엇인가. 서사학의 차원에서 구동되는 자민족중심주의이자 쇼비니즘의 산물이 아닐 수 없다. 신념의 절대성으로 논리를 넘어서는 순간, 맹목의 절대주의 속으로 빨려들어 가는 것은 이처럼 너무나 쉬운 일이다. 아무리 누추하고 사소한 것일지라도 끝까지 추적해가고, 아무리 성스러운 것일지라도 그것을 대상으로 '찢어발김의 재주'를 이 악물고 끝까지 실천하는 것이 논리와 사실을 다루는 사람의 기율이자 학자의 스토이시즘이다. 물론 국토기행의 실천자 최남선과는 달리, 역사학자로서의 최남선은 이 이후에도, 미완의 「단군론」의 본론격인 「단군신전의 고의」(1928)나 「단군신전에 들어 있는 역사소」(1928) 등의 논문을 통해 자신의 단군론을 완성했거니와, 여기에서 그는 사실과 논리를 다루는 사람으로서의 최소한의 기율은 지켰다. 하지만 그의 연구를 추동해내고 있는 근본적 동력이 무엇인지는 자명하다. 국권 없는 민족으로서의 정신적 자부심을 확보해내야 한다는 것은 그가 스스로에게 부과한 기본적인 명제였다. 천지를 바라보며 "세상에 朝鮮사람보다 더한 민족적 강인을 가진 이가 없고, 朝鮮나라보다 더한 역사적 윤택을 가진 곳도 없"(『전집』 6, 119면)다고 말하는 것은 사실에 대한 진술이 아니라 넘어가줄 수 있지만, 천평에서 고대사를 떠올리며, "모두 稚菌生活을 하는 중에 오직 震人만이 冠劍文化를 有하고"라고 하는 대목이나, "朝鮮은 언제든지 동방에 있는 先進者, 優越者이었으며"(『전집』 6, 64면)라고 말하는 대목은 민족주의 이데올로그로서의 최남선이 역사학자 최남선을 압살해버리고 있는 현장이 아닐 수 없다.

이런 점에서 보자면 최남선이 걸었던 길은, 단군론에 관한 한 그의 진정한 맞수이자 동시에 역사 연구 방법론에 관한 한 최고의 사숙자였던 시라토리의 경우와 크게 다르지 않다. 일본의 근대 실증주의 사학자 1세대로 출발한 시라토리는, 서양 중심의 세계사에 맞서 동양사의 범주를 구성해냈고, 또 코카서스 계 민족에 초점을 맞추는 서양의 동양학자들에 맞서 기원전 3세기까지 거슬러올라가는 내륙 아시아 최강 민족으로서의 몽골족의 계보를 구성해내기도 했다. 그럼으로써 그는 서구 중심주의로부터 동양의 역사를 해방했지만, 그러나 그의 동양 연구는 일본의 자기 이해를 주도 동기로 하는 것이었고, 또한 동양이라는 범주 안에서 일본을 특권화함으로써 자신의 동양을 일본을 위한 동양으로 왜곡시켜버렸다.16) 최남선을 분노케 했던 그의 단군 위조론도 근본적으로는 그런 사유의 결과였다. 이런 점에서, 시라토리나 최남선이나 모두 민족 단위의 가족 로맨스에 빠져 있기는 마찬가지였다. 다른 것이 있다면, 시라토리는 그래도 성공한 집안의 자손이고 최남선은 실패한 집안의 자손이라는 점, 그래서 최남선이 시라토리에 비해, 환상의 강도가 좀더 세고 감당해야 할 윤리적 채무가 조금 덜하다는 정도일 것이다.

　이런 평가에 대해 최남선은 억울해할지도 모르겠다. 시라토리와 그의 제자들은 논리의 침략자들이었고 그 자신은 방어자였다고, 그러므로 그가 단군신화에 대해 행했던 역사화와 재신화화의 전략은 정당방위였다고 항변할지도 모르겠다. 그러나 이런 항변 역시, 자기들의 행동이 서구의 위력에 맞서 동양을 지키기 위함이었다는, 일제가 만들어놓은 논리의 수준을 벗어나기 어렵다. 민족주의는 어떤 경우에도, 설사 그것이 저항적 민족주의라 하더라도, 보편타당한 입법자의 자리를 차지할 수 없다는 것을 최남선의 예를 통해 다시 확인하게 된다. 그가 국토와 역사를 위해 바친 열정의 가치와 순정성을 인정하고 평가한다면, 그것은 민족주의자로서가 아니라 왜곡된 역사의 시정자이자 정치적 억압에 대한 저항자로

---

16) 시라토리에 대해서는, 스테판 다나카, 앞의 책, 2~4절 참조. 단군론에 관한 최남선과 시라토리의 관계에 대해서는 이영화, 앞의 책; 김현주, 「문화, 문화과학, 문화공동체로서의 '민족'―최남선의 '단군학'을 중심으로」; 조현설, 「동아시아 신화학의 여명과 근대적 심상지리의 형성」 참조.

서, 민족을 위한 것이 아닌 피억압자를 위한 것으로서, 곧 그가 즐겨 썼던 문화적 가치라는 척도로 그럴 수 있을 것이다.

3. 민족 단위의 가족 로맨스 — 단군론의 역설

단군 연구에 임하는 최남선에게 있어 근본적인 딜레마는 증명할 수 없는 것을 증명해야 한다는 점이다. 그것은 선사 시대에 대한 연구 일반이 지닐 수밖에 없는 난점이기도 하지만, 어쨌든 최남선은, 일본의 동양 사학자들에 의해 제기되어 온 단군 위조론에 맞서, 『삼국유사』의 초자연적인 단군 서사를 역사의 광장으로 끌어오기 위해 진력했다. 그것은 단순히 역사만의 문제가 아니라 국권을 빼앗긴 민족에게 새로운 정체성을 확보해주기 위한 이념적 프로젝트이기도 했다. 힘없이 무너져간 왕국의 신성성을 대신할 만한 새로운 구심점을 찾는 것, 곧 민족의 신화를 찾아내는 것이 그것이거니와, 이는 역사라는 논리와 민족주의라는 이념의 공동작업에 의해서만 수행될 수 있는 성질의 것이다. 국권 상실이라는 당시의 상황을 고려한다면, 이 일을 위해 징발된 것이 위대한 고대사였고 단군 성조였다고까지도 할 수 있을 것이다.

현실적인 위력을 행사하고 있는 주체에게 신화 같은 것은 필요 없다. 위력적인 주체 자체가 이미 신화이기 때문이다. 서구 열강에 대해 압박감을 느끼고 있던 때의 일본이 그랬듯이, 국권을 상실한 조선의 경우는 신화의 필요성이 절실했고, 최남선의 작업은 이런 요청에 대한 대답이었다. 그는 단군의 역사와 불함문화론을 통해 강렬한 가족 로맨스를 그의 민족에게 제공했다. '우리 진짜 아버지는 망국의 무력했던 지배자들이 아니다, 불함문화권을 보라, 동쪽으로는 일본을 경계로 하고 남쪽으로는 유구, 서쪽으로는 중앙아시아를 가로질러 발칸 반도에 이르는 거대한 문화권이었고, 그 중심에는 환웅과 단군의 위대한 나라 조선이 있었다, 우리의 진짜 아버지는 저 위대한 단군이다.' 이 같은 가족 로맨스의 거대한 환상이, 단군 연구로 대표되는 1920년대 최남선의 작업을 추동해낸 가장 강력한 힘이었으며, 그에게 역사라는 욕망의 대상이자 원인이었다.

최남선은 문화비교를 통한 해석학의 방법에 기댐으로써 단군신화의 역사적 실재성에 학문적으로 접근할 수 있었다. 언어에 대한 비교 연구와 동북아시아 샤머니즘 연구를 통해 단군의 실재성에 접근할 수 있었지만, 그러나 이런 영역까지 넓어져 버리면 단군이 하필 조선에만 한정된 존재일 수 없어지게 되고, 또한 조선이 그 문화권의 중심이라는 주장도 확인하기 어려운 것이 되어버린다. 요컨대, 단군의 실재성을 증명하기 위해 신화해석학을 향해 나아갔지만, 그 해석학적 접근은 단군을 민족주의와 분리시키고 조선에 의한 단군의 독점을 불가능하게 한다. 민족주의적 신념이 그로 하여금 단군 연구로 이끌었으나, 단군 연구의 결과는 조선만을 위한 그 어떤 민족주의도 제공하지 못했다는 것이다.[17]

그의 고대사 연구는 이처럼 논리와 이념의 접경에 자리잡고 있다. 불함문화론을 위시한 그의 단군 연구는 최남선의 저 뜨거운 민족주의적 열정을 담아내는 데 명백한 한계를 지니고 있다. 사실과 논리에 입각한 글은 아무리 편향성을 지닌다 하더라도 민족주의의 비논리성을 담아내는 데 한계가 있을 수밖에 없다. 이런 정황 속에서 그의 민족주의적 파토스는 국토 예찬이나 기행문 같은 방식을 통해, 국토를 살아 있는 경전으로 만드는 정서적 힘을 가동함으로써만 보존될 수 있었다. 1920년대 중반 연이어 나온 그의 기행문들이 그 결과다. 『백두산 근참기』는 이 흐름의 절정에 해당되는 뜨거운 책이다. 여기에서 그는 대자연의 숭고를

---

17) 이에 대한 좀더 상세한 진술은 별도의 지면을 필요로 한다. 여기에서는 다만, 최남선의 단군론이 연구의 진행에 따라 민족주의적인 것에서 탈민족주의적 흐름으로 나아갔다는 점 정도를 지적해둔다.

민족의 신화로 결합시켜 냈고 그런 고양감 속에서 자신의 머리를 스쳐 가는 머나먼 고대사의 환상을 마음껏 그려볼 수 있었다. 또한, 논리를 넘어서는 신념의 절대성에 대해, 그 거대함과 놀라움에 대해 웅변을 토해 낼 수 있었다. 그리하여 그 뜨거움은 단군 연구에 내장되어 있던 이데올로기적 속성까지도 있는 그대로 드러내버렸다.

거대하고 뜨거운 환상이 얼마나 위험한 것인지는 대동아공영권이라는 관제 환상을 실현하고자 했던 일본 제국주의자들이 보여주고 있다. 최남선의 민족주의 이데올로기도 배타성이라는 점에서는 근본적으로 이들과 동일한 논리적 지평에 입각해 있다. 민족주의는 기본적으로 전쟁 상태의 사상이며, 따라서 그 자체로는 어떤 보편적 정당성도 획득할 수 없다. 곧, 논리 자체의 차원에서 보자면, 전쟁이나 폭력의 정당성을 인정하지 않는 한, 그 어떤 민족주의도 옳을 수는 없다는 것이다. 다만, 백두산 정상에서 민족의 신화를 생각하며 피맺히는 속울음을 삼켰던 최남선의 경우는 피해자의 입장이었기에 가까스로 윤리적 알리바이를 얻을 수 있을 뿐이다. 『백두산 근참기』가 최남선으로 하여금 드러내게 하는 이데올로기의 모습을 보자. 그로테스크하면서도 또한 숭고하고 그래서 매우 위험한 것임을 저 스스로 보여주고 있지 않은가.

2부

일제하 문학의 전개와
민족(국가) 담론의 변모

1920년대 민족주의문학과 민족 담론

전승주

1. 들어가는 말

식민지에서의 민족주의는 근대적 민족국가의 형성 및 민족공동체의 출현 그리고 식민지에서의 해방이라는 본래의 문제 외에도 근대화를 추구하는 방법의 문제와 자본주의 산업화 과정 속에서 발생하는 새로운 계급 형성과 같은 복합적인 문제를 다 포괄하지 않을 수 없게 된다. 새로운 계급의 형성이라는 면에서 볼 때 식민지의 부르주아는 선진 제국의 부르주아와는 비교할 수 없을 정도로 역량이 약한 관계로 근대화의 뚜렷한 주체로 성장하지 못한 채 근대화 과정과 민족운동에서 양면적 태도를 보이게 된다. 즉 제국주의의 침략으로 인해 자신들의 성장전망을 박탈당하는 것에 저항하는 한편 제국주의의 문명에 굴복하고 추종하는 모습을 보이게 되는 것이다. 특히 무산계급의 성장에 따른 사회주의 세

력과 논리의 확산이 이루어짐으로써 근대화의 주체와 방법 그리고 식민
해방문제는 더욱 복잡해진다. 이로 인해 우리의 경우 민족주의이념은 민
족주의이념 자체에 내재한 침략성과 식민지 민족주의의 저항적 성격 이
외에도 지배세력에의 타협과 굴종이라는 새로운 성격을 부여받게 된 것
이다.

하지만 지금까지의 연구는 대체적으로 민족주의이념이 지닌 저항이념
만을 강조함으로써 '민족'이념을 지배 세력에 대한 저항의 이념·민족해
방의 이념으로만 파악하거나, 식민지배 정책과의 타협적 성격만을 부각
시켜 폄하하는 등 일방적인 평가를 내리는 경우가 많았다. 이러한 시각
은 문학사연구에도 마찬가지로 작용해왔다고 할 수 있다. 특히 식민지
시대를 주요 대상으로 한 근현대문학사 연구는 민족의식의 자각과 민족
해방운동과의 관련을 중요한 평가의 기준으로 삼는 경우가 많았다. 예컨
대 근대문학에서의 민족이념의 전개 양상에 대한 논의는 민족이념 자체
가 어떠한 민족사적 저항의 논리로 표면화되고 있느냐하는 문제의식을
내세운다. 민족이념의 구현 양상을 근대성을 실현하기 위한 방안으로만
파악하는 이런 식의 논의는 문학 특유의 내재적인 문제들을 근대성의
진보 논리로 치환하게 될 위험성을 안고 있다. 한편 북한의 문학사 서술
에서 드러나듯 민족주의운동의 체제 내적 타협을 강조하여 민족주의문
학을 한 구석으로 밀어버리는 경우는 말할 것도 없지만, 민족주의의 저
항적 성격을 강조하는 경우에도 민족주의운동이 3·1운동 이후 일제와
의 정면대결을 피하고 합리적인 실력양성운동으로 변모한 것을 중심논
리로 삼는 경우가 없지 않다. 즉 실력양성운동론 등에 근거한 민족주의
운동을 당시 상황에서 민족역량을 강화하는 '최선의 방책'이었다고 평가
하는 것이다. 이런 시각에 따르면 식민지 시대 민족운동의 과제는 실패
한 근대화의 과제를 수행하는 것으로서 이를 위해 낙후한 정치적 경제
적 처지를 개선할 수 있는 실력을 양성하는 일이 급선무로 인식된다. 이
경우 '민족'이념과 관련된 실질적으로 중요한 물음은 간과되기 쉽다. 이

를테면 일련의 근대화 과정 속에서 민족이념 자체가 한편으로는 민족적 위기에 대응한 저항적 담론으로, 다른 한편으로는 계급 담론에 맞서는 보수적 담론으로 형성되어 온 구체적 과정, 민족이념 형성의 담당자, 그들의 역사적 변화 양상, 또 식민본국이 강제한 국가주의와 길항 관계 등에 의해 인식하지 못하게 되는 것이다.

민족이념 자체는 근대성을 실현하는 중요한 인식론적 혹은 실천적 기반을 내재하고 있음에도 불구하고, 다른 한편 근대성이 갖는 양면성만큼이나 다양하고 모순적인 측면들을 함의하고 있다. 즉 민족주의이념은 억압당하는 민족의 해방에 대한 염원을 드러내는 이념이면서 동시에 그것이 지향하는 근대 국가라는 추상적인 공공 영역 속으로 개인의 사적 영역을 남김없이 수렴해버리는 국가주의 이데올로기로서 동시에 작용하는 것이다. 게다가 우리의 경우에는 식민지 경험에 따른 또 다른 성격을 지니고 있다. 1920년대의 민족주의문학론은 이 저항의 논리와 근대적 보편에 대한 지향성을 어떤 식으로 개념화하고 있는지 그리고 식민지적 특수성에 따른 근대화의 길을 어떻게 설정하고 있었는지 그리고 그에 따른 구체적 논의 양상은 어떻게 전개되는지 살펴볼 필요가 있다. 그러한 작업은 우선 민족주의문학 담론 내의 다양한 층위들을 정확히 파악하는 것으로 시작되어야 할 것이다.

2. 민족주의문학의 이념적 근거

우리의 경우 근대로 접어들면서 바로 제국주의의 침입을 받았던 까닭에, 사회를 이끌어 가는 데 주도적인 역할을 해야 할 부르주아들은 식민지 모국의 근대를 추수하는 과정으로 나아가게 되었고 그에 따라 민족적 성격을 잃게 된다. 국가권력이 외세의 수중에 있는 까닭에 이들이 힘을 갖게 되는 기회는 거의 존재하지 않았던 것이다.[1] 이들이 자신의 기회를 증진시킬 수 있는 확실한 길은, 그들 자신의 '민족적' 통제하에서 국가기구를 재구성하기 위해 투쟁하거나 외세의 지배 정책에 순응하는 두 길뿐이었고, 이들의 선택에 따라 민족운동의 방향이 달라질 수밖에 없었다. 민족 형성에 무엇보다 중요한 요소로서의 적극적인 공동의지[2] 즉 국민적 의식의 각성이라는 문제를 생각하면 부르주아의 존재는 더욱 중요해진다. 후진 사회나 식민지화한 국가의 경우 국민적 의식의 각성은 사회경제적 발전에 따른 자발적 각성의 모습을 띠지 못하고, 지식인 엘리트에 의한 계몽 혹은 식민 당국의 국가주의적 기획에 의한 의식 계몽에 의해 강요당하는 것이 보통이다. 따라서 국민적 의식의 각성을 교육과 계몽을 통해 이루고자 하는 이들 부르주아 지식인들의 의식 각성의 방향이 식민당국의 정책 방향과 어떤 관계를 맺는가는 실로 중요한 사안이 아닐 수 없고 그만큼 지식인들의 역할은 중요해지는 것이다. 또 지식인 집단의 중요성이 다른 집단들에 비해 훨씬 큰 이유는, 지식인들은 낡은 사회의 계급 구조를 벗어날 수 있으며, 비록 막연하거나 비실제적이라 해도 미래에 대한 비전과 그것을 달성할 방법에 대한 구상을 가지고 있는 점, 그리고 문장과 언어 사용에 능숙한 까닭에 교육을 통해 산업 문명에 필요한 전문 지식과 기술을 습득할 수 있기 때문이다. 이처럼 지식인들은 그들의 존재 자체가 근대화의 산물인 까닭에 민족운동의 지도력을 갖게 되는 것이다.

이들 지식인들에 의해 서구의 근대사상이 '이념'으로서 처음으로 수용, 소개된 것은 『독립신문』을 통해서였다. 『독립신문』에서 강조한 자주

---

1) 알렉스 캘리니코스 외, 배일룡 편역, 『현대 자본주의와 민족문제』, 갈무리, 1994, 28
~30면.
2) 한스 콘, 「민족주의의 개념」, 『민족주의란 무엇인가』(백낙청 편), 창작과비평사, 1982,
33면.

독립과 문명개화 사상은 자유권·독립권·교육·개화·진보·애국 등의 개념으로 다양하게 나타나지만 그 내용은 이익을 추구하고 재산권을 갖는 개인의 자유, 경제적 활동의 중요성 등 근대 자유주의의 내용들이었다.[3] 그런데 이런 자유주의이념은 문명사회에 대한 동경과 함께 사회진화론과 인종주의까지 동시에 받아들이게 되면서 결국에는 제국주의를 미화하는 단계로까지 나아간다. 이러한 초기의 개화 문명 사상은 1920년대의 민족운동에 그대로 이어지며 당대의 지식인들로 하여금 식민지로의 전락 원인을 사회진화론적 사고에 근거하여 찾게 만들었다. 유길준·윤치호 등에 의해 수용된 사회진화론은 역사와 문화의 발전단계를 미(未)개화(야만), 반(半)개화(반문명), 개화(開化, 문명)의 세 단계로 구분하고, 미개한 상태에서 야만적인 생활을 하던 사회도 점차 발달하여 개화하는 것으로 파악한다. 사회진화론은 개인적 민족적 수준에서의 등급 매기기를 통하여 부단히 진보하도록 강요하며 경쟁에서 패배할 경우 지배를 받는 것을 당연한 결과로 받아들이게 했다. 즉 기존 규범의 부정 및 이익 추구의 자유 주장 논리가 자연스럽게 경쟁적 질서라는 논리로 귀결되고, 이 논리는 다시 경쟁적 질서에서의 패배자는 그 결과를 겸허하게 받아들여야 한다는 주장으로 표출된다. 따라서 이 시기 민족주의이념은 경쟁에서 살아남기 위한 스스로의 실력을 갖추는 것, 즉 자강운동밖에 없다는 논리를 내세우게 된다. 국권상실의 책임이 조선인들 스스로에게 있으므로 침략세력에 대한 투쟁보다는 우선 실력을 길러야 한다는 생각을 갖게 만든 것이다. 이처럼 사회진화론, 자강운동론과 결합된 민족주의는 제국주의를 한편으로는 비판하면서도 다른 한편으로는 따라가고자 하는 모순적 시각을 지니게 된다.

1920년대 민족주의문학의 이념적 근거였던 문화주의이념의 구체적 실천 양상으로서의 실력양성운동은 바로 이런 사회진화론을 바탕으로 제시

---

3) 이나미, 『한국에서의 자유주의의 기원』, 책세상, 2001, 14~48면 참조.

된 것이다. 실력양성론은 직접 독립운동이 아니라 기회를 준비한 대비로서의 운동으로 기회가 올 때까지 교육의 장려와 실업의 발전에 의한 자본주의 근대화를 이룩하는 데 심혈을 기울여야 한다는 주장이다. 즉 일본의 국력과 비교해 볼 때 독립은 요원하므로 당장 해야 할 일은 실력을 양성하여 독립의 기초를 마련하는 일이라는 것이다. 하지만 이 실력양성론은 논리적 모순을 지닐 수밖에 없었는데, 그것은 정치적·법적 보장이 없는 어떤 개인적 권리도 공허할 수밖에 없는 근대사회 그것도 식민지 상황에서 정치적 보호막을 어디서 구할 것인가 하는 문제였다. 조선인들의 사회를 옹호해 줄 정치 체제는 없었고 국가가 행사할 수 있는 각종 제도적 이데올로기적 힘은 총독부에 있었기 때문이다. 이러한 상황하에서 제출된 논리가 정치적인 것과 사회적인 것, 정치적인 것과 문화적인 것을 구분하는 논리였다. 정치적 자유와 문화적 자유의 구별, 사회문제와 사회적 운동을 정치문제 및 정치적 운동과 혼동하지 말 것을 강조했던 대부분의 민족주의 문학자들의 논리는 바로 이러한 인식의 산물이다. 하지만 실력양성론에 따른 교육에 필수적인 교육 체제의 변화나 물적 기반의 확보에는 총독부의 지원이나 간섭이 불가피한 것이었다. 이처럼 식민지하에서의 실력양성운동은 언제나 정치의 도움을 필요로 했고 그 결과 식민지배의 정당성을 인정하게 되는 딜레마를 벗어날 수 없는 것이었다.[4]

이런 인식은 『동아일보』와 『개벽』을 중심으로 전개된 '문화운동'을 통

---

4) 박명규, 「1920년대 '사회' 인식과 개인주의」, 『한국사회사상사연구』(김경일 외), 나남 출판, 2003, 278~280면. 엄밀한 의미에서의 실력양성론이란 독립을 전제로 혹은 독립을 염두에 두고 의도적으로 실력을 배양한다는 개념으로 이해할 수 있다. 그러나 당대의 민족주의운동은 사실상 일제의 통치를 인정한 위에 민족의 생존과 활로를 모색하는 데 중점을 둔 것으로 독립을 전제로 목적의식적으로 실력을 양성하려 했다고 보기 어려운 경우가 없지 않다. 문화운동의 사상적 기초로서 신문화 건설, 실력 양성, 인격 개조, 이광수 류의 민족개조론 등의 사상적 차이를 간과하고 포괄적으로 다룰 수 없는 것도 이 때문이다. 김명구, 「1920년대 국내 부르주아 민족운동 우파 계열의 민족운동론─『동아일보』 주도층을 중심으로」, 『한국근현대사연구』 20호(한국근현대사학회 편), 2002년 봄, 164~165면.

해 구체적으로 드러난다. 이 운동은 3·1운동 이후 각종 외교운동의 좌절 및 사회진화론과 이 시기 국내에 소개된 개조론, 문화주의 등 각종 외래 사조의 영향, 그리고 일제의 산업 정책과 민족자본의 동요 등 여러 가지 조건의 작용에 의한 것이었다.[5] 『동아일보』는 "민족적 운동이라 하는 것은 일정한 이상을 향하여 의식적으로 하는 정신적 혹은 사회적 운동"이라 하고 여기에는 반드시 일정한 목적이 있는바 "조선인의 민족운동의 목적은 일대 문화운동이다. 어찌 조선민중이 정치적 의미로서만 저와 같은 일대 운동(3·1운동)을 야기했으리오 이민족 지배하에서는 원만한 문화의 수립이 어렵다고 보아 일으킨 것이다"[6]라고 하여 문화주의에 기초한 문화운동을 천명하고 있다. 여기서 문화운동이란 일단 정치적 독립운동과 대비된 관점에서 제기된 것이다. '민족운동에는 정치적 방법과 사회적 방법이 있는데 정치적 방법에 대하여는 논할 자유가 없다'고 하면서 문화운동을 주장한 것이다.

문화주의이념은 결국 식민지적 조건에서 부르주아 상층 사회세력이 민족문제에 대한 대응논리로 제기한 것이라 할 수 있다. 그러므로 문화주의의 바탕을 이루는 민족 개념은 민족주의문학운동과 관련해서도 아주 중요한 요소이다. 이 계열에서는 "민족은 역사적 산물이라 역사의 공통적 생명 곧 국민적 고락을 한가지로 맛본 경험과 국민적 운명을 한 가지로 개척한 사실이 없으면 도저히 민족적 관념을 생하지 못하나니 이 없이 어찌 언어와 습관과 감정과 예의와 사상과 애착 등의 공통연쇄가 유할 수 있으리오"[7]라고 하여 민족을 운명적 고락을 함께 하는 가운데 언어, 습관, 문화 등의 공통성을 이룬 역사적 형성물로 생각하고 있다. 또 개인은 대대로 생사변천할지라도 민족이라는 전체는 영속적 생명이라고 하여 민족을 유기체적 존재, 영속적 존재로 파악한다. 그런데 이러

5) 박찬승, 『한국 근대정치 사상사연구』, 역사비평사, 1992, 168~196면.
6) 「세계개조의 벽두를 당하야 조선의 민족운동을 논하노라(3)」, 『동아일보』, 1920.4.6.
7) 위의 글.

한 원초론적 민족관에서 중요한 점은 민족을 종족적·혈연적 동질성으로 이해하기보다는 문화적 동질성의 차원에서 이해한다는 사실이다. 즉 민족은 역사적 산물인 고로 혈통 관계는 그다지 중요한 문제가 아니며, 오직 공통생활의 역사로 공통의 문화를 가진 집단이 곧 한 민족이라는 것이다. 결국 민족의 구별은 혈통보다도 언어, 습관, 인정, 풍속에 따라 구분된다는 것으로 문화적 전통을 중시한 것이다. 하지만 또 민족주의의 본질은 자결이며 이것은 자유주의에 기초한 국민주권주의에서 비롯된다고 파악하고 있다. 이러한 인식은 근대 국민국가론에 입각한 민족주의로서 민족 개념에 관한 근대적 이해방식이라 할 수 있다. 이처럼 문화주의 이념에는 원초론적 관점과 함께 자유주의적 민족주의도 일부 포함되어 있다. 그럼에도 민족국가의 건립, 즉 독립의 문제가 핵심적 쟁점으로 제기되고 있지 못한 것은 문화주의이념이 독립방법론으로 실력양성론을 취하고 사회진화론의 틀 내에 존재했기 때문이라 볼 수 있다. 결국 민족주의운동은 근대 민족주의가 추구하는 국가건설의 방향으로 나아가지 못하고 문화적 번영과 고유성 유지라는 문화주의에 그치고 만 것이다.

3. 민족주의문학의 구체적 전개 양상

1) 1920년대 민족주의문학의 형성과 대두

3·1운동 직후 조선의 사상계는 민족주의 이데올로기의 주도권 상실 등 체제 타파를 위한 활동의 침체를 극복할 수 있는 새로운 사상을 창출해야만 했다. 이에 따라 사회주의와 무정부주의사상이 새로 대두하게 되고 민족주의사상 역시 주도권을 잃지 않기 위한 노력을 기울이게 된다.

따라서 1920년대 초반의 정치질서의 변화는 무엇보다 사회주의와 민족주의운동의 정착·분화로 두드러진다. 민족주의 세력은 3·1운동의 좌절과 일본 이식자본주의의 강화에 따라 점차 민족개량주의8)로 변모해 간다. 계몽주의에 의한 민족의 실력 양성과 권력자의 폭력적 억압수단을 피할 수 있는 비합법적 개량주의 노선만이 당국의 약점을 최대한 이용할 수 있는 수단인 동시에 민족 전체를 살릴 수 있는 방법으로 강조된다. 이에 따라 1921년경부터 문화운동과 실력양성운동이 제창되고 더 근본적 방법으로 정신 개조와 민족성 개조 등 문화와 사상의 '개조'가 제기된다. 결국 민족주의운동은 식민지배 체제와의 타협으로 나아가고 '자치론'으로 변모한다.9) 민족주의 이론이 이처럼 개량화되면서 민족운동의 주도권을 상실해가게 되자 사회주의 사상이 급속도로 보급되어 사회주의이념을 근거로 한 사회운동이 일대 유행을 이루게 된다. '사회주의를 믿고 안 믿는 것도 딴 문제요 사회주의가 실현되고 안 되는 것도 딴 문제다. 다만 사회주의가 무엇인지는 알아야만 행세를 하게 된 것이 오늘의 형편'10)이라는 말처럼 1920년대에 접어들어 사회주의를 숭상하고 사회혁명을 논하지 않는다면 지식인 축에도 끼지 못한다는 시대적 풍조가 고조되기에 이른 것이다. 1920년대 민족주의운동 노선에 근거, 그 이상

---

8) 여기서 말하는 민족개량주의란 마르크스주의에서 말하듯 사회주의혁명노선을 방기하고 자본주의제도하에서의 개량을 주장하는 사회민주주의를 가리키는 것이 아니라, 식민지하에서 중심 계층을 형성하지 못한 채 자본주의 발전을 도모해야만 했던 식민지 부르주아들이 식민지 전략의 원인을 민족성의 결함 및 실력 부족으로 판단, 독립을 먼 훗날로 미루고 문화운동과 자치론 등을 전개했던 일정한 경향을 가리킨다. 즉 1920년대 초기의 '현실순응적인' 문화운동, 자치운동 등 식민지 조선에서의 특수한 현상을 가리키는 용어이다. 서중석, 『한국현대민족운동연구』, 역사비평사, 1991, 142~145면.
9) 방기중, 『한국근현대사상사연구-1930~40년대 백남운의 학문과 정치경제사상』, 역사비평사, 1992, 68~71면. 이광수는 「민족적 경륜」에서 이를 한 마디로 표현하고 있다. 즉 민족적 권리와 이익을 옹호하기 위하여 그리고 민족의 정치적 중심세력을 작성하여 장래 정치운동의 기초로 삼기 위해서는 '조선 내에서 허하는 범위 내에서' 즉 일제의 통치를 인정한 위에서 조선민족의 권리를 추구해야 한다고 주장한 바 있다. 이광수, 「민족적 경륜」, 『동아일보』, 1924.1.1~4.
10) 『혜성』에 실린 『사회주의설 대요』(정백 역) 광고 문안.

을 실천하는 문학으로서의 민족주의문학이 하나의 이념태로 본격적으로 자리잡은 것은 바로 이런 배경하에서였다. "좌익적 문예운동의 출발이 우익파란 것을 규정해 주었고, 선전포고함으로 말미암아 소극적으로 또는 간접적으로 그 대립을 느꼈을 따름이지, 집합적 단결로서의 의식적 깃발을 가지지 않은 것"이라는 말처럼, 민족주의문학은 계급주의문학의 대타의식에서 출발했다는 평가는 당대의 사회적 상황을 잘 말해준다.11) 이에 따라 근대문학사에서의 민족주의문학은 비(非) 혹은 반(反)계급주의로 통칭할 수 있는 일체의 주의 및 사상으로 정의되는 것이 보통이다.

민족주의문학은 이광수의 계급을 초월한 추상적 조선주의로부터 비롯된다. 그에 의하면 민족주의와 사회주의는 대립적일 수 없으며 민족주의에 대립적일 수 있는 것은 오직 세계주의뿐이라고 주장한다. 하지만 이광수의 민족주의는 모든 논리를 초월한 신념에서 비롯된 것으로 뚜렷한 이론적 모습을 제시하고 있지는 못한 것이다. 사회운동으로서의 이데올로기적 형태를 띤 민족주의문학론이 본격적으로 전개된 것은 최남선이 국민문학론을 제창하면서부터이다. 이후 민족주의문학론은 프로문학과 민족주의문학의 타협, 모색을 발견하려 노력한 양주동의 절충주의문학론과 국민문학과 프로문학의 필연적 대립을 승인하면서 양자의 충돌점과

---

11) 1920년대 중반 민족주의문학의 이데올로기가 분명히 제 모습을 드러낼 수 있게 되었던 상황을 백철은 다음과 같이 말하고 있다. "1926, 7년에는 문단에 민족주의적인 국민문학론이 대두하여 프롤레타리아문학과 대립하였다. 그러나 프로문학과 민족주의문학이 대립한 것은 결코 이 시기에 한한 것은 아니었다. 본래 민족주의운동 자체 내에서 분열하여 사회운동이 일어나 서로 대립한 것과 같이, 그 사회운동을 배경으로 일어나 프로문학은 처음부터 민족주의운동을 배경으로 발전되어 온 종래의 문학과 대립하게 되었다. 종래에는 특별히 민족주의가 이데올로기로서 표현에 내세워지지 않았지만 프로문학운동의 등장과 함께 민족주의는 자연히 의식화되고 표면화되었다. 신경향문학이 대두된 때에 『개벽』지에는 계급문학에 대한 시비론이 게재되었는데, 그 때 계급문학을 반대하는 측의 기성문학자들은 기본적으로 민족주의의 이데올로기의 입장에 서 있었다고 할 수 있다. 그러던 것이 1926년에 와서 프로문학의 세력이 커짐에 따라서 기성문학 측도 그 민족주의 이데올로기를 명백히 하게 되었던 것이다." 백철, 『조선신문학사조사』, 백양당, 1949, 112면.

타협점을 병설하는 염상섭의 입장에 이르러 일정하게 논리성이 부여되기 시작한다. 이처럼 1920년대의 민족주의문학론은 최초의 주창자인 최남선을 비롯하여 프로문학론과의 절충을 주장한 양주동·염상섭, 계급을 초월한 추상적 조선주의를 주장한 이광수 등 다양한 층위를 형성하는 것으로 파악할 수 있다. 그런데 민족주의문학을 우리 문학사의 주류로 삼고 일방적인 의미 부여를 하는 견해를 제외해도, 기존의 연구는 1920년대의 민족주의이념에 입각한 문학에 대해 프로문학의 대타적 개념으로만 파악하거나 복고적 이념 지향성 혹은 진보적·정치적 실천으로부터의 후퇴를 보인다는 점에서 부정적인 평가를 내리고 있는 경우가 대부분이다. 민족주의문학이 프로문학에 대한 대타의식에서 출발했다고 하지만 양 진영의 문학 모두 식민지라는 조건을 공유한 상태였다. 즉 방법상의 차이는 있었지만 민족 해방 및 민족국가의 건설이라는 동일한 과제를 추구하는 입장에 놓여 있었던 것이다. 사회운동에서 민족주의와 계급주의가 〈신간회〉라는 단일단체로 합칠 수 있었던 것도 바로 그 때문이다. 이후 양자의 이데올로기의 상극성과 일제의 정책으로 인해 분열되고 말았지만 최소한 〈신간회〉가 존속되었던 기간은 민족주의나 계급주의가 다 같이 활동 공간을 어느 정도 확보할 수 있었다. 프로문학과 민족주의문학의 절충과 타협을 문단의 과제로 제기한 절충파의 논리가 빛을 발한 것도 바로 이 시기라 할 수 있다. 결국 민족주의문학론은 내적으로 완결된 이념의 형태로서가 아니라 추상적 조선주의로 때로는 절충론으로 한편으로는 계급문학론과의 긴장 관계를 통해 형성된 '국민문학'의 성격을 띠는 것이다.

그러므로 기존의 이해 방식을 뛰어넘어 민족주의 문학이념 내부에 공존하고 있는 다양한 인식의 층위들을 동일 시기의 프로문학과 관련하여 다양한 시각으로 살펴볼 필요가 있다. 그럴 경우 문학 담론 내에서의 '민족' 개념도 보다 풍부하게 찾아볼 수 있을 뿐 아니라 이 시기 민족주의문학론의 대사회적 관련성도 적극적으로 검토할 수 있다.

2) 시조부흥운동과 국민문학론

1920년대 민족주의문학의 형성은 계급문학이 문학적 전통 계승에 기여하는 문학창작에 무관심할 뿐 아니라 현실적으로 민족 내부의 분열을 조장하고 있다는 비판으로부터 시작된다. 그것은 구체적으로 우리 문화의 전통을 계승함으로써 민족적 자존심과 민족언어의 우수성을 고양하며, 민족적 의지를 고취시킬 수 있는 문학, 즉 국민문학의 건설이라는 과제로 표명된다. 이 국민문학의 기본요건을 이루는 민족의식은 민족 본유의 혈통·풍토·환경 등에서 연유된 동질감뿐만 아니라 당면한 식민지적 상황에서 문제시되고 있는 민족적 단결의식을 포괄하고 있다. 이처럼 초기 민족주의문학론의 경우 원초론적 민족관을 바탕으로 하면서 근대 국민국가의 개념에 입각한 민족 개념까지 수용하고 있었다. 이러한 국민문학운동의 성격을 가장 잘 보여주는 것은 최남선에 의해 제창된 시조부흥운동이다.[12]

> 시조는 조선인의 손으로 인류의 운율계에 제출된 시형이다. 조선의 풍토와 조선인의 성정이 음조를 빌어 그 운동의 한 형상을 구현한 것이다. (…중략…) 조선은 문학의 소재에 있어서는 아무만도 못하지 아니하고 또 그것을 胞胎로 어느 정도만큼의 발육을 遂한 것도 사실이지만 대체로는 문학적 성인, 완성문학의 국민이라기는 어렵다. (…중략…) 오직 시에 있어서는 형식으로 내용으로 용법으로 상당한 발달과 성립을 가진 일물이 있으니 이것이 시조다.[13]

이처럼 시조부흥운동은 최남선이 민족문화와 국토에 담겨 있다고 믿는 '조선정신'을 배경으로 하는 '조선적인 것'의 시적 형상화의 가능성에

---

12) '국민문학'이란 용어는 최남선의 「조선국민문학으로서의 시조」(『조선문학』 16호, 1926. 5)로부터 비롯된다. 이 외에도 최남선은 「시조태반으로의 조선민족성과 민속」(『조선문단』 17호) 등을 통해 "시조가 조선국토, 朝鮮人, 朝鮮心, 朝鮮音律을 통해 표현한 필연적 양식"이라고 규정하고 이를 통해 국민문학의 정신을 규정하고 있다.
13) 최남선, 「朝鮮國民文學으로서의 時調」, 『조선문단』 16호, 1926.5.

대한 탐구 결과이다. 그는 '조선인으로 난 이상에는 일체에 있어서 받아 가진 것이 조선이요, 일체에 있어서 받들고 나갈 것이 조선'이며, '세계 심 세계운동도 조선인에게는 조선을 통해서 그리고 조선으로부터의 출 발해서만 가능'[14]하다는 '조선주의'를 바탕으로 삼고 있다. 최남선이 아 직 '완성문학'을 마련하지 못했다고 판단한 '조선적 문단'에서 오직 시조 에만 그 가능성을 두고 '국민문학'으로 끌어올리려는 욕망을 드러낸 것 은 근본적으로 세계문학을 염두에 둔 발상이라 할 수 있다. 즉 문학에서 의 세계성(보편성)에 대응하는 논리로서의 향토성(특수성)을 강조하고 있는 것이 바로 시조부흥운동인 것이다.[15] 최남선이 생각하기에 그런 조선문 학의 특수성을 가장 잘 간직하고 있는 것이 바로 시조였고 그런 까닭에 이에 국민문학이라 불렀던 것이다.

최남선의 이러한 시조에 대한 경사가 조선인종에 대한 최남선 자신의 학문적 분석과 확신에 근거한 것[16]이라 해도, 시조의 발생적 근거라든지 그 담당계층의 계급적 성격 등에 대해서는 전혀 이해하지 않은 채 오직 조선의 것이니까 제일이며 조선의 것이니까 무조건 조선을 가장 잘 표현 하는 것이라는 식의 파악은 시조의 예술적 본질에 대한 고구(考究)라 하기 힘들뿐 아니라, 민족의식을 상징하는 '조선심'이라는 것도 추상적임을 드 러내는 것이다. 최남선이 말한 시조의 내용으로서의 '조선다움'은 당대 민족현실과는 무관한 복고적인 것이기 때문이다. 즉 봉건 지배이념으로 서의 유교이념과 지배계층인 양반들의 감정을 표출한 시조를 계승해야 할 국민문학이라 주장한 것은 민족 내의 다양성, 차별성을 무시하는 것일 뿐 아니라 반봉건 반식민투쟁을 포기함을 의미하는 것이기 때문이다. 하 지만 시조부흥운동은 이병기·이은상·조운·염상섭 등에게로 이어지면

---

14) 최남선, 「조선의 久遠相」, 『동아일보』, 1927.11.11~12.
15) 오문석, 「한국근대시와 민족담론」, 『한국근대문학연구』 8(한국근대문학회 편), 태학 사, 2003, 86~89면.
16) 김윤식·김현, 『한국문학사』, 민음사, 1973, 113~114면.

서 활발한 시조창작과 함께 시조에 대한 학문적 연구를 촉발시키는 계기가 된다.[17] 즉 고전 부활에 의한 새로운 문예 형식의 창조라는 측면에서 시조나 민요, 향토성과 민족성 등이 강조되면서 문단에 큰 반향을 불러일으킨다. 1927년 3월 『신민』의 특집 '시조는 부흥할 것이냐'가 마련된 것은 이러한 배경에서였다.

시조부흥론을 둘러싸고 벌어진 일련의 논의 가운데 주목할 것은 '국민문학'에 대한 논의이다. 김기진은 시조부흥운동을 비판하며 '조선주의'란 이름하에 국민문학의 본질에 대한 파악에 애쓰는 모습을 보여준다. 그것은 국민문학도 아직 수립하지 못한 조선민족에게 프로문학을 말하는 것은 잘못이라는 민족주의문학 진영의 비판에 대한 진지한 대응이라 할 수 있다. 김기진은 '조선으로 돌아오자' '진정한 국민문학을 건설하자'는 움직임을, 1927년 벽두에 나타난 문제삼을 만한 '문단상의 조선주의'라고 명명하고, 이른바 국민문학 개념을 '타국민, 타국문학에 비하여 내용과 형식에 있어 특성이 현저한 전국민─전민족이 향유하는 일정한 국어에 의한 일민족적 전통의 문학'이라 규정한다. 그리고 국민문학이라는 이름은 자민족이 자국의 문학을 건설하고자 노력하는 문학상의 건설기의 명제인 만큼 사적 의의를 제거하고서는 당면한 명제 국민문학의 개념은 검토할 수 없는 것이라 주장한다.[18] 이런 시각에서 김기진은 현재의 민족적 전통에 입각하려는 국민문학론이나 시조와 민요에 의한 새로운 예술형식론 등이 일개의 국수주의의 변형이고 보수주의・정신주의・반동주의에 불과하다고 비판한다. 이런 김기진의 비판에 김영진・정병순 등이 반박하며 국민문학을 긍정하고 있다. 김영진은 우선 조선 사람이 주체로써 모든 환경과 시대성을 받아들이고 그 받아들인 환경과

---

17) 이병기, 「시조란 무엇인고」, 『동아일보』, 1926.11.20; 이은상, 「시조문제」, 『동아일보』, 1927.4.30~5.4; 「시조문제소고」, 『동아일보』, 1928.2.9~17; 조운, 「丙寅年과 時調」, 『조선문단』, 1927.2; 염상섭, 「시조에 관하여」, 『동아일보』, 1926.12.6; 「시조와 민요」, 『동아일보』, 1927.4.20.
18) 김기진, 「문예시평」, 『조선지광』 64호, 1927.2.

시대성을 다시 조선 사람의 민족적 색채가 농후한 것으로 토해내어야 하는데, 그것은 민족성 또는 작자의 개성에서 소화된 휴머니티 곧 시대의식이어야 함을 전제한 뒤 자신이 생각하는 국민문학에 대해 이야기한다. 즉 "국민문학이란 (…중략…) 시조와 민요만을 가르침이 아님은 물론 아닌 동시에 (…중략…) 진실한 조선 사람의 개성으로 창작된 조선의 문학, 말하자면 그 작품이 진실한 의미로서 현대 조선 민중의 심금을 울려주며 또한 미래 조선 민중의 심금을 울려주는ㅡ조선 민중이 아니면 가질 수 없는 것이면 그 작품은 의심할 것 없이 조선의 국민문학"19)이라는 것이다. 그리고 유해무익한 부르주아문학과 프롤레타리아문학 모두를 뛰어넘을 때 비로소 국민문학을 형성할 수 있다고 주장하고 있다. 이러한 주장은 김기진이 말한 국민문학의 의미를 그대로 수용하고 거기에 더욱 적극적인 의미를 부여함으로써 국민문학의 정당성을 주장하고 있는 것이라 할 수 있다.

근대문학 형성의 기본적인 조건이라 할 '국민문학' 개념에 대해 김기진을 포함한 이 시기 대다수의 논자들이 '타국민 타국문학에 비하여 내용과 형식에 있어 특성이 현저한 전국민 전민족이 향유하는 일정한 국어에 의한 일민족적 전통의 문학'이라는 공통된 결론을 내리고 있는 점은 일단 주목할 만한 사실이다. 이는 '국민문학' 혹은 '민족문학'에 대한 프로, 민족주의 양쪽이 최소한의 공감대를 형성, 보다 깊은 논의를 할 수 있는 토대를 마련한 것이기 때문이다. 문제는 그러한 문학에 도달하기 위한 현실적 토대와 거기에 부응하는 방도는 무엇인가 하는 점이다. 바로 1920년대 후반의 논쟁은 이에 대해 민족성과 계급성을 중심에 두고 논란이 벌어진 것이라 할 수 있다. 그것은 민족적 위기에 대응하는 모든 문학

---

19) 김영진, 「국민문학의 의의」, 『신민』 23호, 1927.3. 정병순 또한 김기진의 견해를 비판하며 국민문학의 정당성을 옹호하고 있다. 정병순, 「조선주의에 대하여ㅡ김기진씨의 시평을 읽고」, 『동아일보』, 1927.2.17. 한편 김동환은 "시조는 문예상 일대감옥이다. 오히려 배격할 가치조차 없는 사문학(死文學), 부패문학의 잠들려 누운 묘지다"라는 극단적인 비판을 가하며 시대부흥론의 시대착오적 면모를 지적하고 있다.

적 실천이 이처럼 문학에 나타난 민족이념의 탐색과 무관하지 않기 때문이다. 즉 프로문학이 '계급'만을 강조하고 민족 개념을 애써 무시한 것이 계급 이데올로기의 표출이라면 민족주의문학에서의 '민족'이념 강조는 민족 내의 대립과 갈등보다는 민족의 통합성, 일체성을 강조하는 이데올로기의 표출이다. 즉 민족 통합성의 강조를 통해 당대운동의 헤게모니를 장악하려는 계급적 이데올로기의 역할을 하고 있는 것이다. 정치적 행위가 차단된 사회에서 문화는 모든 생활방식의 구체적 표현이자 사회적 실천의 총체인 것이다. 바로 이러한 특성 때문에 문화는 특정 사회 출신의 사람들에게 정체성을 제공하고 사회적 위기의 순간에 그들이 매달릴 수 있는 무엇을 제공할 수 있다. '전통적' 민족문화를 찬양하는 것도, 최남선이 시조를 국민문학으로 내세울 수 있었던 것도 바로 문화가 지닌 이런 힘 때문이다. 결국 최남선의 시조부흥운동은 한편으로는 식민지 지배질서에 대한 도전으로서의 의미, 즉 식민지 본국의 학문적 연구에 대한 대항연구로서의 의미를 지니지만, 본질적으로는 시조를 통해 국민문학의 정신을 규정함으로써 계급문학으로 옮아가는 문단주도권을 회복하고자 한 것이라 할 수 있다. 따라서 최남선의 '조선주의'는 민족국가보다는 민족정신과 문학·민속·모국어 및 역사 등을 통한 민족정신의 표현에 중점을 두고 있는 문화적 민족주의라 부를 수 있을 것이다.

3) 이광수와 민족개조론

『개벽』지를 통해 '서구적 근대화=문명화=진보'의 논리에 회의를 표하는 문명비판 사상이 수용되면서 '문화운동'보다 더 근본적인 방법으로서 도덕과 정신의 개조를 강조하게 된다. 개조라는 용어는 원래 사회 개조, 세계 개조를 의미하는 것이었다. 1차 세계대전의 종전을 전후하여 침략주의와 군국주의에 대한 전 인류의 비판이 고조되고 제국주의 열강의 세계지배 체제에 대한 비판으로서 세계 개조라는 용어가 등장한 것이다. 이 무렵 조선의 지식층은 세계가 바야흐로 정의·인도·평등·자유의 원칙에 입각하여 개조되고 있다고 생각했다. 그리고 이런 세계 개조의 대기운에 순응하여 '조선의 개조'가 절대적으로 필요하다는 것이 1920년대 문화운동의 논리였다. 이광수의 '민족개조론'은 실력양성론의 일환으로 구사상 구문화 비판이라는 시각에서 대두된 논리로, 문화주의이념의 핵심논리를 이룬다. 민족개조론에 의거하여 이광수는 당시의 조선사회가 독립문제 등 정치문제보다 생존 자체가 시급한 사회로 파악하고, 생활상의 생존과 번영에서 조선 회생의 길을 찾고자 했다. 민족의 전망에 대해 독립의 문제가 아닌 문화적 번영에 초점을 둔 것이다.

> (…상략…) 민족의 성쇠는 (…중략…) 제가 도덕을 닦고 지식을 배우고 개인과 사회의 생활을 개량하고 부를 축적함으로써 되는 것이지, 결코 남의 도움이나 일시적 요행으로 되는 것이 아니리다. (…중략…) 설사 조선인의 생활의 행복이 정치적 독립에 달렸다 하더라도 (…중략…) 정치적 독립은 일종 법률상 수속이니 이는 독립의 실력이 있고 시세가 있는 때에 일종의 국제상의 수속으로 승인되는 것이지, 운동으로만 될 것이 아니외다. (…중략…) 그 근본적으로 할 일은 正經大道를 취한 민족개조요, 실력양성이외다. 조선인이 각 개인으로 또 일민족으로 문명한 생활을 경영할 만한 실력을 가지게 된 후에야 비로소 그네의 운명을 그네의 의사대로 결정할 자격과 능력이 생길 것이니 (…하략…)"[20]

이광수의 이러한 논리는 안창호의 사상적 영향을 받은 것이다. 도산은 독립을 위해 싸우는 길은 민족의 경제적 역량을 기르기 위한 산업 육성 및 인격적 지도자를 양성하는 길이라고 생각했다. 민족의 힘은 민족구성원 각자의 힘의 총화인바, 이런 힘을 가지기 위해서는 자아혁신에서 출발하여 민족 개조와 자기 개조로 나아가야 한다고 주장했는데, 여기서 중요한 것은 무실역행 등 인격 수양은 독립운동이라는 목표와 전제를 상정한

---

20) 이광수, 「민족개조론」, 『개벽』 23호, 1922.5, 46~47면.

것이라는 점이다.[21] 그러나 이광수는 이런 전제와 목표를 사실상 배제하고 인격 수양, 민족성 개조만을 강조하고 있다. 이러한 인식의 근원에는 각 민족에게는 모두 유전적으로 전래되는 민족성이 있다는 르 봉의 '민족심리학'이 놓여 있다. 조선 민족의 쇠퇴 원인은 민족성에서 찾아야 한다는 것이다. 이광수가 대중을 불신하고 민족성의 개조를 외치게 된 까닭이 여기에 있다. 이광수는 이런 인식을 문학에 그대로 적용하고 있다.

　지금 우리 조선인은 중병을 앓고 난 사람과 같다. 그는 육체적으로 허약하거니와 정신적으로 허약하다. 그에게 강렬한 자극제만 주는 것은 마치 불침증환자에게 가배차를 자꾸 먹이는 것과 같다. 그는 원기를 보하여야 한다. 그에게는 모든 자극보다도, 술보다도, 가배차보다도 신선한 음식과 공기와 일광과 과격하지 아니한 동작이 필요하다. 이리하여 얼마 동안 원기를 회복하여 이른바 기혈이 충장하여 능히 정의와 자유를 사랑하고 그를 위하여 헌신분투할 기지와 용기를 얻은 후에라야 능히 혁명도 하고 괴천의 웅도도 할 것이다."[22]

『개벽』과 이광수에 의해 제기되었던 '민족성 개조(론)'은 일본 유학생들에 의해 이론화 과정을 거친 문화운동론의 구체적 실행방안으로 제시된 것이다. 즉 한말 이래 자본주의적 근대화 노선에 입각하여 사회를 합리화하고 서구적으로 재편성할 것을 목표로 삼았던 문명개화론―서구적 근대화론의 1920년대적 실천 양상인 것이다. 민족 분열과 갈등의 원인을 사회주의자들에게서 찾고 이들에 의한 대중의 정치적 세력화에 대한 불안과 위기의식을 내보인다.[23] 그런데 이광수가 위기라고 느끼는 사회주의 사상의 침투는 사실 민족 분열이나 식민지 현실의 위기라기보다는 오히려 식민지로부터의 해방 및 운동의 방향을 모색하는 새로운 지도이념

---

21) 차석기, 『한국민족주의교육의 생성과 전개』, 태학사, 1999, 243~244면.
22) 이광수, 「중용과 철저―조선이 가지고 싶은 문학」, 『조선일보』, 1926.1.2.
23) 김현주, 「민족과 국가 그리고 '문화'」, 『1920년대 동인지 문학과 근대성 연구』, 상허학회, 2000, 222~225면.

의 수용이 아닐 수 없다. 따라서 이광수가 위기라고 인식한 것은 1920년 대 부르주아 민족주의자들이 느낀 위기를 식민지 전체의 위기로 대체한 것에 불과하다. 즉 시급히 개조해야 할 민족성으로 제시한 나태·이기 심·시기·증오 등의 성질은 병적 민족성이 아니라 민족운동의 주도권을 상실한 민족주의 진영의 무력함을 식민지 민중의 탓으로 돌리는 것에 불 과하다. 일제의 식민지 지배와 자본주의적 착취 및 그에 따른 사회적 분 열이라는 현실을 민족성 탓으로 돌리는 것은 일본 식민 정책에 적극적으 로 동조하는 모습이 아닐 수 없는 것이다.[24] 결국 이광수는 초기 계몽사 상의 가장 충실한 계승자로서 가장 먼저 체제 내적 논리로 나아감으로써 민족주의문학의 지도자적 역할을 포기한 것이다. 이처럼 최남선의 문화 적 민족주의나 절대적이고 초월적인 가치만을 주장한 이광수의 논리가 새로운 지도이념으로 떠오른 사회주의운동에 논리적 대응을 하지 못하게 됨에 따라 1920년대 민족주의문학의 이론적 선도자 역할은 절충적 입장 에 서 있던 양주동이나 염상섭에게 넘어갈 수밖에 없었다.

4) 양주동의 절충론

양주동은 1920년대 중반 본격적 문예비평을 시작한 이래 1933년 무렵

---

24) 민족개조론에 대한 일제의 시각은 이러한 점을 잘 말해주고 있다. "동우회라는 것은 香山光郎이 창설한 것으로서 그는 大正 8년 조선독립운동이 실패하자 심사숙고 끝에 조선독립의 무모함을 자각하고 결연히 상해를 떠나 조선으로 돌아와서 당시의 총독인 齋藤實을 만나 그의 자각의 일반으로 조선독립운동 및 공산주의운동의 그릇됨을 설 명하고, 조선인은 독립 자치와 같은 정치문제를 말하기 전에 자신을 도덕적으로 개량 하지 않으면 안 된다는 점을 설명했다. 그러자 齋藤은 그의 위대한 정치적 식견에 감 탄하여 스스로 물질적으로 원조할 것을 약속했던 것이다. 여기서 香山은 그 희망을 실 천하는 방법으로 우선 '민족개조론'이란 소책자를 세상에 내보내고, 이어서 소수의 동 지를 모아 자그마한 단체를 창설하였는데 이것이 바로 동우회인 것이다." 독립운동사 편찬위원회, 『독립운동사자료집』 12, 1977, 1394면.

국학연구에 몰두하기까지 약 6~7년에 걸친 짧은 시기 동안 이광수를 비롯한 민족주의측은 물론 김기진·임화 등 프로문학 쪽과 민족(주의)문학론, 비평태도론, 내용형식론 등 당대 문단의 핵심 문제를 놓고 논전을 벌인 바 있다. 양주동이 절충파로서의 특성을 보이기 시작한 것은 이광수와 논쟁을 벌이면서부터이다. 프로문학 같은 극단적이고 혁명적인 문학을 배격하고 중용과 상(常)의 문학을 취해야 한다고 강조한 이광수의 주장에 대해, 양주동은 이광수가 파악하듯 조선인의 생활이 비정상적인 생활이라는 바로 그 이유 때문에 현재의 조선을 표현하는 문학은 상(常)적인 문학이 아닌 변(變)적인 문학, 즉 퇴폐적 파괴적 혁명적 문학이 된다고 주장했다.[25] 동일한 현실 인식하에서 상반되는 성격의 문학을 주장하고 있는 것은 그들이 지향하는 문학적 가치에 대한 인식의 상이함에서 비롯된 것이라 할 수 있다. 즉 이광수의 주장이 '작품 자체의 영원성'이라는 절대적이고도 초월적 가치를 기저로 한 것이라면 양주동은 이러한 문학의 영원한 가치와 함께 시대와 환경의 반영이라는 문학의 특성을 동시에 주장하고 있는 것이다. 그렇다고 해서 이광수에 대한 양주동의 비판을 민족주의 문학이념 자체에 대한 비판으로 보기는 힘들다. 어디까지나 민족주의문학론에 대한 교정적 차원에서의 비판으로 민족주의문학 운동을 시대의 변화에 따라 새롭게 추구하려는 노력의 일환이라 할 수 있다. 즉 예술철학이라든지 민족 심리학 등을 동원하여 문학의 영원성에 시대성, 즉 식민지적 특수성을 병립시킴으로써 민족주의문학의 추상성을 보완하고 있는 것이다. 이러한 입장은 다분히 프로문학을 의식한 전략적 서술로서 양주동의 절충적 면모가 드러나게 되는 여지를 마련하고 있다.

양주동의 절충론적 특성이 분명히 드러나는 것은 프로문학에 대한 본격적인 비판을 가하게 되면서부터이다. 그는 프로문학의 사회현실에 대한 적극적인 관심과 그 실천 등에 동감하면서도 문학을 사회 현상의 한

---

25) 양주동, 「철저와 중용―현하 조선이 가지고 싶은 문학」, 『조선일보』, 1926.1.11~12.

발현으로만 해석하는 태도를 비판한다. 즉 문학은 개인적 요소와 유심적 요소를 가졌기에 한낱 사회 현상의 기계적 산물임을 벗어나 문학으로서의 특수성이 있고 따라서 그 특유한 내용과 형식의 조건을 갖추어야만 한다는 것이다. 그는 문단의 분파를 정통파, 반동파, 중간파 3개파로 구분하고 자신은 중간파 가운데서도 문학적 중간파임을 자처하고 있다.26) 문학비평가로서의 태도를 말하는 가운데, 먼저 문예의 존재가치라는 측면에서 볼 때 예술을 위한 예술과 인생을 위한 예술이라는 견해가 예술의 본의가 아닌 명목에 사로잡혀 문예의 깊은 의미를 망각하거나 긴요한 내용을 은폐시켜 버리기 쉽다고 결론짓고, 예술파와 인생파의 중용적 위치에서 두 견해의 절충을 강조한다. 이처럼 예술지상주의에 대한 비판과 함께 양주동은 예술가의 사상적 태도 즉 예술가의 세계관 인생관에 대해, 문예작품의 저류에는 사회적 열정과 진지한 인간성이 필요함을 강조하고 이러한 세계관에 따라 예술상의 사조가 변할 수 있다고 말한다. 따라서 프로문학이 사상적 측면에서는 문예상의 주의가 될 수 있지만 그 자체적인 표현 형식을 지니지 못한다면 성립 불가능하다고 비판하고 있다. 이처럼 민족주의문학 경향과 프로문학에 대해 모두 비판한 뒤, 예술가의 창작 태도에 연관되는 문예상의 표현 형식 문제를 강조한다. 즉 모든 문예상의 사조·주의는 그 표현 형식의 문제에서 비롯되는 것이므로 프로문학이 그 사상적 내용을 선전하면서 표현적 기교를 무시하는 것은 용납될 수 없는 오류지만 이제 겨우 사상적 측면에서의 태도만을 결정했을 뿐인 프로문학에 대해 표현 형식만의 태도로 보아 프로문학을 부정하거나 그 근본정신을 이해하지 못한 채 그 성립과정을 무시해서도 안 된다고 강조한다. 결론적으로 순예술파가 프로문학을 부정하는 것이나 계급문학이 순예술파를 매도하는 것 모두 극단에 빠진 착오라는 것이다. 결국 양주동은 문학이란 것이 인간성의 표현을 근저로 당대의 현실을 비판 해부해야 하

---

26) 양주동, 「다시 문예비평가의 태도에 취하여」, 『동아일보』, 1927.7.12~22.

는 것이라고 주장함으로써 두 가지 모두를 담으려 애쓴다. 그리고 스스로 자신의 이러한 논리를 '문예상의 절충적 논리'임을 밝히고 이러한 절충적 논리가 편의적인 방편일 수는 있지만 사실상은 보수적이고 소극적인 태도의 표명임을 고백한다.[27] 절충론이란 새로움을 지닐 수 없고 오직 기존의 사상들을 조정하고 통합할 수밖에 없기 때문이다.

그럼에도 그가 절충론을 내세운 것은 그의 문단정세에 대한 인식 때문이다. 그는 당시의 국민문학을 첫째, 국민문학 건설이 우리 문예운동의 일차적 목표라 보며 프로문학운동도 국민문학에 포함될 시대적 요소의 문학으로 포괄하는 자신의 견해, 둘째, 국민문학과 계급문학의 대립을 인정하면서 두 가지 경향의 문학의 충돌점을 통하여 그 타협의 방법을 모색하고자 하는 염상섭의 견해, 셋째, 국민문학의 불가론을 고집하는 프로문학파들의 견해로 나눈다. 이 가운데 첫째, 둘째 견해는 국민문학 수립이 우리 문예운동의 급선무임을 강조하고 있으며 그 일면에 계급문학의 현실 지향적 의식의 타당성을 인정한다는 점에서 대등한 성질을 갖는 것으로 파악한다. 우리 민족이 조선인으로서 이미 무산계급에 속해 있기 때문에 민족투쟁이 결국은 무산계급의 투쟁과 모순될 수 없는 것이라고 강조하며 계급문학론자들이 국민문학을 반동적이라 비판하는 태도는 민족사상을 몰각한 처사라 반박하고 있다. 하지만 국민문학이라는 것이 그 정신적 측면에서의 당위성에도 불구하고 하등의 구체적 이론을 지니지 못하고 있음을 토로한다. 국민문학의 당위성만을 강조하고 있을 뿐 구체적 방법이나 실천적 방향을 제시하지 못하고 있었기 때문이다.

이후 양주동은 김기진의 「변증적 사실주의」에 의해 촉발된 문학의 형식론을 검토하면서 프로문학에 대한 공격에 무게를 두고 민족주의문학을 옹호하는 입장으로 돌아선다. 즉 프로비평가들이 계급투쟁의 수단으

---

27) 양주동, 「잡상수칙」, 『동아일보』, 1927.12.23.

로 이용하기 위하여 문학의 사회적 효용성만을 강조하는 나머지 그 본
질적 가치를 망각하고 있다고 비판하면서, 문학의 자율성 인정과 문예비
평에 있어서의 내재적 가치 우선이라는 입장으로 기울어진다. 내재적 비
평과 외재적 비평을 포괄해야 한다는 점에서 절충성을 내세우고 있지만
내재적 가치를 1의적인 것으로 해야 한다는 점에서 프로문학과는 명백
히 대척적 입장에 선 것이라 할 수 있다. 그는 프로비평가들이 '목적의식
의 강제주입과 편중'을 고집함으로써 우리 문학의 발전을 저해하는 많은
오류를 범했을 뿐 아니라 선전효과를 내세우는 그들 자신의 기본 의도
와도 빗나가는 결과를 가져오게 되었다고 비판하면서, 자신이 미학적 문
예론에서 순수창작심리를 해설한 것이나 기교주의의 문예를 역설한 것
은 실로 이러한 프로문학의 한계를 극복하려는 뜻임을 강조하고 있다.
그의 이런 시각은 내재적, 외재적 비평에 대한 논의, 내용 형식 논쟁에
이르러 더욱 분명해진다. 1929년 『문예공론』의 편집자로서 염상섭과의
대담, 이광수와의 대담을 꾸며 프로문학에 대한 비판을 더욱 강화하고
있는 모습을 볼 수 있는 것이다.

　이러한 그의 절충적 주장이 민족문학론의 논리적 우위를 지탱하기 위
한 것으로 기울어졌음은 1920년대의 민족문학론을 결산한 「민족문학의
현단계적 의의」(『동아일보』, 1931.1.1~9)에서 드러난다. 이 글에서 그는 민족
문학의 이념적 근거가 되는 민족의식을 조선이라는 국토와 기후 풍토
안에서 역사적으로 거주해 온 단일민족의 생활·풍습·전통 등의 요소
들이 상호 관계하면서 형성된 관념적 요소로 파악하고 따라서 민족의식
은 본질적 존재라고 규정한다. 여기에 우리 민족의 경우 식민지 지배하
에 놓여 있기 때문에 민족적 단결의식이 요청된다고 덧붙인다. 그리고
이 민족의식은 조선이라는 땅과 민족 그리고 생활 및 역사와 부착되어
있기 때문에 붕괴될 수 없다고 말한다. 즉 양주동이 생각하는 민족의식
은 원칙적 존재로서의 민족 관념에다 현단계의 특수한 의식을 가합한
것이라 할 수 있다. 이는 곧 원초론적 관념에 근대적 민족 관념을 더한

것이다. 그래서 '현단계의 약소 민족의 문제는 곧 무산계급문제'라는 프로문학의 주장을 시인하면서도 '현단계의 조선인은 무산계급인 동시에 민족인'이라고 주장하는 것이다.

이러한 양주동의 논의에서 주목할 것은 두 진영의 주류 경향에 대해서는 매우 비판적이면서도 프로문학 진영 내에서 자신과 근접한 김기진과 합치하려는 움직임을 보여주는 등 민족문학의 새로운 진전을 위한 현실적 방안을 모색한 점이다. 그러나 이러한 양주동의 접근에 대해 김기진은 양주동의 주장이 1927년 무렵의 국민문학파의 주장과 별 다를 바 없는 것이라고 전면 비판을 가함으로써 그 접근을 거부한다. 즉 김기진은 민족주의문학은 철두철미하게 무산계급의 문제와 연결될 수밖에 없다는 입장을 견고히 함으로써 논의 자체를 무화시켜 버린다.[28] 이에 양주동은 "현단계의 문예운동은 민족문학의 건설과 무산문예의 진출이 두 가지의 병행 혹은 제휴로 성립된다." 그리고 민족문학파의 '조선심'이란 유물적 · 사회적 관계로 필연적으로 산출된 의식이므로 원칙적으로 승인되어야 하며, 계급문학의 입장도 현 단계에서는 필요한 것이라 인정한다는 절충론을 견지하면서도[29] 민족 대 민족 간의 경제적 착취 관계를 보여주고 있는 현 상황에서 경제적 문제와 민족적 문제를 동시에 해결하기 위한 운동 가운데서 우선되어야 할 것은 민족적 투쟁이며, 민족 관념을 초월한 계급운동은 현계단에 있어서는 한낱 비현실적 가정에 불과하다고 주장[30]함으로써 민족적 투쟁이 우선되어야 한다는 사실을 강조하고 민족주의문학의 정당성을 옹호하고 있다. 그럼에도 대내외적 투쟁의 병행을 말한 것은 이러한 표현을 통해 맹위를 떨치는 프로문학 쪽과의 타협의 여지를 남긴 것으로 이해할 수 있다. 즉 타협을 통해 민족주의문

---

28) 김기진, 「비평적 수언」, 『조선지광』 85호, 1929.6.
29) 양주동, 「문제의 소재와 異同點」, 『조선일보』, 1928.8.16.
30) 양주동, 「속 · 문제의 소재와 異同點」, 『중외일보』, 1929.10.20~11.9(임헌영 편, 『문학논쟁집』에 수록, 103~105면).

학의 입장에 대한 승인을 획득하고자 한 것, 그리고 한 걸음 더 나아가 타협을 표방하면서 사실상 프로문학의 논리를 부정하고 민족주의문학 논리의 우월성을 부각시키고자 한 논리라 할 수 있다. 하지만 민족운동 론의 구체적 방법론을 제시하라는 김기진의 요구에 "나는 소위 예술적 가치와 정치적 가치의 분립을 보는 때에는 언제나 전자를 제일의적으로 삼는 자이다. 따라서 나의 민족문학론은 오로지 민족의식의 존재와 그 사회적 영향에 관심할 뿐이요, 일일이 사회운동 방법에 구애되거나 의거 하지를 않는다. 이런 입장에 서 있는 나의 민족주의문학이론은 민족문학 운동의 구체적 방법론을 문제로는 삼지 않는다"는 양주동의 답변은 그 의 절충론이 얼마나 공허했던가 하는 것을 보여주는 것이 아닐 수 없다.

양주동의 관점은 사회적으로 볼 때 조선민족 단일 노선을 표방했던 신간회의 논리에 맥이 닿아 있는 것으로서, 문학적으로는 최남선·이광 수 등의 추상적 민족주의의 한계를 비판하고 좌우 이론의 절충이라는 새로운 논리를 전개함으로써 넓은 의미에서의 민족주의문학운동의 새로 운 길을 모색했다는 점에서 그 의의를 찾을 수 있다. 그러나 초기의 민 족주의적 입장을 보수적이라 비판하면서도 나아갈 길에 대한 구체적인 내용을 제시하지 못한 채 추상적 일반론의 수준에 멈추고 말았다는 점 에서 그 뚜렷한 한계를 볼 수 있다. 즉 그 역시 민족의식이 단순히 풍토 와 정조 전통 등에서 자연스럽게 성립된 것으로 파악함으로써 역사적 개념에 대한 심정적 해석 이상의 인식을 보여주지 못한 것이다. 민족주 의는 구체적 현실 속에서 의식적으로 사고되고 전개되고 표현되는 하나 의 이데올로기로 작용하는 것이다. 이광수나 최남선의 심정적 조선주의 에 대한 비판에도 불구하고, 예술이란 본질적으로 내용과 형식의 조화 일치를 통해 그 가치를 발현할 수 있는 것이라고 말하며 프로문학론을 내용과 형식의 극단적 이원론이라 비판하는 순간 그의 의지와는 상관없 이 민족문학론의 범주에 놓일 수밖에 없는 것이었다.

5) 염상섭의 개성론과 현실 인식

염상섭은 자아의 발견으로부터 현실 세계에 대한 인식으로 그 주제가 확대되고 있던 1920년대 초기의 문학적 경향을 전형적으로 보여주고 있다. 이 시기 염상섭은 근대문명의 핵심을 자아의 각성과 회복으로 인식하고 봉건적인 구습타파와 자아각성 등 근대 지향적 의식을 드러내는 데 주력하고 있다. "중세 교권주의의 절대적 위압으로부터의 자아 각성이 근대문명의 가장 본질적이고 중대한 의의를 가진 정신적 수확물"이라거나 "깊고 오랜 꿈에서 깨어 나온 근대인의 모든 것에 대한 의심이야 말로 모든 문화의 酵母"[31]라는 발언에서도 알 수 있듯이 그에게 있어 근대인의 자아발견은 일반적 의미에서 인간성의 자각인 동시에 개인적인 차원에서 개성의 발견인 것이다.

염상섭에게 있어 개성의 자각은 근대인으로서의 자아의 각성을 의미한다. 자아의 각성이 이루어질 때 자아는 '근대적인 자아'가 되는 것이며 그 자아를 함유한 민족도 근대적 민족이 되는 것이다. 그런데 이러한 논리를 따라가면 결국 식민지로의 전락 원인을 우리 민족이 자아의 각성을 하지 못한 데서 구하게 된다. 그것은 염상섭이 주장하는 자아의 각성이 보편적 근대인으로서의 자아 각성을 의미할 뿐 여전히 봉건적 질곡에 시달리는 식민지 조선의 지식인으로서의 자아 각성으로 구체화된 것으로 보기는 어렵기 때문이다.[32] 『만세전』의 이인화가 식민지 현실과 자신의 처지에 대한 자각이 없이는 불가능한 만세운동 직전 상황을 '무덤'으로 인식한 것도 조선의 지식인보다는 보편적 근대 지식인의 입장에서 있기 때문일 것이다. 그가 개성의 자각을 강조하면서도 빠트리고 있

---

31) 염상섭, 「개성과 예술」, 『개벽』 22호, 1922.4(여기서는 『염상섭 전집』 12권, 민음사, 1987, 34면).
32) 장수익, 「염상섭 초기소설과 계몽주의」, 『한국문학과 계몽담론』(문학사와비평연구회 편), 새미, 1999, 309~312면.

던 물질적 토대로서의 현실에 대한 관심을 갖게 되는 계기는 바로 프로 문학 측과의 논전이라 할 수 있다.

염상섭이 민족주의와 사회주의에 대한 심각한 고민을 하게 된 것은 『개벽』의 '계급문학 시비론' 특집에서부터이다. 물론 여기서 염상섭은 계급문학 자체를 거부하지 않고 다만 계급문학의 가부를 논의하는 일 자체를 거부한다고 했지만 '작자가 어떤 규범에 추종하는 일' '계급문학 을 무리히 형성시키려고 애를 쓰는 일' 등을 비판함으로써 결론적으로 현실적인 계급문학에 대한 비판적인 시선을 보내고 있다. 계급문학에 대 한 이러한 비판은 문학의 독자적 예술성에 대한 신념과 자유로운 작가 정신으로서의 개성에 대한 인식에 근거하고 있다는 점에서 결국 개성론 의 연장선상에 있다고 할 것이다. 하지만 결론에서 다시 '계급문학이라 는 것이 형성되고 출현된다면 그는 문학계의 자연스런 일 현상으로 용 인할 따름'이라고 함으로써 절충적 태도를 취하고 있다. 즉 프로문학을 비판하면서도 주도권을 상실한 민족주 측에도 완전히 가담하지 않는 모습이라 할 수 있다. 그는 이처럼 프로문학과의 대립 속에서 예술의 자 율적 성격을 견지하면서도 사회성에 대한 인식을 늦추지 않는 모습을 보여준다. 특히 1920년대 중반 민족주의문학과 계급문학으로의 문단 재 편이라는 특별한 과정에서 어느 한 쪽에 치우치지 않은 채 자신의 목소 리를 계속 내고 있었다는 점에서 의미가 각별하다.

염상섭은 이후 프로문학에 대한 본격적 비판에서 문학의 형식이 사상 보다 중요하다고 강조한다. 표현미가 예술적 가치이고 그 작품에 담긴 내용인 사상, 제재 등은 예술적 가치의 면에서 제2의적인 것에 불과하다 는 것이다. 이에 근거하여 프로문학이 '프로계급을 위한 문학이냐 프로 계급의 문학이냐'는 질문을 한다면, 한국의 프로작가들이란 부르주아적 환경에서 부르주아적 사상을 함양하여 왔고 부르주아적 전통교육을 받 은 사람들이라는 점에서 이들의 문학 역시 부르주아문학의 틀을 벗어나 지 않는다고 지적한다.[33] 이는 프로문학의 관념적 한계를 날카롭게 지적

한 것이라 할 수 있지만 문제는 그의 프로문학 비판의 초점이 소재, 제재적 측면에 맞추어져 있는 점이다. 즉 비판의 중점을 프로문예의 형식면에 맞추어 프로문학은 작품의 형식문제나 기타 일체의 예술적 조건의 갱신이라는 것을 막론하고 다만 그 작의(作意)귀결에 이르러 주인공이 살인 강도질만 하거나 선전문을 작성하면 그것이 '프로'를 위한 문학이거나 '프로'가 관(關)하는 문학이며 또한 '프로'에게서 나온 문학이라고 생각하고 있다고 비판한다. 프로문학 측에서 내세우는 프로의식의 원인이나 의미, 프로문학 발생의 현실적 조건 등에 대해서는 언급하지 않은 채 다만 프로작품의 결말 부분의 처리가 지닌 공식성 그리고 그것이 지닌 선전성에만 초점을 맞추고 있는 것이다.

이와 함께 내면의 정서 문제에 대한 비판을 가하고 있는데, 이 부분에서도 프로의식이라거나 계급의식 등의 용어를 사용하고 있지만 염상섭의 비판은 프로의식 자체가 아니라 프로의식의 선전 방식, 즉 프로의식의 공식적 경향에 집중된다. 그리고 여기서도 식민지 현실 속의 피억압 민중이라는 구체적 인간이 아니라 보편적 인간상을 근거로 프로문학에서 구현하고 있는 인간상이 이에 미달하고 있다고 비판하고 있다. 사실상 이 점은 프로문학도 마찬가지인데 당대의 프로문학 역시 구체적 현실 속의 프롤레타리아의 의식을 반영하고 있다기보다는 사회주의 이론에 따른 인간상을 설정하고 그 인간상의 모습을 선전하고 있기 때문이다. 그런데 염상섭 역시 이 점에 대한 지적은 하지 못한 채 다만 보편적 인간의 정서 문제로 환원시켜 비판하고 있는 것이다. 프로문예가들이 내세우는 열정과 신경향파의 습작상 태도에 대한 비판 역시 프로이념에 대한 본질적 비판이라 하기 어렵다. 프로문예가들의 오류가 프로의식 그 자체에 있는 것인지, 아니면 그러한 이념을 선전하고 문예상으로 옮겨 표현하는 그 방법에 있는 것인지 구별하지 않은 채 프로문예 자체를 비

---

33) 염상섭, 「계급문학을 논하여 소위 신경향파에 여함」, 『조선일보』, 1926.1.22~2.2.

난하고 있기 때문이다. 열정의 유무만을 논하고 있을 뿐 그 열정의 지향 점이나 내적 차이에 대해서는 간과하고 있는 것이다. 결국 염상섭은 프로문예의 이념 그 자체에 대해서는 비판하지 못한 채 프로문예가들의 태도에 대해서만 비판하고 있는 셈이다.

그럼에도 염상섭은 프로문학이란 존재할 여지가 없느냐 하면 결코 그러한 것은 아니라고 말한다. 실생활에서의 계급 분열처럼 문예사상의 면에서도 부르주아의 생활상을 담은 문예와 프롤레타리아의 생활상을 담은 문예가 존재한다는 것이다. 하지만 프롤레타리아문학과 부르주아문학의 차이를 계급의식의 차이로 구별하기 곤란할 뿐 아니라 그렇게 나눌 이유도 박약하다고 주장한다. 왜냐하면 부르주아문학 지지자는 부르주아 의식을 소유하지 않았을 뿐 아니라 오히려 프롤레타리아의식에 공명하기 때문에 양자간의 차이는 없다는 것이다. 그러나 그가 여기서 실질적으로 말하고자 하는 것은 표현미 즉 형식, 수법에 내재한 것이 곧 예술적 가치이자 이것이 제1의적인 것이요 작품에 담긴 사상 감정 제재 등의 내용은 예술적 가치로 보아 제2의적인 것이라는 주장이다. 따라서 내용에 따른 유파야 어떠하든 표현미가 없으면 예술품이 될 수 없으므로 조선의 프로문학은 자멸할 운명을 타고났다고 비판한다. 즉 프로문학은 '프롤레타리아'를 위하고 '프롤레타리아'의 해방운동을 조성하기 위해 필연적 사명을 가지고 출현한 듯 말하고 있지만 사실 그들은 부르주아 출신 작가들이라는 점에서 이들의 문학은 프로문학이 아닐 뿐 아니라, 프로의 미약한 힘 열악한 처지로 보아도 현금의 프로문학은 프로 자신의 문학일 수 없으며, 제재를 프로의 생활상에서 취하여 선전하는 데 프로문학의 의의를 두는 것도 문학의 본질로나 성격으로 보아 중요하지 않다고 비판함으로써 프로문학의 불가능성을 지적하고 있다. 이후 염상섭 자신이 생각하는 진정한 프롤레타리아문학은 완전히 해방된 프롤레타리아, 갱생된 프롤레타리아가 잃었던 자기 의지를 되찾고 자유롭게 흐르는 위대한 생명을 예찬하기 위해 건전한 정신과 사상에서 성장하는 문학이라고 피력하고 있지만, 이는 프로문학자들도 궁극적으로 생각하는 이상적 문학의 피력이라 할 것이다.[34]

염상섭의 논리가 가장 종합적으로 그리고 구체적으로 드러나고 있는 글은 「민족 사회운동의 유심적 고찰」이다. 그는 여기서 민족운동과 사회운동에 대한 역사적 고찰을 통해 민족주의문학과 사회주의문학의 통합이 가능하리라 주장하고 있다. 그는 민족운동과 사회운동의 실제를 분석하는 가운데 "민족관념이라는 것은 자연성 필연성을 가진 것으로 용이히 變異하기 어렵거나 혹은 全然히 불가변성의 지리적 약속을 가졌을 뿐 아니라 반동운동의 최후의 이상인 자연과 그 理法에 복귀하는 데에 유리한 방조자는 될지언정 결코 반발불상용의 것이 아니므로 사회운동에 있어서 민족관념을 관념파기의 일 종목으로 편입해서는 안 된다"[35]고 주장한다. 그리고 "민족운동은 민족전통의 옹호자로서 민족혼의 고취와 대의명분에 입각하기 때문에 보다 유심적 경향을 가지며 경제적 시각에서도 민족 대 민족의 노자 관계를 인식함으로써 자민족의 내국적 자본주의를 긍정 또는 장려하는 입장을 보이는 반면, 사회주의운동은 일체의 전통을 부정하고 반동의 대상을 억압적인 타민족에서뿐만 아니라 자민족 내의 '부르주아'를 포함한 全세계의 '부르주아'계급과 그 제국주의 국가에서 찾는다는 점, 그리고 정신문화상으로 보면 민족주의는 자민족의 개성에 중심을 둔 문화―국민문학의 수립을 기도하는 반면에 사

---

34) 이런 인식은 「프로레타리아문학에 대한 '퍼'씨의 言」(『조선문단』, 1926.5)에서도 나타난다. 당시 일본에 체류했던 염상섭이 일본의 아사히신문에 소개되었던 러시아의 문학자 피리냐크의 글을 읽고 그의 사상을 받아들여 쓴 이 글에서 염상섭은 '인류는 장래에 계급적 속박에서 벗어나 프롤레타리아문학이 아니라 일반 인류적 노동문학을 창조하게 될 것'이라는 견해를 피력하고 있다. 이 주장 역시 계급문학이 상정하고 있는 세계문학의 의미에 가까운 것이다. 이 점에 대해서는 김윤태, 「'프롤레타리아 문학논쟁'에 대한 비교문학적 고찰」(『한국 현대시와 리얼리티』, 소명출판, 2001), 298~306면 참조. 여기서 김윤태는 염상섭의 한계가 러시아에서의 프롤레타리아문학 논쟁과정에서 제기된 트로츠키의 프롤레타리아문학 성립불가론에 기대고 있는 것으로 설명한다.

35) 염상섭, 「민족·사회운동의 유심적 고찰」, 『조선일보』, 1927.1.15(여기서는 『염상섭 전집』 12권, 민음사, 1987, 104면).

회운동 측에서는 보편적인 '프롤레타리아'문화 — 계급문학의 고조로써 전통적 관념의 파기 및 개조를 강조하는 점에서 차이를 드러내지만, 민족운동과 사회운동은 유심적 견지에서 결코 모순하지 않는다는 것을 강조한다. 이처럼 두 경향이 유심적 견지에서 결국에는 일치할 것이고 그런 합동일치만이 두 운동을 더욱 권위 있게 만들 것이라며 그 논리적 근거를 1920년대의 실력양성운동에서 찾고 있다.

> 민족운동이 대의명분적 또는 전통중시적 견지에만 입각한 자민족 내부의 정치 및 교화운동으로 목적을 達하려던 것은 己未年 당시 혹은 그 후 2, 3년의 일이다. 시대는 변하였다. 제1시련이 성공이냐 실패냐는 문제보다도 한 가지 큰 교훈을 얻었던 것이니 현실폭로로써 얻은 實力自疑意識으로 인하여 순정 치운동에서 경제운동에 완만한 보조로 전향하여 가게 한 것이 그것이다. 그리하여 민족 대 민족의 착취를 자민족의 자본주의적 발달로서 방어할 수밖에 없는 답안에 득달하였다. 이것이 자민족의 현실을 유지하는 唯一路일 지경이면 순리적 입장을 버리고 사태에 순응하여 일시적 권도를 취하는 수밖에 없다.[36]

따라서 사회주의운동 측은 민족주의운동이 제국주의적 발달의 과정 또는 귀결에 도달할 만한 하등의 필연성이 없는 동시에 민족적 피착취라는 현실의 사실만을 인식하고 민족주의의 권도 정책을 묵인해야 한다고 주장하고 있다. 이처럼 부르주아 민족운동의 논리에 선 이상 그가 나아갈 길은 분명하다. 그가 '반동'의 의미를 기존 사상, 인습적 전통에 대한 모반, 현실에 대한 모반, 즉 현실타파의 의미로 설정하고 프롤레타리아에게는 반동행위 이외에는 자기표준의 문화적 가치가 있는 하등의 것도 가지지 못했음을 강조하는 것은 결국 반동기의 '프롤레타리아'의 문화가 없다는 점을 강조하기 위함이다. 반동계급을 대표한 문예는 그 표현에 있어서는 부르주아문예와 대치하여 양립하지만, 본질적으로 보면 양자가 동근이체(同根異體)임을 입증하였을 뿐 아니라 반동계급 독재기에 있어서도

---

36) 염상섭, 위의 글.

소위 '프롤레타리아'문화 혹은 문예는 성립되지 못한다는 것이다.

염상섭의 프로문학 비평은 예술의 독립성에 대한 인식을 근거로 이루어진다. 그것은 그가 프로문학의 입법비평 즉 작품제작 과정상의 일정 방향성을 향한 획일성 강요에 대한 비판을 하고 있는 데서 잘 드러난다. 이광수와 최남선의 민족개조론 및 조선심을 바탕으로 한 민족주의문학론은 심경적인 것이었고 양주동의 절충론도 민족 개념의 원초론적 해석에 머물러 역사론적 해석으로 나아가지 못한 것이었다. 염상섭 역시 프로문학 비판에 기울어져 있고 실력양성론을 바탕으로 삼고 있었지만, 개성론에 입각한 예술론과 민족에 대한 자각과 인식을 바탕으로 프로문학의 관념적 한계를 지적하는 등 민족주의문학의 이론가로서의 역할을 충실히 수행하였다고 볼 수 있다. 민족적 전통의 지지와 수호를 근거로 현실적으로 문제가 되고 있는 계급적 전통에 대한 파기를 주장했던 그의 이러한 인식은 이후 창작으로 이어짐으로써 구체적 성과를 낳을 수 있었던 것이다. 그럼에도 염상섭 역시 부르주아문학론을 벗어나지 못한 것은 프롤레타리아문학을 계급해방 이후의 문학으로 파악한 인식 때문이라 할 수 있을 것이다.

4. 맺음말—프로문학과의 논전을 통한 국민문학론적 사유의 형성 과정

우리는 피압박민족이다. 현재 민족 내에 유·무산자가 있기는 하나 얼마 안 가서 모두 무산자가 될 것이다. 따라서 모든 계급이 무산자 의식을 가지고 압제자에의 단합된 투쟁을 전개해야 한다. 지금 민족은 이런 투쟁에 전적으로 뛰어들어야 한다. (…중략…) 문학은 금일의 민족적 저항운동의 무기가 되어야 한다. 이런 운동의 무기로서의 문학은 그러나 금일에 한해서 유용한 것인 동시에 존재할 이유를 갖는다. 우리 민족을 착취하고 있는 것은 자본주의와 제국주의 다. 따라서 민족운동은 반자본·반제국주의 투쟁이 일차적이다. 이런 투쟁을 위한 문학을 프로문학이라 명명한다.[37)]

여기서 김기진은 당대의 프로문학이 민족적 저항운동으로 전개되고 있음을 밝히고 있다. 이러한 모습은 현실적으로 이루어지고 있는 민족운 동의 의의를 일정하게 인정하는 것으로 사회주의 수용이 민족해방의 논 리로 받아들여졌음을 말해주는 것이다. 그러나 '계급문학시비론'에서 김 기진, 박영희가 민족문학을 비판하며 프로문학의 본질과 대두 배경을 강 력히 주장하고[38)] 이에 대해 김동인·이광수·나도향·염상섭 등이 비판, 부인 등의 모습을 보임으로써 대립이 본격화된다. 이로부터 민족주의문 학 진영은 프로문학에 대한 민족주의문학의 이념을 형성하기 시작하지 만 여전히 통일된 내적 의견을 수립한 것은 아니었다. 김동인은 소재주 의적으로 계급문학을 이해함으로써,[39)] 프로문학은 단순한 재제상의 문 제가 아니라 본질적인 경향문제이고 미의식의 문제라는 김기진의 주장 과는 큰 차별성을 드러내고 있다. 이는 김동인이 유미론적 문학을 근거 로 문학에 있어서의 일체의 교훈성이나 선전성을 부정하는 데서 기인한 다. 이광수는 계급문학이라는 범주는 인정하면서도 그것이 지닌 제한성 을 이유로 부정적 태도를 취한다. 즉 자신은 무산민중이 좋아할 만한 문 학이라면 계급문학이 많이 생기기를 원한다면서도 계급을 초월한 예술, 인생의 생활의 저류에 촉하여 계급을 초월한 문학의 존재를 믿는다면서 계급문학의 제한성을 비판한다.[40)] 이러한 주장은 실상 근대문학의 국민 문학적 성격이라는 중요한 측면을 지적하는 것이지만 이광수의 사고에

---

37) 김기진, 「금일의 문학·명일의 문학」, 『개벽』, 1924.2.
38) 박영희, 「피투성이 된 프로혼의 표백」, 『개벽』 56호, 1925.2; 김기진, 「문학상의 공리 적 가치 여하」, 같은 책.
39) 김동인, 「예술가 자신의 막지 못할 예술욕에서」, 『개벽』 56호, 1925.2.
40) 이광수, 「계급을 초월한 예술이라야」, 『개벽』 56호, 1925.2.

서는 국민문학적 성격을 성취하기 위한 현실적 토대 문제에 대한 인식이 빠져 있다. 그의 문제의식은 근대문학의 국민문학적 성격에 대한 것이 아니라 일종의 초월론적 입장에서 프로문학을 비판하고자 하는 의도에 제한된 것이기 때문이다. 프로문학에 가장 진지하면서도 치열한 인식적 대응을 보여준 것은 염상섭이었다. 염상섭은 자신의 문학적 입장에 따라 계급문학에 대해 본질적 차원에서는 부정적인 입장을 보이면서도 계급문학 등장 자체에 대해서는 진지하게 이해하고자 하는 모습을 보인다.41) 그는 계급의식이 무산계급의 계급적 자각으로 생기는 그 의의를 의미한다면 계급문학은 무산계급의 문학을 의미하는 것 같다며 계급문학을 작품의 취재, 계급의식의 고취라는 선전적 태도, 이해수준의 문제 등으로 해석하고 이를 각각 재제의 제한성, 선전성의 문제, 통속화의 문제 등으로 비판한다. 이 각각의 사항은 사실 프로문학의 이후 전개과정에서 중요한 미학적 문제로 제기된 것으로서 염상섭의 접근이 매우 진지하게 이루어졌다는 것을 말해준다.

하지만 내용 형식 논쟁을 거치면서 문단의 주도권을 장악한 박영희는 당시의 문학계를 무질서한 형식, 과대망상적 문학, 자연으로의 도피, 신화적 문학, 비애와 애수의 운율 강조, 애상적 인도주의 등 안락한 자기 자신의 노래만을 부질없이 조선적이라고 부르짖고 있다고 비판한다.42) 박영희의 논리와 수준은 민족주의운동 및 그 문학에 대한 당대 사회주의문학 쪽의 인식과 논리적 근거를 보여주고 있는 것이다. 박영희는 그 전까지의 모든 문학을 부르주아문학이라 규정하고 신경향파문학을 이와 대척적인 것으로 파악하고 있다. 이러한 인식은 카프 결성과 함께 이루어진 목적의식론적 방향 전환과 맞물린 프로문학진영의 입장을 전형적으로 보여주는 것이라 할 수 있다. 즉 민족주의운동을 인식하는 데 있어 단지 부르주아적인 견해를 비판하거나 배격하는 것만으로 자신들의 정

---

41) 염상섭, 「작가로서는 무의미한 말」, 『개벽』 56호, 1925.2.
42) 박영희, 「신경향파 문학과 그 문단적 지위」, 『개벽』 64호, 1925.12.

당성을 주장할 뿐 아니라, 민족주의 하면 무조건 부르주아지의 것으로만 받아들이려 함으로써 교조적인 태도로 일관한 것이다.

결국 계급을 초월한 추상적 조선주의를 강조한 이광수로부터, 유미론에서 한 발도 벗어나지 않았던 김동인, 복고적 조선주의를 제창함으로써 국민문학론을 내세웠던 최남선, 프로문학론과의 절충을 주장한 양주동, 염상섭에 이르기까지 민족주의문학은 다양한 층위에서 형성, 전개되었다고 할 수 있다. 이광수는 일종의 국민문학적 입장에서 보편문학을 내세워 계급문학의 폐쇄성을 비판했다. 이러한 비판의 근거는 실력양성운동론에 근거한 그의 문화주의와 민족개조론이었다. 이광수와 마찬가지로 프로문학에 비판적이었던 김동인은 예술지상주의 유미주의적 문학관을 바탕으로 문학과 현실과의 일체의 연관성을 배제한 가공적 예술성을 주장함으로써 프로문학과는 가장 대치되는 입장을 드러냈다. 국민문학의 핵심을 조선주의로 파악하고, 고전의 부활을 통해 국민문학론을 수립하고자 하는 민족주의문학을 국수주의, 보수주의, 정신주의로 비판[43]한 김기진의 논리에 맞선 것은 양주동과 염상섭으로 대변되는 이른바 절충론자들이었다. 양주동은 "민족을 초월한 계급정신도 없고 계급에서 유리된 민족정신도 있을 수 없다. 우리의 문학은 민족적인 동시에 무산계급적이어야 한다"[44]는 논리를 적극 내세웠고 염상섭은 프로문학의 내용과 형식의 문제 즉 프로문학은 '무엇'을 '어떻게'보다 우선시함으로써 작자의 제재를 구속하고 있다는 점 그리고 사실상 이로 인해 표면상 내세우는 내용·형식일체론과도 모순된다는 점을 비판함으로써 답하고 있다. 하지만 1929년 이후 프로문학이 더욱 정치화되는 것과 나란히 양주동과 염상섭 모두 민족주의문학을 적극 옹호하는 모습을 보이게 된다.[45] 이들의

---

43) 김기진, 「문예시평」, 『조선지광』, 1927.2, 93~94면.
44) 양주동, 「문예공론란」, 『문예공론』 창간호, 1929.5, 105면.
45) 1929년 6월 『삼천리』지가 특집으로 꾸민 「민족문학과 무산문학의 합치점과 차이점」에서 잡지 책임자 김동환은 두 진영을 가리켜 '민족주의적 운동에 뿌리를 박은 민족문학운동', '무산계급운동에 뿌리를 박은 프로문학'으로 규정하고 양 진영의 합치를 시

민족주의적 사고는 세계 자본주의 체제로의 강제편입이라는 외적 계기에 맞서 '자기보존의 논리'로 민족주의문학 담론을 형성한 이후 일정한 지속과 변주의 양상 속에서 미완의 형태로나마 국민문학론적 사고를 형성한 것으로 평가할 수 있다. 그것은 특히 이 시기 민족주의문학론이 그들의 의도에 관계없이 문학의 대 사회적 관련성을 지닐 수밖에 없는 상황이었기에 더욱 그러하다. 하지만 이러한 민족주의문학론이 계급문학론 및 식민지배 정책과의 긴장 관계 속에서 자기정립에 실패하는 모습을 보이고 만다. 그것은 이들과 맞서고 있었던 프로문학의 추상적 논리와 교조적 태도로 인해 국민문학론적 사유의 형성에 어려움이 있었던 까닭도 있지만, 근원적으로는 이들 민족주의문학이 근거하고 있던 문화주의 노선의 한계에 기인하는 것이다. 즉 이들에게는 교육과 계몽을 통한 민족적 힘의 고양이라는 민족주의자로서의 지식인적 자부심이 있었지만 한편으로 식민지화를 합리화시키는 사회진화론에 근거하여 제국주의를 받아들이고 서구문화를 수용하지 않으면 안 되는 민족적 열등감이 동시에 존재하고 있었던 것이다.

도한다. 하지만 홍명희·김기진·김형원·이량·이기영·박영희의 글이 검열에 걸려 삭제되고 제목만 실려 있는 것에서 짐작할 수 있듯 프로문학이 더욱 정치화되어갔을 뿐 아니라, 프로문학에 대한 비판만 제기할 뿐 민족주의문학의 본질에 대해서는 말하지 못하고 있는 이광수나 민족문학과 무산문학 모두 변변치 않은 문제로 이렇다 저렇다 다투는 점에서 합치점을 발견할 뿐이며 그 차이점은 까마귀의 자웅과 같아 알 수 없다는 식의 냉소적인 말투로 일관하는 김동인처럼 민족주의 역시 냉담한 반응을 보이고 있다.

일제강점기 사회주의문학에 나타난 민족 및 국가주의

방향전환기 카프의 프로문학을 중심으로

김성수

1. 문제제기-왜 국가주의인가

이 글은 일제강점기 사회주의문학운동과 민족 및 국가주의의 관련 양상을 거시적으로 탐구하는 시각 위에서 카프(KAPF)를 중심으로 한 프로문학작품을 분석하는 데 목적을 둔다. 이를 위해서 1920년대 후반 방향전환기 카프의 비평과 소설 작품을 통해 사회주의문학 담론에 나타난 민족 및 국가주의 인식의 일단을 살펴볼 것이다. 이 시기는 식민지적 근대화의 과정 속에 놓여 있으면서 반제와 반봉건의 동시적 추구가 요구되고 있었던 때였다. 그런 만큼 민족주의의 영향 및 한계가 드러나면서 새로 부각된 사회주의이념이 갖는 의의 또한 만만치 않았기에 카프(KAPF)를 중심으로 한 프로문학작품이 지닌 사회주의적 담론의 계급 및 민족 문제 인식의 관련성이 중요한 쟁점이 되는 것이다.

주지하다시피 민족주의는 유럽에서 생겨난 특수한 역사적 유산이며 단순히 자연 발생한 공동체의 자기 주장이라고 할 수 없는 복잡한 성격을 갖고 있다.[1] 국민국가 혹은 근대국가는 16세기 무렵부터 서유럽에 나타난 역사적 현상인 봉건주의에서 자본주의로의 과도기에 지배계급으로 부상하고자 투쟁하는 부르주아가 부르주아 민주주의의 토대 위에서 충분한 국내시장을 확보하기 위해 거대한 국가를 수립하려는 과정에서 나왔다. 경제적 토대로서의 거대한 단일시장과 그 상부구조로서의 부르주아 민주주의는 자본주의의 온전한 전개를 위한 필수적 전제조건이기 때문이다. 역사적으로는 민족의 원칙(principle of nationality)이 승리한 시점인 제1차 대전 말부터 민족(nation) 및 민족주의(nationalism)는 부르주아 이데올로기로 자리잡게 되었다.[2]

제3세계에서의 민족주의는 유럽과는 달리 민족주의를 통한 민족 해방이 급선무였다. 정복자, 지배자 및 착취자에 대한 적개심이 저항적·반제국주의적 민족주의 형성의 기반이 되었다. 어찌 보면 제3세계 민족주의운동들은 유럽적인 국가나 민족과는 무관한 지식인들의 자의식에 의한 건축물이기도 하였다.[3]

한국의 민족주의는 이러한 제3세계의 저항적 반제국주의적 성격을 띠게 되었다. 우리 역사가 근대로 전환하면서 외세 침탈 및 그로 인한 식민 지배에 처해졌던 조건 때문에, 우리에게 '민족'이념은 지배 국가(식민 본국)에 대한 저항의 이념, 민족 해방의 이데올로기로 작용하였다. 이러한 저항 혹은 해방이라는 의미를 함축한 '민족'이란 이념이 문학사에도 반

---

1) 한스 콘, 박순식 역, 「민족주의의 개념」, 『민족주의란 무엇인가』(백낙청 편), 창작과비평사, 1981, 15~45면 참조.
2) 양차 대전 사이의 이 시기 민족주의에 대해서 중앙 및 동부유럽에 걸친 거대한 다민족 제국의 붕괴와 러시아혁명의 결과로 해석한 것은 E. J. Hobsbawm, 강명세 역, 『1780년 이후의 민족과 민족주의』(창작과비평사, 1994) 참조.
3) 이러한 개념은 민족을 '상상의 공동체'로 규정한 앤더슨 이래 임지현에 이르기까지 포스트모더니즘이나 포스트주의의 일관된 주장이다. 베네딕트 앤더슨, 윤형숙 역, 『상상의 공동체』(나남출판, 2002)와 임지현, 『민족주의는 반역이다』(소나무, 1999) 참조.

영되어 '저항의 문학'을 형성해 온 것은 이에 따른 당연한 귀결일 것이다. 하지만 저항 혹은 해방의 이념을 '민족'이 유일하게 담보한 것만은 아니다. 이미 식민지 시기만 하더라도 아나키즘이라든가 사회주의와 같은 계급론에 기반한 저항 사상이 존재하고 있었고, 민족을 이념화한 민족주의문학론은 발생사적 측면에서 보자면 계급주의문학에 의해 대타적인 측면에서 제기되었다고 알려져 있다. 민족에 기반한 저항과 해방의 이념은 특히 사회주의문학운동의 흐름과 상호 대립과 긴장 혹은 때로는 접합을 이루면서 우리 근대문학의 이상을 실현하기 위한 일련의 노력이었다. 1920~30년대에 카프를 중심으로 프롤레타리아문학이란 이름으로 존재했던 사회주의문학운동은 식민지적 조건 속에서 민족 차별적인 식민지 지배권력에 대항하면서 나름의 근대적 이상을 지향하고자 한 문학의 뚜렷한 방향 중 하나였다.

그러나 민족이념을 구현하고자 하였던 담론의 층위들이 이러한 '민족' 단위의 근대적 발전을 지향하는 확고한 인식을 시종여일하게 견지한 것으로만 존재했던 것은 아니다. 민족 구성원으로서의 자각 및 그에 대한 자기정체성의 확립은 자동적으로 주어지는 것, 아래로부터 자율적으로 형성되는 것이 아니다. 오히려 '네이션(nation)'은 근대적인 국민국가를 수립하고 정착시키는 과정에서 그 구성원들에게 '국민'으로서의 의무를 성실하게 이행할 수 있도록 만들기 위해 '위로부터' 주어지는 '상상의 공동체'이기도 한 것이다.[4] 일제강점기에는 일종의 억압적 국가기구(repressive state apparatus)에 의해 물리적 힘으로 강제되는 것뿐만이 아니라, 이데올로기적 국가기구(ideological state apparatus)에 의해 무의식적으로 서서히 내면화되어 가는 과정도 함께 거치게 되었다.[5] 따라서 식민지하에서 우리 민족

---

[4] 베네딕트 앤더슨, 윤형숙 역, 『상상의 공동체』, 나남출판, 2002 참조.
[5] '이데올로기적 국가기구(ideological state apparatus)'에 대해서는 구조주의 마르크스주의자인 알튀세르의 개념을 우리 문화 실상에 맞게 적절한 설명을 한 원용진, 『대중문화의 패러다임』, 한나래, 1996, 195~204면을 참조한다.

의 자주적인 발전의 길이 봉쇄된 가운데 '일본 국민'의 일원이라는 이데올로기가 강제되었으며,[6] 식민지로부터 해방된 이후에는 '하나의 민족'이 분단된 가운데 민족의 절반을 '적'으로 간주하는 이데올로기가 강제되는 역사적 경험을 함으로써 민족이념의 형성과 전개는 한층 착종된 길을 걸어온 것이다.

이런 맥락에서 네이션을 견인하는 내셔널리즘이 단지 민족주의만으로 번역되지 않고 국가주의로 받아들여지기도 하는 것이다. 원래 네이션(nation)의 어원은 태어남을 의미하는 나티오(natio)이다. 누구에게서 태어났는가와 더불어 '어디에서 태어났는가'라고 묻는 혈통주의 내지는 속인주의는 국가의 제도적인 측면과 밀접한 관련을 갖고 있다. 그런 까닭에 내셔널리즘(nationalism)은 민족주의라고도 번역되고 국가주의(state-nationalism)라고도 번역이 된다.[7]

민족이념이 국가를 위한 통합의 장치이자 균질적인 국민을 만들어내는 기제로서 강력한 이데올로기 작용을 행할 때 국가주의가 나타난다. 다시 말해 국가주의는 민족이념이 '국가 만들기'의 수단으로 존재하면서 통합적인 집단 정체성을 주장하는 이념으로 극화될 때 나타난다는 것이다. 물론 국가주의에 이런 부정적인 의미만이 존재하는 것은 아니다. 내셔널리즘을 경제적 자본주의, 정치적 민주주의, 시민적 개인주의와 같은 유럽적인 과정으로 이해하는 근대의 기획을 새로운 각도에서 바라볼 수 있는 이론적 시각을 제공하기도 한다.

하지만 민족주의 내지 민족이념이 갖는 부정성도 만만치 않다. 일제강

---

6) 일본 국민으로의 강제 편입이라는 국가주의적 기획은, 일찍이 마루야마 마사오에 의해 '억압의 이양에 의한 정신적 균형의 유지'라는 사회심리적 메커니즘으로 설명된 바 있다. 마루야마 마사오, 김석근 역, 「초국가주의의 논리와 심리」, 『현대정치의 사상과 행동』, 한길사, 1997, 61면 참조.
7) 국가주의를 'stateism'라는 한국식 조어로 규정한 것은 박찬승, 「20세기 한국 국가주의의 기원」, 『한국사연구』 117호(한국사연구회, 2002.6)에서 보인다. 박찬승 홈페이지 http:// cuvic.chungnam.ac.kr/~phistory/수록 논문에서 인용.

점기의 문학은 출발부터 '국가 되찾기'의 이념에 기반을 두었기 때문에 국수주의나 토착주의와 차별성을 뚜렷이 드러냈고, 민족 현실에 대한 정당한 인식과 실천을 강조하는 성격상 민족모순뿐만 아니라 계급적 계층적 모순에 대해서도 동시적 관심을 기울이지 않을 수 없었다. 사실 민족이념의 강조 내지 민족주의는 민족 내의 대립과 분열보다는 민족의 통합성, 일체성을 강조하는 이데올로기이며, 따라서 계급간 대립에서 헤게모니를 장악하려는 지배계급의 이데올로기로 복무하는 경향이 농후하다. 해방 이후 민족 및 민족주의 담론은 한동안 물밑에 침잠해 있다가 1980년대 이후 1990년대 초반까지 이어지는 이른바 '진보적' 저항 담론에 입각한 연구를 통해 계급론적 패러다임을 수용하면서 이전의 박정희 시대 같은 민족이념의 보수주의화로부터 거리를 유지한 가운데 진보적인 민족이념을 추구하게 된다.8)

하지만 그런 만큼 민족적 특수성을 간과한 보편성의 추구, 민족이념에 의해 배제된 타자의 복원이 역으로 민족적 특수성을 소외시키는 결과를 빚는다고 해야 할 것이다. 과거의 민족이념이 불가피하게 내포할 수밖에 없었던 부정적 측면, 특히 국가주의로 나아가 현실·정치적 이데올로기

8) 민족이념에 대한 추구와 계급론적 패러다임을 결합시키려는 이러한 관점은 1980년대에 정점에 달하게 되는데, 때마침 그동안 남한에서 금기시되다시피 해온 사회주의문학운동의 전통에 대한 연구열이 진작되면서 그와 상승작용을 일으켜 상당히 폭넓은 확산을 이루게 된다. 그 결과 1920년대부터 해방 직후까지 전개된 사회주의문학운동의 궤적들이 실증적으로 정리되는 가운데 사회주의문학과 민족이념 간의 관련에 대해서도 적지 않은 연구가 이루어짐으로써 민족이념의 '급진화'를 촉진시킨 바 있다. 그러나 이들 연구는 반제국주의 투쟁을 통해 '민족해방' 및 자주적인 민족국가를 이룩해야 한다는 목적론적·당위적 역사관 및 그 주체로서의 인민통일전선(민중연대성), 그리고 그것을 가능케 하는 것으로서의 노동계급성(및 당파성)에 대한 선규정적인 강조로 편향되어, '민족주의' 내지 '국가주의'가 지닐 수 있는 양면성에 대해서는 쉽게 간과하고 진보적 민족이념에 대해 지나치게 낙관적인 태도를 노정했을 뿐 아니라, 당시의 좌파문학론이 기반으로 삼고 있던 교조화된 사회주의이론의 '인민통일전선론'을 무비판적으로 긍정하고 있는 한계를 드러내었다. 이러한 연구 관점은 1990년대 들어 현실사회주의가 몰락하고 세계자본주의의 전일화된 지배 체제가 공고해지면서 설 자리를 잃고 만다.

로 전화하는 문제도 중요하게 지적되었다. 이들 논의는 민족이념이 식민지적 상황에서의 민족적 저항의 기제로서 작용하였다는 역사적 의의와 더불어 현실정치의 가장 민감한 촉수로 작용하여 제도적이고 획일적인 역사 인식의 매개물로 언제든지 변형되고 왜곡될 수 있다는 혐의 또한 내재되어 있음을 강조하며, 그러한 변형과 왜곡이 국가에 의한 지배 이데올로기로 기능하여 결국 파시즘으로도 연결될 수 있음을 경계한다.[9] 이러한 민족이념과 국가주의의 관련에 대한 비판은 한편으로는 현 세계에서 현실정치의 기본 단위인 국민국가가 지니는 실천적 의의에 대한 부정이라는 혐의에서 자유로울 수 없음에도 불구하고, 다른 한편으로는 민족이념을 둘러싼 기존의 사유를 넘어서는 새로운 사유로의 접근을 위한 문제의식을 제공해준다.

이 글은 바로 이런 맥락에서 민족주의 대신 국가주의라는 용어로 내셔널리즘의 양가적(兩價的)인 특성이 일제강점기 카프를 중심으로 한 사회주의문학운동에 어떻게 현현하는지 살펴보게 될 것이다. 본론에서는 이러한 사상사적 문학사적 구도 아래 1930년 직후 카프의 제2차 방향전

---

9) 박찬승의 다음 주장에 주목할 수 있다. "근대 이후 지식인들은 개인의 자유와 국가의 권력 간의 관계를 둘러싸고 두 가지 입장을 보여왔다. 하나는 국가는 개인의 자유를 침범할 수 없고 개인의 자유를 보장하기 위해 존재한다고 주장하는 자유주의(liberalism)이고, 다른 하나는 국가권력이 개인의 자유나 권리보다 우월한 지위에 있다고 주장하는 국가주의(stateism)이다. 前者는 태어나면서부터 모든 인간은 평등하다고 하는 천부인권설과, 국가는 개인들의 사회계약에 의해 성립하였다는 사회계약설, 그리고 국가권력에 대한 개인자유의 우위를 주장하는 개인주의 등에 기초해 있다. 반면 後者는 천부인권설과 사회계약설을 부정하고 대신 사회와 국가는 개인과는 독자적으로 성립하여 발전해왔다는 사회유기체론과 국가유기체론 위에 기초해 있다. 국가주의가 극단적으로 발전하면 이는 國家至上主義 혹은 超國家主義(ultra-nationalism)가 된다. 초국가주의는 중일전쟁 이후 나타났다고 말할 수 있다. 超國家主義는 개인의 권리는 거의 무시하고, 개인의 존재는 국가 안에서만 인정하며, 개인은 국가를 위해 헌신하고 희생해야 하는 존재로서만 파악한다. 이러한 초국가주의는 흔히 전체주의(totalitarianism)의 범주에 들어가는 것인데, 엄밀히 말하면 좌익적 전체주의인 볼셰비즘에 대응하여 우익적 전체주의라고 부를 수 있을 것이다." 박찬승, 「20세기 한국 국가주의의 기원」, 『한국사연구』 117호, 한국사연구회, 2002.6.

환기 프롤레타리아 리얼리즘 창작방법과 볼셰비키적 대중화론이 진행되던 시기의 프롤레타리아소설이 지닌 계급문제와 민족문제의 역동적인 관계를 살펴볼 생각이다.

2. 사회주의문학운동과 민족 및 국가주의 담론

1920년대 초반 이른바 '신경향파'문학에서 출발한 사회주의문학운동은 한국 근현대문학 백여 년 간 추구해온 다양한 근대성 탐구 중 중요한 한 축을 이루고 있다. 1925년 결성된 카프 조직을 중심으로 한 일제하 프롤레타리아문학운동이 뚜렷한 족적을 보였고 카프 해산 이후에도 다양한 변주 양상을 보여주었으며, 해방 이후에는 '조선문학가동맹'을 중심으로 진보적인 문학운동이 지속되었다. 분단 이후 북한에서 일정 기간 '사회주의적 정통성'을 획득하여 지배적 문학 조류로 자리잡았으며, 이후 심각하게 변모하기는 했지만[10] 오늘날까지도 그 사유구조의 일부가 존재한다. 이 과정을 민족이념과 국가주의의 기준에서 고찰할 필요가 있다.

기실 사회주의문학운동과 민족 및 국가주의 담론의 관계는 명쾌하지 않았다. 아니, 마르크스레닌주의로 대표되는 전통적인 사회주의 담론은 민족 문제에 대한 인식이 매우 취약했다는 것이 맞을 것이다.

프롤레타리아문학운동이 기반으로 하는 사회주의라는 이념은 원래 민족적 특수성에 대한 천착보다는 세계사적 보편성에 대한 강조에 더 기울어져 있다. '만국의 프롤레타리아여 단결하라'라는 슬로건에서 잘 드러나듯 사회주의이념은 민족과 국가를 넘어서는 노동자계급의 연대를

---

10) 김성수, 「프로문학과 북한문학의 기원」, 『민족문학사연구』 21호, 민족문학사학회, 2002 참조.

사회주의운동의 확고한 기초로 삼고 있는 것이다. 초창기의 역사적 유물론은 민족주의를 자본주의 사회 구성체의 상부 구조로서 기계적 도식적으로 파악함으로써 민족주의의 역동성을 올바로 이해하는 데 실패하였다. 계급 모순에 분석의 초점을 맞춤으로써 민족 문제의 실체를 비껴나갔다. 프롤레타리아 국제주의로 대변되는 마르크스의 보편 철학은 그 철학적 기저에서부터 이미 마르크스주의와 민족주의의 양립을 불가능하게 만들었다. 따라서 마르크스주의는 민족 문제를 적절히 수용 분석할 수 있는 이론 및 방법론을 결여하고 있을 뿐 아니라 그 발상 자체가 민족주의와 배치될 수밖에 없었다.11)

민족 문제에 대한 역사적 유물론의 기본 입장은 자본 중심적, 경제주의적 관점으로 요약된다. 민족 문제를 자본주의 사회구성체의 발전법칙 과정의 일환으로 파악, 민족을 자본주의적 생산 관계에 대응하는 공동체적 존재 형태라고 규정했던 것이다. 로자 룩셈부르크 등의 경제주의적 민족 개념은 우리나라와 같은 처지의 소수 민족의 민족운동이나 식민지 체험을 한 제3세계 민족 해방운동에 대한 부정적 평가를 낳았다.

소수 민족의 민족해방운동이 지니는 진보적 측면에 대한 정당한 평가는 제국주의 시대의 마르크스주의를 확립시켰던 레닌에 이르러서야 비로소 가능했다. 그의 민족자결론에서 보이듯이 모든 민족의 자유로운 발전과 자연스러운 사회주의로의 통합이 이상적인 모습으로 그려지기도 하였으며, 제국주의에 반대하는 민족해방운동이 프롤레타리아 사회주의 혁명의 중요한 동력이 된다고 인정하기도 하였다. 그의 제국주의론은 민족 해방 투쟁과 계급 투쟁 혹은 민족주의와 프롤레타리아 국제주의를 변증법으로 연결시켜 주는 이론적 고리로서 주목된다.

원래 레닌은 민족자결이론에서 프로국제주의와 피억압 소수민족의 자결권을 조화시키려 하였다. 민족자결을 부르주아에게만 유리하다고 판단

---

11) H. B. 데이비스, 김윤수 역, 「마르크스 민족이론의 비판」, 『민족주의란 무엇인가』(백낙청 편), 창작과비평사, 1981, 101~123면 참조.

한 로자 룩셈부르크의 경제주의적 해석에 반대하여 정치과정의 상대적 자율성 영역으로 넘긴 것이다. 민족해방운동으로 분출된 에너지가 혁명으로 전화되고 나아가 자발적인 국가연합과 민족융합을 통한 궁극적인 프롤레타리아 국제주의의 달성을 지향하리라는 낙관론이 있었다.12) 물론 피억압민족의 사회주의자는 통합의 자유를 주장하고 억압민족의 사회주의자는 분리의 자유를 추구한다는 이율 배반이 있었지만.13)

사회주의가 궁극적 목표로 삼는 이상적 공산주의 체제가 되어도 전세계 노동계급이 하나가 되는 프롤레타리아 국제주의를 실현할 수 없다는 것이 현실이다. 사회주의가 무민족사회일 수는 없기 때문이다. 따라서 사회주의 체제에서 민족문제는 경제적 자주권이라는 원심력과 중앙집권화라는 구심력의 역동적 관계를 정확히 이해하고 균형을 잡아야 해결된다.14)

돌이켜보건대 민족문제와 관련된 사회주의문학의 원론적 한계 때문에

---

12) V. 레닌, 「사회주의 혁명과 민족자결권」, 『마르크스레닌주의 민족이론』(편집부 편역), 나라사랑, 1989, 200~214면 참조.

13) 이와는 달리 스탈린은 레닌의 민족자결원칙을 부정하고 일국사회주의 테제에 근거하여 강력한 중앙집권적 소비에트 체제를 만들면서 소수민족을 억압하였다. 계급성을 기준삼은 프롤레트쿨트 문화이론에 따라 민족문화의 독자성 고유성은 잔재로 매도되었고, 소수 민족의 강제 이주와 정착화 집단화 정책이 실현되었다. 스탈린 민족 정책의 문제점은 프롤레타리아 국제주의를 향한 지향이 실은 대러시아민족주의만을 고양시켰다는 역설이다. 슬라브민족의 대중적 정서에 호소하여 사회주의 건설과 2차대전을 수행함으로써 차르시대의 유물인 슬라브민족주의만 강화되고 소수민족은 일종의 국내식민지로 전락하는 위계질서가 생겼다. 이는 유고에서 이민족간의 적대감을 해소하고 사회주의적인 통합체로서의 새로운 유고연방 민족주의를 탄생시킨 티토이즘과 비교되는 점이다. 고르바초프는 레닌으로 돌아가자는 구호 아래 스탈린의 오류를 극복하고 소수민족의 민족자결권을 옹호하였다. 1989년 9월의 당 민족 정책 강령 초안은 과거 민족문제의 원인을 두고, 극도로 중앙집권화된 부서 중심주의가 각 민족의 요구를 도외시하고 강제 이주 정책이 문제를 악화시켰으며 각 민족의 문화적 특수성이 외면되었기 때문이라고 분석하였다. 문제를 해결하기 위해서 연방의 기본구조를 훼손하지 않은 범위 내에서 각 민족 단위 공화국의 자주권을 확대하는 것이었다. 하지만 이 초안은 민족문제에 대한 정당한 분석에도 불구하고 연방의 해체를 가져 왔다.

14) 이상의 논의는 임지현, 「사회주의 민족이론과 민족문제」 『민족주의는 반역이다』, 소나무, 1999 참조.

우리 사회주의문학운동의 전통이 민족이념과 무관했던 것은 아니었다. 식민지 체험으로 말미암아 사회주의문학운동은 민족해방운동의 일환으로 기여했던 것이 실상이다. 처음에 조선문제에 대한 자본주의 열강의 무관심에 실망하고, 일본 제국주의의 자본주의적 지배논리에 눈 뜬 일부 지식인들은 사회주의(공산주의)의 이론에 관심을 갖기 시작했다. 공산주의 운동은 먼저 국외에서 시작되었지만, 국내로 파급되는 데에는 그리 오랜 시간이 걸리지 않았다. 상당수의 민족주의자들이 공산주의를 새로운 민족해방운동의 이론으로 받아들였다. 그들은 노동자와 농민을 조직하여 그들을 민족운동의 새로운 주체로 동원하고자 하는 생각을 가졌다.15) 하지만 공산주의자들에게 '민족문제'는 항상 풀기 어려운 숙제였다. 노동자·농민과 공산주의자들의 국제연대를 통한 일본 제국주의의 타도, 그리고 이를 통한 조선의 독립은 그들이 추구하는 논리였지만, 그것은 현실화되기는 어려운 문제였다. 일본의 노동자·농민과 조선의 노동자·농민은 너무나 다른 처지에 있었다. 따라서 공산주의자들도 항상 국제문제보다는 일차적으로 민족문제에 더 관심을 가질 수밖에 없었고, 상당수는 '민족주의적 공산주의자'가 될 수밖에 없었다.16)

카프를 중심으로 한 사회주의문학 담론의 담지자들도 민족문제에 대한 관심을 버리지 않았다는 점에서 이른바 민족주의적 공산주의자의 색채로부터 그리 먼 것이 아니었다. 그들은 민족주의문학론과의 대립과 논쟁, 타협과 연합전선을 통해서 자신의 이론적 발전을 이루어나가기도 하였다. 초기의 소박한 계급문학론에서 출발한 사회주의문학운동은 민족주의문학론과의 대립적 논쟁을 거치면서 자기정체성을 강화해나간 셈이다. 또한 해방 직후에는 '민족문학론'을 자신의 이념으로 정식화하기도 하

---

15) 서중석, 「한국에서의 민족문제와 국가」, 『근대 국민국가의 민족문제』(한국사연구회 편), 지식산업사, 1995, 126면 참조
16) 박찬승, 「20세기 한국 국가주의의 기원」, 『한국사연구』 117호, 한국사연구회, 2002.6 참조

였다. 초기에는 민족주의문학론을 일률적으로 부르주아문학이라고 보아 비판한 입장으로부터, 한 민족 단위의 문학 내에서 계급 진영 문학간의 대립이라는 입장을 거쳐, 부르주아적 민족문학의 비판적 계승으로서의 '진정한 민족문학'의 건설이라는 슬로건으로 일관된 발전의 선을 확인할 수 있는 것이다.

이런 맥락에서 일제하 카프를 중심으로 전개된 사회주의문학운동이 민족이라는 이념 및 그것이 특수화된 국가주의적 이데올로기와 어떻게 상호 길항 관계를 맺으면서 전개되어 왔는지를 밝히는 것이 필요할 것이다. 이러한 사상사적 문학사적 구도 아래 1930년 직후 카프의 제2차 방향전환기 프롤레타리아 리얼리즘 창작방법과 볼셰비키적 대중화론이 진행되던 시기의 프로소설이 지닌 계급문제와 민족문제의 역동적인 관계를 구체적으로 살펴볼 생각이다. 식민지 치하 조선의 고유한 현안인 민족해방 문제가 프롤레타리아 국제주의에 견인된 계급해방 문제와 어떤 길항 관계를 지녔는지 규명하기 위하여 안막, 권환 등의 비평과 송영, 권환의 소설 「용광로」・「교대시간」・「목화와 콩」 등을 분석하기로 한다.

3. 방향전환기 카프 비평의 민족 및 계급 문제 인식

1930년대 초반에 들어서면서부터 카프 소장파 안막・권환・임화 등은 예술운동의 볼셰비키화를 본격적으로 제창하면서 카프의 제2차 방향 전환을 주도하였다. 당시 조직 개편의 핵심은 기술부를 신설하고 그 활동에 중점을 두면서 기술부 산하 부서를 동맹으로 독립시켜 조선프롤레타리아 예술단체협의회를 구성하는 안이 제기되었으나 실행단계에까지 이르지는 못했던 것으로 판단된다.[17]

그렇다면 예술운동의 볼셰비키화란 무엇인가. 안막은 예술운동의 볼셰비키화를 다음과 같이 정의한다.

예술운동의 볼셰비키화란 무엇이냐? 그것은 국제 프롤레타리아트의 세계적인 단일한 유기적 메카니즘 가운데 자기를 결부시키고 명확한 계급적 기초에 서는 조선 프롤레타리아트의 조직적 운동 가운데 우리들의 예술운동이 자기의 프롤레타리아적인 진실히 계급적인 기초를 갖추려는 것을 말합니다.[18]

이는 예술이 운동에 복무해야 함은 물론이거니와 그 과정에 있어서 고립 분산적인 개별적 활동이나 개량적이고 현실을 뒤따라가는 수준을 비판한 것이다. 즉 예술은 중앙집권적인 당 조직의 통제를 받아야 하고 그 전체가 국제 프롤레타리아운동의 중심인 공산주의 인터내셔널(코민테른)의 지시에 따르도록 되어 있는 것이다. 그래서 예술은 계급운동의 전위적인 임무를 자기의 임무로서 예술영역 내에서 수행해야 한다는 데 이르렀다. 이를 평가하면, '국제 프롤레타리아트의 세계적인 단일한 유기적 메카니즘'이라는 명분 아래 식민지 조선의 민족 문제를 계급 문제의 중앙집권적 보편성에 매몰시킨 보편주의적 오류를 낳았다고 할 수 있다. 이는 계급해방과 민족해방운동에서 프롤레타리아의 헤게모니를 확보하고 계급 노선을 강화하면서 민족주의운동을 동일하게 적대시한 결과였다.[19]

원래 역사적 유물론의 민족 개념은 자본 중심적이라 식민지 조선처럼 소수 민족의 민족운동이나 식민지 민족 해방운동에 대해서는 부정적인 것이 전통적인 견해였다. 국제 공산당이 파악하기에 식민지 조선의 민족

<hr>

17) 권영민, 『한국 계급문학 운동사』, 문예출판사, 1998, 206~215면 참조.
18) 안막, 「조선 프로예술가의 당면의 긴급한 임무—공산주의 예술을 확립시키자」, 『중외일보』, 1930.8.16.
19) 서중석, 「한국에서의 민족문제와 국가」, 『근대 국민국가의 민족문제』(한국사연구회 편), 지식산업사, 1995, 126~127면 참조.

주의자들은 민족운동을 위한 자본주의라는 물적 토대를 결여하고 있기 때문에 필연적으로 복고적 반동적일 수밖에 없다는 것이다. 우리의 경우 1920년대 중반 이후 민족주의문학이란 사회주의문학에 대한 대타적 존재 내지는 복고적 반동적 진영의 다른 이름이었다.

민족주의의 정치학이 지니는 독자적 메커니즘을 제대로 인식하지 못한 한계는 경제주의 경향이 강했던 로자 룩셈부르크에게서 단적으로 드러난다. 그녀가 민족자결권에 대한 폴란드 프롤레타리아의 요구를 쁘띠부르주아적인 요구라고 일축한 것은 사적 유물론이 민족을 자본주의에 기초하는 역사적 범주로 간주함으로써, 생산력이 고도로 발전하면 세계시장과 국제분업이라는 민족 소멸의 물적 토대가 마련된다는 판단에 입각한 것이었다.[20] 따라서 세계 시장을 자기 존재의 물적 조건으로 삼는 프롤레타리아 역시 더 이상 민족적 존재가 아니라 세계사적 존재로 나타날 뿐이었다. 프롤레타리아 국제주의는 역사 발전의 최고 단계인 공산주의에 이르면 민족이나 국가 등 인간 존재의 소외를 강요하는 부차적 형태들이 사라지고 모든 소외된 개개인이 진정한 공동체 즉 인류 공동체로 복귀할 것이라고 전망했다.

이러한 분위기에서 1930년과 이듬해에 걸쳐 카프의 제2차 방향 전환이 모색된다.[21] 예술운동의 볼셰비키화는 권환의 「조선예술운동의 당면한 구체적 과정」에서 더욱 뚜렷한 모습을 보인다. 즉, 카프 조직은 "창작적 기술 본위에서 투쟁역량 본위로, 의식 낮은 인텔리 작가보다도 기술 미숙한 노동자 출신 작가로, 직업적 운동가 소질 다부(多否)를 표준해야

---

20) 로자 룩셈부르크, 「민족문제와 자치」, 『마르크스레닌주의 민족이론』(V. 레닌, 편집부 편역), 나라사랑, 1989, 246~257면 참조.
21) 그 세부적인 대안은 임화의 「프로예술운동의 당면한 구체적 임무」(『중외일보』, 1930. 6.7)에 언급되어 있다. 그 내용을 살펴보면 ① 프로예맹을 재조직해서 문학·연극·영화·미술 등 각 분야에 걸친 위원회를 구성하고 전국적인 규모로 재조직할 것, ② 기관지를 발간, 확보할 것, ③ 실제활동을 통해서 노동자 농민조직과 유기적인 협동전선을 펼 것 등이다.

한다"는 것이다.22)

임화의 조직론이 단체의 외형적 재조직을 말한 것이라면 권환의 조직론은 단체의 내면적 성격 개편과 구성원 핵심의 자격 변화를 주장한 것이다. 이는 구 소련과 일본의 전례를 따른 것으로 보이며23) 그와 다른 사회운동의 궤적을 밟는 식민지 조선 문단으로서는 아직 문학예술의 기반도 닦기 전에 정치적 목적의식에 매몰될 우려가 적지 않았다.

이렇게 '전위의 눈'과 '당의 문학'을 명제로 내건 프롤레타리아 리얼리즘을 볼셰비키화 단계의 작품 형식적 근거로 제시한 것은, 안막의 일련의 문건들이다.24) 안막의 주장에 의하면 프로비평의 기준은 프롤레타리아의 사회적 임무에 의해서 결정된다. 그 내용은 자본주의의 비인간화에서 해방되어 사회주의를 건설하자는 것이다. 그 시대에 있어서 역사적으로 진보적인 계급의 눈을 가지고 세계를 보는 것이 객관적 진실에 접근하는 길이다. 왜냐하면 주관적(이데올로기의) 의욕이 객관적(사회 관계) 발달의 선과 일치되기 때문이다. 프롤레타리아 리얼리즘의 입장에서 세계를 형상화하려면 등장인물은 살아 있는 인간으로서의 구상성을 가져야 한다고 주장한다.

하지만 노동계급의 심리 묘사가 중요하다고 하면서도 그 방법으로 프

---

22) 권환, 「조선예술운동의 당면한 구체적 과정」, 『중외일보』, 1930.9.2.

23) 프롤레타리아 리얼리즘은 구 소련의 '바프(VAPP, 전연방 프롤레타리아 작가동맹)'에서 주창되어 일본 나프의 볼셰비키적 대중화를 주도했던 구라하라 고레히토(藏原惟人)가 받아들여 안막, 권환 등 카프 소장파에 영향을 준 이론이다. 구라하라는 프롤레타리아 전위의 눈으로써 세계를 볼 것, 엄정한 리얼리스트의 태도를 가지고 그것들을 그려낼 것, 인간을 그의 모든 복잡성과 함께 전체적으로 파악할 것 등을 주장했다. 나카노 시게하루(中野重治)도 "예술의 역할은 노동자 농민에 대한 당의 사상적, 정치적 영향을 확보, 확대하는 데 있다. 즉 노동자 농민에게 공산주의를 선전하고 당의 슬로건을 대중의 슬로건으로 하기 위한 광범한 선동, 선전을 하는 데 있다"고 주장했다. 『전기(戰旗)』 1929.4 참조.

24) 안막, 「마르크스주의 예술비평의 기준」(『중외일보』, 1930.4.19~23), 「프로예술의 형식문제(2)」(『조선지광』, 1930.6), 「조선 프로예술가의 당면한 긴급한 임무」(『중외일보』, 1930.8.16~23) 등이다.

롤레타리아 전위 속에서 예술가가 나와야 하고 소시민 출신 지식인 작가도 그 속에 들어가 혁명적 투쟁 속에서 생활감정을 전취(戰取)하라는 것은, 일제 강점하의 식민지 현실을 감안해볼 때 민족모순을 외면한 계급 중심적 당위이자 이상일 뿐이다. 전위의 관점에서 현실을 파악하는 것이 가장 명확히 객관적으로 현실을 파악하는 것이라는 주장 또한 식민지 조선의 현실을 간과한 채 프롤레타리아 국제주의를 기계적으로 사유한 결과라고 할 수 있다.

프로문인들이 식민지 조선의 민족 및 계급 현실을 어떻게 인식했는지 알아보기 위하여 권환이 「조선예술운동의 당면한 구체적 과정」에서 제시한 예술 창작의 10개 소재 규정을 자세히 검토해보자.

① XX(전위)의 활동을 이해하게 하여 그것에 주목을 환기시키는 작품
② 사회민주주의, 민족주의, 자치운동의 본질을 XX(폭로)하는 것
③ 대공장의 XXXX(스트라익) 제너랄 XXX
④ 소작 XX(쟁의)
⑤ 공장, 농촌내 조합의 조직, 어용조합의 반대, 쇄신동맹의 조직
⑥ 노동자와 농민의 관계를 이해케 하는 작품
⑦ XXXX(제국주의)의 조선에 대한 XXXXX(예하면 민족적 XX, XXXX 확장, XXXXXX조합 등의 역할) 등 폭로시키며 그것을 마르크스주의적으로 비판하여 프롤레타리아트의 투쟁을 결부한 작품
⑧ 조선 토착 부르주아지와 그들의 주구가 제국주의자와 야합하야 부끄럼 없이 자행하는 적대적 행동 반동적 행동을 폭로하며 또 그것을 마르크스주의적으로 비판하여 프롤레타리아트의 XX(투쟁)을 결부한 작품
⑨ 반 XX XXXX(파쇼 반제국주의)의 XX(투쟁)을 내용으로 하는 것
⑩ 조선 프로레타리아트와 일본 프로레타리아트의 연대적 관계를 명확하게 하는 작품, 푸로레타리아트의 국제적 연대심을 환기하는 작품25)

---

25) 권환, 「조선예술운동의 당면한 구체적 과정(3)」, 『중외일보』, 1930.9.4.

위에 인용한 권환의 「조선예술운동의 당면한 구체적 과정(3)」에 나타
난 검열로 인한 복자 부분은 일본 나프 중앙위원회의 「예술 대중화에 대
한 결의」 중 "3. 무엇을 제재로 할 것인가"의 해당 부분을 참조하여 채워
넣었다. 권환이 적극적으로 참조한 일본측 자료의 내용은 다음과 같다.

① 전위의 활동을 이해시키고, 그것에 관심을 집중시키는 작품.

② 사회민주주의의 본질을 모든 측면에서 폭로한 작품.

③ 프롤레타리아 영웅주의를 정당하게 현실화시킨 작품.

④ 이른바 조합 스트라이크를 묘사한 작품.

⑤ 대공장 내의 반대파, 쇄신동맹조직을 묘사한 작품.

⑥ 농민 투쟁의 성과를 노동자의 투쟁시켜야만 한다는 점을 잘 알 수 있게 하
  는 작품.

⑦ 농민·어민 등의 대중적 투쟁의 의의를 명확히 밝힌 작품.

⑧ 부르주아 정치·경제과정의 현상들(예를 들면 공황 군축회의, 산업합리화,
  금 해금, 보안경찰 확장, 독직사건 등)을 마르크스주의적으로 파악하고, 그것
  과 프롤레타리아트의 투쟁을 연결시킨 작품.

⑨ 전쟁, 반파쇼·반제국주의의 투쟁을 내용으로 하는 작품.

⑩ 식민지 프롤레타리아트와 국내 프롤레타리아트의 연대를 명확히 한 작품,
  프롤레타리아트의 국제적 연대감을 고취시키는 작품.26)

일본측 나프 자료와 식민지 조선의 카프 자료를 면밀하게 비교해보
면,27) 제3항 프롤레타리아 영웅주의의 정당화와 제6항 농민·어민의 대
중적 투쟁 항목이 빠진 것을 알 수 있다. 대신 제4항 소작쟁의와 제7항
'식민지 조선에의 제국주의적 탄압'에 대한 좌파적 비판이 들어갔다. 여
기서 주목할 것은 7항이다. 민족문제 및 국가주의 담론의 관점에서 볼

---

26) 임규찬, 『일본프로문학과 한국문학』, 연구사, 1987, 174면 주 8) 참조.

27) 여기서 일본측 자료를 단지 카프 자료의 참고자료로만 활용한 것이 아니다. 복자 부
  분을 채워 넣을 수 있는 원본의 내용을 확인하는 동시에 카프 작가가 이를 어떻게 자
  기화했는가 하는 문제를 통해 프롤레타리아 국제주의와 민족 문제에 대한 인식의 미
  묘한 역동성을 분석할 실마리를 얻을 수 있지 않을까 싶어 길게 인용한 것이다.

때 제2차 방향전환기 카프의 작품 소재 규정 중 7항에서 언급한 조선에 대한 제국주의에 대한 언급이 문제적이라는 사실에 주목할 필요가 있다. 이때 좌파적 비판이란 민족주의 자치운동을 토착 부르주아의 타협 내지 야합으로 폭로하고 계급투쟁으로 일관한다는 뜻이다.

이렇게 볼 때 볼셰비키화 단계의 카프 활동가들은 민족해방투쟁에 있어서 민족문제를 우익편향으로 몰아붙이고 계급문제를 상대적으로 중시했음을 알 수 있다. 식민지 조선의 입장보다는 자본가에 공동으로 대처하는 프롤레타리아의 국제적 연대를 중시하는 것은, 민족해방투쟁이 병행되어야 하는 민족 현실을 외면한 기계론적 사고의 산물로 생각된다. 더욱이 소작쟁의 항목을 별도로 부각시킬 정도의 정세 판단이라면 좌파적 비판에 있어서 레닌의 제국주의론이 도입되어 논리의 유연성을 보였어야 되었다. 반제국주의는 민족해방운동에서의 중요한 이념으로서 민족주의와 관련되는 것이라고 할 수 있기 때문이다.

4. 방향전환기 프로소설의 민족 및 계급 문제 인식

볼셰비키화 단계의 카프 활동가들은 레닌의 민족 문제 인식에도 도달하지 못한 채 사회주의운동의 중심지인 구 소련의 라프를 거쳐 식민 종주국인 일본의 나프에서 나온 예술 형상화의 소재 규정을 무슨 금과옥조처럼 따름으로써 중심부 / 주변부의 비판적 시각으로부터 자유로울 수 없게 되었다. 이러한 맥락에서 권환 비평의 7항, 8항을 다시 검토하면 나프의 규정을 옮기면서 어떤 실수를 한 것으로 추측된다. 즉 두 항목의 뒷부분이 똑같은 곳으로 보아 하나는 나프의 8항과 같은 부르주아적 부패상에 대한 비판이고 다른 하나는 민족주의운동 내부의 매판세력에 대한 비판으로 생각된다.

　사회주의문학운동의 전반적 흐름에서 볼 때 1930년을 앞뒤로 한 이 시기 카프의 문학운동은 위에서 분석했듯이 식민지의 민족적 특수성을 간과한 채 일본과 구 소련의 전례를 그대로 따랐다는 이식론이 확인된다.[28] 그러나 계급사상의 국제성, 프롤레타리아 국제주의의 일반적 특성을 감안한다면 당시의 문학운동가들에게는 별 문제가 없었다. 이는 배후에 존재하는 세계 사회주의운동 및 그 토대 위에서 산출되는 사회주의적 문학을 은연중 염두에 둔 사유일 터이다. 그러나 20세기의 사회주의적 실천 역시 민족 문제의 그늘을 벗어나지 못하였다는 점을 감안하지 않는다 하더라도, 그 자체만으로 소극적이고 안일한 대처라고 비판받아 마땅할 것이다. 어쨌든 세계 사회주의문학과의 연관에 대해 주체성을 지니지 못하고 일방적으로 추수할 때 식민지 조선의 문학은 얼마든지 자립화되어 편협해질 수 있으며, 훗날 임화의 '계급문학론에서 민족문학론으로의 전화' 과정 역시 그 한계로부터 벗어나지 못하고 있다고 할 수 있겠다.

　남는 문제는 방향전환기 카프 작가의 작품에서 과연 계급 문제와 민족 문제가 어떻게 인식되고 형상화되었는가 하는 점이다. 기실 문제는 작품 자체에 걸린다고 하겠다. 실제로 1920년대 후반부터 1930년대 초까지 카프 작가들의 작품 활동을 보면 대개 권환이 제시한 10개 소재 규정을 크게 벗어나지 않았다고 할 수 있다. 가령 송영의 소설 「용광로」(1926)를 보면 아직 카프의 방향 전환이 공식화되지 않은 시기임에도 불구하고 민족 차별과 관련된 문제의식이 프롤레타리아 국제주의에 견인된 계급해방문제에 일방적으로 관철되는 것처럼 보인다.

　「용광로」는 일본 동경 교외의 철공장을 배경으로 하여 이 공장에서 일하고 있는 조선인 노동자들이 겪는 민족적 차별과 계급적인 갈등을

---

28) 조진기, 『한일 프로문학론의 비교 연구』, 푸른사상사, 2000, 176~179면 참조.

동시에 보여준다. 주인공 김상덕은 조선인 견습 직공으로서, 어떤 어려움에도 묵묵히 참고 견디며 일만 하기 때문에 '벙어리'라는 별명을 가지고 있다. 하지만 그는 평소 어린 소년 노동자의 계급적 처지에 대한 비판적 시각과 조선인에 대한 차별을 인식하고 있었다.

> 그 아희들은 조선서 갓 건너온 고소[小僧]이다.
> 건너왔다느니보다 새로 사온 것들이다. 저들은 마음 조치 못한 조선 직공과 또는 공장 주인의 간계에 빠져서 아즉 말도 잘 못하는 나희에 저희들의 고향을 버리고 온 것이다.
> '일본에만 가면 공부를 식혀준다, 옷 주고 밥 주고 일 가르키고 공부 식혀준다'고 아모 것도 모르는 싀골 농군을 속혀서 나무나 하고 아희 보와주고 하든 모든 어린 아희를 다려오는 것이다.
> 그리고 계약서에는 삼년이니 사년이니 하여 가지고 려비니 의복비니 해서 오육십 원씩을 주어서 다려오는 것이다. 오기만 하면 물론 가지 못한다. 마치 창기 모양으로 여긔 올 때까지의 비용은 주인에게 빚을 진 세음이니까 일거일동은 주인이 좌우하게 되는 것이다. 그리하여 인정과 풍속이 다른 이 곳에서 평생에 해빗도 보지를 못하고 어린 몸둥이를 왼통 대자본가의 자본 확충의 로예 노릇을 하는 것이다.
> 그는 이 어린 로예들을 볼 때에는 울었다. 이를 깨물었다. '가갸거겨'하고 눈깔사탕이나 사먹을 십이삼 세의 유년들을 순전한 긔계를—그보다도 상품— 맨든다는 것은 얼마나 가련한 일이냐?
> 얼마나 악착한 일이냐? 세상은 전변하여야만 하겠다는 리론도 다 치여버리여라. 다만 당면에 살기가 어려우니까, 즉 죽어가니까, 거기에 대한 살겠다는 반항만이 있어야겠다는 이러한 생각은 그로 하여금 불꽃을 만들어주었다.[29]

이를 보면 주인공인 조선인 노동자가 벙어리 같이 꽉 닫힌 사람이 아니라 자신의 계급적 처지를 올바로 인식하면서도 함부로 경거망동하지 않는 신중한 캐릭터라는 사실을 알 수 있다. 그러다가 사장이 노동자들

---

29) 송영, 「용광로」, 『개벽』, 1926.2, 56~57면.

에게 벌금을 매기고 휴일을 줄이는 등 일방적인 부당노동행위를 하는데도 노동자들 중 아무도 항의하지 못하는 결정적 순간이 되자 마침내 저항에 앞장설 수 있게 되는 것이다. 이 작품에서 주제의식의 극적 장면화에 이른 결말 장면을 보면 주제가 선명하게 드러난다. 김상덕이 경찰에 연행되는 순간 그가 평소 연민의 정을 느꼈던 일본인 여성노동자 기미꼬가 사고가 난 용광로의 불꽃 앞에 쓰러지자 그녀를 구출하여 병원으로 옮기는 대목이다.

> 이제까지 고요만 하고 적막만 하든 마음은 다시 산악같이 변하였다. 요란하게 흔들리었다. 그리하여 거칠고도 강렬한 소리로 부르짖었다. '오냐, 가자'
> 목소리는 병실을 울렸다. 마음 밖으로 나가려 할 때 기미고는 눈을 떴다. 조건 없이 잡히여 가는 김상덕이의 마음, 조건 없이 병실에 드러누워 있는 기미고의 마음. 그리고 왼 세상을 태여버릴 듯한 세력을 가진 용광로의 불길. 흘러가는 물결과 같이 지루하든 밤중도 지내여 가버리지를 안는가?30)

공장의 불길이 잡히고 사태가 수습되었지만 경찰은 병원에서 주인공을 연행한다. 그가 문밖으로 끌려갈 때 병실에 누워 있던 일본인 여성 노동자가 눈을 뜬다. 이에 대해서 어떤 논자는 이 작품이 '계급적 차별이라든지 조직적 투쟁이라든지 하는 문제와는 그 성격이 전혀 다르다'고 애써 의미를 축소한다.31) 그러나 텍스트 전체를 분석하면 이 작품이 과연 '인간미 넘친 주인공 대 악덕 사장의 대립'으로 단순화할 수 있는지 의문이다. 그렇다면 서사의 클라이맥스 부분에서 '조건 없이 잡히여 가는' 조선인 남자 노동자의 '조건 없이 드러누워 있는' 일본인 여성 노동자에 대한 연대의식(마음, 마음)과 '왼 세상을 태여버릴 듯한' 용광로 불꽃으로 상

---

30) 송영, 위의 글, 66면.
31) 권영민, 『한국현대문학사』 권1, 민음사, 2002, 368면. 그는 이 작품이 민족 및 계급문제보다는 단지 "주인공의 인간미를 강조함으로써 오히려 악덕 사장의 반인간적인 행패의 부당성을 대조적으로 부각시키고 있다고 할 수 있다"(367~368면)고 평가한다.

징되는 계급적 저항을 간과하는 오독과 잘못된 해석이 되지 않을까 한다. '조건 없이' '마음'의 반복과, '불길' '물결'의 병렬 문체는 작가가 강조하려는 것이 무엇인지 뚜렷한 의도가 담긴 형상적 표현으로 해석된다. 기실 작가 송영의 페르소나인 주인공 김상덕의 인식과 행동을 통해 시대를 보는 통찰과 원근법적 시각의 단초를 충분히 찾을 수 있다. 작품의 실상은 일제하 식민종주국에서도 동일하게 벌어지는 노사간의 계급 갈등과 그를 극복하기 위해서 민족적 차별성을 뛰어넘어야 한다는 국제적 연대의식의 표현인 셈이다. 이 점은 송영의 후속 작품 「인도병사」나 「교대시간」까지 이어지는 작가의 일관된 주제의식에서 찾아볼 수 있다.32)

송영의 「교대시간」은 1930년 카프의 제2차 방향전환기 프롤레타리아 리얼리즘 창작방법을 충실하게 따른 결과 프롤레타리아 국제주의라는 당의 슬로건을 대중의 슬로건으로 하방하는 전위의 눈을 형상화한다. 당시 재일본 노동운동에 뛰어든 조선 민중이 민족과 계급 문제를 어떻게 파악하고 실천에 옮기는지 작품을 인용하고 그 의미를 살펴보자.

한 달 지낸 뒤에는 광산은 다시 뒤집히게 되었다. 광산 사무실 앞 광장에는 우리들 광산의 전 노동자는 한데 모였다. 손에는 곡괭이와 몽둥이가 역시 쥐어

32) 송영의 「인도 병사」는 1920년대 중국의 항일전쟁기 중국의 국민당 정부가 옮겨가 있던 한구(漢口)시를 배경으로 한 소설이다. 중국인 민족단체 CK단의 진응시란 인물이 주인공으로 영국 조계지에서 활동하다 영국군에게 감금되었다가 영국군에 고용된 인도병사를 설득하여 항거하는 내용이다. 중국인과 인도인이 식민지 주민의 처지를 서로 공감하고 서로 연대하여 식민종주국에 대항한다는 설정은 민족주의적 의식의 일단을 보여준다고 하겠다. 소설 마지막 대목을 보자.
"영국 륙전대는 의외에 당한 일이기 때문에 (4자 삭제−이하 같음) 진이 황황하엿다. 해는 아조 솟았다. 붉고 빗나는 찬란한 아츰해빗에가 새로 달린 청천백일긔는 나붓기엿다. 이러자 (4자)의 일대는 위풍이 당당하게 둘너싸고 들어왔다. (3자)는 그만 바다로 도망을 치서갓다. 이럿케 완전하게 영사관은 점령되엿다. 그리고 아즉까지 저고리 버슨 진응시는 뚱뚱보와 손목을 잡은 대로 집웅에서 (4자) 있다. 이렇게 한구의 아츰날은 (4자)이 업섯다."
송영, 「인도병사」, 『조선지광』, 1928.2., 140면. 검열로 인한 삭제(괄호 안의 숫자가 삭제된 글자의 수)가 워낙 많아서 내용을 제대로 파악하기 힘들지만 그대로 인용한다.

져 있었다. 그러나 우리들끼리는 싸우지를 아니하였다. 일만 칠천 명과 삼천 명의 마음은 두 가지가 아니었다. 훌륭히 한 마음으로 통하여 있었다. 분한 생각 미운 생각은 한 곳으로 몰린 곳이 있었다. 우리들 삼천 명만이 고향을 떠나온 방랑 노동자의 원한이 있는 것은 아니다. 그들 일만 칠천 명도 저희들 고향에는 성공하고 돌아오기를 기다리는 부모와 처자가 있는 것이다.

일본 노동조합 전국협의회 xx 광산 노동조합의 깃발 밑에서 우리들은 모여서 선 것이다. 그리고 공동의 적과 마주섰는 것이다.[33]

이 작품은 일본의 광산에서 일하는 조선인 노동자와 일본인 노동자의 민족 차별로 인한 패싸움과 그를 넘어서는 계급적 연대감을 그린 소설이다. 싸움 자체는 사소한 시비에서 발단되지만 임금과 대우에서 민족적 차별이 심한 데 근본 원인이 있기 때문에 사상자가 다수 생길 정도로 심각한 상태에 이른다. 이때 주인공인 조선인 노조 위원장 '나'(서술자)가 나서서 조선사람으로서 겪는 수모와 차별에 대해 항거하는 것은 부르주아적 종족 관념에 빠진 그릇된 결론이며 노동자의 단결을 막으려는 자본가의 교묘한 수단에 넘어간 것이라고 싸움을 말린다. 결국 민족 감정을 내세우던 평범한 조선인 노동자 '두 김 군' 등은 죽고 계급투쟁을 중시하는 위원장 주인공과 춘삼이 등에 의해 일본 노조 산하에 조선인 노조도 합쳐져 일인 광산주인 자본가에 대항한다는 것으로 끝맺는다.

이 작품은 작가의 일본에서의 노동 경험을 바탕으로 씌어진 것으로, 계급문제와 민족문제의 관계에 대한 로자 룩셈부르크적 인식을 보여준 의의를 가진다고 할 수 있다. 그러나 민족해방운동이 계급운동과 배타적일 수 없는 식민지 조선의 당대 현실에 비추어볼 때 단선적인 계급투쟁 우선론은 비판받아 마땅한 것이다. 이는 당시의 일본 프롤레타리아운동에서 제시된 대로 프롤레타리아의 국제적 연대감을 중시하자는 프롤레타리아 리얼리즘 창작방법론에 관념적으로 추종했기 때문으로 생각된다.[34]

---

33) 송영, 「교대시간」, 『조선지광』, 90~91호(1930.3~6, 2회 연재), 1930년 3월, 129~142면; 1930년 6월, 46~56면.

송영의 「교대시간」과 마찬가지로 이기영의 「홍수」·「부역」, 권환의 「목화와 콩」 등도 볼셰비키적 대중화론이 진행되던 1930년 직후 카프의 제2차 방향전환기 프롤레타리아 리얼리즘 창작방법을 실현한 작품이다. 다만 노동자 형상을 다루면서 프롤레타리아 국제주의의 이상에 기계적으로 매몰된 송영의 소설과는 달리 농민 형상은 민족과 계급 문제를 상호관련시켜 인식하는 점이 주목할 만하다. 농민문제의 입장에서 노동자와의 관계를 그린 「홍수」에서 주인공 박건성은 일본의 방적공장에서 7년 간 노동자 생활을 하며 쟁의를 벌이다 투옥까지 된 경력을 가진 투사로서 귀향해서 농민운동을 벌이는 인물로 설정되어 있다. 이는 식민지 종주국의 노사 갈등을 통해 계급 문제에 대한 비판적 인식을 보인 주인공이 식민지에 귀향해서는 식민지 농정에 대한 저항의 일환으로서 계급문제와 민족 문제가 이중으로 얽혀진 소작 쟁의를 통해 모순을 인식하고 투쟁에 나서는 형상이라 할 수 있다.

이런 지향이 좀더 구체화된 것은 계급문제와 민족문제의 결합의 실마리를 보여주는 「목화와 콩」을 들 수 있다. 식민지 농민이 일제 농정 당국의 국가주의적 횡포를 어떻게 피부로 실감하고 대항했는지 확인하기 위하여 권환의 「목화와 콩」의 일부를 인용하도록 한다.[35]

「왜 목화를 안 심으고 콩을 심었어?」
하두 어이가 없는 듯이 쟁기를 물끄러미 보고 있는 두윤을 보고 양복장이는

---

34) 이런 이유 때문인지 작가 송영은 그의 노동 체험이 지닌 디테일의 진실성에도 불구하고 '낭만주의적 결함'(임화, 『문학의 논리』, 학예사, 1940, 536면)을 지녔다고 비판받은 바 있다.

35) 이 작품에 대해 임화는 「1931년간의 카프 예술운동의 정황」(『중앙일보』, 1931.12.11)에서 "제재에 잇서서나 또 그 소박간결한 형식에 잇서서나 조선의 농민문학의 새로운 방향을 제시하는 것이엇스며 또한 조선의 문학형식에 잇서서 전혀 다른 엇던 것을 보히고 잇섯다"고 김남천의 「공장신문」과 함께 높이 평가하였다. 현인 이갑기도 「예술운동의 전망」(『비판』, 1932.1)에서 두 작품을 "일정한 계급적 기도하에서 구체적으로 진전식힌 조직적 작품행동", "최근에 어더 보지 못할 만한 걸작"이라 했다가 채만식과의 동반자 작가 논쟁에서 작품을 둘러싼 논란을 벌이게 된다.

소리를 빽 지른다.

「목화는 심어 팔아야 이익도 안되고 콩은 그래도 양식을 할 수 있어서 ……」

「그런 말도 되지 않는 소리 말어! 또 설령 이익이 안되드래도 (略)에서 심으랬으면 무엇이든지 심어야 되는 게 아니야?」

(…중략…)

「여보게들 이것 좀 봐. 목화 심은다고 시퍼렇게 나 있는 콩을 갈어 되비는 걸 —이런 일이 세상에 어듸 있나.」

두윤이는 기운이 나는 소리로 농군들을 보고 부르짖는다.

「목화를, 이익도 안 되는 목화를 심어! 목화도 목화지만 시퍼렇게 나 있는 콩을 ……」

(…중략…)

양복장이는 두 눈이 둥그래졌다. 횃불이 활활 일어나는 한편에 또 약간의 겁이 난 것 같았다.

「왜 이래, 왜 이래, 온당치 못하게 (관)청서 하라는데 왜 이래.」

「관청이 다 뭐꼬 해롭게 시키는 게 (관)청인가.」

「아무리 (관)이라도 해롭게 시키는데 뭣하는가.」

이 작품은 카프 작가의 농민소설로서는 드물게 식민지 농업 정책에 대한 직접적 비판을 담고 있다. 군청에서 목화를 심으라고 했는데도 콩을 심었다가 '군청 기수'의 압력을 받았던 농민들이 단결하여 압력을 물리치고 나중에 농민조합 지부를 결성한다는 줄거리를 가지고 있다. 이 과정에서 나라가 하는 일이 백성에게 해될 게 뭐 있겠느냐는 면장 대리 재선이와, 목화를 심어봤자 대도시나 일본의 방적회사만 이익을 볼 뿐 농민에겐 손해이므로 단결해서 반항해야 한다는 농민조합원 필성이가 맞선다. 전위의 역할에 의해 대중이 조직화되어 소작쟁의를 일으킬 농민조합이 만들어진다는 줄거리 설정은 프롤레타리아 리얼리즘 창작방법론을 충실히 따른 데서 나온 것이다. 워낙 검열 삭제로 인한 복자 표시(여기서는 略)가 많아서 세부 묘사에 손상이 갔을 수도 있겠지만 인물 성격의 추상성과 줄거리 구성의 도식성을 벗어나지 못하고 있다. 그러나 민족문제와 계급문제의 관련을 다루는 데 있어서 식민지 농정에 대한 반발이 농민의 이익과 일치한다는 설정 자체는 비교적 온당한 방향성을 띤다고 할 수 있다.[36]

어쨌든 식민지 조선에서는 민족문제가 곧 계급문제라는 「목화와 콩」 같은 문제적 작품이 많지 않았다는 데 사회주의문학 내지 프로소설의 한계가 있었다. 임화가 규정한 조선 농민문학의 새로운 방향이 바로 지주 및 식민지 관리에 대한 농민의 저항을 통해 계급적 저항이 민족 해방의 일환으로 기능하는 그러한 것일 터인데, 안타깝게도 이러한 작품은 그리 많지 않은 것 같다.

이상에서 보듯이 송영의 「교대시간」과 권환의 「목화와 콩」의 비교를 통해서 1930년 직후 제2차 방향전환기 카프의 볼셰비키적 대중화 중에도 프롤레타리아 국제주의에 맹종하는 계급문제 우선 원칙뿐만 아니라 식민지 조선의 민족문제와의 균형 잡힌 안목을 보인 작품이 소수나마 있다는 사실을 확인할 수 있다.

5. 마무리

일제시대 사회주의문학운동과 민족 및 국가주의와의 관련 양상을 거시적으로 탐구하는 시각 위에서 카프를 중심으로 한 프로문학작품을 살펴본 결과 다음과 같은 문제를 더욱 선명하게 부각시키게 되었다. 첫째, 일반적으로 민족 문제에 취약한 마르크스레닌주의의 이론적 한계와 실제 적용이 카프의 문학 담론에서는 뚜렷하게 나타나지 않는다. 다만 작품에

---

36) 김성수, 『카프대표소설선』 권2, 사계절, 1988, 237면 참조.

부분적으로 드러날 뿐이다. 오히려 카프 해산 이후 1930년대 중반 이후 임화 등의 비평과 문학사 연구에서 그 단초가 보이고 해방 직후의 진보적 문학운동에서 '계급문학론에서 민족문학론으로'의 실질적 논의가 이루어진다. 둘째, 1920~30년대 식민지 조선의 카프를 중심으로 한 사회주의문예운동에서 민족문제는 어떻게 이해되고 실천되었으며, 민족개념과 계급이념은 어떤 역관계였는가? 카프의 방향전환기 안막, 권환의 비평이나 송영의 「용광로」·「교대시간」과 권환의 「목화와 콩」 등 소설 비교를 통해서도 확인되듯이 이 시기 프로문학작품은 대다수 민족 문제에 대한 올바른 인식이 부족하였다. 일부에서만 균형 잡힌 현실 묘사가 있을 뿐이다. 「목화와 콩」·「부역」 등에서는 지주와 식민지 관리에 대한 소작농민들의 조직적인 저항이 그려짐으로써 식민지 조선에서는 계급 문제가 민족 문제와 밀접하게 결합될 수밖에 없음을 형상화한 작품들이다. 반면, 계급문제와 민족문제의 관련을 다루는 데 있어서 둘의 관계를 통합적으로 파악한 작품이 「목화와 콩」이라면 배타적으로 그린 것이 송영의 「교대시간」이라고 할 수 있다. 앞의 것은 군청에서 목화 심으라는 식민지 농정에 대한 반항과 농민의 이익을 일치시켜 그리고 있다. 뒤의 것은 일본 광산에서 민족 차별 때문에 조선인 노동자와 일본인 노동자가 싸우다가 종족 감정을 버리고 하나로 합쳐 자본가에 대항한다는 내용으로 민족문제가 계급문제의 해결에 장애물임을 표현하고 있다.

1920년대 초반 이른바 '신경향파'문학에서 출발한 우리나라의 사회주의문학운동은 20세기 한국 근대문학이 추구해온 다양한 근대성 탐색 중 가장 도드라진 문학예술 조류를 형성한 바 있다. 그것은 1925년 결성된 카프라는 조직을 결성, 프롤레타리아문학이라는 이념 아래 활발하게 전개되었고 1935년 카프가 해산된 이후인 일제 말기에도 다양한 변주 양상을 보여주었으며, 해방 이후에는 '조선문학가동맹'이라는 새로운 조직으로 문학운동을 수행하였다. 해방 직후에는 '민족문학론'을 자신의 이념으로 정식화하기도 하였다. 초기에는 민족주의문학론을 일률적으로 부르주아문학이라고 보아 비판한 입장으로부터, 한 민족 단위의 문학 내에서 계급 진영 문학간의 대립이라는 입장을 거쳐, 부르주아적 민족문학의 비판적 계승으로서의 '진정한 민족문학'의 건설이라는 슬로건으로 일관된 발전의 선을 확인할 수 있는 것이다. 하지만 이 발전은 한편으로는 추상적 계급문학에 대한 변증법적 반성의 결과이기도 하지만, 다른 한편으로는 민족 단위의 사유구조가 지니는 특수주의적 경향에 대해 계급문학론이 갖는 반성적 성격이 거세되고, 결국 해방 직후 우리 민족에게 주어진 국가 건설이라는 정치적 과제에 문학이념이 종속됨으로써 현실정치가 요구하는 이데올로기로서의 국가주의에 빠져드는 과정이기도 하였다.

바로 그러한 국가주의 이데올로기로의 전화가 가져다준 부정적 정향은 분단 이후 한반도 이북문학에서의 민족 및 국가주의 담론이 전체주의화, 정치주의화되는 과정에서 잘 드러난다. 하지만 북한문학에 나타난 민족 담론 및 국가주의적 양가성에 대한 논의는 쉽게 논단할 수 없다.37) 한국 근현대문학사 연구에서 사회주의문학론의 해방후 속편이라 할 북한문학 논의는 주체문학의 문학사적 미학적 평가와 맞물리는 별개의 과제로서 후속 연구가 필요한 영역이기 때문이다.

---

37) 신형기, 「북한문학과 민족주의」, 『한국문학과 민족주의』, 국학자료원, 1999 참조.

1930년대 중·후반기 전통론에 나타난 민족이념에 관한 연구

차원현

1. 서론─인식소로서의 전통

　1930년대는 카프 해산(1935)에서도 나타나듯이 식민 통치의 정치적·이념적 통제가 심화되고 그에 따라 1920년대 후반기 이래 일단의 운동가들에 의해 전개되어 온 민족 해방의 근대적 기획이 문학 영역 내부에서조차 좌절되는 시기이다. 이는 단순히 종래에 문학을 주도했던 하나의 특정 집단이 몰락하고 있음을 의미할 뿐 아니라 근대에 대한 이념적 실천을 가능케 하는 역사적 사고, 즉 근대화를 역사의 필연적 발전으로 파악하고 그것의 진보적 국면을 헤아리는 사고가 존립하기 어렵게 되었다는 신호였다는 점에서 매우 중대한 사건이었다. 근대성의 인식과 추구에 적합한 사상적 환경이 붕괴하였던 것이다. 수구와 진보를 선명하게 구분하고 양자를 이원론적 대립 속에 놓음으로써 문화의 장을 짤 수 있었던 기반인 패러다임 자체가 회의의 대상이 되고 있었던 것이다. 우리는 흔히 '자생적 근대화'라는 개념에 익숙해 있지만, 이는 비교적 최근에 이루어진 지적 노력의 산물일 뿐, 당대의 경우는 사정이 판이하게 달랐던 것으로 보인다. 당대의 경우 자생성과 근대화 혹은 근대적 진보라는 개념 쌍은 모순 관계에 존재했던 것이다. 신문학은 한마디로 '근대문학을 창출하려는 노력'이었으며 근대의 본격적인 성립을 위해서는 전통의 파기가 필요했던 것이다. 이광수의 '신종족론(新種族論)'(「자녀중심론」, 『이광수전집』 17, 삼중당, 1962)에서부터 김남천의 '복고적(復古的) 퇴영주의론(退嬰主義論)'(「고전에의 귀환」, 『조광』 23, 1937.9), 최재서의 '민족적(民族的) 편집주의론(偏執主義論)'(「문화기여자로서」, 『조선일보』, 1937.6.9) 등에 이르기까지 전통에 대한 관심은 진보에 대한 거부로 치부되었다. 이는 1930년대 후반기에 이르러 근대의 파산이 선언되기 이전 시점까지 유효했던 현상이었다.

1930년대 중·후반으로 오게 되면 사정이 바뀐다. 전통과 진보의 이원론적 대립을 가능케 했던 보편사의 향방이 혼미해지자 기존의 구도는 규범을 상실하고, 진보를 가로막는 부정성으로서의 전통이 오히려 진보에 혹은 전환기에 요구되는 새로운 세계 이해의 인식론적 토대를 구성하는 한 요소로서 적극적으로 평가되기에 이른다. 박영희의 다음 글은 이런 사정을 잘 나타내고 있다.

> (…상략…) 民族文化의 總體는 새로운 過程에 登場되여보지 못하고 蓄積에서 批判되여보지 못한 채로, 그대로 깊히 깊히 假埋葬을 當하고 말엇든 것이였다. 그러나 感情은 整頓되며, 理智의 世界는 展開되여서, 그 『熱情의 野性』도 서서히 現實的, 理性的 世界로 進展하게 되매, 朝鮮에도 哲學的 世界觀이 探索되기 시작하였었다. 따라서 部分的에서 全體性을 찾게 되며, 固定的에서 變遷性을 알게 되며, 階級的 孤立에서 民族的 視野로 統一코자 하게 되었든 것이다.[1]

---

1) 박영희, 「조선문화의 재인식—기분적 放棄에서 실제적 탐색」, 『개벽』, 1934.12, 2~3면.

미래를 위해 부정되어야 할 것으로서의 과거가 재발견의 대상, 즉 그것의 과거적 구체성과 역사성 때문에 재발견되고 가치 부여되어야 하는 대상이 되었다는 것이 이 글의 요점이다. 과거의 재발견이 갖는 의미는 종래의 민족 담론들이 강조하였던 민족 주체성의 확보와는 다른 차원에 속한다. 후자가 근대적인 문명 수립에 그 목표치가 놓여 있는 것이라면 전자는 이런 류의 근대화에 대한 거부 위에 놓여 있기 때문이다.[2] 문제는 민족이라는 이름하에 소환되는 과거적인 것으로서의 전통이 혼돈기 혹은 전환기의 세계상을 인식하는 하나의 인식소이자 실천적 지반으로서 전제되고 있다는 점이다.

문제가 없을 수는 없었다. 이른바 상실한 자아 탐구론이라 할 만한 이런 류의 전통 개념이 갖는 일반적인 문제는 '우리=조선=자아'라는 등식의 성립에 있다.[3] 이 자아는 물론 근대적인 개인으로서의 자아가 아니라 민족이라는 집단적 주체이며, 그것도 아마 위기 속의 민족 주체 정도일 것이다. 전통 혹은 전통적인 것은 '문화적 통일체로 상상되는 것에 대한 심상'으로 소환되며, 민족의 역사에 대한 인식론적 전체를 구성하는 유기체의 핵으로 존재하게 된다. 민족 내부의 갈등과 합의에 기반하고 있는 역사적 경험은 삭제되며 정치·사회적 함의 없는 문화적 정체성만으로 자아의 재성찰이 가능하리라는 환상은 현실에 등을 돌린 채 민족의 보존이라는 윤리·종교적 지상명령의 심미적 판본으로 기능한다.

조선적 전통에 대한 탐구의 위상을 절대화하려는 시도에 대해 그 다양한 한계를 거론하는 논의들이 이른바 근대주의자들에 의해 제기되면서 전통 논의는 전환기 특유의 위기 담론의 중핵으로 등장하기 시작한다. 전통론이 담론 헤게모니의 장에서 주요 이슈로서 설정될 수 있었던 것은 이들의 본격적인 논의에 힘입은 바 큰데, 모더니즘 진영과 맑시즘

---

2) 박찬승, 『한국 근대 정치사상사 연구』, 역사비평사, 1992, 302~304면.
3) 차승기, 「1930년대 후반 전통론 연구―시간·공간 의식을 중심으로」, 연세대 박사논문, 2002, 2장 참조.

진영의 이론가들은 전통 개념을 기념비적 과거 의식에서 건져내어 현존하는 세계의 위기를 진단하는 반성적 계기로 일반화시켰다. 전환기의 역사철학을 탐구한 서인식의 다음과 같은 글이 대표적이다.

> 傳統은 一面 過去的 客觀的의 것으로 過去와 現代의 歷史에 屬하는 것이나 또한 人間의 現在的 否定的 行爲를 媒介로 하고 끈임없이 更生하여나간다는 點에서는 生成으로서의 歷史(原始歷史)에 屬하는 것이다. 더욱 소상히 말하면 그는 過去로부터 傳達되여온 點에서는 過去의 歷史에 屬하며 現代生活에서 反覆되는 點에서는 現代의 歷史에 屬하나 否定的 行爲를 媒介로 하고 更生하는 點에서는 未來의 歷史에 屬하는 것이다.[4]

서구의 경우 전통론의 발생 근거가 '개성론'에 대항하여 인간을 특정한 문맥에 구속된 존재로 설정, 통합된 전체적 질서 모색 위에서 세계사의 개조를 추구했던 것[5]인 데 비하여 1930년대의 근대주의론자들의 경우 이런 류의 사고를 증발시켜 버리고 전통론을 문화 혁신의 장 속에서 예정된 목적론의 미래를 촉발하는 한 계기로 설정하여 사유하고 있다는 특징을 갖는다. 서인식의 표현대로 하자면 전통은 역사적 주체화의 몸짓이 그로부터 잉태되지만 동시에 그것을 떨쳐버려야 할 부정적인 태반 정도가 될 것이다. 결과적으로 마치 전통론이라는 담론의 영역 속에서 현재의 위기를 반성하고 돌파할 수 있는 지속적인 가능성이 열린다는 이른바 역사주의적 상상력이 지속되고 있다고 말해야 할 것이다.

전통론을 당대의 시대적 의제(議題)로 밀어 올린 배경에는 일본측에서 전개된 이른바 동양문화론이 존재하거니와 이들의 태도 역시 별반 다르지 않았다. 이들 역시 서구의 제한적인 전통론을 일반화하여 서구적 근대를 초극하기 위한 이른바 새로운 세계사의 철학 구상의 한 중핵으로

---

4) 서인식, 「전통론」, 『역사와 문화』, 학예사, 1939, 162면.
5) E. Shils, 김병서·신현순 역, 『전통―변하는 것과 변하지 않는 것』, 민음사, 1992, 10장 참조.

격상시켰던 것이다.[6] 전통은 되돌아가 거기에 통합되고 그로써 통일된 전체를 구성해야 할 선험적 틀로서의 보편 문화가 아니라 서구적 근대에 저항하는 대항 문화의 동양적인 특수성을 지칭하는 것으로 간주되었다. 결과는 참혹하다. 문명과 문화를 구분, 후자에 동양의 공간적 특수성을 부여함으로써 시간적 선조성 위에 발전해 온 서구적 근대의 아집과 독선·폐해를 비판하고자 했지만, 결론은 서구적 근대를 극복하고 동양의 통일을 이끌자는 이른바 근대 초극론에로 이어지는 또 하나의 패권적 서사만을 낳았을 뿐이었다. 차이의 공존 따위를 주장하는 것이야 얼마든지 가능한 일이겠지만, 중요한 것은 그런 류의 주장이 가능케 한 외연 확장의 가능성이 '시간적 혁신의 내용을 수반하지 않는'[7] 한, 거기에는 오히려 자폐적인 자기 확신과 퇴행만이 존재할 뿐이라는 사실이다. 전통 담론이 역사 진보적인 준거 위에 서 있는 보편적 세계성을 놓칠 때 결국 남는 것은 자기 경계 속에서 완강히 응축되면서 활동하는 전투적인 폐쇄성일 뿐이다. 이는 동양문화론자들이 최후로 걸어간 길이 결국 '문화=전통=국가'라는 자기 폐쇄적 동일성의 체계였던 사실로 미루어 알 수 있다.

이 글에서는 일반적인 의미에서 전통론이라 지칭될 수 있는 의제(議題) 하에 1930년대 중반 이래 각 문학 진영이 산출해 내었던 일련의 전통 담론들을 검토하되 각각의 담론들이 보이는 내적 논리와 차별성을 중심으로 전통론을 둘러싼 민족 담론의 내부에서 민족에 대한 사유가 어떤 궤적들을 그리며 진행되어갔는지를 살피려는 시도이다. 무릇 모든 담론은 그것이 일회적인 선언에 그치고 마는 것이 아니라면 일관된 내적 체계를 가지고 있어야 한다. 신념의 천명에 더하여 그것을 구체화하고 현실적인 맥락에서 재생산해낼 수 있는 일정한 논리 체계가 있어야 하는 것이다. 더 나아가 담론인 한, 그것은 현실 적합성의 차원에서 항상 스스로

---

6) 廣松 涉, 『「近代の超克」論─昭和思想史への 一視角』, 강담사, 1989 참조.
7) 서인식, 「현대의 과제(其一)─전형기 문화의 諸相」, 『역사와 문화』, 학예사, 1939, 211면.

를 재성찰하고 혁신해 낼 수 있어야 한다. 개항 이래로 한국사는 항상 변혁과 갱신을 통한 자기 보존의 과제에 직면해 왔다. 경쟁과 보존, 생산과 발전, 창조와 혁신 등의 개념들이 이 운동의 핵심을 구성하고 있었고 항용 사활을 건 전쟁이나 그에 도움이 될 전략 등의 차원에서 자신을 표현해 왔다. 그런고로 이런 류의 자기 보존과 갱신에 대한 열망을 생략한 민족 담론은 담론으로서의 자격을 얻을 수 없었다. 물론 1930년대 중 후반에 전개된 일련의 전통론 속에 포괄되었던 민족 담론은 성격을 달리하는 것처럼 보인다. 그것은 생존과 자기 보존이라는 절대 명제하에 진행되어 왔던 19세기 말 이래의 민족적 쇄신운동을 그 근저에서부터 반성하는 의도를 담고 있다. 이 글은 이런 류의 반성이 갖는 담론상의 특성들을 추적하고 의미화해내는 방식을 띠게 될 것이다. 이 논문은 '일제강점기의 민족 담론'에 대한 연구의 한 부분으로 기획되었다. 전통 담론에 녹아 있는 '민족적인 것에 대한 태도'를 문제삼는 만큼 미시적 접근법을 택하기보다 서로 상이한 진영에 속하는 이론가들의 태도가 갖는 이념적 지향성과 그 차이, 차이들의 의미 등을 논의하는 방법을 중심으로 삼았다. 전통론을 중핵으로 전환기의 새로운 문화 지형을 모색하는 일이 당대의 과제였으므로 전통론에 대한 시각 역시 크게 보아 세 부류로 나뉘어 전개되었다. 이 글에서도 당대의 분류법을 쫓아 일단 세 부분으로 나누어 각각 그 특징과 내적 논리, 진영들간의 차이들을 중심으로 서술하고자 한다.

2. 독자성에 대한 호소와 문화주의

'고전부흥운동' 혹은 '조선학'이라는 이름하에 민족의 과거에 대한 관

심을 촉구하고 전통에 관한 1930년대의 논의를 출범시킨 것은 민족주의
계열의 문학 이론가들이었다. 김억·김진섭·김태준·정인섭 등 다양한
색깔을 가진 이론가들이 동원되었지만, 일차적인 관심사는 민족주의적인
것이었다.

> 우리가 우리를 徹底히 안 일이 있었던가? 알아보려고 한 일이 있었던가? 有
> 史後로도 半萬年의 生命을 繼續하였거늘 걸어온 자취를 제가 되어서 저를 觀
> 察하고, 저를 反省하고 저를 宣揚한 일이 있었던가? 長短優劣을 一括하여 不
> 問에 붙여 오늘에 이르니 커다랗게 남은 存在는 自我의 完全한 喪失이요, 自
> 我의 徹底한 空虛 뿐이다.8)

고전부흥운동에 임하는 민족주의 진영의 태도는 한 마디로 민족의 독
자성에 대한 확인 의지라 할 수 있다. 민족의 정체성 찾기에 대한 '탄원'
혹은 민족적 정체성을 발견하는 '감명' 등의 논조로 볼 때 고전부흥운동
이 과거의 문화 유산에 대한 민족주의적 옹호로부터 출발한다는 것은
의문의 여지가 없다. 고전부흥운동의 원점에는 문학이라는 것을 인간의
식과 활동의 보편적 형태로서 이해하기보다는 그것의 민족적 기원과 경
계, 민족적 변별성에 역점을 두는 입장이 암암리에 설정되어 있는 것이
다. 그런 까닭에 민족적 특질 혹은 민족적 개성을 지닌 문학이라는 의미
에서 고전에 대한 재향유가 거론되고 있다. '우리의 문학을 찾아 우리의
명패(名牌)를 빛내 보고자'9)라는 당위적 요청 속에서는 과거의 문학 유산
을 되살림으로써 성취하고자 하는 바가 민족적 독자성을 선양하는 것이
라는 내심이 잘 드러나 있다.

『동아일보』의 경우 이런 경향을 노골적으로 드러내었던 것으로 평가
된다. 「조선문학의 독자성─특질의 구명과 현상의 검토」(1935.1.1)라는 특

---

8) 「朝鮮을 알자」, 『東亞日報』(論說), 1933.1.14.
9) 「朝鮮 古典文學의 檢討」, 『朝鮮日報』, 1935.1.1.

집을 실었을 뿐만 아니라, 1934년 10월부터 12월까지 「내 자랑과 내 보배」, 「조선심과 조선색」이라는 고정란을 두고 고유섭·현상윤·손진태·백남운·김원근·김윤경·이윤재 등의 필진을 동원하여 민족문화의 독자성 내지 특수성을 부각하려 애썼고, 1935년 벽두부터는 정인섭의 「오천년간 조선의 '얼'」을 연재하기 시작했던 것이다. 『조선일보』나 『조선중앙일보』에 게재된 한국학 관련 논문들 역시 이런 민족주의적 경향을 잘 대변하고 있다. 새로운 기획에 더하여 기왕의 민족주의 역사학자들이 만들어낸 '조선심'이나 '조선 정신', '조선얼' 등의 개념들도 여전히 광범위하게 재검토되고 있었다. 이는 민족 고유의 멘탈리티를 역사상의 인물들이나 사건, 정황 속에서 재확인하는 일에 중점을 둔 것으로 거기에서는 한국사를 관통하는 어떤 일반적 법칙을 발견하는 일이 아니라 민족적 삶의 특수성을 신성화하는 일이 주된 목적으로 설정되고 있음을 관찰할 수 있다. 1930년대 '고전부흥' 문제에 대한 저널리즘의 관심에는 1920년대의 국민문학파와 일맥상통하는 측면이 존재하고 있었던 것이다.[10]

1930년대 민족주의 계열에서 전개한 고전부흥운동의 핵심 중 하나는 조선학 연구 영역이다. 안재홍에 따르면, 조선학은 "일개의 동일 문화체계의 단일화한 집단에서 그 집단 자신의 특수한 역사와 사회와의 문화적 경향을 탐색하고 구명하려는 학의 부문"[11]으로 정의된다. 이 글의 핵심은 민족을 역사적·문화적으로 동일한 존재로 간주한다는 전제에 놓여 있다. 거기에서는 '문화의 틀'로서 정치·사회적 조건이 선재해야 하고 또 그래왔다는 역사적 경험이 몰각되고 있는 것이다. 안재홍은 오히려 사태를 뒤집어 문화로부터 정치·사회적 틀을 구축해나갈 수 있다는 듯이 말하고 있어 특징적이다.

　　朝鮮의 朝鮮人이 朝鮮的인 傳統과 俗尙 等 그 自然한 文化的 傾向에서

---

10) 황종연, 「한국문학의 근대와 반근대」, 동국대 박사논문, 1991, 2장 참조.
11) 안재홍, 「조선학의 문제」, 『신조선』 1934.12.

向上 및 淨化의 道程을 밟아 社會的 政治的의 멈춤없는 眞景을 追求하는 것은 天下의 公道이다.12)

가히 문화주의적 태도가 노골적으로 드러난 경지라 할 만하다. 힘의 근원을 '문화적 고유성'에서 찾는 태도이기 때문이다. 근대의 위기를 문화적 고유성에 의해 극복하고자 하는 것은 문제의 잘못된 확산에 지나지 않는다. 허위의식 속에서 문제를 비껴나가는 것에 지나지 않기 때문이다. '과거의 영광에 대한 자기 과시'란 공허하기 짝이 없다. 우월성 담론 자체가 절대주의적 문화관, 다시 말해 문화를 바라보는 절대적 준거 위에 서 있는 것인 만큼, '과거의 영광' 운운하는 것 자체가 승리자의 그림자를 밟는 패배자의 전도된 굴욕감을 표현한 것에 지나지 않았다. 위기에 대한 대응으로서의 고유성론은 고유성 탐색이라는 문화적 실천 속에 현실의 위기를 비껴가려는 이데올로기적 은폐의 몸짓에 지나지 않는다. 세계에 대한 이해 없는 자기 탐색이란 무망한 일이다. '조선적인 것'에 대한 탐색 행위 자체에 시동을 건 전형기의 위기를 그 역사적 계기에 있어 회의하지 못한 채, 자기에 대한 탐사를 통해 문제를 넘어설 수 있다는 생각 자체가 무리였다. 중일전쟁 후 위기가 서양의 위기로서 혹은 전적으로 외부에서 부과된 것으로서 인식되자 민족의 내부를 '위기로부터 면제된 유일 공간으로 잘못 생각했던 것'13)이고, 거기에 과도한 가치를 부여했던 탓이다.

『문장』지를 중심으로 한 이른바 문장파 류의 미적 관조주의에 대해서도 같은 말을 할 수 있다. 지나가 버린 것 혹은 소멸된 것들에 대한 미적 관조의 배면에는 제작의 중단이라고 하는 근대적 경험이 들어 있다. 개별적인 취향이야 문제삼지 않는다 하더라도 일단 집단화된 운동의 양상

---

12) 안재홍, 「사설」, 『조선일보』, 1932.3.2.
13) 차승기, 「1930년대 후반 전통론 연구—시간·공간 의식을 중심으로」, 연세대 박사논문, 2002, 84면.

으로 나타나는 순간 특수한 주장은 일관된 문화적 정체성을 추구하게 마련이고 또 그런 한에 있어서는 지배적인 문화의 자기 반성이라는 문화 산출의 기제를 벗어날 수 없다. 다시 말해 반성적인 자기 산출을 통해 발전해 나가는 근대의 문화 산출 원리에서 벗어나기란 힘든 것이다. 미적 관조의 특수성에 대한 지나친 강조는 그것이 가공된 인공성의 산출 원리인 자기 탐구, 자기 독해 혹은 자기 구성을 먼저 전제하고 그것과 대립되는 것으로서의 관조를 상정했을 때만 나타날 수 있다는 사실을 몰각한 데서 나온 주장일 뿐이다. 과거물에 대한 관조라는 사상의 출현 자체가 근대적인 문화 산출 기제의 틀 속에서만 가능한 것이다. 절대화된 사상으로서의 관조 그 자체와 제작의 바탕에 존재하는 것으로서의 관조를 구분할 필요가 있다. 관조는 그것이 하나의 사상에 육박하려면 그것 자체가 진리를 구현하는 통로로서 완성된 논리적 체계를 가져야 한다. 그렇지 않는 한 다만 제작에 대한 반성의 한 극단적 형태에 지나지 않는 것이다. 그런고로 과거에 대한 미적 관조를 통해 세계를 그 통일성 속에서 체험하는 일이 가능하고 그럼으로써 인공의 제작 위에 서 있는 현실에 통렬하게 대적할 수 있다는 식의 생각에는 변장한 제작인[14] 이라는 관념이 존재한다. 미적 관조의 배면에 존재하는 기괴함이야 따로 거론하지 않는다 하더라도 그것에 고유한 현실비판적 속성을 극단화하여 그 속에서 자기를 고양할 수 있으리라는 생각은 천진난만하거나 위험하다. 그것은 한갓 정신적 귀족주의에 지나지 않으며 현실적 패배를 관념 속에서 보상받고자 하는 열패의식의 표현에 지나지 않는다는 사실이 강조될 필요가 있다.

민족주의 진영에 의해 출범한 고전부흥운동은 그 자체가 의미 있는 현실적 운동으로서 출발하지 못했고, 일관된 체계나 조직적 중심을 갖지 못한채 다만 추상적이고 당위적 요청에서부터 출발하고 있다는 약점을

---

14) H. Arendt, 이진우·태정호 역, 『인간의 조건』, 한길사, 1996, 372면.

가지고 있었다.15) 고전부흥운동이 민족주의 계열의 지식인들에 의해 하나의 공적 운동으로서 제기된 것이긴 했지만, 일관된 체계나 조직적 중심을 갖지 못했다는 사실은 이 운동 자체가 역사적 전환기에 대한 엄밀한 자기 규정을 갖지 못한 채, 막연한 불안의식에서 출발하고 있다는 사실을 반증하고 있다.16) 이러한 사실은 맑시스트나 모더니즘론자들 사이에서 고전 부흥의 현실적 근거를 따지는 양상으로 나타난다. 다양한 이론가들이 고전부흥운동의 현실적 근거를 추궁하였는데, 그 핵심은 이 운동이 문화적인 자기 탐구 속에 현실의 혼란과 불안을 환수해들이고 있다는 혐의였다. 자기 탐구의 배면에는 전선으로부터의 후퇴 혹은 역사로부터의 철회가 잠복해 있다는 혐의를 받은 것이다. 이 점을 가장 명민하게 지적한 이는 서인식이다.

> 傳統이 文化行爲의 目標點으로 定立될 때에는 그곳에는 退步와 墨守뿐 남을 것이 없다. (…중략…) 傳統의 威力을 爲하여 傳統을 肯定하는 것은 人間을 動物로 蹴落하고 傳統을 慣習으로 墮下시키는 것 以外의 아무것도 아니다.17)

서인식은 전통이 '목표점'이 아니라 '출발점'으로서, 더욱이 '부정적 출발점'으로 존재해야 한다고 말한다. 그에 따르면, "사람들은 現代를 『리악슈날』한 時代라고 말하"고 있고, 이 말인즉 "전통과 창조의 대립적 관계에 있어서 전통이 우위를 점하고 있다는 사실을 말하는 것"이지만, 사태를 그런 식으로 봐서는 곤란하다는 것이 그의 논점이다. 서인식은 "현대야말로 전통이 부정되어야 할 시기"라고 못박는다. "지금이야말로 행위가 필요한 시기"18)라고 보는 서인식의 관점에서 보자면, 일단의 고

---

15) 김윤식, 「古典論과 東洋文化論」, 『韓國近代文藝批評史硏究』, 일지사, 1976 참조.
16) 황종연, 「1930년대 고전부흥운동의 문학사적 의의」, 『한국문학과 근대성의 형성』(동국대 한국문화연구소 편), 아세아문화사, 2001, 257면.
17) 서인식, 「전통론」, 『역사와 문화』, 학예사, 1939, 184~185면.

유성론자들은 사실상 행위 부재의 시대상을 선설정하고 있다는 점, 그런 고로 현실적인 패배주의에 사로잡혀 있다는 사실이 지적될 수 있는 것이다.

고유성의 차원에서 자기를 규정함으로써 현실 초월의 지점에 서려 했던 일단의 고유성론자들이 갖는 한계는 비교적 명확하다. 고유성 담론이 이른바 '민족적 자기 음미'[19]에 그친 것도 문제지만, 더 큰 문제는 그것이 자신에 대한 음미 속에서 사태를 비껴갈 수 있다고 주장하고 있다는 점에서 이데올로기적 성격을 갖는다는 사실에 있다. 외부로부터 부과된 문제를 자기에 대한 과도한 가치 부여 속에서 비껴나가는 것은 문제의 올바른 해결이 아니다. 위기는 준엄한 자기 반성을 촉구한다. 고유성 담론은 자기 반성의 토대로써 민족에 대한 학적 이해를 추구했다는 점에서 일정한 의의를 갖지만 무엇보다 그것이 민족의 자명성을 문제삼지 않았다는 점에서, 다시 말해 민족이라는 집단 주체에 대한 회의를 거부하고 있다는 점에서 근본적인 한계를 갖는다. 거기에는 민족의 자기 역량을 올바로 이해하고 스스로를 해체, 재구성하려는 노력이 전혀 보이지 않는 것이다. 민족 담론이 정작 중요한 '반성'이라는 계기를 사상한 채, '항용 자조와 선양 사이를 동요하면서 반복되어 왔다'는 식의 평가가 가능한 것[20]은 이 때문이다.

고전부흥운동이라는 이름하에 민족주의 계열의 문학 진영에 의해 처음으로 제기되었던 1930년대의 전통론은 근대적 문학운동의 위기를 조건으로 발생했을 뿐만 아니라 식민지배하에서의 문화사적 전환에 대한 반성의 매체로써 전통을 소환하고 있었던 것으로 파악된다. 전환기에 대한 명확한 자기 이해의 결여, 현실의 위기를 문화적 탐색 속에서 비껴가

18) 서인식, 위의 논문, 164면.
19) 차승기, 「1930년대 후반 전통론 연구―시간·공간 의식을 중심으로」, 연세대 박사논문, 2002, 84면.
20) 차승기, 「1930년대 후반 전통론 연구―시간·공간 의식을 중심으로」, 연세대 박사논문, 2002, 84면.

려 한 데서 나타난 도저한 문화주의, 진보적인 의식의 결여와 종교적이며 초월적인 미적 태도, 잠재된 패배의식 등 다양한 한계를 지녔음에도 불구하고 전통에 대한 재인식 작업이 갖는 의의가 부정될 수는 없다. 민족의 문화적 전통이라는 개념이 서구적 근대화에 대한 일반적인 반성의 토대이자 일종의 성찰 가능한 자료들의 저장고로써 처음으로 성립 가능했던 것은 이 시기 고전부흥운동이 가져 온 최대의 성과이며 의의라 할 수 있다.

3. 종합에의 의지와 역사적 계기로서의 전통

위기에 대한 대응으로서의 고유성론이 독자성에 대한 탐색 속에 위기를 비껴가려는 이데올로기적 은폐의 영역으로 넘어가 버린 데 반해 모더니스트들이나 맑시스트들은 입장이 달랐다고 할 수 있다. 고유성론이 '조선적인 것'에 대한 역사적 탐색 자체를 가능케 하는 근대적 인식의 틀을 회의하지 못한 채, 고유성 탐색을 통해 문제를 넘어설 수 있다는 착각을 했고, 특히 중일전쟁 후 위기가 서양의 위기로 혹은 전적으로 외부에서 부과된 것으로서의 위기로 인식됨에 따라 민족 내부 역량의 조사를 통해 위기를 비껴갈 수 있다는 잘못된 인식틀을 가진 데서 말미암은 것임은 이미 지적한 바 있다. 쉽게 말해 민족의 내부를 일종의 안전지대로 설정한 것이 잘못인 것이다.

이에 반해 모더니스트들이나 맑시즘 진영은 형편이 다를 수밖에 없었다. 이들에게 위기는 그들이 서 있는 지반으로서의 보편적 주체의 위기였으며, 지성의 위기였다. "센티멘트보다 라티오"[21]란 식의 명제가 그들에게는 여전히 유효했던 것이다. 예컨대 김기림의 경우 '센티멘탈한 몰

입'을 배격하고 과학적으로 발견되어야 할 대상으로 전통을 설정하면서 전통론을 방법으로서의 과학 정신이라는 틀 안에서 사유하고자 했는데, 이는 전통론의 담론적 헤게모니를 인정하지만 그 속에 존재하는 과학 부정의 징후는 용납할 수는 없다는 당대 모더니즘 진영의 기본적인 자세를 보인 것이라 할 만하다. "근대라고 하는 것은 실은 우리에게 있어서는 소비도시와 소비생활면에 『쇼-윈도-』처럼 단편적으로 진열되었을 뿐"[22]이라는 통렬한 반성을 통해 서구적 근대가 막다른 골목에 막다른 1940년대의 시점을 반추하였고, "동양에 태어난 문화인에게 있어서 이 순간은 바로 새로운 결의와 발분과 희망에 찰 때라 생각한다"[23]고 말함으로써 멈칫거림 없는 선회를 감행했지만, 과학 정신에 대한 신념을 쉽게 버릴 수는 없었던 것이다. 맑시즘 진영 역시 사정은 유사했던 것으로 판단된다. "민족적인 것에 대한 재고찰을 거부할 수는 절대로 없는 객관적 정세에 당도하였음을 충분히 자각하는 바가 있지 않으면 안 된다"[24]라는 식의 정세론이 발표되었고, 이에 화답하여 '조선의 과거'가 아세아적 퇴영성의 문화적 산물로서 '부정되어야 할 것' 혹은 '지나간 것'으로 규정되는 한도 내에서 전통론을 담론의 내부로 끌어들이는 작업들이 시작되었던 것이다.[25] '형식(학)적 필요에 지나지 않지만'이라는 식의 수사를 통해 전통 담론을 전환기 특유의 시대적 의제로 간주하지 않을 수 없다는 식의 인식적 전환을 보이고 있는 것이다.

엘리어트의 전통론에 의거, 개성의 분열과 그로부터 나타나는 파국적인 세계상을 상정함으로써 전통을 예술 창작의 한 통합적 계기로 끌어들인 이는 최재서였다. 최재서는[26] 전통에 대한 태도를 감상적인 회고

21) 박치우, 「고문화 음미의 현대적 의의」, 『조선일보』, 1937.1.1.
22) 김기림, 「조선문학에의 반성」, 『인문평론』, 1940.10.
23) 김기림, 「『동양』에 관한 단상」, 『문장』, 1941.4.
24) 한식, 「문화의 민족성과 세계성」, 『조선일보』, 1937.4.29.
25) 김남천, 「고전에의 귀환」, 『조광』, 1937.9.50.
26) 최재서, 「전통부활의 의의」, 『조선일보』, 1938.8.7.

정조와 낭만적인 네오 바바리즘의 양 경향으로 나누고 이를 극복하기 위해 고전 연구의 역사성을 견지하는 일이 필요하다고 생각했다. 역사성이 과거와 현재를 통합하여 이해하는 방식의 하나라면, 고전 연구 역시 과거의 전통을 통합된 역사 이해 속에서 탐구할 때에만 새로운 문화 창출에로 이어질 수 있다는 것이다. 만일 이 통합된 과거 이해가 전제되지 않는다면 고전연구는 사적 호오의 판단에 맡겨지게 될 것이고 결국 안이한 훈고학이나 바바리즘으로 떨어지는 것이라고 말하고 있다. 근대적 혁신에 대한 희망을 놓치지 않았던 최재서로서는 '조선적인 것'이 '과거의 꿈'일 뿐이며, '외국문화를 받아들이는 겸손을 영구히 잃지 않아야' 한다는 일반론을 가지고 있었고, 그 연장선에서 조선적 과거의 재현을 시대착오적인 일이라 보았지만, 전통 담론의 대세를 거슬러 갈 수는 없었다. 다만 그는 '조선적인 것=과거적인 것'을 고유성의 수준에서 상정하지 않고, '문화의 창조자로서 활약했던 시기'로 놓음으로써 중요한 것은 전범이 될 만한 것으로서의 진정한 문화를 일구어내는 종합의 작업이지, 보편성 / 고유성의 이분법적 위에서 독자성에 대한 천착으로 나가는 길이 아님을 명확히 밝히고 있다.

최재서는 이후 엘리어트의 전통론에 기대어 전통적인 것을 현재의 적극적인 발전의 계기로 받아들이려는 태도를 취하는데, 이는 전통 속에 존재하는 고전의 '대표성과 지속성'이 현재적 예술활동의 필수 불가결한 토대임을 인식함으로써 가능했다. 쉽게 말해 전통 속에 존재하는 고전이 창작과 더불어 만들어내는 유기적인 상호 작용과 그 결과로서 생성되는 전체적 질서야말로 예술 행위의 가능성의 조건이라는 식으로 논의를 끌고 가면서 최재서는 '과거의 것'을 현재의 예술 발전을 위한 통합적인 계기로서 끌어들이고 있다는 것이다. 물론 최재서가 말하는 전통이 '조선의 것'이 아니라 세계문학 보편의 것임을 부정할 수 없다. 그는 일반론의 수준에서 문제를 풀어간 것이다.

古典의 代表性과 持續性은 생각하면 決코 偶然한 것은 아니다. 그것은 古
典의 選別이 傳統 안에서만 可能하기 때문이다. 이 境遇에 傳統이란 全體的
秩序이다. 古典은 하나하나가 傳統的 秩序를 構成하면서도 그와 同時에 그
全體的 秩序에 의하야 裁許되고 定位된다. …… 한 古典을 研究하되 반듯이
그가 全傳統의 秩序 안에서 占領하고 있는 그 地位에서 생각하는 同時에 傳
統의 全體的 秩序는 반드시 古典들의 傳承과 相互關係에 依하야 構成 내지
維持되는 데서 古典 研究의 歷史性은 實現된다.[27)]

두 가지 비판이 가능하다. 하나는 전통 개념을 엘리어트에게서 빌려옴
으로써 최재서가 조선적 현실을 벗어나 담론을 일반론의 차원으로 추상
화시켰다는 것이다. 최재서가 설명하고 있는 전통은 물론 서양의 그것이
며, 희랍문학 이래로 축적된 고귀한 인류 정신의 산물 그 자체, 혹은 고
전적 정신 그 자체를 의미한다. 두 번째는 이렇게 함으로써 당대 세계
문화계가 앓고 있었던 문화적 위기에 대한 감각을 삭제하고 있다는 점
이다. 이 점은 엘리어트가 전통론을 경유해 결국 카톨리시즘으로 나가버
린 것을 생각할 때 보다 명확해진다. 조선 민족이 경과하고 있던 위기의
이중적 성격 혹은 복합적 성격을 그는 놓치고 있었던 것이다.

맑시스트들 역시 이 시기 세계사 내부에 존재하는 개별사로서의 조선
사를 강조하고 조선사가 갖는 특수성을 논증하고자 했지만, 이 경우에
있어서도 역시 조선사나 조선문화는 보편사의 흐름에 뒤쳐져 있는 낙후
된 지각생으로, 비판적인 검토의 대상으로서만 일정한 의의를 가질 뿐이
다. 이청원은 조선의 아시아적 정체성을 거론하면서, "우리는 부정하고
비판하고 청산하고 극복하여야 할 문화전통만 가지고 있다"[28)]고 말했고
임화는 "조선의 과거에 대한 이야기 자체가 새로운 경향, 새로운 생각을
나타낸다는 식의 발상은 매우 우려할만한 일"[29)]이라 평하면서 이를 반

---

27) 최재서, 「古典 研究의 歷史性」, 『朝鮮日報』, 1938.6.10.
28) 이청원, 「조선의 문화와 그 전통」, 『동아일보』, 1937.11.5.
29) 임화, 「역사적 반성에의 요망」, 『조선중앙일보』, 1935.7.6.

동적인 경향으로 취급했다. 임화는 나아가 그런 류의 발상을 '노골화된 복고주의'[30]로 매도한다. 그러니까 임화는 전통의 재발견이라는 이름하에 진행되고 있는 조선의 과거 역사에 대한 관심이 진보를 위한 행위라는 숭고한 이름을 얻고 있다는 사실에 대한 비판을 추구한 것이다. 김남천은 한 걸음 더 나아가 '고전부흥운동' 자체를 "나치스 문화 정책의 조선적인 모방"[31]으로 규정하였다. 대개의 경우 이런 태도는 문제를 바라보는 맑시즘 진영의 공통된 출발점이었다고도 할 수 있는데 신남철의 글이 대표적이다.

現代의 浪漫的 復古 思想은 個人的이고 主觀的이며 나아가서는 파시스트的이기도 한 것이다. 現代의 浪漫的 復古 思想에는 파시스트的 쇼비니즘을 만히 가지고 잇다. 나치 獨逸의 狂信的 行動性을 보라! 그 狂信的 行動性에 支配되고 있는 獨逸에서 古代에의 復古가 問題되고 있다. …… 獨逸의 復古 主義者에 關하여서뿐만 아니라 日本의 그들에 관하여서도 이와 같은 말은 할 수가 잇고 또 朝鮮의 그들도 批判할 수가 있다고 생각한다.[32]

1930년대 중·후반에 접어들면 맑스주의 진영 내부에서도 전통론을 바라보는 시각에 분화가 일어나게 된다. 일단의 맑시즘 이론가들이 고유성론을 비판하면서도 전통론을 맑스주의의 관점에서 재전유하고자 시도하게 되는 것이다. 시기적으로 볼 때 중일전쟁 이후의 상황 전개 때문이었다. 이들은 주로 조선의 과거를 다루는 '방법'의 측면에서 논의에 참여했는데, 이는 결국 민족주의자들에 의해 기획되고 진행되었던 전통·고전·과거에 대한 소수자들의 내부 논의를 전문단적 현상 혹은 문화적 아젠다의 문제로까지 격상시키는 결과를 가져 왔다.

---

30) 임화, 「조선문학의 신정세, 현대적 제상」, 『조선중앙일보』, 1936.2.2.
31) 김남천, 「조선은 누가 천대하는가?」, 『조선중앙일보』, 1935.10.18.
32) 신남철, 「복고주의에 대한 數言─E. 스프랑거의 연설을 중심으로」, 『동아일보』, 1935. 5.1.

맑시즘 진영의 이론가들이 전통론에 참여한 이유는 대략 세 가지로 요약되고 있다.[33] 첫째, 민족주의 계열의 고전부흥운동에 대한 이데올로기 비판의 차원. 둘째, 담론의 헤게모니 장악(전통논의가 매스컴의 최대 이슈 중 하나였다는 점에서). 셋째, 근대의 '위기' 혹은 '전환기'에 직면해 일제의 파시즘화가 초래한 인식론적·존재론적 혼란을 극복해야 한다는 이론적 필요성. 김남천이 잘 묘사한 대로[34] 그것은 '역사에 대한 투쟁', 즉 역사에 대한 담론 투쟁의 일환이었던 것으로 파악된다. 고유성 담론이 만들어내는 '민족=자아' 정체성 확인의 서사와 그 서사 속에서 이루어지는 자기 음미를 극복하기 위해 '조선의 과거'를 사적 유물론의 보편적 원리 속에서 반성할 수 있어야 한다는 진술이 나타난 것은 백남운의 『조선사회경제사』(改造社, 1933)가 표방했던 사적 유물론의 역사 연구 방법을 전통론에 적용하면서 비로소 가능했다 한다.[35] 물론 이 경우 백남운 류의 사적 유물론에 의해 회의되지 않고 있는 것은 사적 유물론의 도식 내부에 이미 명일에의 방향이 선험적으로 주어져 있다는 사실이지만, 하여튼 보편적 원리 속에서 발견되는 특수성일 때만 '명일에의 방향'이 발견될 수 있다는 주장에서 관철되고 있는 것은 '조선적 과거'가 내부의 특수성의 범주로서 끌어들여졌다는 사실이다. 여기에서는 과거와 현재의 관계가 변증법적 관계로서, 다시 말해 정·반·합의 각 계기로서 적절한 역사적 위상이 주어질 여지가 남게 되었다는 사실이 중요하다.

1930년대 후반 일본 강좌파 중심의 아시아적 생산 양식 논쟁이 미친 영향에 따라 맑스주의 내부에서 백남운류의 정통 맑시즘이 보편주의 혹

---

33) 차승기, 「1930년대 후반 전통론 연구—시간·공간 의식을 중심으로」, 연세대 박사논문, 2002, 106면.
34) 김남천, 「조선은 과연 누가 천대하는가?」, 『조선중앙일보』 1935.10.20. 이 글에서 김남천은 '다산과 다산의 애인을 엄밀히 구별'하여 '진정한 조선의 역사적 재물을 차저올 과학적 의무'를 주창함으로써, 역사에 관한 담론 투쟁에 맑시즘 진영이 나섰음을 천명하고 있다.
35) 차승기, 앞의 논문, 38~39면 참조.

은 기계적 공식주의로 규정되어 재검토되는 흐름이 나타난다. 이청원·한홍수 등이 대표적인 이론가인데, 이청원은 생산형태의 아시아적 특수성에 입각해 조선 문화의 특수성을 설명하는 도식36)을 채택한다. 김남천 역시 이청원의 뒤를 좇아 "지금의 朝鮮의 文化 혹은 文學에 있어서 特殊的인 것을 찾자면 사유에 있어서의 亞細亞的退嬰性이 있을 뿐"37)이라고 주장하게 되는데, 이 경우 '조선적 과거' 혹은 조선적 특수성은 부정적인 기호로서 타기되어야 할 아시아적 후진성의 문화적 표현에 불과한 것으로 간주된다. 그럼에도 불구하고 아시아적 정체성론은 보편사 속의 특수성으로 조선 문화가 존재한다는 류의 보편사관이 갖는 일원론적 발전 도식 혹은 발전사 개념에 균열을 가져오고 비동시적인 것의 동시대성이라는 혼종성을 발견함으로써 조선적 과거에 나름의 존재론적 지위를 부여했다는 점에서 일종의 시각 변경을 가져 왔다. 역사적 계기로서의 전통 검토라는 담론의 차원을 덧보탬으로써 전통론에 힘을 부여하였던 것이다. 잃은 것은 그럼으로써 '과학적' 사관 확보에 실패하고 말았다는 점이다. 조선적 과거가 온통 부정적인 것일 수밖에 없고 그럼에도 불구하고 현재 잔존하고 있는 것이라면 이의 폐기 처분은 현재의 주의주의적 실천에 의거할 수밖에 없다. 그런데 이 주의주의적 실천의 개념은 전통론을 통해 사회·정치적 영역으로 나갈 수 있다고 믿었던 민족주의 진영의 논리와 별반 다를 것이 없는 것이다. 이 사실은 중요하다. 조선적 특수성론 혹은 아시아적 정체성론은 그것이 소극적인 자기 규정의 수준을 떠나는 순간, 다시 말해 그것이 세계사적 보편성을 확보하기 위한 헤게모니 투쟁의 한 수단으로 적극적으로 평가되기 시작하는 순간 광기의 영역으로 넘어가 버린다. 조선적 특수성론은 애시당초 보편사적 발전이념에 균열을 내면서 등장한 일종의 독자성론 혹은 다문화주의론의 형태로 나타났지만, 일단 그것에 정치사회적 함의가 들씌워지는 순간

---

36) 이청원, 「문화의 특수성과 일반성」, 『조선일보』, 1937.8.10.
37) 김남천, 「고전에의 귀환」, 『조광』, 1937.9., 50면.

새로운 보편 담론의 중핵으로 변신하게 되는 것이다.

4. 동양론에의 함몰과 '특수한 보편성'[38] 으로서의 전통

중일전쟁 이후 전환기 의식이 심화됨에 따라 문명 전환의 문제를 두고 그 이행의 향방을 가늠하는 새로운 역사모델에 대한 탐색이 요청되었다. 이 작업은 주로 역사철학자들에 의해 수행되었는데, 서인식이 대표적인 이론가였다. 서인식은 관습 속에서 활동하는 행동적 주체와 반성속에서 활동하는 행위적 주체를 구분하여 후자를 통해 부정된 전통이 인류 보편의 일원적 문화체계 속으로 지양되어 들어가야 한다고 주장했다. 전환기의 보편 문화 창출 과제에 부정적 계기로서 전통이 기여할 자리를 마련함으로써 특수와 보편의 융합 속에서 서구적 근대의 위기를 돌파할 방책을 찾았던 것이다.

傳統은 一面 過去的 客觀的의 것으로 過去와 現代의 歷史에 屬하는 것이나 또한 人間의 現在的 否定的 行爲를 媒介로 하고 끈임없이 更生하여 나간다는 點에서는 生成으로서의 歷史에 속하는 것이다. 더욱 소상히 말하면 그는 過去로부터 傳達되여 온 點에서는 過去의 歷史에 屬하며 現代生活에서 反覆되는 點에서는 現代의 歷史에 屬하나 否定的 行爲를 媒介로 하고 更生하는 點에서는 未來의 歷史에 屬하는 것이다.[39]

---

38) 이 용어는 지젝(S. Zizek)의 『The Ticklish Subject』(London · New York : Verso, 1999), 2장 「The Hegelian Ticklish Subject」에서 차용해 본 것이다. 그는 차이나는 것들이 빚어내는 대립과 길항 속에서 목적론적 궤도를 그리는 역사 과정을 구상한 기존의 변증법적 틀을 해체하여 차이의 오만한 자기 주장과 그로부터 '시동'되는 자기 구성과 변전의 과정을 그려내기 위해 이 개념을 사용하고 있다. 차이의 절대화, 자기 정립의 오만함과 폭력성, 구성적인 세계 인식 등이 1930년대 후반기 동양 담론의 논리 구조와 닮아 있다고 판단된다.

서인식의 전통론은 그러나 부정되어야 할 것으로서의 전통을 리베랄리즘을 근간으로 하는 근대 시민 문화로 설정한다는 점40)에서 조선적인 것에 대한 논의와는 일정한 거리를 두고 있다는 한계를 갖는다. 부정되어야 할 것은 조선적인 것일 뿐만 아니라 근대시민문화의 그것이기도 했기 때문인데, 서인식은 이 때문에 부정을 통한 실천이 가 닿아야 할 최종 지점으로서 '동양과 서양의 종합'을 제시하는 이상주의적 지향성을 보인다. '정신을 지배하는 시민문화와 생활을 지배하는 전통문화'가 상호침투하지 못한 상태를 극복하기 위해 '동양문화와 서양문화의 종합 형식'을 탐구해야 한다는41) 것이다.

서인식의 전통론이 갖는 최대의 난제는 그가 역사철학자답게 전통 논의를 역사적 틀 고찰의 일반론적 차원으로 옮겨버렸다는 사실에 있다. 또한 그 속에서 이른바 '종합 형식'이라는 이상적인 문화 형태를 상정하고 그를 향해 나아가는 부정적 실천을 자기 담론의 최대치로 주장하고 있다는 점이다. 이를테면 전통 부정을 통해 나아가야 될 길로 제시한 '문화의 일반태'란 공감 가능하고 소통 가능한 가치 있는 보편 문화일 터인데, 그런 문화란 당대에 없거나 설령 창안 가능하다 하더라도 현실 속에서는 성취되기 어려운 이상적인 성질의 것일 따름이다. 그가 만일 그런 류의 문화를 르네상스 이후 서구 문화를 특징짓는 보편적인 휴머니즘에 결부시키고 있다면 문제는 한결 심각해진다. 왜냐하면 그런 문화야말로 현재 그 파탄을 목도하고 있고 또 부정되고 있는 문화이기 때문이다. 서인식의 전통론에는 서구의 전통론자들이 제기한 것처럼 이른바 '과거에 구속되어' 있는 존재 혹은 전통이 없다면 언제든지 퇴폐에로 전락할 수 있는 존재로 인간을 규정하고, 그런 류의 새로운 인간론에 기반하여 문명 재건설을 기획한 전통 담론 특유의 혁신적 의제가(議題)가 존재하지

39) 서인식, 「전통론」, 『역사와 문화』, 학예사, 1939, 162면.
40) 손정수, 「일제말기 역사철학자들의 문학비평 연구」, 서울대 석사논문, 1996, 36면.
41) 서인식, 앞의 글, 279면.

않는다. 이는 그의 담론이 단순히 진행되고 있는 담론 투쟁에 하나의 비판자로서만 참여할 수밖에 없는 이유를 제시해 준다. 창조적 문화를 지향하는 담론이 불가능한 것이다.

물론 의의가 없을 수는 없다. 전통이 부정을 통해 이상적인 새로운 보편 문화 혹은 보편적 종합 원리 속으로 지양되어 들어가야 하지만, 그런 류의 종합 원리를 현존하는 문명 내부에서는 찾을 수 없다는 그의 생각은 결국 새로운 인류사적 원리를 창출해야 할 책임이 부정(否定)하는 실천의 형태로 지성에 부과되고 있다는 사실을 말함이고, 역사적 미래에 대한 소명과 그것에 기초한 지적·부정적 실천, 더 나아가 그런 류의 실천 속에서 형성되는 역사적 주체화의 몸짓이야말로 전통 담론을 경유하여 전형기의 위기에 빠진 세계사와 대결하는 변증법적 통로가 되고 있기 때문이다. 전통론을 지양되어야 할 특수한 계기로 설정하고 보편적 종합 원리를 차후의 세계사적 과제로 설정함으로써 양자 사이에 갈등과 긴장의 중간 지대를 설정한 것이 그의 전통론이 갖는 특징일 터인데, 이로써 서인식은 완미한 역사학자로서의 면모를 유지할 수 있었던 것이다. 이는 중일전쟁 이후의 동양 담론에서 일본측의 이론가들이 전개한 동양 특수성론과 근대 초극론을 비껴 가는 계기가 된다.

서인식을 비롯한 역사철학자들이 전통론을 전환기 역사 담론의 한 중핵으로 다룰 수 있었던 것은 일본에서의 역사철학적 논의를 배경으로 하고 있다. 교토학파의 역사철학이 그 이론적 배경으로 존재했던 것이다. 일본 쪽에서 전통 논의는 특수와 보편, 부분과 전체, 동양과 서양이라는 기존의 개념적 대립틀 속에서 그것을 깨기 위한 이론적 고리의 하나로 설정되었는데, 이는 일제말기 전통 논의에 중요한 전환을 가져온 요소였다.[42] 미키 키요시(三木淸)의 「동아협동체론」이나, 코우야마 이와오(高山岩男)의 「세계사의 이념(世界史の理念)」이 전통론에 끼친 영향은 서구 중심의

---

42) 柄谷行人 編, 『근대 일본의 비평』, 東京 : 福武書店, 1990, 3章 및 4章 참조.

세계상을 서양과 동양의 문화적 차이와 근대 초극에 관련된 담론 속으로 수용·해소시킨 결과로 나타났는데, 그 과정에서 전통 개념에 주어진 역할은 핵심적이었다.

예컨대 코우야마 이와오(高山岩男)는[43] 세계사를 유럽사로, 근대를 유럽의 근대로 축소하면서 비유럽적 세계와 유럽 세계의 대등한 존립을 요구, 근대적 세계와는 다른 질서와 구조를 지닌 현대적 세계 혹은 진실한 의미에서의 '세계사적 세계'가 처음으로 성립의 단서에 도달했다고 주장한다. 이른바 현대로의 문명사적 전환이 함축하고 있는 세계상은 유럽적 세계에 의해 은폐되어 왔던 지배의 시선이 적나라하게 드러난 이후, 유럽적인 세계와 비유럽적인 그것을 포괄하는 진정한 의미에서의 전지구적인 세계, 또는 세계사라는 이름에 걸맞는 세계의 출현을 말한다. 코우야마는 시간성 위에 서 있는 세계사의 이념을 비판하고 역사성에 공간성(지역성 / 지리성)을 도입함으로써 새로운 세계사를 구상하고자 했다. 그 결과 문명과 문화를 구분하여 전자를 시간성 위에 서 있는 세계사적 보편적 궤도로 규정하고 후자를 공간적 차이의 영역에 위치짓고 별개의 공동체들의 상이한 사회적 습속에 의해 구분되는 세계로 구별함으로써 서구적 근대에 대한 비판을 수행할 수 있는 개념으로 만들었다. 공간성의 도입은 추상적 / 보편적인 역사성 개념에 구체적 / 특수한 삶의 내용을 결부시키는 결과로 나타났고, 이는 동양적 삶이 삶의 일반태 속에 존재하는 특수한 삶의 내용이라는 기존의 관점에서 문화적인 차이로 외현하는 존재론적 차이로 재규정되고 있음을 뜻한다. 결국 서양과 동양의 차이는 저발전에 따른 역사적 구분의 문제가 아니라 두 문화권의 문화 유형학적인 차이에 대한 담론으로 나타나고 있는 것이다. 코우야마의 문화 유형학은 이런 논리를 기반으로 서구적 근대를 극복하고 동양의 통일을 이끌자는 이른바 근대 초극론에로 이어지는 문화 담론이었고, 그 속에서

---

43) 高山岩男, 「世界史の理念」, 『思想』, 1940.4 참조.

전통은 문화의 공간적 다양성을 나타내는 표지이면서 동시에 새로운 역사를 구상하는 혁신적 사유의 문화적 토대로서의 동양 문화를 지칭하는 메타포로 기능하게 된다. 물론 그것은 종국적으로는 원료 시장 장악을 통해 공황을 비껴가려 했던 일본 독점자본의 제국주의 침략전에 의해 수행된 이념전에 불과한 것이었다.

十九世紀를 中心으로한 白色人種全盛時代로부터 二十世紀를 起點으로한 黃色人種復興時代에로 人類史는 我國의 領導에 依하여 一大轉向을 하고 있으며 저 日露戰爭부터 今次의 支那事變에 이르기까지의 諸般 興亞的 聖業은 如實히 이것을 證明하고 있다.[44]

코노에(近衛) 내각의 2차 성명에서 촉발된 '동아신질서' 구상[45]은 기실 중·일전쟁의 지연이 가져온 정치적 담화에 지나지 않으며, 그 배면에는 러·일전쟁 이래 아시아의 패권 쟁패가 있을 때마다 '서양으로부터 동양을 지킨다'는 이른바 동양평화론이 주된 이념적 무기로 동원되어 왔던 역사가 존재한다는 것은 널리 알려진 사실이다.[46] 오자키 호쓰미(尾崎秀實)의 동아협동체론이 제창하고 있는 민족 문제에 대한 재천명에서도 잘 나타나 있듯이[47] 동아신질서 구상은 혼미해진 세계 정세의 와중에서 자국의 정치·경제적 이익을 지키기 위해 동아시아의 정치·경제적 블록을 추진하고 있었던 일본 군산복합체의 야심을 반영하고 있었던 것이다.[48] 그런고로 '서구에 종속된 아시아의 해방'이니 '세계사의 주체로 거

44) 김두정, 「興亞的 大使命으로 본 '內鮮一體'」, 『三千里』, 1940.3.
45) 문명기, 「中日戰爭 初期(1937~1939) 汪精衛派의 和平運動과 그 性格」, 서울대 석사논문, 1998 참조. 「3차 성명」의 핵심인 〈近衛 3원칙〉은 '善隣友好, 共同防共, 經濟提携'였다.
46) 박찬승, 『한국 근대 정치사상사 연구』, 역사비평사, 1992, 56면.
47) 尾崎秀實, 「동아협동체의 이념과 그 성립의 객관적 기초」, 『동아시아인의 '동양' 인식, 19~20세기』(최원식·백영서 편), 문학과지성사, 1997.
48) 코노에(近衛) 의정서의 기본 논리인즉 '아시아 해방─동아 자주권의 구축(블럭화)─대서구 전투 수행' 정도로 요약될 수 있다(井上光貞 외, 『日本歷史大系 17─革新と戰

듭나는 아시아의 성전'이니 하는 표어들은 그것 자체가 일종의 기만적 성명에 지나지 않거니와, 이를 뒷받침하고 있었던 제반 동양문화론들의 탈서구 기획 역시 그 배면에는 아시아의 맹주로서 서구적 주권을 재현해왔던 일본의 소영주적 열망이 재현되고 있음을 알 수 있다. 실존하는 정체성에 대한 서사의 중핵으로 기능하는 전통과 그것의 정치적 표현인 성전 사이에는 건널 수 없는 괴리와 불일치가 존재하는 것이다. 그런고로 동양문화론이 내세운 '협화(協和)적 · 반자본주의적 윤리성'[49]은 비록 그것이 일말의 타당성을 갖는다 하더라도 종국에는 아시아의 소영주로 군림해 온 일본의 역사적 경험과 기억이 은폐된 곳에서 성립하는 이데올로기적 가상에 지나지 않는다.[50] 이는 탈서구적 동양문화론이 기대어서 있는 동양 문화에 대한 지식의 축적 자체가 동아시아의 소제국으로 군림해온 근대 일본의 침략사와 중첩되어 있다는 사실만으로도 충분히 설명될 수 있다.

새로운 역사철학이 제시한 것은 일종의 '다문화주의적 세계상'이었다. 그 속에서 전통은 서양문화와 유형학적으로 대비되는 동양문화를 지칭하는 개념으로 현재적인 의의와 위상을 갖게 된다. 결과적으로 전통은 문화 유형학적 차이를 검토하는 학적 담론 속에서 적극적 의미를 부여받았고, 특수한 체험들 속에서 온전한 세계사를 지향하는 일체의 역사적 실천 자체의 특유한 기초로서 자신의 존재론적 위상을 획득하게 된 것이다. 이것이 전통을 두고 창조의 기반이라 말할 때, 그것이 갖는 적극적 의미일 것이다. 물론 여기에는 현실적인 후진성을 문화 논리 속에서 뒤

<hr>

爭の時期』, 山川出版社, 1999, 207면). 미키 기요시(三木淸) 역시 이념의 스펙트럼이 다름에도 불구하고 동아협동체의 필요성을 강조하면서 그 근거로 블록화를 거론하고 있다는 점에서는 동일하다(三木淸, 「신일본의 사상 원리」, 『동아시아인의 '동양' 인식, 19~20세기』(최원식 · 백영서 편), 문학과지성사, 1997).

49) 홍종욱, 「중일전쟁기(1937~1941) 사회주의자들의 전향과 논리」, 서울대 석사논문, 2000, 83면.

50) 김철, 「'근대의 초극', 『낭비』, 그리고 베네치아」, 『민족문학사연구』 18호, 민족문학사학회, 2001.6, 389면 참조.

집어 몽상하려는 이데올로기적 작용이 잠재해 있는 것이기도 하다. '문화를 위하여서도 국가를 옹호한다'라는 논리는 동아협동체론이 파시즘의 논리로 완전히 이월된 뒤 나타난 이를테면 노골적인 문화 종속주의의 표현일 터인데, 서양문화와 동양문화의 차이라는 이분법 위에 현실적인 부정성 일체를 서양적인 근대의 문제 쪽으로 환원하고 있는 것에 지나지 않았다. 문화적 상대주의의 시각이 정치적 열망과 결합하는 양상이 거기 나타나 있거니와, 무엇보다도 거기에는 서구적 근대의 초극 이후 다가올 일본 중심의 새로운 문화에 내재한 억압을 은폐하는 이데올로기가 작동하고 있으며, 일본이 일찍이 시동을 건 바 있는 아시아의 근대사가 갖는 내부의 분열에서 눈을 돌리려는 일종의 전도된 전체주의가 잠재해 있는 것이다.

통상 동양/서양 대립틀은 동서양의 접촉을 상이한 속도로 상이한 시간을 경과하고 있는 문명 사이의 충돌로 간주한 데서 발생한다. 예컨대 임화는 "서양이란 최초부터 동양의 대립자로 등장한 것"으로 동양의 열세는 동양과 서양의 문화적·경제적 우열에서 오는 자연의 결과라고 규정한 뒤, 뒤떨어진 문화체로서의 동양이 서양과 겨루는 것은 오로지 "갈등과 싸움의 형태"로만 전개될 수 있다는 식으로 말함으로써 동양과 서양의 조우를 문명 충돌로 보고 있다.[51] 그러나 이런 류의 문화충돌론은 각각의 문화들을 집합적 단수로 규정한 데서 출발하는 착시에 지나지 않는다. 동양이든 서양이든 각각의 문화는 타자에 대한 상대적인 자기 규정에 지나지 않으며, 그 내부에서는 끊임없이 교섭하고 융합하며, 습합되어 흘러가는 미시적인 흐름들이 존재하고 있다는 것이 오늘날 이 문제를 다루는 사회학의 주류를 이루고 있다.[52]

그런고로 동양/서양의 문화유형학적 차이 위에 서 있는 정체성/동일

---

51) 임화, 「『대지』의 세계성」, 『조선일보』, 1938.11.17~20.
52) 예컨대 이 글에서는 호미 바바의 '혼종성' 개념을 염두에 두고 있다. Arjun Appadurai 의 『Modernity at large』(London : Verso, 1997) 중 특히 1장의 「Sociology after Patriosm」 참조.

성 담론과 그것의 이론적 기반으로 '동양문화의 전통론' 자체를 동원하는 것은 문제의 올바른 해결책이 아니다. 그것만으로는 동양세계의 통일성을 이론적 / 실증적으로 담보할 수 있는 근거가 될 수도 없을뿐더러[53] 다만 정치적인 열망에 의해 인위적으로 구성되고 사후에 부과된 자기 정당화의 이념적 담론에 불과하다는 사실은 거듭 강조될 필요가 있다. 서인식은 이런 사실을 "동양적 특수성이 규범적인 것이 될 수 있기 위하여는 그것에 고유한 보편적 일반성을 가져야 할 것"[54]이라고 적절하게 지적하고 있다. 전통 담론이 역사 진보적인 준거 위에 서 있는 보편적 세계성을 놓칠 때 결국 남는 것은 자기 경계 속에서 완강히 응축되면서 활동하는 전투적인 폐쇄성일 뿐이다. 동양문화론자들이 최후로 걸어간 길이 결국 '문화=전통=국가'라는 자기 폐쇄적 동일성의 체계였던 것은 이로 미루어볼 때 필연적인 것이라 하지 않을 수 없다. 거기에는 공간적 / 지역적 특수성과 세계사적 보편성 사이를 슬기롭게 유영하면서 새로운 보편적 준거들을 만들어 내고자 하는 진보적이면서 건전한 자기 혁신에의 열망이 결여되어 있는 것이다. 근대 초극론이 극성을 부리던 1940년대의 초입에서 서인식의 보편성론에 화답하면서 이런 사실을 가장 정확하게 묘사한 이는 김남천이다.

> 轉換期의 船舶은 대체 언제까지 우리를 실고 흘러가는 것일까. 그리고 전환기의 克服은 무엇을 어떻게 해서 이루어지는 것일까. 轉換期를 가운데로 하여 우리가 서 있는 此岸은 여러사람들의 분석에 틀림없다 하여도, 此岸으로부터 건너 뛰어갈 彼岸의 構想이란 어떤 것일까? (…중략…)
> 첫째로 이야기하여야 할 危險性은 轉換期라는 것을 極히 짧은 期間으로 생각하려는 意見이다. 허기야 悠久한 人類의 歷史에서 본다면 적은 한토막의 期間임에 틀림은 없으나, 그것은 決코 二三年이라던가 四五年으로 간주할만큼 짧다란 瞬間은 아닌 것이다. (…중략…) 世界를 統一할 하나의 構想이 나타나

53) 김남천, 「전환기와 작가」, 『조광』 7권 1호, 1941.1. 265면.
54) 서인식, 「전통론」, 『역사와 문화』, 학예사, 1939, 183면.

서 世界的 慾求를 滿足시키는 時期까지를 생각해 본다면 或은 四五年을 가지고 終熄될 줄로 믿었던 이 轉換期가 한 사람의 生涯같은 것은 게눈 감추듯이 집어삼킬런지도 알 수 없다.[55] (…중략…)

轉換期가 가지고 있는 모든 感情과 生活과 性格을 그리는 길을 避하고, 헛되이 淺薄한 觀念의 世界를 더듬는다던가, 空想의 가운데 날아가 버린다던가 하여서는, 文學은 偉大한 創造品을 들고서 새로운 秩序 建設에 貢獻할 수는 없을 것이다. 時代나 思潮에 對한 便乘心理나 轉換期에 對한 皮相的인 飜譯心理야말로 眞正한 文學이 삼가야할 가장 危險한 態度일까 한다.

5. 결론

민족이라는 개념은 그 속에 매우 다양한 의미와 가치를 응축하여 가지고 있다. 이는 통상적으로 우리가 민족이라 말할 때 그것이 뜻하는 바가 혈통과 언어, 문화, 역사의 동일성 혹은 특정화된 생활 세계의 공유 등으로 정의될 수 있는 사전적 의미의 사실들을 훨씬 뛰어넘어 있다는 사실을 가리킨다. 민족이라는 개념에는 우리 민족이 겪어온 역사적 삶의 다종다기한 궤적과 스스로를 고양시키고자 했던 집단적 열망이 고스란히 담겨 있고, 매우 밀도 높은 상태로 압축되어 있다. 비유컨대 그것은 웅숭깊은 우물과도 같은 것이어서 민족 단위의 삶에 문제가 발생하고 민족사가 총체적인 위기에 빠져 무엇인가 상황을 타개해 줄 새로운 가치들에 대한 기대가 나타날 때면 항상 기댈 수밖에 없고, 또 가장 유력하게 참조할 만한 의미와 가치, 체험들의 저장고 같은 것이라 할 수 있다. 그러므로 상황을 빌미로 삼아 민족이라는 개념을 부정하고 폐기하려 하거나 그것이

---

55) 김남천, 「전환기와 작가」, 『조광』 7권 1호, 1941.1, 266면.

갖는 고유한 힘을 폄하하여 의식의 바닥 속에 봉합해 묻어두려는 이론적 실천적 기획들은 항용 실패할 수밖에 없다. 민족 개념이 갖는 특유의 응집력을 과신한 나머지 그것만을 절대화하려는 국수적 태도도 문제이지만, 현실 속에서 의미 있는 하나의 현상으로서 엄연히 존재하는 집단적 현상을 마치 광기나 환상으로만 치부하여 부정하는 것 역시 문제를 정확하게 보지 못하는 지적 태만에 지나지 않는다. 새로운 세기의 문명 전환이 우리 민족 앞에 들이민 특유의 민족사적 과제가 그 근본적인 특성상 보편적이고 일반적인 세계적 표준들과 어떻게 투명하게 대면할 것이냐의 문제라 해서 상황이 달라지는 것은 없다. 중요한 것은 민족이라는 개념 자체가 갖는 불투명성을 다듬어 그 속에 존재하는 편집증적 자기 집착과 배타성을 어떻게 효과적으로 제거해내느냐의 문제인 것이며, 그런 과정들을 통해 민족 개념이 갖는 특유의 응집력을 어떻게 창조적 가능성의 조건으로 전유해낼 것인가의 문제인 것으로 보인다.

이 글은 1930년대 초·중반기에 발흥하여 1940년대 초반에 이르기까지 이른바 군국주의 시기 지식인들의 주요 관심사 중 하나를 이루었던 전통론을 민족 담론 전반에 걸친 이념의 변모 양상과 결부하여 살피고자 한 글이다. 물론 '민족이념의 변모 양상'이라 했지만 막상 당대에 사태가 그런 방식으로 전개되었는지는 명확하지 않다. 문학사적 영역에만 한정해 본다 하더라도 1930년대의 전통론은 민족 정체성의 재확인이라는 1920년대 이래의 민족주의적 정향을 여전히 답습하고 있고, 민족의 독자적인 문화가 갖는 우월성이라는 과거의 영화에 기대어 가혹한 현실을 비껴가려는 패배적이고 허무주의적인 태도를 여전히 껴안고 있었던 것이다. 문단 상황의 타개책이었고, '과거'에 대한 미학적 재전유를 통해 문학사적 지평을 개척했다거나, 담론의 차원에서 풍성한 문학적 결과를 낳고 있다는 사실 등만으로 운동 자체를 과도하게 평가하거나 정도 이상의 가치를 부여하는 것은 사태를 오독하는 것이라 할 수 있다. 마찬가지로 이질적인 것들에 의해 침윤되지 않은 순수한 과거를 담론의 토대로 상정함으로써 민족 내부의 다종다기한 갈등을 봉합하거나 민족적 역량의 결핍에서 말미암은 현실적 패배를 외부의 적에게 전가함으로써 역사적 위기로부터 탈출하려는 맹목을 보인다는 사실을 들어 운동 자체를 일방적으로 폄하하려는 태도 역시 사태를 그 운동의 차원에서 적극적으로 읽어내지 못한, 그런 의미에서 실천적 관심의 결여를 드러내는 지적 태만이라 하지 않을 수 없다.

일방적인 찬사나 폄하는 동전의 양면이다. '고전'이나 '전통', '우리 것'처럼 가치들을 잔뜩 함유하고 있는 개념들이 다중의 관심사가 되고 매우 중요한 토론의 대상으로 격상되었다는 것은 그것이 당대 민족 담론을 둘러싼 언중들의 열망을 결집해내는 일종의 이념소로서 기능하였다는 것을 의미한다. 그런고로 중요한 것은 담론 전개의 과정 속에서 발견되는 당대의 경험과 열망을 그 시대적 토대 위에서 핍진하게 읽어내고 운동의 구체적 양상과 맥락을 밝혀내며, 그 속에서 성공과 실패의 지점을 정확하게 의미화해 내는 일일 터이다. 통상 우리가 문화라고 부르는 집단적인 인간 현상은 특정한 기간 동안 동일한 권역 내부에 존재하는 인간들의 생존방식의 결과물이므로 당연히 시간 개념, 더 나아가서는 역사 개념이 그 속에 내포되어 있다. 문화 자체가 경험의 집적인 만큼 그 속에는 개개의 구성원들이 체험한 다양한 세계들이 투영되어 있다고 할 수 있다. 따라서 어떤 방식으로든 특정한 목적론적 발상에 의해 이러한 체험의 질과 양을 제한하여 규정짓는 행위는 사태를 오독하고 문화의 다이내믹한 논리 자체를 억압하는 결과로 나타날 수밖에 없다. 집단적인 민족 정체성의 확보 문제 역시 어떤 제한된 관점하에 조직되어서는 안 되며, 구성적인 문화 체험과 다양한 가치관들의 구체적인 맥락이 풍부하게 해석될 수 있는 틀 속에서 창발적으로 추구되어야 할 것이다. 내부의 국경을 긋는 것은 외부의 배제로 나타나지 않을 수 없다. 주체화의 몸짓은 타자를 억압하고 자신의 내부에 존재하는 균열을 덮어 가리는 이데올로기 담론으로 변질되곤 한다. 전통과 그 속에서 관찰되는 집단적인 자기 확인에의 열망은 이념적 동원의 매체로서가 아니라 사회적 행위의 지평으로써 상대화될 수 있을 때만 창조적 의미를 갖는다고 본다. 다시 말해 전통은 그 속에서 개체들이 집단적 연대를 경험하고 자기 정체성을 위한 자료들을 얻는 일종의 저장고 같은 것이 되어야 하는 것이다. 열등감이나 우월감으로 나타나지 않는 전통, 보편적인 휴머니즘을 비껴가지 않는 전통론이 요청되는 이유가 거기 있다.

특히 요즘 다양한 층위에서 거론되고 있는 동양문화론에 대해서도 마찬가지 이야기가 가능할 것이라 생각한다. 역사가 말하듯 전통의 매개 없는 보편화가 몰고 온 참화는 혹독하다. 자신의 내부에 존재하는 특수한 것을 양식 있는 매개 없이 곧바로 보편적인 것으로 간주하고 그로부터 세계 전체를 환수해 들일 수 있다고 생각하는 것은 낭만적 전통론의 한 특징일 터인데, 그 속에는 내부의 이질성을 봉합하고 억압하는 폐쇄적인 자기 복제만이 존재할 뿐이다. 가치 있는 보편적 문화를 만들어낼 수 있는 창조력이 없을 뿐만 아니라, 특수한 것과 보편적인 것, 과거와 현재 사이의 긴장 속에서 자신의 내부를 풍부하게 할 수 있는 가능성도 존재하지 않는다. 차이의 공존 따위를 주장하는 것에서 더 나아가 자폐적인 자기 서술 속에서 응축되지 않으려면 진보적 준거 위에 서 있는 보편적 세계성을 놓쳐서는 안 되는 것이다.

인종적 타자의식의 그늘

친일문학론과 국가주의

김성경

1. 일제의 만주프로젝트와 아시아의 인종적 타자들

19세기 후반 20세기 초 일본의 세계 체제로의 편입은 일본에서 인종 담론을 발생시켰다. 지적 개방과 함께 인종에 대한 서구의 관념이 급작스럽게 침투해왔고 인종적 분류학과 그 안에서 일본의 위치라는 문제를 해결하려는 움직임은 인종 담론을 형성하게 된다. 일본의 제국건설은 비(非)일본인들과의 정치·문화적 접촉을 가져왔고 그들과의 상호 작용 속에서 인종적 차이의 두 축을 형성하게 된다. 그 한 축은 일본과 유럽인들이고 다른 한 축은 일본과 다른 아시아인들이다. 초기에 유럽인들에 대한 일본인의 인종의식은 이중적이었다. 초기에 탈아입구(脫亞入歐)의 비원 속에서 서구 문명에 대한 경도는 인종적 낯설음을 매혹으로 전화시켰으나 다른 한편으로는 근대화 초기부터 일본이 갖고 있었던 아시아주의에는 백인종에 대한 적대감이 내재해 있었다. 아시아에서 군사적·종족적 팽창주의를 공격적으로 실현해 나가던 1930년대에 유럽에 대한 인종적 담론은 질적 전환을 맞는데 이 시기에는 백인종에 대한 인종적 적대성의 수사학이 극적으로 고양된다. 일본인들은 '백화(白禍)'(백인종이 세계를 지배하면서 황인종에게 피해를 입히는 것)에 대항하여 힘을 합칠 것을 주장하면서, 그리고 백인 제국주의의 족쇄로부터 아시아를 해방시키자고 하면서 인종적 공포를 조장하고 아시아인으로서의 인종적 사명감을 유포했다.

한편, 일본인의 아시아인에 대한 인종적 담론은 시종일관 차이와 동일화의 이중성을 견지했다. 그것은 차이를 창안함으로써 질서지어지는 위계를 전제로 하는 동일화의 수사학들이라고 할 수 있을 것이다. 이러한 담론은 일본인과 다른 아시아인들 사이의 인종적 경계선을 긋는 데에서 출발한다. 사회적 위계에서의 '적절한 위치'에 대한 유교적 관념과 일본인의 성스러운 조상을 받드는 신도(神道), 그리고 서구의 인종학, 사회 진화론(미개·원시 / 문명)이 복합적으로 작용한 결과 인종적 타자로서의 아시아인이 창안되었던 것이다. 이러한 인종 담론은 근본적으로 근대화, 문명화의 정도를 척도로 하여 구성되는 위계질서를 내포하고 있다. 이러한 기준에 의해 일본인들은 다른 아시아인들의 후진성을 담론화함으로써 자신들의 선진성을 재확인하는 방식으로 일본인과 다른 아시아인들 사이의 인종적 차이의 담론을 유포해나갔다.[1]

일본 제국이 창안해낸 다른 아시아인에 대한 인종적 타자의 담론은 1930년대 후반 군사적·종족적 팽창주의를 공격적으로 구체화하게 될 때 가족 메타포를 통해서 굴절, 변형되면서 아시아주의를 실현하는 동력이 된다. 이러한 인종의식과 결합된 아시아주의가 구체적인 물질적 기반 속에서 생생하게 구현되고 있는 공간이 만주국이다.

---

1) Louise Young, *Japan's Total Empire*, University of California Press, 1998 참조.

1930년대에 일본의 식민주의적 담론 속에서 만주는 노쇠한 아시아의 이웃들을 서구문명의 길로 계몽해나갈 '젊은' 국가로 표상되었으며 '마르지 않는 보물단지', '개발을 기다리는 처녀지'로 묘사되었다. 만주식민화 기획은 이 신천지에 야마토족의 씨를 뿌려야 한다는 종족적 사명감을 고취시켰고 당시 일본의 지식인들은 신생의 근대적 도시에 대한 환상에 젖는 한편, 농본주의적 이념에 근거한 개척의 사명에 고무되어 있었다.

그렇다면 식민지 조선인에게 있어 만주는 어떠한 공간이었을까. 만주의 광활한 대지와 하르빈, 신경 등의 근대적 대도시들은 더 나은 삶의 터전을 찾는 조선인들에게 기회의 땅으로 다가왔을 뿐 아니라, 일본 제국이 내세우는 아시아주의, '오족협화'의 이상에 의해 동양적 대주체, 다민족 복합국가의 국민을 상상할 수 있는 공간이었다. 일본인의 만주 열기가 확장감, 팽창감에의 도취에 근거하고 있다면 조선인의 그것은 의사(擬似)확장감, 의사 정체감(pseudo-identity)에의 도취에 기반을 두고 있었던 것이다. 이렇게 만주가 표상하고 있던 신생의 이미지와 새로운 주체의 가능성은 전형기에 전향소설을 쓰면서 진로를 고민하던 이기영·한설야·김남천 등 카프계 문인들과 이태준 등 식민지 조선의 문인들에게 커다란 매력으로 다가왔다. 따라서 이 글은 1930년대 후반, 1940년대 초 아시아인들에 대한 인종적 타자화를 강화하는 동시에 협화, 동일화의 기치 아래 그들을 재통합해내는 일본 제국의 인종 담론에 대한 식민지 조선인의 의식을 만주를 배경으로 하는 이기영과 한설야의 소설들을 통해서 고찰해 보고자 한다.

2. 만주국의 장자(長子) 의식 — 아시아적 가족국가 메타포를 통한 대주체로의 비약

이기영의 「대지의 아들」은 1940년 『조선일보』에 연재된 국문(國文) 신문연재소설로서 총 22절로 구성되어 있다. 이 소설은 북만주 '개양둔'이라는 조선농민과 만주농민이 공존하는 농촌마을을 공간적 배경으로 만주국이 성립(1932)되어 안정기에 들어선 1930년대 후반을 시간적 배경으로 하고 있다. 서사의 전반부에 해당하는 1~9절까지는 만주사변 직후 조선에서 극빈 소작농으로서의 희망 없는 삶에 지쳐 새로운 땅을 찾아온 황건오와 석룡, 조선에서 술과 노름으로 가산을 탕진하고 만주의 밀수에 가담했던 병호, 한말 지사였던 강주사, 만주사변 때 화약장사로 한몫을 본 홍승구, 아편경력이 있는 정대감 등 주요 인물들이 각기 개양둔에 정착하게 된 다양한 내력을 서술함으로써 고난으로 점철된 과거 만주이민 조선농민의 이주와 개척사를 형상화하고 있다. 서사의 후반은 현재의 시점에서 마을사람들이 합심해서 비적의 습격과 치수공작이라는 두 가지 주요 사건을 해결하는 과정을 그린다. 이 과정을 통해서 이전에 마을 사람들이 갖고 있던 가족 단위의 개별적 안녕 추구보다는 전체의 한 부분으로서의 개척민의 사명이 강조되고 개양둔 사람들은 비로소 농촌 자치촌락을 구성하는 집단적 주체의 면모를 보이게 된다.

서사 전반부에 묘사되는 개양둔의 과거 개척사는 만주사변 이전과 만주국 체제가 정립되는 과도기에 만주 이주 조선농민들 일반이 겪은 고난의 역사이다. 만주국 성립 이전의 중국 당국의 학정 ― 중국군벌 체제하의 과도한 소작료와 편파적으로 조선인에게 징수되었던 인두세, 그리고 탐관오리의 수탈 ― 과 마적과 비적이 횡행하는 치안의 불안, 그리고 만주국 성립 이후까지 이어지던, 논농사를 위해 수로를 개척하려는 조선농민을 저지하는 만주농민들의 폭력 등 참혹한 수탈과 인명의 희생을 감수하며 조선인들이 수답을 개척해온 과정은 고향을 떠나 만주로 유랑해 들어온 조선농민들의 보편적 고난이기도 하다.

소작제도의 모순과 일제의 수탈 때문에 고향을 등지고 만주로 유랑해 들어간 조민농민의 신산한 삶은 역사적 사실이었고 그러한 고난을 형상화했던 1920년대의 식민지문학은 식민지 조선 민중의 민족적 고난을 재현하는 문학으로서 평가받아왔다. 그러나 1930년대 후반에 창작된 만주를 배경으로 하는 소설들은 복잡한 역사적 조건과 다양한 정치적 담론의 자장 안에서 출현한 것이었기 때문에 일방적인 민족적 수난사의 범주에서만 조명될 수 없는 성격을 지니고 있다. 만주 이민 조선농민의 위치는 식민지 조선에서처럼 지주—소작인이나 식민자 일본—피식민자 조선이라는 단일한 구도 속에서 균일한 피억압자의 위치에 놓여 있다고 보기 어렵다. 만주사변 이후의 만주라는, 일본이 중국을 무력침공해서 획득한 물적 기반 위에서 식민자인 일본인과 또 다른 피식민자인 만주인과의 관계 속에 놓인 조선인의 위치란 '만주국의 회색인(灰色人)'[2]이라는 평가를 받을 만큼 불투명하고 이중적인 것이었고 그것을 형상화하는 이 시기의 조선 문인의 상황 인식 역시 착종된 측면이 있었다. 「대지의 아들」에서 이러한 조선농민의 이중적 위치와 그것을 재현하는 시선의 착종된 성격을 잘 보여주는 사건이 만주농민과 조선농민 사이의 갈등의 핵심인 수로(水路)건설을 둘러싼 분쟁이다. 그것은 20년 전 개양둔 개척 초기의 수로 분쟁과 만주국 성립 후의 남전자 사건으로 그려진다.

우리 동포들이 자기 동리 앞들에다가 별안간 논을 풀어 봇사이로 보뜰을 내서 바다와 가치 물을 대노앗스니 평생 논 구경을 못한 그들은 자기 동리가 금방 물로 망할 것 가치 겁이 나서 미련하게도 수전을 개척한 동포를 도리어 죽이게까지 한 것입니다. 가만이 생각하면 이와 같은 무지가 어데 잇겟습니까? 그러나 무지한 그사람으로 볼 때는 도리어 그것을 정당히 생각하고 하엿슬 것

---

2) Barbara Brooks, "Peopling the Japanese Empire : The Koreans in Manchuria and the Rhetoric of Inclusion", *Japan's Competing Modernities : Issues in Culture and Democracy 1900~1930*, ed. by Sharon A. Minichiello, Honolulu : University of Hawaii Press, 1998, p.26.

입니다. 그러면 그것이 지옥이 아니고 무엇입니까?[3]

위의 인용은 서치달이 전도대회에서 한 연설 중 일부로서 여기에서 언급되는 것은 1934년 무렵에 '남전자'라는 마을에서 만주인 자경단과 만주농민이 수로문제 때문에 한 마을의 조선농민을 거의 몰살한 사건이다. 조선인이 끔찍한 참변을 당한 이 사건은 경작법의 차이가 두 민족 사이에 엄청난 충돌과 반목의 원인이 되었음을 보여준다. 그리고 그 반목은 조선인에 대한 일방적이고 참혹한 폭력으로 귀결됨으로써 수난사의 정점을 이루게 된다. 그런데 인용에서 그러한 수난의 원인은 만주농민의 '무지'와 '미련'으로 치부되고 있다. 무지란 계몽을 통해서 극복될 수 있는 것이므로 1930년대 후반인 현재의 시점에서 만주인과 조선인은 한 마을에서 평화롭게 공존하며 물싸움은 조선인 사이의 분쟁으로 그 성격이 변모하는 것으로 그려진다. 그러나 현실적으로 수로문제, 나아가 밭농사와 논농사의 차이는 단순한 오해나 무지로 치부될 수는 없는 본질적인 갈등의 소지를 안고 있었다. 우선 만주국 성립 이전부터 있었던 "수전 경작을 위한 조선 농민들의 수로공사는 어느 모로 보나 중국 농민들의 재산권과 생존권에 대한 명백한 침해이며 폭력이었"[4]다. 더 나아가 만주국이 성립된 이후에는 논농사와 밭농사라는 경작방식의 '차이'는 공존할 수 있는 문화적 차이에 그치는 것이 아니라 일제의 정책에 의해 중국농민의 생존을 위협하는 '차별'로 이어졌기 때문에 조선농민이 수로를 건설해서 논을 개척하는 것 자체가 중국농민으로서는 생활터전의 상실을 의미했다. 왜냐하면 일제는 토착지구의 중국인 농민들이 논농사를 지을 줄 모른다는 이유로 그들을 주변 오지로 내몰고 조선인 이민을 입주시켜 수전을 개간하게 하는 경우가 많았기 때문이다.[5] 또한 수전 경작이

---

3) 이기영, 「대지의 아들」, 『(원본)신문연재소설전집 - 1930년대~1940년대(5) : 단편소설』, 깊은샘, 1987, 108면.
4) 김철, 「몰락하는 신생(新生) - '만주'의 꿈과 『농군』의 오독(誤讀)」, 『상허학보』 9집, 2002, 133면

수익이 높기 때문에 중국인 지주들은 조선인들에게 소작을 주는 경우가 많았다. 따라서 중국인 소작농의 소작지는 조선인 농민에게 잠식되었고 지주의 착취와 압박을 받던 중국인 소작농들은 새로운 경쟁자의 침입으로 이중고를 겪어야 했다. 이러한 현실을 감안하면 재만조선농민은 일본인과 마찬가지로 중국인에게는 가해자라고 할 수 있다.6) 다시 말하면 만주에서 조선농민은 그들의 의지와는 상관없이 '제국주의의 피지배자이면서 또 한편으로는 그 제국의 힘을 뒤에 업고 타자의 삶을 위협해 들어가는'7) 가해자임을 부인하기 어려운 것이다.

서치달의 연설은 이러한 만주국의 본질적인 종족간의 갈등을 과거의 일로 은폐하면서 현재를 왕도낙토로 규정한다. 서치달의 전도대회 연설과 마을의 지도자인 강주사의 추석 기념사는 과거를 결산하고 미래의 비전을 제시함으로써 서사 전개상 분기점이 되는 대목이다. 두 연설은 「대지의 아들」 전반부에서 묘사되는 개양둔의 다양한 인물들의 고난으로 점철된 개인적 내력이 내포하는 한 가족 단위의 개별적인 생존 의지를 만주국이 요구하는 집단적 개척의지로 전화시키는 서사적 기능을 담당하고 있다. 일종의 '집단적 주체'의 의식을 강조하는 이들의 이념은 왕도낙토와 같은 일본 제국주의의 프로파간다나 당대 일본측에서 제시된 정치 담론과 맥락을 같이 하고 있다. 두 연설 이후에 전개되는 현재의 주요사건들인 비적잔당 토벌과 치수공작 사건은 두 인물의 발화를 통해 표명되는 이러한 작가의 이념이 관철됨으로써 관념성을 보인다.8)

---

5) 중국조선족청년학회 편, 『중국조선족 이민실록』, 연길 : 연변인민출판사, 1992, 189 · 251면.
6) 윤휘탁, 「'만주국' 농촌의 사회상—'복합민족구성체'의 시각에서 본 식민지 농촌의 단상」, 『한국민족운동사연구』 27집(한국민족운동사학회), 지식산업사, 2004, 229면.
7) 김철, 「몰락하는 신생(新生)—'만주'의 꿈과 『농군』의 오독(誤讀)」, 『상허학보』 9집, 2002, 137면.
8) 이러한 관념성이나 만주현실에 대한 착종된 인식은 이 작품이 20일간 만주를 시찰하고 나서 창작된 작품이라는 사실과 무관하지 않을 것이다('이기영씨가 「대지의아들」을 집필하기 위하여 20일간 기한의 여행권을 가지고 만주를 시찰하고 돌아갔다는 말

①통트러서 만주의 이주동포는 부동성(浮動性)이 만타는 평판이엇습니다. 그들은 만주를 제이의 고향으로 영주할 목적을 두지 안코 그저 어떠케 한 미천을 잡어가지고 고향으로 도루 나가자는 일확천금을 몽상합니다. 그런 생각은 은연중 농민에게까지 물이 드러잇습니다. (…중략…) 우리는 이곳을 제이의 고향으로 알고 대대손손이 영주하는 가운데 아주 「대지의 아들」이 되어서 이땅을 훌륭히 개척하는 동시에 농촌마다 우리의 천당을 건설하면 얼마나 그것이 조켓습니까? (…중략…) 만주사변이전 — 동북정권의 학정미테서는 우리 이주동포의 생활이 그와가티 비참하기 짝이없어서 그때는 잘살래야 잘 살 수도 업섯지만 지금은 일은바 **왕도낙토**가 되엇스니 여러분께서 노력하시면 이 동리에도 천당을 건설하기가 그리 어렵지 안흐리라고 밋습니다. (108~109면)

②우리들은 언제나 위대한 개척민의 사명을 이저서는 안됩니다. 우리는 다만 구복을 채우기 위해서 이황량한 만주벌판을 차저온 것은 아니올시다. 그보다도 우리는 건실한 농민이 되기위하여 이 동아의 대륙을 개발하는 만주국민의 한 분자로서 개척민의 사명을 다해야 할것이오 따라서 우리는 자자손손까지 이 땅우에 번영하도록 위대한 목적을 가저야 할줄압니다. 그것은 우리도 대지의 아들이 되고 제이의 고향을 이땅에서 찻자는 것이외다. (…중략…) 우리의 개인 생활은 조곰도 문제가 안됩니다. 이넓은 땅에 아무러나 농사야 못짓고 살겟습니까? 우리는 너무 제한몸이나 한집만 생각하지 말고 좀더 큰 것을 위해 사러웁시다. (…중략…) 그러면 여러분은 지금 이 자리에서와가튼 경건한 마음을 내년이때까지 변치마시고 각자 직업에 충실하시기를 간절히 바랍니다. (116면)9)

인용 ①의 서치달의 연설에서 과거 동북정권의 학정과 현재의 왕도낙토의 대비는 수난의 과거 / 안정과 풍요의 현재 혹은 미래라는 이 작품의 전체서사 구도를 압축적으로 표현하고 있다. 여기에서 왕도낙토(王道樂土)10)란 만주국의 건국이념으로서 천황 중심의 황도사상을 통해 만주에

에는 불안을 늣기지 안홀 수 없다.'『만선일보』, 1940.1.23; 조진기, 「만주개척민소설연구」, 『우리말글』 26, 2002, 8면에서 재인용).

9) 이기영, 「대지의 아들」, 『(원본)신문연재소설전집-1930년대~1940년대(5) : 단편소설』, 깊은샘, 1987. (이 글에서 모든 인용문 속의 강조는 필자의 자의에 의한 것임을 밝혀둔다.)

10) 건국초기는 중국의 고전에 나오는 왕도사상을 의미하여, 이로써 만주국은 이른바 폭

유토피아를 건설한다는 이념인바, 「대지의 아들」이 일본의 국체를 긍정하고 있음을 드러내는 대목이다. 이처럼 두 연설은 만주국의 슬로건을 그대로 긍정적인 현재의 정치상황으로 규정하거나 미래의 비전으로 제시하면서 그에 부합하지 못하는 부정적인 조선농민의 의식 — 일확천금을 이뤄 고향으로 돌아가겠다[11]는 '뜨내기의식(浮動性)'이나 개인이나 가족의 안위 위주의 사고 — 을 청산하고 노동을 통해서 개척농민으로서의 사명을 완수할 것을 독려한다. 그런데 개척농민의 사명이란 '동아의 대륙을 개발하는 만주국민의 한 분자로서'의 사명으로서 이를 위해 각자 직업에 충실해야 한다는 것이다. 여기에서 개척농민의 소명은 단순히 조선농민의 삶의 터전을 건설하기 위해 농지를 개간한다는 차원을 넘어서서 개척농민이 만주 국가 전체의 한 부분으로서의 직능적 단위로서 기능하는 것을 의미하며 이는 흥아(興亞)의 과업이라는 일제의 아시아주의의 슬로건과 연결되고 있다. 이와 같이 개인의 일신을 위한 직업의식을 버리고 국가전체의 한 단위로서의 직능인이 되자는 '직능봉공(職能奉公)'은 개인주의의 안티테제이며 고노에의 신체제론에 있어서 핵심적인 주

악무도한 張作霖·張學良 父子를 몰아내고 새로운 세계를 열었음을 선언하였다. 하지만 정통성이 부족한 溥儀가 민심을 잃게 될 경우 易姓革命, 즉 청조와 같은 운명이 되는 것을 왕도사상은 정당화하고 있었기 때문에 관동군과 일제는 고민에 빠지지 않을 수 없었다. 이를 극적으로 해결해준 것이 溥儀가 일본을 방문하고 돌아와 공포한 「回鑾訓民詔書」였다. 여기서 일본 천황과 「만주국」 황제가 一德一心이며, 일본과 「만주국」은 불가분의 관계라는 것을 선언하였기 때문이다. 물론 溥儀는 『わが牛生(하)』(筑摩文庫, 1992, 64~65면)에서, 당시 자신과 천황은 동격이며, 관동군에게 일본 천황을 대하듯이 자신을 대해야 한다는 의도에서 했던 말이라고 하였지만, 관동군과 협화회 지도자들은 일본 천황에 예속되는 개념으로 받아들였던 것이다. 즉 만세일계의 가부장적 통치제도라고 할 수 있는 皇道思想의 하위개념으로서 왕도사상을 규정하였던 것이다(송한용, 日本의 植民地大學教育政策 比較 研究-京城帝國大學과 滿洲建國大學을 中心으로」, 『중국사연구』 16집, 2001.12, 253~286면, 각주 73).

11) "만주국(특히 도시)의 조선인들은 대부분 고국을 떠나 이역에서 방랑한다는 의식이 농후하였기 때문에 한 곳에 뿌리내려 항구적인 業을 영위하겠다는 생각보다는 일확천금을 꿈꾸면서 목돈을 쥐면 고향으로 나간다는 생각을 가지고 있었다."(윤휘석, 「만주국의 이등국(공)민-그 실상과 허상」, 『역사학보』 169집, 2001, 159면)

장이기도 하다.[12]

고노에 내각의 브레인이었던 미키 기요시는 직능봉공을 개인주의와 전체주의를 넘어서는 협동주의 철학으로 정교화하고 있다. 미키 기요시는 현대사회에서 계급문제가 존재하는 것은 사실이지만, 계급문제는 계급투쟁이 아니라 협동주의의 입장에서 새로운 방법을 찾아야 한다고 한다. 협동주의에서는 계급적 이해를 초월한 공익의 입장이 중시되고 계급은 계급적이기를 그만두고 한 층 높은 전체 속에서의 직능적 질서로 되며, 뿐만 아니라 직능적 질서는 신분적인 것이 아니라 기능적인 것으로 생각되어야 한다는 것이다. 전향한 좌파 지식인인 미키 기요시는 이처럼 협동주의의 관점에서 계급 갈등을 기능에 중점을 두는 직능적 질서로 해소해 버리면서 직능론과 결합된 협동주의의 보편적 의의를 동아시아의 질서로까지 확장하고 있다.[13]

이러한 직능론과 관련된 협동주의는 두 연설 이후의 현재사건을 해결하는 과정을 통해서 구체적으로 형상화된다. 이 두 연설들 이후에는 현재의 시점에서 사건이 벌어지는데 비적잔당을 토벌하는 사건과 가뭄에 강 상류의 조선농민들이 물을 막은 사태를 해결하는 치수공작(治水工作)이 그것이다. 개양둔 사람들은 마을의 위기를 극복하는 '치수공작'과정

---

12) "고노에 수상의 성명 가운데 신체제 중에 제일 중요한 것은 그 기저가 되는 만민익찬(萬民翼贊)의 소위 국민조직의 확립에 있다고 하였습니다. 국민 조직이라는 말은 국민이 일상생활에 있어서 국가에 봉공(奉公)하는 조직이올시다. 즉 자기의 종사하고 있는 일은 단지 자기 개인적인 일이 아니라, 국가 전체가 해나가는 일의 일부분을 수행하고 있다는 확신, 즉 직능봉공(職能奉公)의 정신의 철저가 즉 국민조직의 확립입니다. 다시 말하면 일체의 산업활동의 태도가 사적으로부터 공적인 데로 전환하는 것입니다. 장삿군이고 농삿군이고 학생이고 관리고 직공이고를 불문하고 국민된 자는 자기의 직업, 생활이란 것이 자기의 돈을 벌기 위한 것으로, 자기의 생활을 편안하게 하기 위해서 하는 것으로 생각하는 것을 버리고 봉공의 사상으로써 임금님께 바친 목숨이오 재물임을 깨닫고 자기의 일거수 일투족도 국가 즉 나라의 힘을 도웁게 하고 국력을 기른다는 신념으로써 하지 않으면 안되는 것입니다. 여기에 의해서야 비로소 신체제의 목표가 달성될 것입니다."(鷹山峻男, 「신체제·소화유신」, 『신시대』, 1941.1, 45~46면(이경훈, 『이광수의 친일문학연구』, 태학사, 1998, 125~126면에서 재인용)
13) 히로마쓰 와타루(廣松涉), 김향 역, 『근대초극론』, 민음사, 2003, 137~138면.

에서 일치단결함으로써 일종의 집단적 주체의 면모를 보인다. 그러나 이 과정에서 더욱 두드러지는 것은 갈등의 극복이 단지 주민들의 협동뿐만 아니라 일본 관료·조선농민·만주농민의 협동을 통해서 이뤄진다는 점 이다. 사건이 위기의 현실성보다는 해결과정의 협동주의적 성격에 초점 이 맞춰짐에 따라 카프시절의 농민소설에서처럼 농민들의 삶을 압박해 오는 계급적·민족적 갈등은 만주의 현재의 사건 속에서는 삭제되어 있 다. 따라서 위기는 현실을 질곡 속에 빠뜨리는 진정한 위기가 아니라 협 동주의를 보여줄 수 있는 서사 구조상의 위기, 일종의 유사(類似) 위기일 뿐이어서 갈등을 해결하는 서사 과정 역시 긴장감을 동반하지 못한다. 그것은 앞에서 언급했듯이 현실적으로 계급적·민족적 갈등이 존재하지 않아서가 아니라 현실을 왕도낙토로 인식하고 오족협화의 이념을 구현 하고자 하는 작가의 관념에 의해 현실적인 갈등이 소거되었기 때문이다. 주인공인 황덕성의 아버지 황건오나 병호 등 개양둔의 농민들은 대부분 만인지주의 땅을 빌려서 수전을 개간하지만[14] 지주—소작 관계에서 발 생할 수 있는 계급적 문제는 은폐되고 갈등의 예봉(銳鋒)은 다른 조선농 민을 향한다. 그것은 계급의 문제는 '동아의 대륙을 개발하는 만주국민 의 한 분자로서 개척민의 사명'이라는 협동주의의 차원에서 직능의식에 의해 해소되어야 하기 때문이다. 또한 1934년 무렵의 남전자 사건 때까 지도 날카로웠던 만주농민들과의 갈등은 앞에서 언급했듯이 그것이 양 민족의 사활이 걸려 있는 근본적이고 첨예한 문제에서 비롯됨에도 불구 하고 현재의 시점에서는 이미 사라져버린 것으로 간주되고 개양둔은 조 선인과 만인이 평화롭게 공존하는 마을로 그려진다. 민족적 갈등 역시 왕도낙토가 이뤄졌다는 현재의 시점에서는 오족협화[15]의 이념에 의해

---

14) 이기영, 「대지의 아들」, 『(원본)신문연재소설전집—1930년대~1940년대(5) : 단편소설』, 깊은샘, 1987, 88면.

15) 오족협화란 일본군의 만주국 건설 당시의 이념으로서 일본, 조선, 중국(한족), 만주, 몽골의 다섯 민족이 아시아 협동권을 이뤄 왕도에 따라 통치되는 안락한 땅을 만들자 는 이념이다. 그러나 오족협화는 프로파간다였을 뿐 앞서 언급했듯이 중국농민들과

은폐되는 것이다.

「대지의 아들」에서 만주인과의 공존은 만주인에 대한 이중적인 인종의식 속에서 이뤄진다. 우선 과거의 양자 사이의 갈등은 현재의 시점에서는 자연소멸 되어 있고 두 종족은 현재 매우 우호적인 관계를 형성하고 있는 것으로 그려진다. 조선농민의 시야에 들어오는 만주 농민의 밭갈이 풍경은 풍경화처럼 고즈넉하고, 그들의 명절풍습은 조선과 공통되어 더 친밀감을 느끼게 한다("만주사람들도 추석을 새해 버금가는 명절로 쇠인다. 그들은 집집이 월병을 만드러돌리고 조선동포와도 서로 선물을 교환하며 친소대로 음식을 나누엇다. 그런 풍속은 조선과 공통되는 점이 만헛다", 114면).

그러나 다른 한편으로 「대지의 아들」에는 중국인(만주인)의 생활 양식의 특수성(밭농사, 주거문화, 장례문화)을 인종적 열등성으로 치환하는 서술이 인물의 대화와 지문 속에서 반복적으로 등장한다. 귀순네의 불평을 통해 묘사되는 만주인의 주거문화는 비합리적일 뿐 아니라 더럽다. 아이가 죽으면 부모에게 불효했다 해서 들판에 그대로 버리는 만인의 장례풍속은 공포를 느끼게 한다("송장을 내버리면 개가 뜯어먹기때문에 길한가운데는 수렁가치 쑤셔진 발ㅅ자국'이 남아", 103면). 또 비적의 야만성이나 '더럽고 참혹한' 만주인 아편굴 등을 통해서 만주인은 열등한 인종으로 묘사된다. 이러한 인종적 타자의식에는, 중국인은 '하나를 보아도 더럽고 둘이 모이면 더 보기가 괴롭다. 무리가 되면 더욱 꼴사납다', '본래부터 무신경하고 예부터 이런 진흙물을 마시고도 태연하게 아이를 낳고 오늘까지 번성해 왔다'[16]라는 식민주의적 시선이 잠재해 있을 뿐만 아니라, 식민

조선농민들은 경제적인 면에서 갈등 관계에 놓일 수밖에 없어서 충돌이 끊이지 않았고 양자 사이의 민족적 감정은 악화일로를 걷고 있었다. 자료에 의하면 일본인 개척민들은 재만조선인들을 중국인보다도 더 싫어했으며 '약아빠지고 뻔뻔스럽고 비굴하고 교활한 존재'라고 생각했고 중국인들은 조선인들을 '일본의 앞잡이 노릇이나 하는 新日本人'이라고 경멸했다(윤휘탁, 「만주국 농촌의 사회상」, 『한국민족운동사연구 27집, 지식산업사, 2004, 228~229면).

16) 나스메 소세키, 「만한(滿韓) 여기저기」, 『朝日新聞』, 1909.10~12(김철, 「몰락하는 신생(新生)-'만주'의 꿈과 『농군』의 오독(誤讀)」, 『상허학보』 9집, 2002, 136면에서 재인용).

제국을 모방하는 과정에서 또 다른 타자, 야만을 발견함으로써 자신에게 가해지는 억압을 전이하고자 하는 식민지적 무의식이 내재해 있다. 그러나 이태준의 「농군」 등 만주사변 이전을 배경으로 하는 소설들과는 달리 이 작품은 만주족에 대한 가족의식(동생)이 이러한 인종적 타자의식과 혼재하면서 평화로운 질서가 구축되는 과정을 그리고 있다. 경작방식의 차이를 가족적 서열의식으로 치환하는 다음의 장면은 가족 메타포를 통해서 선―만인간 인종적 서열의식을 분명하게 한다. 이는 '일본인, 조선인, 중국인(한족), 만주인, 몽고인'의 순서에 따라 위계 지어진 '오족협화' 체제 내에서 조선인이 일본인 다음의 위치에 있는 것과 무관하지 않다.

> ① 사실 강낭이와 고량만 심글줄 알던 이땅에서 옥가튼 쌀이 난다는 것은 한 개의 놀랠만한 기적이엇다. 그것은 확실히 대지의 아들이다. 고량이나 강낭이와에 비교한다면 쌀은 아들이라도 맛아들폭이라 할수잇다. 따라서 이땅을 모두 논으로 푼다면 그것은 얼마큰 농장을 개척할수 잇슬까? 그러면 그 위대한 사업은 누구의 손으로 건설될것인가! 그것은 생각만해도 가슴이 뻐근하게한다. (142면)
> ② 조선가치 땅이 좁아서 살 수 업서 너나 업시 건너온 백성이 아니겟습니가? 그들은 순진한 농민이엇습니다. 그런데 의붓자식의 서름을 바더가며 바람거친 만주의 벌판에서 황무지를 옥토로 개척해 주엇는데도 이 땅 사람들은 도리어 그들에게 보수를 주기는커녕 피를 흘리고 재산을 몰수당하고 처자를 빼앗기는 참으로 지옥생활을 시킨것뿐아니엿습니까? (107면)

인용 ②처럼 중국 정권 아래에서 서자취급을 받던 조선농민은 왕도낙토에서는 쌀을 생산함로써 '오족협화의 적통(嫡統)'[17]이 된다. 수전경작에 대한 자부심은 이 작품 전편에 걸친 것인데 그러한 자부심의 근저에는 '고량이나 강낭이에 비교한다면 쌀은 아들이라도 맛아들'이라는 가족적

---

17) 이경훈, 「만주와 친일 로맨티시즘」, 『한국근대문학연구』 7, 2003년 상반기, 태학사, 115면(이 글은 이어서 '이렇게 조선인은 천황의 적자(嫡子)일 수밖에 없다'라고 하고 있다).

서열의식, 즉 작물의 우열을 가르는 가족 메타포에 의해서 그것을 생산하는 종족간의 인종적 위계를 창안해내는 의식이 자리잡고 있는 것이다. 치수공작은 이러한 맏아들이 아버지(일본 관헌)를 받들고 동생(만주농민)을 거느리면서 슬기롭게 위기를 극복하고 개척민으로서의 사명을 다함으로써 가장(제국의 수장)에게 인정(일본 관헌에 의해 안전부락으로 지정되어 보조금을 지급받음)받는 과정이다.

이렇게 이기영의 「대지의 아들」은 오족협화의 이상이 직분의 윤리와 조선인의 장자의식에 기반을 두고 서사화되고 있다. 만주의 식민화는 신도에서 영감을 받은 가족국가 관념과 함께 유교적 가족 메타포를 강화했다. 일본은 오래전부터 가족국가 개념을 사용해 왔는바 국가는 피에 의해 연결된 확장된 가족으로 구성되었고 국가의 수장은 이러한 확장된 국가 가정의 가부장적 존재였다. 따라서 이주 프로파 간다가 만주국의 식민화에서 친족의 생물학적 어법을 적용했을 때 제국은 가족국가라는 종족적 포용의 포즈를 취하게 된다. 가족 국가의 이데올로기 속에서 만주국은 단지 일본의 식민지가 아니라 혈연에 의한 친족이었다. 제국적 관계는 일본의 가족제도의 확장판이었던 것이고 만주국 건설을 위해 일본은 첫째 아들과 둘째 아들들을 호출했던 것이다. 「대지의 아들」은 이러한 호출에 응답하여 이 질서체계 내에서 일본 다음의 위치를 부여받은 만주국의 장자이자 이등국민[18]으로서 조선농민을 형상화하고 있다.

---

18) 윤휘탁은 만주국내 조선인의 위상과 관련된 논의들이 일반적으로 '조선인은 지배민족인 일본인과 피지배민족인 중국인 사이의 2등 국민이었다'라는 관점을 취하고 있는 점을 비판한다. 조선인들이 중국인보다 나았던 점은 1937년 치외법권이 철폐되기 전까지 재만조선인은 법적으로 '일본 신민'이었기 때문에 치외법권을 누렸다는 점, 1940년대 접어들어 식량배급의 우선권이 부여되었다는 점뿐 중국과 일본 양 민족의 위상을 근본적으로 바꾸지는 못했다고 한다. 일본인들에게 이용가치가 있을 때만 그런 이등국민의 허상을 품을 수 있을 만한 대우를 받았을 뿐, 실상 일본인에게 조선인은 중국인보다 인식이 좋지 못했으며 중국인 또한 조선인을 '二鬼子(일본놈의 아류)'라고 멸시함으로써 조선인의 위상은 매우 불안정한 것이었다는 주장이다(윤휘탁, 「만주국의 '2등국(공)민', 그 실상과 허상」, 『역사학보』 169집, 2001).

3. 대륙의 등불

한설야의 『대륙』19)은 만주 사변 이후 일본인 하야시 가즈오와 오야마 히로시가 마적의 공격에 맞서면서 조선인들을 위해 광산촌을 개발하는 이야기가 날실로, 오야마와 만주여인 마려가 주위의 인종 차별의식을 극복하고 사랑을 이뤄가는 이야기가 씨실로 직조되면서 주요인물들이 만주 대륙의 지도자로서 거듭나는 과정을 그리고 있다. 이러한 서사의 두축은 궁극적으로 만주 대륙에서 인종적 협화를 이루면서 경제적·군사적 자치촌락을 건설하고자 하는 목표로 수렴된다.

1930년대 후반 전향 이후의 진로를 고민하면서 전향소설들을 발표했던 구 카프계의 대표작가 중 한 명인 한설야가 1939년의 시점에서 1930년대 초 만주국 건립 무렵, 만주 대륙을 배경으로 일본인 엘리트들이 중심이 되어 인종적 협화를 도모하고 조선인 집단촌을 건설하는 이야기인 『대륙』을 창작하는 것은 매우 주목을 요하는 대목이다. 그것은 사상을 포기하고 생활로 돌아가고자 했던 작가가 새로운 사상과 시국에 노출되면서 또 한번 사상적으로 전환을 이루는 것과 관련되기 때문이다. 이 장에서는 「대륙」에서 일본인·중국인(만주인)·조선인이 재현되는 방식을 개발과 연애의 서사를 중심으로 분석함으로써 이 시기에 한설야가 보여준 사상적 전환의 양상과 그 배경을 짚어보고 나아가 이러한 서사물이 중일전쟁기에 일본의 혁신파에 의해 제출된 아시아 인종의 협동 담론에 어떤 대응 양상을 보이고 있는지를 가늠해 보고자 한다.

---

19) 한설야, 『대륙』, 『국민신보』, 1939.6.4.~9.24.

1) 대륙의 지도자, 일본인

「대륙」에서 일본인의 이니시어티브는 자치촌락 건설(개발)과 아시아 인종간의 협력(연애)이라는 두 서사 축을 따라서 조형된다. 「대륙」의 전반부는 자치촌 건설(광산촌개발)에 무게중심을 두고 있다. 하야시와 마사오는 "생업이 없어 곤란을 겪고 있는 사람들에 일자리를 제공"(17면)하려는 인도주의적 목적에서 금광촌을 개발하려 한다. 이들은 "광업령으로 누구의 토지가 되었건 당연하게 개발할 수 있지만 만주의 실정이 그렇게 법대로 되지 않으니 적당한 가격으로 지주에게 매수해서"(18면) 금광산촌의 토지를 확보하려 하는데 이들이 금광촌을 물적 토대로 해서 건설하려는 조선인 집단촌락은 국가나 일본 군대의 힘이 아닌 민간의 자립에 의해 이뤄지는 농촌자치촌락이다.

> "…… 지금은 일만(日滿) 양국간에 국가적 차원에서 대륙 경제를 세우고 있습니다만 그런 사업을 국가 차원에만 맡기고 싶지 않습니다. 그런 건 좋은 것을 얻을 수 있는 성질이 아니고 대륙 경제에서 우리 민간의 자각이 토대가 되지 않으면 안 된다고 생각합니다."
> 그동안 오야마는 하야시의 유창한 중국말을 경청하고 있었다. 물론 내용은 알 수 없지만 외국어가 그를 긴장시켰다.
> "쉽게 말해서 우리들은 군대나 권력에 의존하는 이민이 되고 싶지 않습니다. 우리 자신의 힘으로 일어설 수 있는 토지를 만들고 싶습니다. 먼저 이 대륙의 일각에서 시작하려고 합니다. 토산자라는 오지를 가장 먼저 물색한 것도 이런 이유에서입니다." (18면)

> "그러니 (토산자 사업을—인용자) 대재벌이나 이권을 쫓는 사람들에게 맡겨 보십시오 그들은 국가 권력까지 이용하여 있는 대로 사욕을 채웁니다. 거기에 비하면 저희들의 일은 정말 평민적이지요 어디까지나 공존공영입니다……"
> (…중략…)
> "당분간만 군대를 파견하도록 하는 것입니다. 만약 그게 불가능하다면 다른

방법을 찾아야겠지요. 군대의 힘을 빌린다는 것도 당분간입니다. 장래에는 자력으로 자립하지 않으면 안 되지요. 백성이나 광부를 훈련시키는 동안은 군대가 필요합니다." (22면)[20]

이와 같이 국가, 관료, 군대의 영향을 최소화하려는 구상은 일본 제국주의와 차별화하려는 기획으로 보일 수 있다. 그러나 「대륙」에는 철저히 만주국을 긍정하고 신뢰하는 언술이 곳곳에 포진해 있다.

　　두 사람은 갱생 도상에 있는 만주국의 젊은 군인에게 충분한 존경을 담아 답례하고 영부를 나왔다. (23면)
　　"빨리 광업령이 시행되면 좋으련만……"
　　오야마는 거기에 신경을 쓰고 있었다. "만주국이 섰기 때문에 문제가 없을 거야. 그것보다도 이곳 일대는 국광이 된다는 소문이 있으니까 이번에 봉천에 돌아가면 자네 부친이나 형에게 부탁해서 실업청에 교섭을 하도록 해. 길림성의 실업청에도 손을 쓰고"
　　오야마의 아버지는 봉천 실업계의 원로로 그의 형은 만주사변에서 용맹을 떨친 현역 대위였다. (32면)

서두의 국가차원의 개발 대신 민 차원의 개발이라든지, 만주국 군대의 원조를 최소화하려는 기획이 당시 만주국이나 만주사변의 주역인 일본 군대을 부정하는 입장에서가 아니라는 것을 위의 인용에서 확인할 수 있다. '만주국이 섰기 때문에 문제없을 거야'라는 진술에서 인물들은 일본 제국의 괴뢰 정부인 만주국을 신뢰하는 제국주의의 지지자임을 드러낸다. 또한 오야마 형의 묘사에서 '만주사변에서 용맹을 떨친'은 일본이 타 민족을 침략한 만주사변을 철저히 제국주의적 시선에서 긍정한 다음에야 가능한 표현이다. 그렇다면 만주국과 군대에 대한 강한 신뢰를 보내면서도 서사 곳곳에서 국가 혹은 행정 관료 주도의 건설, 혹은 관료

---

20) 한설야, 「대륙」, 『식민주의와 비협력의 저항』(김재용 · 김미란 · 노혜경 편역), 역락, 2003.

자체에 대한 거부감—"저희(하야시-인용자) 아버지는 관리를 아주 싫어하셨습니다"(23면), "저도 관리는 싫어요"(43면)—을 표명하는 것은 어떤 의도를 지니는 것일까.

「대륙」이 표면적 언술의 차원에서 지향하고 있는 만주의 집단촌락의 특징은 만주사변으로 건국된 일본의 괴뢰정부인 만주국의 정당성을 인정한 위에 관료나 국가 권력의 직접 개입을 최소화한 민간 주도의 농촌자치, 아시아 제 인종간의 차별이 없는 오족협화, 만주에서 일본의 주도권 인정, 권력과 결탁한 대재벌에 의한 개발 비판에서 보이는 반자본주의로 요약된다.

「대륙」은 국가 주도, 관료 주도의 위로부터의 체제 정비보다는 민간 주도의 건설과 민간 자위대에 의한 아래로부터의 체제 정비를 주장하고 있다. 관료에 대한 지속적인 부정적 언술이나, 민(民)—일본인 주인공의 입장에서 보면 아시아의 타자들인 조선인이나 협조적인 만주인—의 뜻에 따르는 제 민족의 공존공영 등의 주장은 관료 주도의 하향식의 체제가 아니라 민간 주도의 상향식 체제를 지향하고 있음을 보여주며 이는 이 작품 곳곳에서 보여주는 영리 위주의 자본주의 비판과 함께 공동체 기획의 핵심 구상이다.

우선, 주인공들이 주장하는 민간 주도의 농촌자치론은 만주국의 주요 정책이었다. 만주국 총력전 체제의 추진과정에서 인적 자원의 동원을 담당했던 협화회는 철저한 관료 통제 아래 대중 동원을 수행한 관제 동원 조직이었다고 알려져 있으나, 최근 만주국에 대한 연구가 본격화되면서 중일전쟁을 전후해서 본격화한 총 동원 운동에는 노선 갈등이 있었다는 사실이 밝혀지고 있다.[21] 그것은 만주국 관료조직 중심의 '국가 동원' 노선과, 이시하라 그룹 및 타치바나 그룹 중심의 '국민운동' 노선 사이의 갈등이다. 대중 동원에 있어 전자가 강제에 의한 하향식 방식이라면 후

---

21) 임성모, 「만주국 협화회의 총력전체제 구상 연구-'국민운동' 노선의 모색과 그 성격」, 연세대 박사논문, 1997.

자는 동의와 자발성의 계기를 중요시한 상향적 방식이다. 국민운동 노선은 관 주도의 행정이 총력전 체제 구축을 위한 인민 동원에 있어 효율성이 떨어진다는 인식 아래 농민자치론, 동아연맹론을 주장했다. 농민자치론은 자치의 계기를 중시하여 종래의 지주·부농 중시 지배 정책 대신에 중·빈농 중시 정책을 제창함으로써 지배의 저변을 확대하고 만주국 인민의 자발성을 도출하고자 했다. 「대륙」에서 관료나 국가에 의한 건설이 좋은 결과를 가져오지 않는다고 하면서 민의 뜻을 강조하는 것이나 중국인 지주와 군벌에게 수탈당해 온 조선인 빈농이민자가 중심이 되는 자치촌락을 건설하자는 것 등은 이러한 '국민운동' 노선의 농촌자치론과 맥락을 같이 하는 구상인 것이다. 한편, 국민운동 노선의 동아연맹론은 중일전쟁을 종식시키고 만주국을 거점으로 아시아 각 민족이 국가연합을 결성해서 서구 제국주의에 대항한다는 슬로건 아래 일본 중심의 지역질서를 수립하고자 했다.[22] 동아연맹론은 타민족과의 공존을 모색하는 민족 협화적 논의였다. 이러한 국민동원운동은 중일전쟁기 고노에 내각의 신체제 구상과 같이 가는 것으로서 동아연맹론은 동아협동체론과 함께 대표적인 동아신질서론으로 부상했다.[23]

이렇게 볼 때 '국민운동' 노선의 빈농 중심의 농촌 자치, 동아연맹론, 동아협동체론의 아시아 민족의 협화, 반자본주의는 「대륙」에서 구상되는 공동체의 성격과 거의 흡사하다는 것을 알 수 있다. 또한 제국군대의 영향을 최소화하고 자치촌민으로 구성된 자위대에 의해 군사력을 확보하려는 「대륙」의 기획도 만주국의 기본 정책에 부합하는 것이다. 만주의 농업이민이 갖는 군사적 기능은 중국의 반일(反日) 게릴라전에 대비해서 농민들을 준(準) 군사 조직화하는 것이었기 때문이다.

---

22) 임성모, 위의 논문, iii~v면.
23) 그러나 국민동원운동은 동아시아 협동체론자들이 1940년 가을부터 1941년 봄까지 보수세력에 의해 패퇴했던 것과 마찬가지로 1941년 초에 국가 동원 노선에 패배, 협화회는 정부와 기구적 통합에 의해 국가 동원 노선을 제도화시켰다. 일본 혁신파 동아협동체논자들도 이 무렵 코민테른의 스파이로 몰려 재판을 받게 된다.

한편, 「대륙」에서 개발의 기획이 농촌자치론을 주장한다면 연애는 동아협동이라는 주제를 담기 위한 서사적 장치이다. 일인 오야마와 중국인 (만주인) 마려의 연애는 인종적 협화의 실험대이다. 이광수의 「진정 마음이 만나서야말로」, 「대동아」, 정인택의 「껍질」, 등 1930년대 말 1940년대 초에는 아시아의 여러 인종 사이의 연애를 주제화하는 서사물들이 다수 등장한다. 이러한 작품들에서 연애는 단순히 남녀간의 긴밀한 의사소통 형식에 그치는 것이 아니라 동아협동을 위한 초석인 인종적 융합의 실험대이며 상징이다. 「대륙」은 그 어느 작품보다도 연애의 서사를 통해 아시아인들의 인종적 협화를 계도할 목적을 주인공의 발화라는 표면적인 방식으로 강조하고 있다.

① "(…상략…) 단순하게 사랑이 아닙니다. 모두가 경멸하기 때문에 저는 마려의 편을 들겠다는 겁니다."
히로시는 대륙에서 일본인에게 가장 필요한 것이 바로 이런 정신이라는 생각이 들었다. (94면)
② "마려. 우리들은 서로 래디컬하지 않으면 안 되겠네요. 우리들의 결합을 사랑 이상의 것으로 만들지 않으면 안 돼요." (88면)
③ "(…상략…) 당신이 제게 보여준 마음속에서 저는 사랑만 보았을까요? 저는 대륙의 아들다운 더 큰 마음을 볼 수 있었답니다. 당신의 그 기개가 대륙의 운명을 시사하는 영광이 될 것을 평생 잊지 않을 겁니다. 이것으로 된 겁니다. 저희들의 사랑은 완성된 거나 마찬가지입니다. 우리 사랑의 미완성은 더 큰 뭔가에 의해 완성될 날이 있으리라 믿습니다. 저는 어떤 경우에도 대륙의 운명을 지켜보고 있을 겁니다." (102면)

오야마는 유키코와 정략적으로 약혼한 사이다. 그러나 오야마는 광산 개발에 필요한 협조를 얻기 위해 만주인 조집오를 만나러 가는 길에 우연히 조집오의 딸 마려를 보고 그 아름다움에 반한다. 마려에 대한 오야마의 호감을 일시적인 장난으로 여겨 말리는 하야시의, '그는 중국인이라면 여자가 되었든 누가 되었든 가볍게 농을 거는 심리가 일본과 일본인에게 얼마나 많은 해를 가져오는가를 잘 알고 있었다'라는 생각에는 동아시아인의 협동을 위해서 무엇이 필요한지를 일본인에게 계몽하고자 하는 작가의 전도된 심리의 일단이 드러나 있다. 이광수의 친일소설들이 일본인들에게 내선일체의 이념을 철저히 구현할 것을 역설함으로써 전도된 계몽의식을 드러내는 것과 마찬가지로 『대륙』에서 한설야는 동아 협동의 이상을 실현할 주체로서 일본인을 내세우면서 그들에게 협화의 의무와 취지에 충실해 줄 것을 요구하고 있는 것이다.

오야마와 마려의 연애에 있어 장애는 인종적 갈등이다. 이 갈등의 주요 원인은 일본인들의 만주인들에 대한 인종적 폄하와 우월감이고 부차적으로는 만주인 자신의 인종적 열등의식이다.

①"그런 짱꼴라 여자에게 빠지다니 꼴불견이에요." (90면)

②"그게 아냐. 네가 다른 사람도 아닌 이 부모의 명령을 거역하고 하찮은 만주 여자를 데리고 온다면 유서 깊은 오야마 집안은 어떻게 된다는 거냐. 난 절대로 용서할 수 없다."

"왜 만주 여자는 안 됩니까? 만주인이라고 해서 경멸할 이유가 어디에 있어요?" (94면)

③사장과 오야마는 같은 나라 사람이고 동업자이며 떼려야 뗄 수 없는 사이였다. 자신은 이국사람이고 약자며 비문명국 인간이었다. (85~86면)

④그러나 고난을 이긴다 하더라도 만주인을 아내로 맞은 것 때문에 그리고 가난 때문에 받지 않으면 안 될 세상의 비방과 충돌을 히로시가 어떻게 견딜 것인가? (…중략…) 그녀는 자신이 만주인이고, 자신이 만주인이기 때문에 히로시가 고통에 빠지고 조소를 받지 않으면 안 된다는 역사와 전통이 그녀의 가슴에 뿌리를 내려 어쩔 수 없는 불쌍한 '콤플렉스'가 되는 것이다. (97면)

인용 ①, ②는 일본인의 만주인에 대한 경멸을 드러내는데, 특히 유키코와 겐지의 입을 통해 묘사되는 만주인은 "짱꼴라"이고 가문을 더럽히는 '하찮은' 종족이다. ③, ④에서 보듯이 이러한 일본인의 인종적 경멸과 맞짝을 이루는 것이 만주인 자신의 인종적 열등감인데 열등감의 큰 이유는 '비문명국 인간', '약자', '가난'이다. 문명 / 비문명이라는 이분법은 제국 측 인종 담론의 이론적 입각점이 되는 이데올로기이다. 19세기 말 20세기 초에 시작된 일본의 인종 담론은 아시아의 타자들에게 '비문명=열등 인종'의 표지를 부여하고 아시아의 타자들에 대한 침략전쟁을 문명화된 일본이 비문명인들을 계도하는 성전(聖戰)이라고 합리화하는 방식으로 형성되어 나갔던 것이다. 따라서 마려가 만주인이 '비문명'인이기 때문에 느끼는 열등감은 이미 제국이 유포한 인종적 차별화의 자장 안에서 작동하고 있는 심리이다.

연애의 장애인 이러한 인종적 편견은, 장학량과 연결된 마적에게 납치된 오야마 부자(父子)가 어릴 적 마적 두목과 인연이 있었던 마려의 활약으로 풀려나는 사건과 오야마가 장학량 군대인 마적과의 전투에서 부상을 입는 사건이 진행되면서 극복된다. 납치사건으로 일본인의 인종차별 의식이 바뀌게 되는 것이다. 이 대목에서 유키코의 민족적 우월감에 찬 이기적인 성격이 만주 대륙에서의 생활을 통해 헌신적인 성격으로 변모했다는 점이 강조된다. 서사의 종반부는 유키코의 변모에 만주대륙의 힘에 의한 '갱생', '신생'의 이미지를 부여하는 데에 치중하고 있다. 유키코의 성격 개조는 대륙의 지도자로서 필요한 일본인의 성격 개조에 대한 역설(力說)로 이어진다. 대륙에 와서 보면 '섬나라 근성'으로 표상되는 일본인의 편협함의 한계가 드러나며 "새 시대를 짊어질 신일본인의 성격은 반드시 대륙을 바탕으로 형성"(160면)되어야 하므로 이런 인종적 한계는 반드시 극복되어야 한다는 것이다. 「대륙」의 결말은 이와 같이 인종적 협화의식을 고취한 엘리트들이 '대륙의 등불'이 되어 '중생', '약자', '비문명인', '백성'들로 표상되는 아시아의 타자들을 지도해서 동아협동의 이상을 실현하자는 다짐으로 마무리된다. 이와 같이 「대륙」에서 연애의 결실은 일본에 저항하는 중국인의 공격을 '방어'하면서 일본과 공존공영하려는 중국인들과 인종 차별 없는 협동 노선을 구축하는 것을 의미한다. 「대륙」
에서 연애의 주체는 동아협동의 주체로서, 한설야는 이 연애의 서사를 통
해서 동아신질서 구상의 '일－중제휴'를 주제화하고 있다.

개발과 연애의 서사를 축으로 일본인 주인공들을 통해서 계몽적 수준
에서 발화되는 「대륙」의 만주기획은 농촌자치론과 동아협동론으로 요약
된다. 앞에서 확인했듯이 이는 만주국의 '국민운동' 노선이나 미키 기요
시 등의 동아협동체론의 자장 안에 놓여 있다. 일본측에서 제출된 이러
한 정치구상들은 협화회의 '국민운동'이 '급진적 공상주의와 급진적 합
리주의의 결합'24)이라는 평가에서 보듯이 일본 보수파의 파시즘과는 일
정한 차이를 갖고 있다. 하지만, 이들의 동아연맹론이나 이와 동시에 진
행된 동아협동체론은 침략에 의해 중국으로부터 분리시킨 만주국을 동
아연맹의 거점, 중－일 협력의 근거로 상정함으로써 자기 입론의 모순을
노정했을 뿐 아니라 중일전쟁의 진정한 종식을 위한 기득권 포기로까지
나아갈 수 없었다. 또 양자 모두 문명화의 논리를 기반으로 일본 지도자
원리까지 부정지는 못했다. 따라서 그들의 지향은 일본 제국주의의 자
장 안에 있으면서 보수파의 파시즘과는 방법론적인 차이를 보인 카운터
파시즘으로 자리매김되어야25)한다.

2) 마적·스파이·반원시인－제국의 인종주의적 시선과 아시아의 타자들

「대륙」에서 일본인은 헌신적이고 시혜적인 문명인이자 아시아의 지도
자로서 표상되는 반면, 일제에 저항하는 중국인(만주인)은 제국의 시선에

---

24) Gavan McCormack, 함동주 역, 「일본사회의 심층구조와 '국제화'(Kokusaika : Impediments in Japan's Deep Structure)」(1993), 『창작과비평』 22－2, 133면(임성모, 「만주국 협화회의 총력전체제 구상 연구－'국민운동' 노선의 모색과 그 성격」, 연세대 박사논문, 1997, 195 면에서 재인용).
25) 임성모, 위의 논문, 195~196면.

서 바라본 아시아의 인종적 타자들로 재현된다. 중국인(만주인)은 악한(惡漢)과 선인(善人)이라는 이분법에 의해 형상화되는데 전자는 흉포한 마적이나 믿을 수 없는 스파이·음모자로 묘사되는 항일세력들이며 후자는 일본에 협조적인 마려, 조노인 등의 협화주의자들이다. 한설야의 「대륙」이나 이기영의 「대지의 아들」에서 만주 대지는 미개척지, 처녀지로 묘사되는데 이는 만주국 이전에는 만주대지의 소유자가 없었다는 것을 전제로 하는 표현이다. 만주국에 대한 일본의 언설들과 마찬가지로 조선 문인들의 만주배경 생산소설들이 조장하는 만주 유토피아니즘[26]은 일제의 침략에 의해 중국으로부터 만주 땅을 빼앗았다는 역사적 사실을 망각하는 것을 그 첫 번째 성립조건으로 한다. 따라서 그러한 자기기만에 의해 만주를 신생(新生)의 이미지로 포장하면서 만주의 기원을 다시 쓰고자 할 때 항일 중국인들을 '내 것'을 무력으로 빼앗으려는 흉포한 도둑들(마적)이나 돈을 목적으로 조작과 음모에 의해 항일 반만군을 소요하는 음모꾼들로 지칭하는 전도(顚倒)가 일어나는 것이다. 이러한 중국인(만주인)에 대한 전도된 표상들에 의해 만주국의 식민주의적 본질은 은폐되고 호도된다.

마적을 죽이고 포상을 받을 때 "실제로 장학량의 군표보다는 마적의 귀가 확실해"(27면)라는 말에서 단적으로 표현되듯이 「대륙」에서 '마적'으로 지칭되는 중국인들은 장학량의 군대이거나 동맹군들로서 만주의 원주민이다. 「대륙」은 그들이 일제의 침략에 저항해서 벌이는 게릴라전을 마적의 악행으로 그리고 있다. 스파이, 혹은 음모꾼으로 설정된 인물은 오리엔탈 클럽의 마담 류오락과 부하들이다. 류오락은 장학량 장군의 휘하에 있으면서 일본의 만주침략을 저지하려는 국제연맹 조사단에게 일본의 침략성과 중국인의 항일의지를 전달하는 역할을 하는 인물인데 소설에서 이러한 활동은 돈을 목적과 수단으로 하는 조작과 음모로 그려

---

26) 김철, 「몰락하는 신생(新生)-'만주'의 꿈과 『농군』의 오독(誤讀)」, 『상허학보』 9집, 2002, 156면.

진다.

> "북경에 있는 장학림 장군에게서입니다. 만주국이 국제연맹 조사단을 암살할 계획을 꾀한 것처럼 문서를 위조하여 조사단 손에 들어가게 하라고 합니다만 …… 큰일났군요"
> 릿튼 조사단이 만주국에 오는 것이다. (…하략…)
> "늘 그렇듯이 만주군 병사를 매수해서 돈과 피스톨을 줘 연극을 하죠 …… 그렇군요. 조사단을 저격하는 겁니다."
> "뭘 해도 위험해요 차라리 외국인 기자를 매수해서 민중의 반일, 반만 기세를 조사단에 확인시키는 것이 확실하지 않을까요?" (53~54면)
> 그들은(오리엔탈 클럽에 드나드는 각국 스파이들-인용자) 돈에 눈이 어두워 멋대로 자료를 훼손하기도 하고 (…중략…) 류오락도 모은 정보를 이 무전기를 통해 장 장군에게 보고하고 또 각국에 팔기도 했다. (59면)

인용에서처럼 「대륙」에서 류오락 등의 항일 저항활동들은 날조와 조작으로 그려질 뿐 아니라 류오락과 그 부하들은 돈을 노리는 믿을 수 없는 스파이, 서로서로 믿지 못하는 음모의 인간들로 묘사된다. 이와 같이 「대륙」이 '저항하는 중국인'을 마적과 스파이라는 부정적인 표상으로 재현하는 데에는 만주사변시기 일본인이 전쟁의 열기 속에서 종족적 증오심을 조장하기 위해 재창안해 낸 중국인에 대한 인종 담론들이 작용하고 있다. 1931~1933년 무렵 승전(勝戰)의 열병 속에서 일본의 대중매체들은 중국인에 대한 인종적 욕설로 넘쳐났는데 대표적인 것이 '군인-비적'과 '부패'이다. '싸우기를 거부하고 퇴각하는 적에 대한 계속된 공격을 정당화하기 위해서 일본 군대와 후방의 대중매체는 중국군인의 새로운 전형―'군인-비적'―을 퍼뜨리기 시작했다. 대중매체들은 '군인-비적'들이 일본의 이익에 반대하는 '강탈과 폭력' 그리고 다른 '악행들'을 범하기 시작했다고 기록한다. 이런 방식으로 일본의 대중물들은 장학량과 그의 동맹자들을 조직화되지 않은 갱으로 바꿔놓았고 동시에 일본의 점령지에 대한 어떤 무장 저항도 모두 비적 행위에 빗대어 말했다.'[27] 또한, 이 시기에 돈에 의해 적에게 쉽게 매수되는 중국인들의 부패성에 대한 기록들 역시 중국의 민족주의를 가치 절하하려는 시도였다. 중국인들의 '매수와 배신의 일상적 범죄'를 다루는 기사들은 중국인들이 '얼마간의 돈을 건네받는 순간 편을 바꾼다'라고 적고 있다.[28] 「대륙」에서 일제에 저항하는 중국인을 마적과 스파이로 형상화하는 방식은 이처럼 일본의 제국주의적 인종 기획에 충실한 것으로서 중국인의 항일 활동의 정당성을 부정하려는 의도를 표면적으로 드러내고 있다.

한편, 「대륙」에서 일본인 주인공들에게 있어서 조선인은 공존공영해야 할 존재이면서 동시에 인종적 타자라는 이중적 시선으로 그려진다. 서사의 초반부에서 그들은 다음과 같이 만주에서 아시아 제 민족의 협동을 표방하고 있다.

알고 계시듯이 지금 토산자 부근의 벽지에는 저희 일본인은 한 사람도 없습니다. 그러니 거기에 살고 있는 조선인이나 만주인과 더불어 살아가지 않으면 안됩니다. 그 속에서 저희들의 욕심과 폭리를 위해 불법적인 일을 한다면 단 하루도 견디 못할 것입니다. 우리들을 둘러싸고 있는 그들 백성이나 노동자는 저희들에게 법이고 권력입니다. 저희들의 불법에 제재를 가할 것입니다. 민심은 하늘의 뜻이니까……. 만고의 진리지요. (20~21면)

그러나 동시에 조선민중은 일본인 주인공들의 인종주의적인 시선에 의해 아시아의 타자로서 재현되고 있다. 원시/문명의 이분법에 의해 일본인들은 다른 아시아인들의 후진성을 담론화함으로써 자신들의 선진성을 재확인하는 방식으로 일본인과 다른 아시아인들 사이의 인종적 차이의 담론을 유포해나갔고 이러한 차이의 담론은 동화의 프로파간다와 병행하면서 아시아인에 대한 침략을 정당화하는 이데올로기로 기능했다.

---

27) Louise young, *Japan's Total Empire*, University of *California Press*, 1998, pp.163~164.
28) Louise young, Ibid., p.166.

일본의 '인종적 타자로서의 조선인'을 가장 극명하게 부각시키는 것은 서사의 후반부에 마적이 침입하자 우왕좌왕하는 조선인들을 묘사하는 대목이다.

①"여러분, 입을 다물고 가만히 있어 주십시오. 도망가거나 하면 제가 쏘겠습니다."

그는 위협을 해야만 했다. 그래도 위험이 다가온 것을 알자 모두 참을 수 없는 듯한 표정을 지었다.

"아무래도 어쩔 수 없는 사람들이군."

하야시가 소리를 지르며 걸어도 모두들 허망한 눈을 한 채 조금 더 안전한 곳을 찾아 왔다 갔다 했다. 부엌에 내려가 아궁이를 들여다보거나 혹은 그 아궁이 안에 들어가는 흉내를 내기도 했다. 어떤 사람은 정원 뒤쪽으로 들어갔다. 노인들은 단지 눈과 입을 딱 벌린 채 휴, 하고 한숨을 내쉬었다. 그 딱 벌린 입에서는 도저히 참을 수 없는 입 냄새가 나서 실내가 푹푹 찌는 찜통과도 같았다. 무지한 자들의 공포라고 하는 것은 실로 측정할 수 없는 것이었다. 그다지 아깝지도 않을 것 같은 목숨이 어째서 저렇게 두려울까 생각하면서 하야시는 오히려 웃고 싶어졌다. 물론 그것이 독선적인 생각임을 모르는 바는 아니었다. 자신은 역시 어떤 경우라도 그들의 호위병이어야만 한다고 생각했다. 그는 보위병으로서 그들 피난민이 한 발자국이라도 밖으로 나오지 않도록 감시해야 했다. (142면)

②(…상략…) 동경에 있는 가가 변호사의 딸은 조선의 국경 방면에서 목재 채벌 사업뿐만 아니라 개간사업을 하고 있어요. 작년에 시찰차 가보았더니 그녀가 승마를 하는데 솜씨가 어찌나 좋던지 남자 쪽이 무색할 정도였어요. 그것도 조선의 화전민이라고 하는 반원시인을 상대로 말이에요. 하하하 (165면)

'도저히 참을 수 없는 입 냄새가' 나는 비위생성, '마적'의 침략에 안전지대를 찾아 우왕좌왕 날뛰는 '무지한 자'들의 측정할 수 없는 공포, 지도자의 '감시'까지 받아야 하는 미개(未開)함. 이처럼 ①에서 일본인 하야시의 시선에 의해 조선인들은 비위생성·반이성·무지와 같은 인종적 열등성의 표상에 의해 이미지화된다. 인용 ②의 발화자 역시 일본인 주인공으로서 그의 발화는 만주인에 대한 인종적 편견이 극복되는 서사 말미임에도 불구하고 조선인에 대한 인종적 편견의 시각은 반성되지 않은 채 '반원시인'이라는 비문명의 낙인을 찍는다.

이처럼 중국인(만주인)—일본에 협조적인 인물들에 국한되기는 하나—에 대한 일본인의 인종적 편견이 극복되는 서사 말미까지 조선인은 여전히 제국의 폭력적인 인종주의적 시선 속에서 야만인('반원시인')으로 남아 있다.29) 그 뜻이 하늘과 통한다는 '민(民)', '백성'인 동시에 대륙의 수난자이자 '약자', 그리고 문명 일본의 인종적 타자인 야만인. 「대륙」에서 일본인 주인공들이 조선인을 지칭하는 이 다양한 표상들은 건설과 협화의 주체인 일본인에 의해 끊임없이 호명되면서 타자화되는 존재로 수렴된다. 「대륙」의 일본인 주인공들이 지향하는 동아협동은 일본과 중국의 협동이며 그 속에서 조선인의 존재란 중-일의 협력에 '동원되는 주체'인 것이다.30) 따라서 「대륙」에서 인종적 타자로서의 조선인들의 존재는 일본인 주인공들에 의해 창출되는 명랑한 신생의 이미지와 충돌하면서 그들이 표방하는 공존공영이라는 협동주의 이데올로기에 균열을 내고 있다.

---

29) 한설야, 「대륙」, 『식민주의와 비협력의 저항』(김재용·김미란·노혜경 편역), 역락, 2003, 165면.

30) 일본의 동아신질서를 둘러싼 논의 속에서는 중일 관계의 재구축이 중심에 두어졌고 조선·대만의 해방 문제는 부각되어 있지 않다. 이는 전시하의 언론 속에서 좌파적인 비판에 가장 신경을 쓴 오자키의 경우에도 마찬가지다. 그가 구상한 동아시아의 사회주의 혁명의 플랜 속에서는 그 변혁의 주도자·원동력이 되는 것은 어디까지나 중국과 일본이었다. 조선·대만·몽골·위그르 등 일본과 중국의 지배하에 있는 제 민족은 동아시아의 사회 해방 식민지 해방을 향해, 단지 동원되는 주체로 자리매김되어 있다(요네타니 마사후미(米谷匡史), 「일본 맑스주의와 식민주의」, 『進步評論』 8, 2001년 여름).

3) 동아신질서 구상과 조선의 전향한 사회주의자들의 환상

1930년대 후반 좌절과 우울의 정조를 띠며 일상생활로의 복귀를 탐색하는 전향소설들을 쓰면서 개인의 공간으로 후퇴했던 한설야가 이 무렵 동아신질서구상의 협동주의 담론에 대응하는 서사물을 창작하게 되는 것은 그러한 담론이 동아시아인의 협동에 의해 창출되는 새로운 주체의 가능성을 모색하게 하는 계기를 마련해 주었기 때문이다.

이 시기에 대다수의 조선의 전향한 사회주의자들은 이러한 새로운 주체의 가능성 때문에 사상적 전환을 이루게 되는데, 그러한 전환의 동력은 1938년 고노에 수상이 선포한 '동아신질서'의 구상과 그것을 이론적으로 뒷받침하는 오자키 호츠무, 미키 기요시 등의 동아 협동체론, 그리고 만주 국민운동파의 동아연맹론이다. 동아신질서 구상의 직접적인 배경은 중일전쟁기에 중국 민족의 강한 항일투쟁의 벽에 부딪친 일본이 중국의 민족 문제를 재인식한 데에 있다. '동아신질서'의 핵심은 대외적으로는 중국에 대한 무력 정복을 중지하고 중국과 화해하여 일중만(日中滿)이 협력하여 동아 협동체를 구성한다는 것이고 대내적으로는 강력한 통제경제와 반자본주의를 실현하는 것이다. 일본의 아시아주의는 러일전쟁(아시아 연대론, 동양 평화론) 시기나 만주사변 무렵에도 논의되었으나 조선인에 대한 파급력은 그리 크지 않았다. 그러나 중일전쟁기에 제출된 아시아주의는 조선의 사회주의자들에게 큰 반향을 일으켰다.[31] 그 이유는 이전의 아시아주의가 주변 담론에 그친 반면, 동아신질서 구상은 수상이 직접 천명함으로써 단숨에 지배 담론으로 자리 잡게 되었다는 점과 이전의 아시아주의가 침략적 성격이 농후한 반면 이 시기에는 침략

---

31) 서인식, 「문화에 있어서의 전체와 개인」, 『인문평론』, 1939.10, 5면; 인정식, 「동아의 재편성과 조선인」, 『삼천리』, 1939.1, 54면; 인정식, 「시국과 문화」, 『문장』, 1939.12, 176면; 인정식, 「동아권의 경제적 성격과 조선의 지위」, 『삼천리』, 1941.1, 66면; 차재정, 「동아신질서와 혁신」, 『삼천리』, 1939.1, 66면; 김명식, 「조선경제의 통제문제」, 『조광』, 1939.10, 60면.

중지·건설의 성격을 갖고 있었다는 점 때문이다. 동아신질서 구상의 대외적 정책과 맞물려 있는 것이 일본 국내 정책에 있어 반자본주의였다. 미키 기요시(三木淸)는 국내에서의 혁신과 동아협동체 건설과는 불가분의 관계에 있다고 하면서 '일본 자신도 이번 전쟁을 계기로 자본주의의 영리주의를 초월한 새로운 제도로 나아갈 것이 요구된다'[32]고 하였다. 이런 반자본주의적 성격은 조선의 사회주의자들에게 많은 기대를 불러일으켰으며 이들은 이 무렵 더 강화된 각종 전시 통제경제 정책을 반자본주의적 혁신의 일환으로 보았다. 이러한 측면은 사회주의적 계획경제로 자본주의를 대체하겠다는 전향 이전의 이들의 사상과 연속성을 갖는다고 할 수 있다. 고노에 내각에 의해 정책적 차원에서 시행된 일본 혁신파의 정치구상은 전향한 조선의 사회주의자들에게 제한적이나마 진보성을 담지한 희망적인 기획으로 수용되어 이 시기에 대량 전향사태가 벌어졌다.[33]

동아협동체론은 조선 지식인들이 내선일체론을 받아들이는 데에도 영향력을 미쳤다. 조선민족은 동아신질서를 이루는 '제 민족 사회'의 일원이므로 일본과 조선은 제국과 식민지의 관계가 아니라 공존공영의 관계라고 생각했던 것인데 이는 일본측의 협동체론과는 차이가 있는 해석이

---

32) 미키 기요시(三木淸), 「신일본의 사상원리」, 『동아시아인의 '동양' 인식 - 19~20세기』(최원식·백영서 편), 문학과지성사, 1997, 54면.
33) 조선의 사회주의자들의 전향은 중일전쟁을 기점으로 대량전향의 양상을 띨 뿐만 아니라 전향의 동기도 그 성격을 달리 하게 된다. 1930년대 초에서 중반까지 조선인 전향자의 전향 이유는 '근친애 기타 가정 관계', '구금에 의한 후회'등 개인적이고 비사상적인 것이었으나 중일전쟁 이후인 1939년 9월의 조사 결과는 '사변에 따른 시국인식', '국민적 자각', '이론상의 오류와 개심'과 같은 사회적이고 사상적인 성격을 지닌다. 이러한 상황의 원인은 두 가지 측면에서 고려해볼 수 있다. 첫째는 동아협동체론의 영향이다. 둘째는 외적 강제의 측면으로서 1936년 12월에 도입되어 37년에 본격적으로 시행된 '사상범보호관찰제도'의 영향이다. 이 시기에는 사회주의 사상의 포기에 그치는 것이 아니라 적극적으로 일본 국체를 받아들이는 단계로까지 전향의 기준이 엄격해졌고 지속적인 감시와 전향공작이 이뤄졌다(홍종욱, 「중일전쟁기(1937~1941)사회주의자들의 전향과 그 논리」, 서울대 석사논문, 2000, 13·23면 참조).

다. 물론 미키 기요시는 동아협동체가 단순한 민족주의를 넘어선 것임에도 그 내부의 민족에게 독자성을 인정해야 한다고는 했으나 여기에서 협동체의 구성원은 일본·만주·중국에 한정되어 있었으며,[34] 조선은 동원되는 주체였다고 할 수 있다.

이와 같이 동아신질서 구상을 둘러싸고 조선과 일본의 이데올로그들 사이에는 사고의 균열이 있었다. 일중제휴론과 만주국의 농민자치론을 서사화하는 「대륙」을 통해서 한설야 역시 동아신질서구상의 반자본주의와 민족협동의 이상에서 사상적 활로를 찾고자 했던 것으로 보인다. 그렇지만 그는 일본측에서 제시된 동아신질서 구상 속에서 조선인의 위치를 놓치지는 않았다. 「대륙」의 초반부에 조선인 이성천이 일본인 주인공들과 동등한 위치에서 조선인 자치부락 건설에 참여하는 인물로서 등장하였으나 서사전개 과정 속에서 구체적인 인물로 형상화되지 못하고 유명무실한 형식적인 동조자로 전락하고 마는 것이나, 조선인이 공존공영의 대상으로 호출되면서도 일본인 주인공의 시선에 의해 인종적 타자로서 포착되는 서술에는 동아협동체론을 통해서 반자본주의적이고 아시아적인 주체를 모색하고자했던 작가의 욕망과 좌절이 내재되어 있다.

4. 만주 유토피아니즘과 국가주의

1930년대 후반 만주유토피아니즘 담론의 자장 안에 놓여 있었던 식민지 조선의 전향한 사회주의자들에게 있어 만주는 두 가지 의미를 지닌다. 하나는 자본주의적 근대를 넘어설 수 있는(근대초극) 비전을 실현할

---

34) 함동주, 「중일전쟁과 미키 기요시의 동아협동체론」, 『동양사학연구』 56, 동양사학회, 1996, 176면.

물질적 기반을 갖춘 공간이라는 점이고, 다른 하나는 관념적 공간에서만 국가를 사유할 수밖에 없었던 피식민자들이 확장된 국가 개념 속에서 새로운 주체로 비약할 수 있는 공간이라는 것이다. 식민지조선이 식민자와 피식민자의 구도를 벗어나기 어려운 장소였다면, 만주는 식민-피식민의 현실적 구도를 동아협동체의 이데올로기에 의해 은폐하면서 다종족 협동체로서의 국가를 상상할 수 있는 공간이었다.

이기영의 「대지의 아들」은 오족협화의 이상을 조선인의 장자의식과 직분의 윤리에 기반을 두고 서사화함으로써 그러한 확장된 국가의 국민으로서 주체가 정립되는 과정을 그리고 있다. 조선인의 장자의식(장자의식)은 경작방식의 차이를 인종적 우월성으로 치환함으로써 만주인을 인종적으로 타자화함과 동시에 가족메타포에 의한 서열화를 통해서 종족 간의 재통합을 꾀함으로써 아시아의 제 종족 사이의 차등을 기반으로 하는 협동주의인 오족협화의 이상을 구현하고 있다. 이러한 오족협화의 실현에 있어 조선인을 '동아대륙을 개발하는 만주국민의 한분자'로서의 개척농민이라는 직능적 단위로 규정하는 협동주의적 국가주의에 의해 만주의 협동체 내에 존재하는 복합적인 계급적 민족적 갈등은 은폐되고 조선인들의 내부와 외부는 봉합된다.

반면에 한설야의 「대륙」은 보다 세분화된 시기의 정치 담론에 대응하여 만주국에서 새로운 주체의 가능성을 모색하고 있다. 한설야는 1930년대 후반 일본측의 지배 담론이었던 동아신질서구상의 핵심인 일-중 제휴론 속에서의 조선인의 위치를, 일본-조선-중국의 관계가 물적 기반 위에서 가시화되고 있는 만주라는 공간을 배경으로 탐색하고 있는 것이다. 동아신질서를 둘러싼 일본측의 논의는 중일 관계의 재구축에 중심이 두어졌고 조선·대만·몽골·위구르 등 일본과 중국의 지배하에 있던 제 민족의 해방문제는 부각되어 있지 않았다. 조선의 사회주의자들은 일중제휴가 내포하는 제국주의적 침략 중지를 식민주의의 포기로 해석하여 동아신질서 구상을 반자본주의적 반식민주의적인 동아사상(東亞思想)

으로 수용하였다. 그러한 큰 틀 안에서 조선의 사회주의자들은 일본과 조선의 관계를 제국과 피식민지의 관계가 아닌 공존공영의 관계로 파악하고자 했던 것이다. 민족주의를 넘어서면서도 동아협동체 내부에서 민족의 독자성을 인정해야 한다는 미키기요시의 동아협동체론 역시 그러한 굴절된 수용을 가능하게 하는 지점들을 내포하고 있었다. 동아신질서 구상을 둘러싸고 조선과 일본의 이데올로그들 사이에 존재하는 조선의 위상에 대한 인식의 균열은 한편으로는 일본혁신파의 동아시아 민족의 협동론이 내포하고 있는 한계를 반영하며 다른 한편으로는 이 새로운 정치 담론 속에서 민족문제를 해결할 비전을 찾고 싶어했던 조선지식인들의 소망이 투영된 결과라고 할 수 있다. 한설야의 「대륙」에서 일본인 주인공들과 동등한 위치에서 조선인 자치부락 건설에 참여하는 조선인으로서 설정되었으나 서사과정 속에서 구체적인 인물로 형상화되지 못하고 형식적인 동조자로 전락하고 마는 이성천이나 일본인 주인공들에 의해 공존공영의 대상이자 인종적 타자로서 묘사되는 조선인에는 동아협동체론을 통해서 새로운 주체를 모색하고자했던 작가의 욕망과 좌절이 내재되어 있다.

식민지 2단계 혁명론의 내면 풍경

『대하』·『탑』·『봄』을 중심으로

유문선

1. 머리말

1930년대 막바지를 달리던 1939년과 다음 해인 1940년 한국 소설사는 놀랍다고 해도 좋을 정도의 매우 흥미로운 한 장면을 연출하고 있었다. 김남천이 『대하』(1939)를, 이기영이 『봄』(1940~41)을, 한설야가 『탑』(1940~41)을 발표한 것이다. 작가가 소설을 발표하는 것이야 당연한 일이지 놀랄 만한 일이 아니다. 그럼에도 이를 놀랍다고 말한 것은 우선 이 소설들의 구조와 내용이 매우 흡사하기 때문이다. 연치로 보나 과거 카프 경력으로 보나 밑에도 한참 밑인 김남천이 『대하』를 쓴 것을 따라, 십 년 연상의 한설야가, 십오 년 연상의 이기영이 연달아 닮은꼴의 소설을 쓴 것이다. 한설야가 누구인가, 관북 출신 특유의 로컬리티와 뚝심과 고집을 지녔던 사내 아니었던가? 이기영은 자타가 공인하는 식민지 프롤레타리아문학의 최고의 관록과 실력을 지닌 작가가 아니었던가? 그런 그들이 흉내라도 내듯 유사한 작품들을 잇달아 내놓은 것이니 놀라운 일이 아니겠는가? 게다가 그 소설 세계는 더욱 문제적이었다. 『대하』는 더 이상 「공장신문」의 언어로 씌어지고 있지 않았다. 그 점은 『탑』과 『봄』도 마찬가지여서 그들 역시 『황혼』이나 『고향』과 유다른 세계를 그려내고 있었다. 문학으로써 프롤레타리아 계급의 역사적 대의에 복무하겠다는 것과는 달리 양반과 지주와 마름의 집안을 담담하게 스케치하고 있었다. 노동자 계급의 열정과 투쟁 대신 상층 계급의 가문과 생활이 소설을 채우고 있었다.

어떻게 해서 이런 소설사적 사건이 벌어졌던 것인지, 그리고 이를 어떻게 읽어내야 하는지 미상불 흥미롭고 의아스런 대목이 아닐 수 없다. 이 글은 바로 이 지점에서 출발한다. 논의의 편의를 위하여 『대하』를 중심에 놓고 양옆을 기웃거리며 탐색해 나가도록 하자.[1]

2. 소년의 성장과 근대적 영혼의 확장 —박형걸 · 유석림 · 박우길

『대하』의 양식적 동력의 두 축은 성장소설과 가족사소설이다. 이 중 가족사소설의 측면에 대해서는 다음 절에서 언급하기로 하고 우선 성장소설의 측면만을 문제삼아 보자. 성장소설로서 『대하』를 독해할 경우 그것은 물론 박형걸의 이야기가 된다. 1910년 무렵 어느 해 초봄에서 단오 무렵까지 평안남도 은산 지방의 근본 모르는 부호 지주 박성권의 삼남

---

1) 논의의 편의를 위하여 믿을 만하면서도 구하기 쉬운 판본에서 인용 출처를 밝히기로 한다. 『대하』는 『한국소설문학대계 13—김남천』(동아출판사, 1995)에서, 『봄』은 『한국소설문학대계 10—이기영』(동아출판사, 1995)에서, 『탑』은 『기민근대소설선 5—탑』(기민사, 1987)에서 인용하기로 한다. 작품 인용 시에는 해당 면수만 적도록 하겠다.

으로 서출인 형걸은 소설의 전면에서 『대하』를 이끌어나가고 있다. 19세 소년 형걸은 젊은이의 씩씩하고 싱그러운 패기와 기품을 지니고 있다.

> 이화정이나 천주봉 앞으로 나팔 연습을 가는 모양이었다. 영근이 오빠를 따라가는 총각[형걸]은 검정 두루마기에 머리채는 땋아 늘인 채 사포를 썼는데, 콧날이 세고, 눈이 이글이글하고 웃을 때는 옥 같은 흰 이빨이 가지런히 나타났다. 활개를 치면서 영근이에게 무슨 말을 하면서, 언뜻 보부가 있는 쪽을 정면으로 바라보고 지나간다. (42면)

그렇다고 형걸이 행실이 조신한 귀공자인 것은 아니다. "어렸을 때부터 서당에서나 학교에서나 남의 아이를 상처가 나도록 때려서 말썽을 일으키는 적이 한두 번이 아닌" 성격으로 소설은 이를 "성질이 왈패스럽"다고 요약하고 있다(23~24면). 이 왈패스러운 성질은 그가 서출이라는 것과 더불어 그의 결함을 구성하고 있다. 그러나 그 결함은 결코 부정적인 것이 아니다. 그것은 흡사 하마르티아와 같이 형걸의 고귀함과 비범함의 징표로 읽을 수 있는 것이다. 그것은, 그것이 그의 진취성을 방증하는 것이기 때문이다. 이 점은 그의 부친 박성권의 시선을 통해서도 드러나는바, 성권은 "형걸이 놈이 일을 저지를 때마다 …… 혼자 속으로 빙그레 웃어도 보는 것이다."(24면)

열아홉 들끓는 나이의 청춘답게 형걸에게 세계와의 대면은 사랑의 소망과 좌절, 육체적 욕망의 방출로 표현된다. 그 대상은 형수 정보부, 여종 쌍네, 기생 부용이다. 이들과의 관계에서 형걸—세계의 대결은 조화와 정합으로 귀결될 수 없다. 현실이 강고한 질서를 갖고 있는 이상 소설만이 무질서의 세계로 나아갈 수는 없기 때문이다. 따라서 이들은 다만 소년의 통과제의의 관문이자 영혼을 단련시키는 기제로 작용할 뿐이다. 그 단련의 끝에서 형걸은 "머리가 갑자기 거뿐해지는 것 같"아지고, 다음과 같이 확장된 영혼의 전개를 입증한다.

형걸이의 마음 속에 이루어진 결심, 그것은 막연하기는 하나, 오늘 밤 안으로 이 고장을 떠나서 평양으로든가, 더 먼 곳으로든가, 새로운 행방을 잡아 보자는 것이었다. 그는 몇 시간 뒤에 평원 도로를 향하여, 방선문 밖 신작로를 걸어나갈 것을 상상하며, 문우성 선생이 기숙하고 있는 예배당으로 병대처럼 뚜벅뚜벅 걸어갔다. (276~277면)

실로 '여행은 끝나고 길은 시작되었다'라고 할 만한 형국인데, 그간 단련되고 성장되어 온 형걸의 영혼이 지향한 세계는 어떤 세계였을까? 그것은 소설을 가득 채우고 있는 장치로서의 '계몽'과 '개화'의 총화로서의 근대적 세계이다. 『대하』에서 근대 지향적 세계는 다양한 층위에서 다채롭게 나타난다. 풍물의 차원에서는 '개화'의 의장(意匠), 즉 권련, 성냥, 국자보시(사냥모자), 개화경(안경), 개화장(지팡이), 구두버선(양말), 나팔, 자전거, 남포등, 양초, 양과자와 사탕 등의 소도구가 등장하고 있으며, 기구 차원에서는 나카니시·김용구·이칠성 등의 상점이, 의식 차원에서는 기독교가 소설을 장식하고 있다. 그러나 역시 이러한 소품들과 달리 소설 세계 전체를 덮으면서 압도적인 광휘를 뿌리고 있는 것은 제도로서의 학교이다.

푸코의 말을 빌 것도 없이 학교는 근대의 중요한 징표이다. 그곳은 근대적 이념과 사상의 교화소이자 전수장이고 근대적 인간의 훈련장이자 양성소이다. 그러나 『대하』에서 학교는 아직 '근대적' 세계는 아니고 '근대 지향적' 세계이다. 환언하자면 '계몽'의 발전소이다. 그 적실한 증거가 작품 속에 학교 '교육'의 양상이 나타나 있지 않다는 사실이다. 동명학교 고등과 1년생인 박형걸은 어디에서도 수업을 받는 학생의 모습으로 나타나지 않는다. 요컨대 근대적인 것이란 이런 것'이다'를 보여주지 않고(못하고) 근대적인 것이 '되어야 한다'를 제시하고 있을 뿐이다. 결국 학교는 계몽의 징표로 전환된 셈이다. 이 점을 잘 보여주는 것이 다음 두 가지 사실이다.

그 하나, 동명학교가 실물로 드러날 때 경례와 창가와 대운동회로 현현된다는 사실. 경례는 흔히 상하의 수직적 복종 관계를 드러내는 상징으로 통용되지만 『대하』에서 그것은 앞서 나간 자에게 뒤따르는 자가 바치는 자발적 헌사로 이해되어야 할 것이다. 그렇지 않다면 "경례를 하는 것이나 받는 것이나 모두 유쾌하였"다는(66면) 사실을 설명하기 어렵다. 창가는 계몽의 당위성과 자발성, 발랄함을 나타낸다. 그것은 "조자를 맞추어 걸으면서"(69면) 부르는 것이고, '솔선해서 메기는 선소리에 일동이 맞추어 우렁차게'(70면) 부르는 것이다. 창가의 내용 역시 그러하니 창가 속에 나오는 '문명, 선도자, 새벽, 봄, 빛, 은혜' 등의 어휘는 다름 아닌 계몽의 이미지들이다. 그러나 학교가 계몽과 관련을 맺고 있다는 것을 가장 잘 보여주는 대목은 대운동회이다. 대운동회야말로 계몽이 얼마나 역동적인가를 잘 보여주는 것이라 할 수 있는데, 주인공 형걸이 기마전 승자와 장내일주 달리기 2등 주자로 등장하는 대운동회가 단지 유희나 교육활동이 아니라는 사실을 『대하』는 다음과 같이 직접 설명한다.

대운동회가 열리는 날만은, 딴 모임은 일체 갖지 못하도록 명령이 내리었다. 씨름은 사나이들의 노름이라, 부인네들의 구경꾼은 하나도 없었으나, 운동회는 개화된 모임이어서 스스로 씨름 같은 것과는 다른 것이라고, 어린 색시나 처녀나, 새파란 집난이들은 할 수 없다 치고, 삼십을 넘어 사십 줄을 접어드는 삭가지 쓰는 축들이나, 늙은이, 기생들만은 많이 관람할 수 있도록, 날짜도 요량해서 작정하고 널리 장려도 하였던 것이다. 특히 동명학교의 문우성 교사나 정영근 교사나가 열심히 주장하여, 체육사상과 건강증진의 필요를 이런 기회에 부인네들 속에까지 널리 선전하여, 부인네들이 솔선하여 자녀들을 학교로 보내어 신학문을 공부하도록 장려하자는 취지를 대회의 주지로 삼는 것을 잊지 않았다. 그러므로 대회의 참모 본부가 있는 바로 옆자리, 가장 점잖은 자리를 택하여, 넓은 차일을 치고 부인 관람석을 특설해서까지, 이네들의 참관에 편의를 돕고자 한 것이다. (251면)

그 둘, 학교의 정점에 문우성 교사가 우뚝 서 있다는 사실. "평양 일신학교 출신으로 예수교의 독신자였고, 학교에서는 산술, 역사 등을 가르쳐 주는 서른도 안 된 젊은 선생"인 문우성 교사는 "곧 학도들의 마음을 사로잡고" 마는데, 그것은 "대성학교 물도 먹었고, 지난봄에 일신학교도 졸업했고, 그래서 신학문이나 개화사상엔 발이 활짝 넓은데다가, 또 하나 엎쳐서 예수를 믿는 덕에 양인들과도 교제상이 넓어 이즈음은 양서를 이책 저책 뒤적여 보는 판"이었기 때문이다. 계몽의 지휘자로서의 문우성의 위상이 어느 정도인가 하면, 그가 부임한지 얼마 안 되어 학생들이 "다시 예수를 믿는다고 예배당에를 다니기 시작"할 정도이다(177면).

이처럼, 어쩌면 당연한 사실이기도 하지만, 『대하』가 근대를 향한 지향에까지밖에 도달하지 못하고 있다고는 하지만, 그 지향이 불안정하거나 동요하는 것은 아니다. 근대를 향한 의식의 도정이 단호한 것임을, 또 불가역적인 것임을 보여주는 상징적인 사건이 바로 '단발'이다. 서사 단락의 연결에서나 형걸 모친의 반응에서나 알 수 있듯이, 단발이 형선의 결혼이 불러일으킨 심리적인 충동의 계기와 완전히 무관한 것은 아니겠지만, 이 '자발적'인 행위가 '기왕'에도 이미 여러 차례 시도되었던 것이며(73면), 행위 장소가 다름 아닌 '학교'라는 사실이 지니는 중요성을 가릴 정도는 아니다.[2] 그리고 결과적으로 "어떻게 되었든 이왕 머리는 깎아 버린" 것이고(74면), 악마와 거래를 한 것인지는 모르겠지만, 근대에의 행정은 시작된 것이다.

한편 성장소설이라는 측면에서 『봄』과 『탑』은 『대하』와 조금 다른 양상을 보여준다. 앞서 보았듯 『대하』의 형걸은 작품의 전면에서 무게 중심을 자신에게 집중하는 주동적인 인물로 그에 걸맞는 영혼의 충분한 여행을 노정한다. 그러나 1900년경에서[3] 삼사 년 간의 시기에 충청도 방

---

2) 『봄』과 『탑』에서도 '단발'은 자발적으로 또 학교에서 이루어진다.
3) 『봄』의 시간적 배경은 그리 선명하지 않다. 소설은, 석림 모친의 죽음이 아버지인 유선달이 무관학교를 들어간 지 불과 보름이 되지 않은 일이라고 말하고 있다. 그런데 그 바로 앞에 "관립 무관학교가 설립되었었다. 유선달은 제이회의 입학생으로 거기를 들어갔다"라고(38면) 적혀 있다. 관립 무관학교가 처음 학생을 모집한 것이 1898년의

깨울 마을에서 11살에서 14살 정도로 자라나는 석림을 중심 인물로 삼은 『봄』에서 석림은 부친인 선달 유춘화의 그늘에 가려져 있다. 흡사 음지의 민꽃식물처럼 자라남과 꽃핌을 찾아보기 어렵다. 돌팔매질 연습 장면에서 알 수 있듯 석림이 "남한테 지기를 싫어하게 하는 습관을 부지중 만들어 간"(76면) 만큼 그의 영혼은 발산의 가능성을 충분히 갖고 있었다.4) 물론 여건은 좋지 않았다. 열하나의 나이에 어머니를 잃어 의기소침한 성격이 되었고 열넷의 나이에 조혼하여 정신이 자유로울 소지가 감쇄되었다. 그러나 가장 근본적인 이유는 그가 십대 초반의 소년이라는 작품내적 사실에 있을 것이다. 영혼이 뛰어놀기에는 너무 어렸던 것이다. 그런 만큼 학교를 부친의 결정에 의하여 입학하게 되고 학교 입학이 기껏 "참으로 얼마나 반가운 일"이(258면) 되고 말 뿐이며 학교 생활의 '주의' 사항을 부친에게 '주입' 받고 있다는 사실들은 시사적이기는 하지만 오히려 당연한 일이기도 할 것이다. 결과적으로 『봄』은 주눅든 영혼의 불완전한 성장소설이 되어 버렸다.

러일전쟁 직후인 1905년에 시작하여 1918년에 작품의 끝을 맺고 있는 『탑』은 아마도 그 의도했던 당초의 주인공이 6살의(작품 끝에서는 19살) 우길이었을 것으로 생각된다. 그러나 소설책의 면수가 4분의 3을 넘어갈 무렵까지, 즉 우길이 열다섯의 나이로 경성고보에 입학할(1914) 무렵까지 『탑』의 주인공은 누가 보아도 우길의 부친 박진사이고, 우길은 한낱 장난꾸러기 소년에 지나지 않는다. 비록 『대하』의 형걸과 비슷한 성격적 계기, 즉 '지기 싫어하고, 삐딱한 데다 장난도 심하며 영실하고 의뭉스러

일인 만큼 석림 모친의 죽음은 1899년 봄의 일이 된다. 한편 석림 모친이 죽은 지 일년쯤 뒤의 일을 기술하면서("시골로 내려와서 두 번째 맞는 이해의 추석"이라는(177면) 말도 있다), 소설은 "신축년에 큰 흉년을 겪은 방깨울 사람들은 그 뒤 수년이 지났건만"이라는 표현을 붙이고 있다. 간지로 신축년이 1901년이었으니 석림 모친의 죽음은 대략 1902년에서 1904년 사이 정도의 일이 되고 만다. 무관학교 입학 시기를 기준으로 삼은 연도 추정과는 제법 어긋나는 것이다. 여기서는 대략적인 수치를 잡았다.
4) "석림은 모친을 여읜 뒤로부터 집을 떠나고 싶은 충동을 받"기까지 한다(240면).

운 데도 있고, 보통 사내아이들과는 달리 형은 우습게 여기면서도 누이들에게는 다정한' 성품을 갖고는 있지만, 우길 역시 석림처럼 너무 어린 아이에 지나지 않았다.5) 따라서 우길에게도 역시 학교는 별스러운 곳이 되지 못하였다. "매일 부지런히 학교에 갔으나 글 공부 같은 것은 아무래도 좋았"을(153면) 뿐이었다. 그러나 경성고보 입학후부터 우길은 더 이상 어린 아이가 아니다. 그는 경성 유학길 뱃속에서 처음 본 정순에게 사랑을 느끼고, 학업에 열중하기보다는 예술가적 기질을 드러낸다. 또 서모와 불편한 관계로 지내기도 하고 자칫 가정교사 댁 여주인과 미묘한 관계에 빠질 뻔도 했으며 그 와중에 루소의 저작과 소설 등을 읽기도 한다. 그러나 아쉽게도 이들 사건은 내면의 침전을 만들어내지 못하고 외면적이고 표피적인 체험에 머무르고 만다. 요컨대 『탑』은 박진사 부분과 박우길 부분으로 나뉘어져 있는데, 앞 부분에서 우길은 주변의 사소한 인물에 지나지 않으며 그나마 그 시작과 끝이 같은 존재이다. 뒷 부분에서는 내면의 구체적인 궤적을 내보여주지 않고 있는 인물로 현현된다. 그 결과 성장소설로서는 매우 취약하다.

이처럼 『봄』과 『탑』은 성장소설로서는 미달태이며 그에 따라 새로운 세대의 근대적 면모 역시 『대하』에 비해 현저히 미약한 수준을 드러내고 있다. 그러나 그 수준이 미약하다고 하여 이들이 근대적 지향으로부터 일탈하고 있는 것은 아니다. 그렇기는커녕 이들 역시 온갖 다양한 개화 풍물에 둘러싸여 계몽을 향한 그들의 열망을 명료하게 드러내고 있으니 무엇보다도 이들이 자발적인 단발에 자신의 머리를 내어 맡기는 장면을 그 방증으로 꼽을 수 있을 것이다.

---

5) 석림과 우길이 어린 소년으로 설정된 것은, 작품 속 생년 시점과는 상관없이, 김남천보다 십 년, 십오 년 연상이었던 한설야와 이기영의 경험 세계에서 비롯한 것일 터이다. 그러나 단지 그것만은 아니고 좀더 내적인 이유가 얽혀 있다. 이에 대해서는 다음 절에서 후술한다.

3. 식민지 자본주의의 뿌리—가족사의 탐색

형걸과 석림과 우길은 모두 소설 속에서 가족의 한 사람으로서 다른 가족 구성원들, 특히 아버지와의 긴밀한 상호 관계망 속에서 살아가고 있다. 이 점에서 그들은 가족의 지향을 대변하고 있으며 특히 새로운 시대를 향한 가족사의 전진의 선단에 선 나침반과도 같다고 할 수 있다. 즉 개인사와 가족사가 합일하는, 가족사의 대표선수들인 것이다. 역사 일반과의 관련 속에서 한 가족 혹은 가문의 운명을 그린 것이, 즉 한 시대의 역사적 흐름을 한 가족사에 투영한 것이 가족사소설이라면 이 세 장편소설은 모두 가족사소설의 면모를 아울러 갖고 있다. 이들 소설이 각각의 가족사를 통하여 그려내려 한 역사의 흐름이란 어떤 것이고 그 궁극적 지향점에는 무엇이 있었을까? 우선 『대하』를 살펴보자.

『대하』는 "이 고을엔 밀양 박씨가 두 집이 있었다"는(11면) 구절로 시작한다. 그 한 집은 박리균, 박성균 형제 집안으로 이들은 조상 중에 열녀를 두어 양반 구실을 하고 있었다. 그러나 그 가세는 신통치 못하여 형은 국수가게, 동생은 마방을 하고 있을 뿐이다. 또 한 집은, 외지에서 흘러들어온 뜨내기로 지금은 그 많은 돈 덕분에 박참봉이라 불리고 있는 박성권 네이다. 박성권의 조부는 아전 출신으로 창미(倉米) 농간으로 적지 않은 돈을 벌었었는데 박성권의 부친이 주색, 도박, 끝에 가서는 아편까지 손을 대는 통에 남은 재산은 얼마 남지 않게 되었다. 이 나락에서 집안을 끌어올린 사람이 바로 형걸의 부친, 박성권이다.

이제는 참봉으로 불리는 박성권은 어떻게 집안을 일으켰는가? 부친이 죽으면서 남긴 얼마간의 채권을 근거로 채무자들을 닦아세워(156~157면) 종잣돈을 마련한 다음 이를 바탕으로 '갑오년 난' 때 피난도 아니 가고 "병대를 상대로 하여 장사를 하였다."(13면) 그리고 그렇게 생긴 이문을 은전으로 바꾸어 땅 속에 묻어 놓았다. 그 다음,

좋은 밭이나 논이 날 때마다, 은값이 센 것을 보면 조금조금 은전을 팔아서,
남의 눈에 들지 않게 토지를 샀다.

한편 돈놀이를 무섭게 하였다. 기일에 들여놓지 못하면 집이고 토지고 사정
없이, 다 꿰어 들였다. 집 시세는 얼마 보잘 게 없으므로 대개 토지를 잡았다.
세간이 아직 넉넉하고 땅덩어리나 가지고 있는 집이라면, 일 년 만에 이자를
꼬아 매고 꼬아 매고 하여, 이삼 년 안팎에 원금보다 이자가 몇 곱이 되게 만들
었다. 그의 재산은 눈 위에 굴리는 눈덩어리처럼 불어 나갔다. (17면)

말하자면 상업-고리대-지주가 긴밀히 결합된 양상인데 이것이 구한
말, 일제 초기 우리 원시 자본의 기본 형태의 하나이자,[6] 후일 이것이 지
반이 되어 근대적인 자본으로 발전해 나가게 됨은 우리가 익히 잘 아는
바이다.[7] 그런데 박성권은 자신의 돈을 토지와 고리대 자본의 형태로만
묶어놓을 뿐 일체 다른 곳에는 투자하지 않는다. "여관이나 잡화상 같은
것이 성해 갈 눈치가 뻔하지만, 제 손으로 그런 걸 벌여 보기엔 아직 시
기상조라고 보"는 것이고, "구차한 일은 남에게 시켜 놓고 자기는 뒤에

---

6) 어폐가 있을 줄 알면서도 마땅한 표현을 찾기 어려워 '원시 자본(가)'라는 말을 만들
   어 보았다. 물론 '원시적(본원적) 축적(ursprüngliche Akkumulation)'을 변형해 본 것이다.
   자본주의적 생산 양식의 성립에서 그 전제 조건을 이루는 자본과 임노동의 계급 관계
   를 역사적으로 창출하려는 자본 축적이 바로 원시적 축적이다. 박성권의 경우가 바로
   이에 해당하는 것은 아니다. 도시 원시적 축적을 본격적으로 말할 양상이나 시기도 아
   니고, 원시 자본, 원시 자본가라는 말도 기본적으로 어불성설이다. 다만 박성권의 제
   경제 활동이 식민지에서 자본주의적 경제 양식이 확립되기 이전에 이루어지고 있으며
   화폐자본의 축적이라는 원시축적기의 양상을 떠올리는 바가 있는데, 그 경제 활동이
   나 계급적 위치를 '호명'할 마땅한 말이 없었기에 원시적 축적에 유비하여 '원시'라는
   말을 붙여본 것이다. 따라서 '원시 자본'이라고는 하지만 그의 증식 재산이 자본의 형
   태를 띤 것도 아니고, '원시 자본가'라고는 하지만 그가 자본가라는 말도 아니다. 하지
   만 그의 고리대 사업 과정이 자본 증식 과정의 원시적 형태를 이루고 있다는 것, 또한
   그가 후일 식민지 자본가로 발전할 맹아적 형태를 띠고 있다는 것은 대체로 동의할 수
   있는 내용이 아닌가 한다. 그래서 조성해 본 용어이니 만큼, 이상한 말이 되겠지만,
   '문학적' 사회경제사 용어 정도로 수납해 주기 바란다. 한편 이 시기 우리나라 자본주
   의 발전의 양상과 의미에 대해서는 대체로 서울사회과학연구소 경제분과, 『한국에서
   의 자본주의 발전—시론적 분석』(새길, 1991)을 참조하였다.
7) 장시원, 「일제하 대지주의 존재 형태에 관한 연구」, 서울대 박사논문, 1989, 특히 그
   제2장 참조.

서 실권만 잡아 두는 게 어느 모로 따져도 영리한 계책이라고 생각하는 것이다."(142면) 대단히 냉철한 원시 자본의 존재 방식이라고 보아야 할 것이다.

이 같은 자본 운용 방식에 걸맞게 박성권은 냉정한 분별력, 정확한 예지와 판단력, 강인한 추진력을 지니고 있다. 그 앞에 설 때, 인정·의리·명분·명예·허명 같은 것은 순식간에 빛을 잃는다. 오직 실리만이 빛을 발할 뿐이다. 가난한 친척이나 푸네기 치다꺼리를 피하여 다른 고을로 이사를 단행하고(13면), 낯이 있고 의리가 있다면 차마 못할 짓을 눈을 내리감고 막무가내로 해치운다(157면). 또한 누구에게나 상의하는 적이 없고, 한번 결정하면 무엇이든지 해놓고야 말며, 자신만만하여 묵묵히 실행하는 꿋꿋하고 휠 수 없는 성격을 갖고 있다. 그리고 종국에는 "돈의 위력을 누구보다도 확신하는 날카로운 선견의명을 갖고 있다. 그는 아직 문벌이나 가문이 행세를 하는 세상인 줄 알건만, 이런 것이 자기의 돈 앞에 궤배할 날이 머지않아 올 것을 확신하"는 인물이다(22~23면).

아울러 그는 시대의 변화를 읽을 줄도 아는 인물이다. 당시 사회가 '개화'의 물길을 따라 흘러가고 있음을 간파하고 있는 그의 모습은 아들 둘을 신식학교인 기독교학교와 그 후신인 동명학교에 보내고 아들들의 단발을 심상하게 바라보는 데서도 잘 보이지만 가장 적실한 예는 둘째 아들 형선을 장가보내는 데 후행으로 개화쟁이 처남 최관술을 택하는 장면이 아닐까 한다.

최관술이는 삼십 고개나 겨우 넘었겠는데, 주둥이 위에 자개 수염을 삐드럭하니 기르고, 또 머리를 반반히 깎았던 것이 적지 않이 좋았다. 낡은 습관을 엄숙하게 지키는 집안이라면 동학(東學)에 취한 최관술이를 보내서 안 될 일이 많겠으나, 마침 사돈 되는 정봉석(鄭鳳錫)이가, 이즈음 예수를 믿기 시작했다는 말이 돌아다니리만큼 개화사상에 흥미를 갖는 이므로, 이 고장서는 하나밖에 없는, 서울 출입 자주 하는 처남으로 손우수를 작정한 것이다. 신식으로다 내뻗

치자면, 최관술이 당할 놈이 없으리라고 생각했던 것이다. (25면)

이런 박성권은 "술은 취하여서도 돈과 밭과 집안 가도와 자식들은 잊지 않았다."(22면) 돈과 밭이야 다름 아닌 돈이기에 그렇다 해도 집안 가도와 자식들은 도대체 무엇일까? 이 '근본 없는'[8] 신흥 원시 자본가에게도 집안의 체면은 여전히 버릴 수 없는 최후 방어선 같은 것이었고, 또 남들에게는 냉혹해도 자식들에게만은 자애로운 아버지이고 싶었던 것일까? 그랬을 수 있다. 그러나 그것이 근본적인 이유는 아니다. '진정'한 이유는 자식들을 통하여 '돈'과 '밭'이 유전되기 때문이다. 가족의 견고한 결속과 가문의 변함 없는 번영과 발전을 꾀하기 때문이다. 맏아들 형준에게 신식 공부를 시키지 않고 "돈놀이 하는 것과, 추수하는 것과, 집안일 전체를 감독하고, 사람을 부리는 재주만 배워 두면 그만이라"는 수준의 요구만 내거는 것이나, 형준의 아내에게서 "가도 범절이 옳아서, 며늘아이의 하는 품이 상냥하고 손 쓰는 법도, 맏며느리 되기에 흠잡을 곳이 없"음을 읽어내는 것이나, 작은 아들네 밭사둔 정봉석을 "지금은 그만두었으나 벼슬도 높았고, 또 재산도 상당하다"고 평가하는 것이나 모두 같은 맥락이다.

이 의식의 연장과 집합에 바로 '결혼'이 놓인다. 『대하』 속에서 결혼은 젊은 남녀의 결합, 혹은 사랑의 결실, 아니면 연정의 좌절의 종점, 또는 정략의 산물 따위가 아니다.[9] 그것은 가족과 가문의 흥성함의 상징 및

---

8) 김남천, 「나의 창작 노−트: 작품의 제작 과정」, 『조광』 44호, 1939.6, 154면.

9) 결혼 신방 차림을 전후하여, 자신의 남편이 형걸이 아니라 형선임을 알게 된 정보부의 좌절과 번민이 그려지지만 이것이 소설 속 결혼의 근본 의미를 훼손하지는 못 한다. 그것은 그 고뇌가 이후 더 이상 펼쳐지지 않는 일회적인 것이라는 데서도 알 수 있다. 작품 속에서도 보부는 "이 남편을 무슨 일을 겪으면서도 섬겨야 한다. 아니 몸을 부숴서 가루를 만들어 모시고 섬겨도, 결코 충분하다고는 생각할 수 없을 만큼 커다란 존재로 생각하였다"고(62면) 다소 과장적으로 결혼의 본디(이 작품에서의) 의미로 회귀한다. 좀더 나아가 생각해 본다면 정보부는 이후 작품 속에서 더 이상 의미 있는 인물로 등장하지 않는다. 그렇다고 한다면 보부의 고뇌는 차라리, 영혼의 여정을 밟아 가는 형걸의 고뇌가 보부에게 전이된 것으로 생각할 수 있겠다.

전망이 하나의 의식(ceremony)으로 응축된 것이다. 따라서 이 결혼식에 대한 묘사는 한껏 상세하고 화려할 수밖에 없다. 박성권과 그 가족의 홍성과 기원이 작가 김남천의 손 끝을 통하여 전개되었기 때문이다.[10]

요컨대 박성권과 그 가족을 통하여『대하』는 구한말·식민지 초기 시기의 원시 자본가와 그 생활을 그려낸 것이다. 그리고 그 가족사를 통하여『대하』는 식민지 자본주의의 뿌리라는 역사적 흐름을 제시한 것이다. 박성권의 가족사는 단지 박형걸이 주연(主演)한 소설의 배경이나 삽화도 아니고, 예외적 개인이나 특정 지역에 한정된 것도 아니다. 김남천이 포착한 민족사의 뚜렷한 한 흐름에 그대로 대응하고 있는 것이다. 그것은, "『대하』의 제재와 작가의 태도는 내가 작년도에 발표한「현대 조선소설의 이념」과「풍속과 세태」등, 일련의 장편소설 개조론에서 누차 말해온 "연대기를 가족사의 가운데 현현시킨다"는 一句로써 짐작할 수 있는 것"이라는 진술에서 확인 가능하다.[11] 그리고 그를 위하여 읽은 책의 목록을 김남천은 아래와 같이 제시한다.

> 인정식 씨 저『조선 농촌기구의 분석』(1937)
> 이청원 씨 저『조선역사독본』(1937)
> 동   씨 저『조선독본』의 일 부분(1936)
> 백남운 씨 저『조선사회경제사』의 일 부분(1933)
> 성천읍지 두 권[12]

위 논저의 저자들은 모두 유물사관에 기초하여 사회경제사 분석을 시

---

10) 결혼식이 상세하고 화려하게 묘사되는 것은『봄』이나『탑』의 경우도 마찬가지이다. 결혼에 대해 우리가 내린 해석이 과도한 것이 아님을 재차 보여주는 사실이라 하겠다. 심지어『봄』의 석림의 결혼은 할머니 회갑연의 선물감이라는(282면) '엉뚱한' 의미를 같이 지니는데도 화려하고 상세하게 그려져 있다.
11) 김남천, 앞의 글, 153면.
12) 김남천, 위의 글, 154면. 말미의 발간 연도는 인용자가 기재한 것이다. 인정식, 이청원, 백남운의 위 네 저작은 모두 일문판이고 인정식 저서의 정확한 제목은『조선의 농업기구 분석』이다.

도했던 쟁쟁한 학자들이다. 그 최신의 저서들을 이용하여 작가는 『대하』의 역사적 프레임을 구축해 본 것이다.

4. 『대하』와 『봄』, 『탑』의 거리—세계관의 이동(異同)

식민지 자본주의의 뿌리가 내리던 시기를 탐색해 보고자 하는 문제의식은 『봄』과 『탑』에서도 동일하게 나타나는 것으로 이해된다. 그러나 『대하』가 '뿌리' 그 자체를 최정면에서 다루었던 데 비해 『봄』과 『탑』은 뿌리가 내리던 '시기'를 문제삼고 있다는 점에서 양자는 서로 구별된다. 이 차이는 일차적으로 『봄』과 『탑』이, 『대하』에 비해 작가의 체험과 좀 더 긴밀히 연관되어 있었다는 사실에서 올 것이다.[13] 즉 작가 자신들의 부친을 모델로 삼은 '양반' 유춘화와 박진사는 김남천의 허구가 만들어 낸 중인(아전) 출신의 '근본 없는'[14] 박성권과 같기 어려웠다. 다시 말해 가문의 신분적 전통과 역사가 주는 부하로 인해 운신이 자유로울 수 없었다. 그 결과 그 스스로 '뿌리'가 되지는 못하였다. 그런데 이 사실이 그토록 결정적이었을까? 물론 가능성은 상대적으로 더 낮겠지만, 양반이라고 해서 식민지 자본주의의 뿌리 자체가 될 수 없었을까? 양반—관료 출신의 원시 자본가가 불가능하였을까? 역사적 사실은 그렇지 않음을 증언

---

13) 『봄』과 『탑』에 작가의 실제 가족사와 자신의 모습이 거의 그대로 투영되어 있는 것과는 달리 『대하』는, 특히 그 가족사는 허구에 기초를 두고 있다. 무엇보다도 박성권과 달리 김남천의 부친은 평남 성천 군청 공무원 출신이다. 김남천, 이기영, 한설야의 생애 연보적 사실에 대해서는 각각 이덕화, 『김남천연구』(청하, 1991); 김흥식, 「이기영 소설연구」(서울대 박사논문, 1991); 서경석, 「한설야 문학연구」(서울대 박사논문, 1992)를 참조할 것.

14) 김남천, 앞의 글, 154면.

하여 준다. 양반—관료로부터 원시 자본가로의 전이는 불가능하지도 않았고 더 나아가 드물지도 않았다.15) 그렇다면 근본적인 이유는 무엇일까? 결론부터 먼저 말한다면 그것은 (작품 속에 드러난 바의) 작가의 세계관 때문이다. 『대하』와 『봄』과 『탑』은 외견상 매우 흡사한 구조와 내용으로 되어 있으면서도 그 내부에서는 놀라울 정도로 상당히 일관성 있게 서로의 차별성을 드러내고 있다. 그리고, 다시 한번 미리 말하자면, 『봄』과 『탑』 사이의 거리는 이들과 『대하』와의 거리보다 가깝다. 이 점을 이제 항목별로 나누어 살펴보도록 하자.

하나, 가장(家長)의 신분과 의식. 『대하』의 박성권이 중인 출신으로 시대 변화에 발맞추면서 그에 걸맞는 의식을 충분히 보여주고 있었던 것과 달리 『봄』의 유선달(유춘화)은 마름이기는 하지만 양반으로서 좀더 복잡한 의식 구조를 갖고 있다. 그는 연필·시계·공책을 갖고 다룰 만큼 새로운 문물에 적응해 있고, 신식학교인 광명학교를 세우고 중흥에 앞장서서 맹연설을 하고 앞장 서 기부금을 낼 정도로 트인 의식을 갖고 있다. 그럼에도 한편으로는 양반임을 내세워 민촌의 백성에게 거리낌없이 사형(私刑)을 가하고, "모친의 수연(壽筵)을 더욱 경사롭게 하기 위하여"(282면) 조혼임을 알면서도 아들의 결혼을 강행하는 인물이기도 하다. 말하자면 전근대와 근대가 부정합적으로 혼효된 생활을 갈피없이 살고 있는 인물이라 할 수 있는데, 그가 구사하는 반토막 일본어는 이를 상징적으로 보여 준다. 의식의 측면에서도 "노인 대접을 먼저 해주고 반상을 타파하려는"(52면) 태도를 갖고 있는 일면 동시에 "상놈들은 모두가 무식한 농군"이라는(51면) 생각을 갖고 있기도 하다. 더구나

지금도 무풍(武風)을 띠고 호협한 기개를 보이려만 들었기 때문에, 잗단 금전은 돈으로 알지를 않았다. 친구를 만나면 혼연히 술을 내는 것은 물론이요, 모르는 사람이라도 딱한 사정을 목도하는 때는 그대로 방관하는 법이 없었다. 객

---

15) 장시원, 앞의 글 참조

지에 나가서 시장해 뵈는 사람에게는 음식을 사주고, 외상밥값에 졸리는 꼴을 보면 자기의 주머니라도 털어 주는 성미였다. (377면)

살림 규모에 맞지 않게 광명학교 중흥비 조로 선뜻 이백원을 기부한 것도 이러한 맥락에서였다. 그렇기에 다른 사람들로부터 "시대는 그전과 달른데, 옛날 호기를 그대로 가지고 살자니 되냐"라는(377면) 평을 듣는다. 요컨대 근대를 향해 치닫고 있는 시대에 합당하지 못한 근대 미달형 인물이다. 그런 만큼 그가 금광에 손댔다가 실패하고 집마저 처분하는 신세로 몰락하는 것은 충분히 예측할 수 있는 귀결이기도 하다.

『탑』의 박진사는 유선달보다도 좀더 뒤로 물러서 있는 인물이다. 그 또한 개화의 시속을 따르고 "세월이 바뀌었으니 구태여 옛날같이 심한 층하를 둘 필요가 없다는 깨달음"에서(40면) 종문서를 태우고 종의 자식들로 하여금 자신의 어머니를 할머니라고 부르게까지 하는 인물이다. 또한 집 뒤 빈터를 운동장으로 만들고 학교를 확장하기도 한다. 그러나 그는 관찰사와 부동해서 행민하다 민요(民擾)가 나게 할 만큼의 인물이기도 하고[16] 도포 자락을 고집하면서 아들의 단발에 "술 기운이 울컥하며 천둥같이 화를 내"는(168면) 봉건적인 인물이기도 하다. 모친에 대한 끔찍한 효성은 그의 봉건성의 또 다른 징표이다. 박진사의 한 몸 속에 들어 있는 근대 지향과 봉건 잔재는 그를 이원철광 경영 및 개간 사업의 시도와 실패로 이끌게 한다.[17] 낭패에 빠진 박진사는 그의 작은 딸을 은행가의 아들에게 시집 보내 재산상의 손실을 충당하고자 하는 지경으로까지 전락한다.

이처럼 정도의 차이는 있으나 유선달과 박진사는 근대에의 완전한 합류에는 여러 가지로 미흡한 인물이고 그로 인하여 좌절과 몰락의 길을

---

16) 후일 의병장 홍범도의 부하들이 그를 죽이러 올 정도이기까지 하다.
17) 이 과정에서, 미천한 차군 출신으로 출세한 다음 은행장으로서 박진사를 쥐락펴락하게 되는 송병교는 『대하』의 박성권을 그대로 연상시킨다. 다만 부정적 · 퇴영적으로 표상되어 있다는 점에서 박성권과 구별된다.

걷게 된다. 박성권이 시세의 흐름을 정확히 읽고 거기에 맞추어 몸을 놀리고 있던 것과는 달리, "옛날 시대가 그대로 있어야만 잘 살 위인"이(377면) 유선달이었고 "그런 정세를 알 턱이 없는 박진사"였던 셈이다.18) 이것이 가문의 지속적인 성장과 몰락이라는 상반된 결과를 낳았고, 또 그 자장은 가족의 후계자인 형걸—석림—우길에까지 그대로 미쳐 근대적 영혼의 성장에 명암의 차이를 내쬔 것이다.

둘, 종들의 운명. 세 소설에는, 농담의 차이는 있지만, 각 집안과 밀접한 연관을 맺고 있는 종들이 분명하게 형상화되어 있다. 쌍네, 창길과 도가, 게섬이 그들이다. 이 중 쌍네는, 노골적으로 말하자면, 기본적으로 형걸의 영혼의 성장 과정을 방조(傍助)하는 소도구로서 작동한다. 정보부—쌍네—부용으로 이어지는 형걸의 애정의 전개선상에서 하나의 기착지이자 하나의 표현 방식이었다는 말이다. 한편 『봄』의 창길과 도가는, 다른 두 작품과 달리, 소설 속에서 그리 도드라지게 나타나지 않는다. 그런데 바로 그 사실이 이들의 특성을 단적으로 나타낸다. 창길과 도가는 주인 유춘화의 심부름을 하고 농사를 짓고 일을 하면서 살아간다. 그러다 창길이 노름 다툼에 휘말려 피살되자 도가는 창길 처를 아내로 맞게 되고 또 그렇게 살아간다. 즉 이들은 『봄』에 등장하는 여러 작인들처럼 평범하고 일상적인 삶을 영위하는 생활인일 뿐이다. 한편 『탑』의 게섬은 어떠한가? 종의 딸로 태어나 내리닫이 종살이를 하고 있는 이 억세고 못생긴 여종은 고달픈 삶을 살아간다. 쉴새없이 일을 하면서도 집안의 여주인들에게는 끊임없는 지청구와 푸대접을 받고, 망나니 같은 개구쟁이 우

---

18) 흥미롭게도 이 근대 지향에의 미달을 채우고 있는 인물들은 『봄』과 『탑』에서 모두 일본인들이다. 『봄』에서 일본 육군 소위 출신으로 우편소장인(즉 제국주의적 침략의 첨병에 선 인물인) 중산 선생은 광명학교 선생 직을 수행하면서 긍정적으로 그려지고 있고, 학교 확장을 위한 자리의 유선달 연설에서는 '일본을 배우자'는 모토가 내세워지고 있다. 『탑』에서는 야바위판의(11~12면) 일본인들과 의병들을 진압하러 온 일본 병정들(204~209면)조차 각기 화자의 언술 속에서 긍정적으로 그려지고 있다. 분명히 이것은 문제적이지만 그러나 일단 그 기본적이고 최종적인 대의는 근대의 긍정에 가로놓여 있는 것으로 이해된다.

길에게는 자심한 장난질을 받고, 생일날에도 배불리 먹어본 적이 없다. 나아가서는 열 네 살 먹은 집안의 큰 아들(수길, 관명으로는 상무)이 결혼을 하는 마당에도 신부보다 하나 적을 뿐인 열일곱 먹은 이 여종은 아무도 거들떠보지 않는 그런 대우를 견뎌가며 살아간다. 스물의 나이에 동병상련의 처지에 놓인 상제(룡능)와 어렵게 사랑을 나누어 임신까지 하게 되지만 주인 집안의 식구는 가문의 체면을 내세워 핍박하고 그가 낳은 아이를 빼앗아 다른 집에 주어버린다. 끝내는 정신 이상이 되어 주인집에 불을 놓다가 마침내는 스물둘 한 많은 일생을 접게 된다. 마치 신경향파 소설의 여주인공을 연상시키는 게섬은 그러나 이 고난을 견뎌내기는 하지만 수긍하지는 않는다.

> 그 모양으로 게섬이도 우길의 머리에 제 이마패기를 대고 맞받아 주고 싶었다. "그러면 그 뿔로 이 놈의 새끼도 받아 주고 노마님도 받아 주고 그리고 또 미운 연놈이 있으면 그것은 더 보기 좋게 뱃통을 씨익 하고 받아 넘기고⋯⋯." 게섬이는 장쾌하였다. 또 무엇인지 모르게 분하였다. 분해서 견딜 수가 없었다. 아무 것이나 닥치는 대로 지근지근해 버리고 싶었다. (56면)

이 가긍할 여종을 통하여 한설야는 무엇을 드러내고 싶었던 것일까? 우리는 그것이, 봉건적인 습속으로 고통받고 있는 민중의 모습이었을 것이라고 생각한다.

셋, 민속 행사의 내용. 구한말·일제 초기 시기를 다루는 소설들답게 이 세 작품에는 모두 전통 시대 삶의 모습이 오롯이 담겨 있는데, 그것이 집중적으로 구현되는 곳이 세시풍속상의 명절들이다. 흥미롭게도 이들은 서로 달리, 『대하』는 단오를, 『봄』은 추석을, 『탑』은 상원(대보름날)을 그려내고 있다. 그 배치는 우연이라 할지라도 매우 절묘한 느낌을 준다. 그야말로 욱일승천하는 듯한 박성권 일가의 기세를 닮듯이 『대하』에는 화창하고 싱그러운 단오가 "제철 만난 함박꽃과 부득꽃과 싱싱한 창포와 더불어, 난만히 피어 터져"(248면) 있다. 그런데 『대하』는 단옷날 행사로 전통적인 그네뛰기, 탈춤, 씨름의 묘사는 한 문단으로 줄이고 십여 쪽의 분량을 대운동회 묘사에 바치고 있다. 그 내막이야 충분히 짐작 가는 바이지만, 더 흥미로운 것은 단옷날 행사 앞 부분을, 단오를 맞는 박리균네 여관과 국수가게·마방, 나카니시네 잡화 상점, 김용구네 과일점, 이칠성이네 상점, 그 외 여러 음식점과 마방들이 대목 맞을 채비를 하고 있는 장면으로 채워놓고 있다는 사실이다. 명절을 장사와 연결시켜 사유하는 것이야말로 근대적인 것이라고 아니할 수 없다. 『봄』은 술 먹기 좋아하고 사람 맞기 좋아하는 유선달에 대응이라도 하듯 풍요로운 한가위를 골랐다. 추석이 풍요와 연결되어 있다는 사실을 가장 잘 보여주는 것이 암소를 한 마리 잡아 온 동리가 나눠먹는 모습이다. 그 외에도 『봄』 속의 추석은 시골 장, 술타령과 이야기, 떡과 송편, 차례와 성묘, 풍물과 농악, 말떼기 장난 등으로 그득히 채워져 농촌 생활의 윤기로 빛나고 있다. 여인네들이 둘러앉은 자리에서도 이야기꽃이 피어나는데, 그 와중에도 이기영은 삶이 빚은 꼭 우습지만은 않은 우스개 이야기 두 토막을 끼워 넣고 있다. 그것은 유춘화의 아우인 춘광이 열여섯에 애아비가 된 것이 부끄러워 자기 딸로 하여금 자기를 보고 '유서방'이라고 부르게 했다가 우세를 당한 이야기와 조혼한 자기를 조롱하는 말들을 하던 아낙네들에게 춘광이 자기 알몸뚱이를 내뵈인 이야기이다. 작가는 거기에 "조혼이 저지른 한마당의 희비극"(187면)이라고 논평을 붙이고 있다. 『탑』은 한 해가 가고 새해가 왔지만 절기는 싸늘하기 짝이 없는 정월의 가운데에 놓인 상원날을 전후한 무렵을 불러들였다. 그리고 여인네들의 마실, 널뛰기, 굿, 달맞이, 달맞이, 불싸움 등의 습속을 항목으로 골랐는데, 이들은 『탑』 속에서 거의 대부분 민중들의 고난과 기원(祈願)에 연결되어 있다. 여인네 마실은 고달픈 시집살이에서 비롯한 시어미 흉보기로 이어지고, 굿놀이는 처녀의 설움을 담은 배뱅이굿으로 마무리되고, 달맞이 속에는 "달님, 나를 올해에는 제발 덕분에 이 집에서 나가게 해주시소"

라는 게섬의 소원이 담기고, 윷점은 좀더 나은 내일을 기원하는 바람에 답하는 덕담으로 풀이된다. "실상 농사를 해롭히는 오리와 기러기를 물리치자고 해서 하는"(133면) 불싸움은 4년 전에 치렀던 러일전쟁 당시 겪었던 수난의 연상으로 이어진다.

넷. 학교의 모습과 수준. 형걸이 다니는 동명학교는 심상과와 고등과를 두루 갖추고 있으며, 교정에 운동장도 있고, 학교 심부름꾼인 사채도 고용하고 있는 제법 번듯한 학교이다. 교사들에 대한 불만이 없는 것은 아니지만 교과과정에 창가, 체육, 조련을 위시한 신식 학문도 제대로 들어 있다. 이에 비해 석림이 다니는 광명학교는 많이 미비한 편이다. 당초 시작부터가 "시대의 풍조에 휩쓸려서 다른 고을에는 벌써 학교가 생겼는데 내 고을에 없는 것은 수치라는 생각에서 일시 기분적 열성을 분발한 데"(267면)였으니 오죽 하겠는가? 교사(校舍)는 우선 관사를 빌어 쓰고 있고, 과목도 일어·산술·한문·체조에 지나지 않는다. 더구나 그것을 가르치는 교사들은 그 누구도 제대로 된 교사가 아니다. 소설의 표현을 옮기자면 "주워 무더기"(317면)이다. 그래서 학교 혁신 확장 운동을 벌이게 되는데 그 결과로 건물을 증축하고 운동장을 넓히고 숙직실까지 갖춘 모습에 이르게 된다. 한편 우길이 다니는 학교는 형편이 더욱 좋지 않다. 학교 이름조차 나오지 않는데 더 큰 문제는 그 실상에 있다.

> 우길이네 촌에도 학교가 새로 생겼다. 그러나 그것은 지금까지 있어 온 서당을 이름만 학교로 고쳤을 뿐이오, 학과도 전이나 별반 다르지 않아서 대단히 미미한 것이었다.
> 산술과 어학을 새로 가르쳤으면 하고 공론들 하였으나 가르칠 사람이 없었다. (152면)

이런 학교에 한 줄기 희망이 비쳤으니 그것은 서울에서 학무시찰이 내려온다는 것이었다. 교통편 때문에 늦어지는 학무시찰을 역에서 다섯

시간이나 기다리면서 동우라는 학생이 바지에 똥까지 싸는 해프닝도 벌였지만 정작 내려온 학무시찰이 한 짓은 연설하면서 우길이네 상 다리 하나를 부러뜨린 것뿐이었고 "다녀간 후에도 이 동리 학교는 여전히 그대로였다."(163면) 2년 뒤(1909)에야 학교는 박진사의 솔선으로 시설(학교와 운동장)과 교과(일본어, 산술, 체조, 교련)에서 어느 정도 꼴을 갖추게 된다.

다섯, 서사 모티프 문제. 장편소설에서 흔히 있을 수 있는 일이지만 세 소설에는 작품의 본 줄기와는 상관없는 삽화(episode) 혹은 자유 모티프(free motif)라고 불릴 만한 내용들이 들어 있는데, 『대하』에서는 칠성이네 '자행거'를 꼽아야 할 것이다. 평양서 사온 자전거 앞에 "광대나 잔치패가 왔을 때처럼 사람들이 꼬이고 아이들이 모여드"는 것은 이 근대적인 물건의 위상을 잘 보여준다. 『봄』에는 우리 삶의 결처럼 많은 삽화가 담겨 있는데 그 중 가장 큰 것은 두 차례나 나타나는 고담(古談)이다. 추석 며칠 뒤 석림이 인사차 찾아간 큰고모댁(지주 안참령집) 아랫방에서 펼쳐진 강생원의 고담은 소설 전체 분량의 십분지일을 넘을 정도로 긴 분량이다. 고담은 새로 지은 광명학교 숙직실에서도 잠깐이나마 다시 한번 펼쳐진다(344~347면). 『봄』에 많은 삽화(이야기)가 담겨 있고, 그 삽화 중 가장 긴 것이 옛날 '이야기'이고, 그 옛날 이야기 속에 또 하나의 이야기가 담겨 있을 정도로[19] 이야기는 『봄』에서 절대적인 비중을 차지하고 있다. 이를 두고 여러 가지 해석이 가능하겠지만 이 글에서는 사람들의 생활의 다양한 양상을 가장 구체적이고 효과적으로 전달하는 장치의 하나가 이야기라는 사실을 상기하는 데서 그치고자 한다.[20] 한편 『탑』에서는 단연코 민중들의 반란이 주되다. 박진사는 이미 작품 시작 이전에 민요(民擾)를 겪었던 인물이다. 그가 희한하기 짝이 없는 후보초시제라는 것을

---

19) 그래서 그 부분의 절 제목이 '話中話'이다.
20) 결국 이야기란 삶의 이런저런 자락들을 펼쳐 놓는 행위일텐데 『봄』의 여러 삶의 자락 중 흥미로운 것은 男色 장면이다. 작중 사실에 비춰 본다면 남색은 아주 드문 예외적인 현상은 아니었던 것 같다. 결국 남색은 생활의 한 장면으로 소설 속에 들어온 것인데 그 맥락에서 보자면 이야기 한 토막이나 진배 없는 수준인 것이다.

창안하여 관찰사와 더불어 민초들을 쥐어짜다가 당한 일이다. 후보초시
제란 무엇인가? "초시 될 만한 사람은 다 되었지만 그 아래 가는 좀 인
금이 떨어지는 사람에게" 주는 것인데, "위에서 내 주면 싫어도 안 받을
수 없고 받는 날이면 돈은 으레 좌수우봉으로 바쳐야"(29~30면) 한다. 매
관매직치고도 아주 고약스러운 것이니 끝내 반란을 불러온 것이다, 그러
나 삽화 차원이면서도 좀더 의미 있는 것들은 작품 중반쯤에 박혀 있는
데 1895년 최문환의 난, 1907년 차도선·홍범도의 반란이다. 이들은 모두
역사상 실재했던 사건들이다. 그리고 작품 속에서는 '난, 반란, 민란, 폭
도'들이라고 표현되고 있지만 1895년의 사건은 위정척사적인 반제 투쟁
의 성격을 띠고 있고, 1907년의 사건은 말할 것도 없이 1907년 제2차 의
병전쟁의 일환으로 떨쳐 일어났던 함흥 지방의 의병 거병을 가리키는
것이다. 이들이 부정적인 언사로 호명되어 있는 것은 작품 발표 시기를
생각하면 도리어 당연한 것이기도 한데, 민중들의 반제 투쟁이라는 점에
서는 공통적이다.

　이제껏 가장, 종, 민속, 학교, 서사 모티프의 다섯 항목에 걸쳐 세 소설
의 세계관에 대한 밑그림을 그려보았다. 이 절 첫 부분에서 미리 밝혔던
대로의, 작품 사이의 거리도 스스로 드러나고 작품간 차별성도 일관성
있게 나타났다고 생각한다. 총괄하여 보자. 우리는『대화』와『봄』과『탑』
의 세계관을 한 마디로 각각 '근대'·'생활'·'민중'이라고 압축할 수 있
다고 생각한다. 물론 어느 작품이든 '개화'의 시류가 시대적이며 근대를
향한 도정이 불가역적이라는 대전제는 공통 사항이다. 또한 그 기조 위
에서 '반봉건'의 기치도 선명하다. 다만 무엇의 눈을 통하여 이 총체를
바라볼 것인가라는 문제가 남는 것인데, 그 눈의 형상을 각기 근대, 생
활, 민중이라고 압축해 본 것이다.21)

---

21) 논지에서 다소 벗어나는 이야기이지만 본고는 이 '근대, 생활, 민중'이 이들의 다른
　작품 상당수에도 적용되리라고 생각한다. 아울러 좀더 관심이 가는 부분은 해방 후 이
　셋의 행로가 두 갈래로 갈라지는 부분이다. 주지하다시피 김남천은 임화와 더불어 남

5. 식민지 2단계 혁명론의 내면 풍경–대하소설의 구상

결국『대하』·『봄』·『탑』은 식민지 자본주의가 뿌리내리는 시기에 그 양상을, 혹은 정면에서 혹은 측면에서 포착한 것이라 요약할 수 있는데, 구 카프의 대표 작가들이 노동자 계급의 성장도 아닌 근대적 양상에 초점을 맞추었던 것은 무슨 이유에서일까? 그것도 김남천 개인의 작가적 행위에 그쳤다면 그 자신의 이른바 로만개조론에 따른 작가적 모색으로 해석할 수 있겠지만, 이기영·한설야 등 구 카프의 일급 작가들이 모두 나서고 있는 형편인 것이다. 즉 이들 모두의 공통적 근거를 갖고 있다는 말이 된다. 이 지점에서 우리는 김남천의 다음과 같은 말에 주목하게 된다.

> 금년 정월에 전작 채로 상재된『대하』제1부가 즉 그것인데, 이것으로 말해도, 장차 어찌 될는지는 모르나, 지금 내가 계획하고 있는 상당히 길고 거대한 장편소설의 단초에 불과한 것이니,……22)

즉『대하』는 그 자체로 완전히 완결된 작품이 아니라 더 규모 큰, 문자 그대로의 대하소설의 시작부에 해당한다는 것이다.『대하』를 놓고 말하자면 가출한 박형걸의 뒤를 잇는 소설(群)이 더 있다는 말이다. 과연 김남천은 '『대하』제2부'라는 부제를 붙인『동맥(動脈)』을 발표한다.23) 그러

로당–문학가동맹의 계열에 섰고, 이기영과 한설야는 북로당–북문예총의 계열에 서게 된다. 이 계열화를 설명하는 방식에 여러 가지가 있어 왔는데, 본고는 거기에,『대하』·『봄』·『탑』에서 드러난 작가들의 세계관 혹은 역사관과 결부시켜 설명하는 방식을 추가할 수 있으며, 또한 이것이 상당한 수준에서 합리성을 획득할 수 있으리라고 생각한다. 다만 그를 위해서라도 이기영에게 붙인 '생활'이라는 라벨은 좀더 정치해져야 할 것 같다.

22) 김남천, 앞의 글, 151면.
23)『신문예』1946년 7월호와 10월호에,『신조선』1947년 2~6월호에 연재되다가 중단되었다. 그러나 이미 밝혀졌듯이 그 시작은 더 일찍 이루어졌다.「開化風景」(『조광』, 1941.5)에 "이것은『대하』제2부『동맥』중의 일절이다"라고 씌어져 있다.

나 여러 사정상 『동맥』은 미완성인 채로 끝난다. 현존하는 『동맥』 연재분은 『대하』의 완전한 속편으로 형걸이 집을 나간 뒤 2년 뒤의 상황에서 시작한다. 그리고 형걸이 서울로 가서 공부하여 상당한 지적 성취를 보이고 있다는 것, 형선 또한 서울로 유학하려 한다는 것, 천도교와 기독교 이야기가 전면에 나서고 있다는 것 등이 주요 내용으로 되어 있다. 그러나 이것만으로는 『동맥』이 어떻게 전개되어 나갈지 짐작하기 어렵다.

한편 『봄』의 경우는 어떠한가? 이 역시 후속작을 예비하고 있었다. 너무 뒤늦은 말이어서 완전한 신뢰도를 주기는 어렵겠지만, 이기영은 1957년 북한에서 『봄』 재판을 내면서 「작가의 말」에서 "원래 나는 『봄』을 2부작으로 쓸 계획이었다"고 밝히고 있다. 그런데 그렇게 된다면 "2부에서는 경술년 합방과 3·1독립운동 등을 취급해야" 되는데 당시 검열에 비추어 불가능할 것으로 판단되어 "아예 단념"하고 말았다고 덧붙이고 있다.[24] 그리고 대신 완전한 재계획 위에서 『두만강』 제1~3부(1954~61)를 발표하게 된다. 『두만강』은 『봄』을 위시한 일제 때의 장편에 적지 않은 부분을 빚지고 있지만 그 계열은 『봄』과 완전히 다르다. 무엇보다도 작품의 초점이 '박곰손—박씨동과 분이'라는 소작농 집안으로 이전하고 있다. 따라서 『봄』의 후속 부분 역시 미궁이랄 수밖에 없다.

『탑』 또한 속편을 갖고 있다. 제2부 『열풍』, 제3부 『해바라기』로 이어지는 전 삼부작 구상이다. 『열풍』과 『해바라기』는 1944년에서 45년에 이르는 시기에 탈고된 것으로 알려져 있으며, 이 중 『열풍』은 그 일부가 『조선문학』 1958년 9월호에 실렸고 같은 해 조선작가동맹출판사에서 발간된 것으로 조사되고 있다. 『열풍』의 알려진 내용 속에는 중국 북경의 조선의 애국 청년들의 활동, 조선 사회주의자들의 파당성 비판, 귀국의 필요성 강조 등이 담겨 있다.[25] 주인공이 상도로 되어 있는 이 소설은

---

24) 이상경, 『이기영 — 시대와 문학』(풀빛, 1994), 279면에서 재인용.
25) 『열풍』, 『해바라기』에 대해서는 서경석, 앞의 글, 153~154면; 문학과사상연구회, 『한설야 문학의 재인식』(소명출판, 2000)을 참조하였고, 직접 자료를 검토하지는 못하였다.

따라서 『탑』의 속편이 되기에 충분한 자격을 가진 것으로 판단된다. 다만 첫 발표가 1958년이고 그에 따라 『열풍』에는 1956년 8월 이래의 이른바 반종파투쟁의 그림자가 짙게 드리워진 것으로 보인다. 따라서 속편으로서의 순도에는 다소 문제가 있어 보인다.

이처럼 『대하』·『봄』·『탑』은 모두 각각의 작품을 시발점으로 하는 기나긴 기획안의 첫 번째 산물들이었다. 실제의 결과는 여러 가지 사정과 이유로 만족스러운 형편에 이르지 못했지만 이들 작품의 창작 의도를 고려함에 당초의 시방서는 존중되어야 마땅할 것이다. 생각해보면 이들 세 장편소설이 씌어진 시기는 1939~41년 간이었다. 1939년이면 이른바 '창씨개명'과 '국어(國語)' 상용을 들이대면서 내선일체 이데올로기의 공세가 정점에 달해 있던 시점이었다. 그리고 카프 제2차 검거와 해산으로부터는 4~5년의 시간이 흐른 시점이었다. 프롤레타리아 혁명운동의 부문 운동으로서의 프롤레타리아 문예운동은 실패했고, 자본주의 최후 최고의 단계로서의 제국주의는 기승을 부리며 위력을 떨치고 있었다. 왜 이렇게 되었는가라는 자문(自問)은 카프 작가로서는 응당 가질 만한 것이었으리라. 재차의 도약을 위한 섬세한 명세표가 필요했을 것이고, 그들이 청춘을 바쳐 맞서 왔던 자본주의적인 것의 계보를 더듬을 필요가 제출되었을 것이다. 『대하』와 『봄』, 『탑』은 그 1차 보고서이었다.

따라서 본고는 『대하』와 『봄』, 『탑』에게 가해진 대부분의 비평적 언어, 즉 현실인식의 퇴조, 계급의식의 후퇴라는 평가에 동의할 수 없다. 김남천과 이기영과 한설야는 프롤레타리아 작가로 마르크스주의를 신봉했고 식민지 조선의 질곡을 벗어나 찬연한 사회주의 사회 건설의 이상을 가슴에 품었던 사람들이다. 그만큼 혁명의 프로그램을 숙지하고 있었다고 보아야 할 것이다. 그런데 식민지 사회로서의 조선의 혁명론은, 레닌이 초안을 쓰고 코민테른 제2회 대회(1920)가 채택·결정한 「민족 및 식민지 문제에 관한 테제」에서부터 1928년의 이른바 「12월 테제」까지, 나아가 해방후의 「8월테제」에 이르기까지 언제나 부르주아민주주의 혁명론이었고, 이어 사회주의혁명이 진행되는 2단계 혁명론이었다.[26] 그렇다면 『대하』·『봄』·『탑』은 이른바 '개화기'를 대상으로 하여 펼쳐졌던 식민지 2단계 혁명론의 '내면 풍경'(가라타니 고진이 말하는 바의)이었다고 할 수 있을 것이다.

6. 맺음말

지금까지 프롤레타리아문학의 대표적 작가였던 김남천·이기영·한설야에 의해 1939~41년 간에 발표되었던 『대하』·『봄』·『탑』을 살펴보았다. 본고는 이들 작품을 파시즘의 위세가 정점에 달해 있던 무렵에 제출된 조선 식민지 자본주의의 뿌리를 캐는 보고서로 이해하였다. 그것은 무엇보다도 종래 이들 작품에게 내려졌던 계급의식의 퇴조 등의 평가로부터 이들 작품을 빼내오기 위해서였다. 이들 작품은 근대적인 것에의 '궤배'에서 산출된 것이 아니다. 1930년대 말, 1940년대 초 '오늘날'의 역사를 낳게 한 여울목의 물살을 들여다 본 것이다. 그 점에서 특히 『봄』과 『탑』이, 마땅히 유보해 두었어야 할 의식의 잔존물을 털어 내지 못함으로써 여러 결함을 드러내고 있음은 오히려 아쉬운 지경이라 해야 할 것이다.

본고는 여러 면에서 시론적인 성격이 강하게 진술되었다. 앞으로 '당대의 역사적 실상 ― 인정식·이청원·백남운 등의 사회경제사 연구 ― 『대하』 등의 세계'의 정합성을 좀더 따져보아야 할 것이고, 식민지 2단계 혁명론의 '내면 풍경'의 구조를 좀더 치밀히 살피고, 또 이를 좀더 확

---

26) 그러나 물론 큰 얼개에서만 같다는 것이지 세부에까지 일치한다는 뜻은 아니다. 이를테면 「8월테제」는 흔히 지적되는 대로 극좌적 편향과 현실 인식의 결함을 드러내고 있었다. 서중석, 『한국현대민족운동연구』(역사비평사, 1991), 235~245면.

장하여 같은 시기 다른 작품들에 대한 일관된 검토도 추가되어야 할 것
이다. 과제로 삼겠다.

3부

해방기의 시·시론과 민족주의

해방기 김기림 시론에 나타난 민족주의의 성과와 한계

이명찬

1. 8·15와 김기림

한국 현대시문학사를 꿰는 장면들 가운데 많은 이들이 놀라워하거나 때로는 당혹해 하는 장면 중에 으뜸이 해방기에 보여준 김기림과 정지용의 행적일 것이다. 둘 가운데서도 김기림의 경우가 보다 더한 편인데, 해방 후 별다른 작품 활동을 보여주지 못하고 말았던 정지용과 달리, 김기림은 두 권의 시집과 두 권의 시론서,『과학개론』을 비롯한 타 분야의 저서에 이르기까지 다양한 활동을 통해 그 변신을 뒷받침하고 있기 때문이다. 그의 변모된 행적의 핵심은 물론 임화와 손을 잡고 <문학가동맹>의 핵심 이론분자이자 활동가로 나서게 된 데 있다. 맑시스트들의 사상 전환만을 일러 전향이라 부르지 않고 그 폭을 좀 넓힌다면 모더니스트 김기림의 이러한 전환이야말로 전향의 모범적인 범주라 부를 수 있을 정도이다.

이 글은 일차적으로 김기림의 이러한 변화가 시속(時俗)에 비친 대로 과연 사상 전향이라 불러 마땅한 것인가를 짚어보려는 데 목적이 있다. 문제를 이런 식으로 제기했을 때에는 이미 제기된 문제 속에 그게 아닐지도 모르겠다는 필자 자신의 주관적인 판단이 이미 예비되어 있는 셈인데, 결론부터 말한다면 김기림은 결코 자신의 생각 자체를 크게 바꾼 적이 없었다. 다만 좌우의 이데올로기적 쟁투로만 해방기를 읽으려는 해방기 이후의 완고한 극우 중심주의 시각이 자기 아닌 모든 것을 좌익으로 몰고 간 결과로서의 김기림 읽기가 낳은 편견일 뿐인 것이다.

따라서 이 글은 사상 전향으로 비친 해방 이후 김기림의 행보를, 1930년대의 그것과 대비해 봄으로써 그에 대한 바른 이해에 도달해 보고자 하는 목표로 씌어 진다. 김기림의 행보는 해방 이전에도 크게 한 획을 그은 적이 있는데 그 계기가 임화, 박용철과 행했던 기교주의 논쟁이었다. 말하자면 김기림의 문학관은 1936~37년경과 해방기라는 두 개의 기준점을 사이에 두고 크게 세 시기로 그 특징이 구분된다는 뜻이다. 2장에서는 해방 이전의 김기림 문학관의 추이를 기교주의 논쟁을 중심에 두고 살펴 본 다음 그 특징을 정리해 볼 것이다. 3~4장에서는 해방 후의 문건들을 중심으로 김기림 문학관의 요체를 추려봄으로써 1930년대의 그것과 어떻게 변별되는지 아니면 연장선상에 있는지를 판별해 볼 것이다.

사실 해방기는 우리 역사상 처음으로 역사 변화(발전)의 모든 가능태들을 실제로 검토해 본 시기였다고 할 수 있다. 한국전쟁 이후 남과 북 양쪽에 공고하게 자리 잡는 상호 배타적 이념들조차 아직은 하나의 가능성으로만 존재할 뿐이었다. 이 특수한 사정을 염두에 두고 '해방 공간'이라는 용어가 안출되었던 것이다. 외세의 압제 아래 신음하던 일제 강점의 내내 제국주의적 현실을 부정하기 위하여서만 사용되던 '민족'이라는 범주를 실제 설립 가능한 국가 형태에 연동하여 긍정적이며 적극적인 범주로 사고할 수 있었던 시대가 해방기였다. 이러한 상황의 변화에 누구보다 열정적으로 반응하며 자기 개인의 꿈을 민족 전체의 그것에 투사해 나갔던 시인이 김기림이었다. 김기림의 이러한 행위 밑바닥에는 해방 전까지 자신이 견지했던 이론의 견실성에 대한 자부심에도 불구하고 그것을 구체화할 실천력은 결여되어 있었다는 자기 반성이 깔려 있었던 것으로 보인다. 다시 말하는 바 되었지만 김기림은 해방 후 자신의 사상적 지반을 바꾼 것이 아니라 관념으로부터 구체적 실천에로 나아갔던 것이다.

2. 일제강점기 김기림 시론의 변모 과정

주지하는 바대로 해방 전 김기림의 문학에 대한 인식은 변증법적 발전이라고 불러도 좋을 도정을 보여준다. 그 첫 출발이 서구문학을 모델로 놓은 근대주의자의 그것임은 말할 것도 없다. 자칭 '오전의 시론'으로 불렸던 그의 초기 시 이론이 노렸던 바의 핵심은 조선시가 빠져 있던 감상적 눈물과 낭만적 정한이라는 감정주의를 제거하는 일이었다. 그는, 이 주정적 영탄처럼, 낡은 오후의 동양 문명이 처한 위기를 잘 보여주는 표지가 없다고 믿었던 것이다. 그러므로 조선의 근대시는, 전근대=오후=감정=전원(田園)의 '예의'라는 이 지둔(遲鈍) 상태에서 벗어나기 위해, 하루바삐 근대=오전=지성=도회(都會)의 '생리'로 무장하지 않으면 안 된다고 생각했다. 그러면서 그러한 생리가 결국 과학에 뿌리가 닿아 있다고 믿었다. 그러한 생각을 방법적으로 이루어 내기 위해 그는 단단한 시각적 이미지, 즉 회화성을 시에 도입하는 길을 고안해 냈다. 음악성이라는 시의 기법 또한 낡은 시대의 표지라고 보았던 것이다. 그 결과 남는 것은 제국주의적 근대 풍경에 대한 명랑한 묘사뿐이었다.

김기림 시론의 이러한 출발에는 우선 두 가지 문제점이 내재되어 있다. 전근대 시에 있어서 음악성이 지배소의 역할을 했던 것이 사실이라 하더라도 근대시가 그것을 완전히 거부할 수는 없다는 점에 대한 인식이 결여되어 있다는 점이 첫 번째 문제점이다. 동인지 문단 시대를 거치며 소위 민요조 서정 시인들이 범했던 오류, 곧 자유시운동을 전에 없던 새로운 정형률을 만드는 과정으로 착각하고 7·5조의 착근(着根)에 동분서주했던 것은 물론 시문학사의 웃지 못할 해프닝이라손 치더라도, 근대시에서 음악성의 자리를 없애겠다는 김기림의 야심 또한 민요조 시인들에 못지 않은 도식적 사고의 결과라는 점에서는 마찬가지로 우습다. 시라는 장르에서 리듬감을 제거하고 나면 장르의 고유성을 무엇에서 찾을 수 있다는 얘기인지 난감하지 않을 수 없다. 시대가 바뀌면 음악성의 성격이 변화하는 것일 뿐이라는 초보적인 인식조차도 없었던 셈이다.

출발 선상에서 보인 김기림 시론의 두 번째 문제점은 모더니즘의 근본 문제와 관련된다. 모더니즘은 리얼리즘과 마찬가지로 물적 근대를 그 태생적 기반으로 한다. 즉 자본제적 근대 문명이야말로 모더니즘의 탄생 기반이라는 뜻이다. 그렇지만 모더니즘문학은 그 자신의 태생적 기반을 찬양하고 예찬하는 것이 아니라 강력하게 비판하거나 근본적으로 부정한다는 점에서 리얼리즘과 쌍생아가 된다. 리얼리즘이 현실 내적 태도를 취한다면 모더니즘은 현실 외적 태도를 취한다는 점이 차이일 뿐이다. 자본제적 현실의 바깥이나 위에 '자율적인 아름다움'의 성채를 지어두고 아름답지 못한 현실을 되돌아보게 하는 모더니즘의 이 비판 기능을 두고 김수영은 '침 뱉기'라고 불렀다. 그런데 '오전의 시론'으로 무장한 김기림의 초기 시들은 이 땅 위에 몰아닥친 물적 근대의 속도감과 경쾌감을 두고 경탄해 마지않는 태도[1]를 드러낸다. 물질적 근대화 자체가 일제

---

1) 근대적인 문명에 대한 예찬의 태도 내지는 완미(完美)한 근대에 대한 기다림의 태도는 임화에게서도 마찬가지로 나타나는데, 이는 그들이 물질문명 자체를 탐닉했기 때문이라기보다는 거대 담론의 신봉자였기 때문이라는 사실을 말해 주는 것으로 해석된다. 즉 당대 지식인들 대부분이 사회주의적 믿음의 여부와는 상관없이 세계사의 흐름을 맑스적으로 이해하고 있었다는 뜻이다. 자본제적 근대를 빨리 이루어내야만 근대

강점이라는 사회적 상황과 아무런 관련 없이 선명히 분리될 수 있다는 태도다. 이 분리 기제의 작동이야말로 맹목의 자율성 쪽으로 그 자신을 이끌고 가리라는 점을 김기림은 몰랐던 것이다.

여기 머물렀으면 오늘날 김기림은 그저 그렇고 그런 부류의 시인 혹은 시론가로 치부되고 말았을 것이다. 하지만 얼마 가지 않아 김기림은 자신의 '오전의 시론'이 지닌 이런 문제점들을 명확히 깨닫기 시작한다. 시의 본질로서의 음악성에 대한 이해가 깊어지면서 음악성과 회화성의 조화를 꾀하게 되고, 그 자신이 빌미를 제공한 바 있는 회화성 일변도의 시(음악성 일변도의 시 또한 마찬가지로)를 기교에 편향된 기교주의 시라고 통박하기에 이른다. 1935년경에 이르면 김기림은 자신의 이러한 변화된 시 인식을 정리하여 '전체로서의 시' 개념을 제출하는데, 형식 논리적으로는 꽤 완결성을 갖춘 견해였다.

> 이미 그歷史的意義를 잃어버린 偏向化한 技巧主義는 한全体로서의 詩에 綜合되어야할것이다. 그것은 한 調和있고 充實한 詩的秩序에의 志向('이'가 탈락됨-인용자)다. 全体로서의 詩는 우선 技術의 各部面을 그속에 綜合統一해가지고있어야 할것이다. 그러한 全体로서의 詩는 그 根底에 늘 높은 時代精神이 燃燒하고 있어야할것이다.2)

우선 김기림은 기교의 각 부면, 즉 음악성과 회화성이 하나로 종합된 시를 '전체로서의 시'라고 규정함으로써 그의 관심이 일단 기교 문제에 집중되어 있음을 시사한다. 기교 각 부면의 종합이라는 개념도 '조화'라는 용어로 부연되고 있어 변증법적인 의미이기보다는 임화가 지적한 '등가적 균형론'3) 의미에 더 가까워 보인다. 그렇다 하더라도 음악성에 대

너머를 꿈꿀 수 있다고 생각했던 것이다. 근대에 대한 이상(李箱)의 조급성도 이와 관련되어 있다.
2) 김기림, 「기교주의 비판」, 『시론』, 백양당, 1947, 139면. 이 글은 「시에 있어서 기교주의의 반성과 발전」(『조선일보』, 1935.3.14)을 제목을 수정하여 재수록한 것임. 이하 『시론』으로만 표기.

한 수용은 의미 있는 진전으로 보아야 할 것이다. 그의 시론이 뿌리를 대고 있던 영미 시론의 일방적인 영향에서 벗어나 조선적 특수성을 반영한 독립적인 시론에로 나아갈 수 있는 단초가 열린 셈이기 때문이다. 더구나 그러한 '전체로서의 시' 밑바닥에 '시대정신'이 자리잡고 있어야 함을 주장하고 있다는 사실은 비록 형식논리학적인 사고의 결과라 하더라도 분명한 하나의 전진이라고 평가할 수 있다. 문제는 이 시대정신의 함의일 것인데 김기림에게 있어 그것은 아직 세계사적 문명 일반을 지칭하는 것이기 쉬웠다. 그와 관련해 또 하나 이 글에서 주목해야 할 부분이 '역사적'이라는 수사(修辭)다. 시대정신이라는 용어의 함의가 문명 일반임으로 해서 이 '역사적'이라는 수사의 함의 역시 조선의 시문학사라는 특수성의 의미로서가 아니라 세계사 일반의 의미로까지 확장되고 있다는 느낌을 지울 수가 없다. 이처럼 '전체로서의 시' 논의가 분명히 하나의 진점임에도 불구하고 공허한 일반론의 느낌을 주는 이유는 그러한 결론에 도달하기까지의 그의 사유가 기대고 있는 논거들이 조선의 시문학사에서 추출된 것들이 아니기 때문이다. '전체로서의 시'가 아니라 편향화된 기교주의에로 나아갔다고 생각한 1935년 이전의 회화적 '형태시'와 음악적 '순수시'라는 범주의 구분과 그 예들을 전부 영국과 프랑스를 위시한 서구 근대의 문단 상황에서 끌어오고 있다는 것이 그 명백한 증거라고 할 수 있다. 조선의 시문학에 관한 하나의 제언으로 제출한

---

3) 김기림의 이 글에 이어 임화가 「담천하의 시단 일년」(『신동아』, 1935.12)을 씀으로써 기교주의 논쟁을 촉발시키고, 그에 대해 김기림이 「시인으로서 현실에 적극 관심」(『조선일보』, 1936.1.1~5)으로 대응하는 가운데, 전혀 의외의 방향에서 박용철이 「을해시단 총평」(『동아일보』, 1935.12.24~28)을 통해 임화를 공격해 오자, 임화 역시 황급히 「기교파와 조선시단」(『중앙』, 1936.2)을 통해 두 사람의 논리에 대응하기에 이른다. 임화는 이 「기교파와 조선시단」에서 김기림의 「시인으로서 현실에 적극 관심」에 나타난 내용과 형식에 대한 이해 수준을 두고 이 용어를 사용했다. 내용 우위에 서서 형식을 종합 통일해야 하는 것임에도 불구하고 김기림의 '전체시론'은 내용과 형식을 '등가적 균형론'의 입장에서 이해하고 있다는 것이다. 임화의 이러한 지적은 김기림의 전체시론이 지닌 맹점을 정확히 드러낸 것인데, 그 등가 균형론이 이 음악성과 회화성의 조화 논의에서부터 이미 그 뿌리를 내렸던 것으로 보인다.

'전체로서의 시'론의 근거가 에드가 알란 포우나 허버트 리드 혹은 폴 발레리의 시들이 지닌 기교주의라는 것은 하나의 아이러니가 아닐 수 없다. 이러한 논리가 관철되기 위해서는 1930년대 중반 이전의 조선시가 그러한 서구 시인들의 이론 내지는 작품들과 실제로 매우 밀도 있는 영향 관계를 보여 주어야 한다. 즉 음악성을 중시한 조선의 시들이 발레리적인 의미에서의 순수시에, 회화성을 중시한 시들은 콕토나 아폴리네르적인 의미의 형태시에 사실로 필적해야만 하는 것이다. 그렇지 않고 문득 '전체로서의 시'를 주장한다는 것은 존재하지도 않는 현상을 바탕으로 한 그림자 논리에 불과한 것이다. 임화가 촉발한 기교주의 논쟁이란 김기림 논리의 이 비현실성을 지적한 것에 다름 아니다.

김기림에 대한 임화의 공격으로부터 촉발된 이 논쟁은 박용철의 시문학파 차별화의 논리가 개입하면서 확전의 모양새를 띠긴 하지만 본질적으로 같은 근대주의로서의 리얼리즘과 모더니즘의 소통 과정이었다. 임화의 공격은 정확하게 김기림의 아킬레스건인 비현실성에 맞추어져 있었다. 그는 문제의 핵심을 조선시에 있어서의 내용과 형식의 변증법적 통일 문제로 파악한 다음, 김기림을 위시한 조선의 기교주의자들에게 있어 가장 모자라는 지점이 이 내용에 해당하는 것임을 적시한다. 이때의 내용이란 두 말할 것도 없이 일제 식민 상황의 조선 현실일 것이다. 이 일제 강점의 조선 현실이라는 내용 편의 우위에 서서 그간의 기교들을 종합 통일해야 한다는 임화의 궁극적 주장은 김기림의 '등가 균형론'이 지닌 논리적 공소성(空疎性)을 치명적으로 드러내기에 충분했다.4) 이러한 임화의 주장에 대해 김기림이 마치 기다렸다는 듯이 「시인으로서 현실

---

4) 김기림의 '전체로서의 시'론이 지닌 맹점에도 불구하고 그것이 궁극적으로는 내용과 형식에 대한 관심을 촉발함으로써 임화의 반성을 이끌어낸 것 또한 사실이다. 임화는 '전체 시'를 '완성된 시'라는 표현으로 바꿀 것을 촉구하면서도 그것이 조선시의 진정한 목표라는 점을 분명히 인정하고 있으며, 거기에 도달하지 못한 경향시의 수준이 부끄럽다고 고백하고 있다. 해방기 임화와 김기림의 제휴가 이때부터 이미 기틀을 다지고 있었던 것으로 보아야 할 것이다(임화, 「기교파와 조선시단」, 『중앙』, 1936.2).

에 적극 관심」이라는 글로 호응함으로써 논쟁은 의외로 싱겁게 막을 내리는 듯이 보였다.

그러나 「시인으로서 현실에 적극 관심」이 보여준 논리적 진전이 꼭 임화의 의도대로 이루어진 것은 결코 아니었다. 논의의 초점을 기교들의 종합 문제가 아니라 내용과 형식의 종합 문제로 돌려놓은 것과 그러한 종합이 반드시 변증법적으로 이루어져야 한다는 것을 인식하게 된 것은 물론 임화의 몫으로 보아야 할 것이다. 하지만 기림은 이번에도 논의의 전거들을 서구 문학사에서 끌어다 씀으로써 그의 논리적 진전이 근본적으로는 한계를 안고 있는 것임을 보여준다. 임화의 요청대로 당대 조선의 시문학이 내용이라는 현실적 요소를 갖추어야 한다는 점은 분명한데, 그 근거가 서구 근대의 여러 문학들이 그래왔기 때문이라는 것이다. 가령 보들레르로부터 초현실주의자들에 이르기까지 불란서의 시인들이 모두 관심을 가졌던 것은 현실에 대한 강력한 증오였다는 것과 전후 영국의 "「뉴-·씨그내튜어」「뉴-·컨튜리」에서 出發한 젊은 詩人들"[5] 모두가 현실의 반영이 농후하다는 점들이 그가 "도라우편! 앞으로!"[6]를 외치게 된 배경이라는 것이다. 따라서 임화 중심의 경향시는 좌로부터, 자기류의 기교시는 우로부터 내용과 형식의 종합을 꾀해야 한다는 결론에 도달하기에 이른 것이다. 조선의 시인된 자는 마땅히 조선적 특수성에 눈떠야 한다는 임화의 지적을 김기림은 결국 모더니즘의 자기 정체성 확보를 위한 계기로 삼았다. 1939년에 쓰어진 「모더니즘의 역사적 위치」에 오면 전후(前後)의 사정이 비교적 분명히 드러난다.

全詩壇的으로 보면 그것은 그 前代의 傾向派와 『모더니즘』의 綜合이었다. 事實로 『모더니즘』의 末頃에 와서는 傾向派系統의 詩人사이에도 말의 價値의 發見에 依한 自己反省이 『모더니즘』의 自己批判과 거의 때를 같이하야 일

---

5) 김기림, 「시인으로서 현실에 적극 관심」, 『조선일보』, 1936.1.1~5(『시론』, 142~143면).
6) 김기림, 위의 글.

어났다고 보인다. 그것은 勿論『모더니즘』의 刺戟에 依한 것이라고 보여질 근거가 많다. 그래서 詩壇의 새 進路는『모더니즘』과 社會性의 綜合이라는 뚜렷한 方向을 찾았다. 그것은 나아가야 할 오직 하나인 바른길이었다. … 30年代末期數年은 어느 詩人에게 있어서도 昏迷였다. 새로운 進路는 發見되어야 했다. 그러나 그것은 어떤 길이던지간에『모더니즘』을 쉽사리잊어버림으로서만 될일은 決코 아니었다. 무슨 意味로던지『모더니즘』으로부터의 發展이아니면 아니되었다.[7]

이 글은, 진로를 암중모색하고 있던 1930년대 조선시단이 나아갈 길이 사회성과 모더니즘의 종합에 있다는 것, 그것도 반드시 모더니즘을 중심에 둔 변증법적 통일이라야 한다는 생각에 김기림이 도달했음을 선명히 밝히고 있다. 기교주의니 전체로서의 시니 하는 따위의 용어들은 이제 말끔히 자취를 감추고 명확히 '모더니즘'이라는 자기표현에 도달해 있다. 이는 기교파니 사상파니 하는 유파적 문학사 이해의 틀을 벗어버리고 당대의 시문학을 '사회성' 중심의 시와 '모더니즘' 시라는 두 개의 시운동으로 수렴함으로써, 궁극적으로는 그 둘마저 하나의 이상적인 모델을 향해 진화해 나아가거나 나아가야 함을 역설하고 있는 것이라고 볼 수 있다. 김기림은, 사회성과 모더니즘으로 수렴되지 않는 경향들은 모두 전근대적 반동에 해당하는 것이니 논의할 가치가 없고, 사회성과 모더니즘이라는 이 진보적 문학운동은 세계사의 거대 흐름이 근대 너머를 향해 필연적으로 약진하듯이 하나로 합쳐질 것이라는 전망을 갖고 있었던 것이다. 이는 여전히 유효한 거대 담론의 틀 안에서 모더니즘의 진로를 찾아보려는 의식의 소산인데, 문명일반론으로 버텨 보려던 기왕의 태도로부터 얼마나 벗어났는지를 정확히 보여주지는 않는다. 하지만 서구 근대문학으로부터의 직접적인 대입이 아니라 조선 시문학의 현상을 수렴한 결과라는 점에서, 그의 시선이 땅으로 보다 가까워졌을 것이라고 짐

---

7) 김기림,「모더니즘의 역사적 위치」,『시론』, 77~78면.

작해 볼 수는 있다. 경향시를 두고 사회성이라고 적시했을 때, 그것이 일
제 강점의 조선 현실에 대한 적확한 이해와 실천을 전제로 한 것이라는
점을 완전히 몰랐을 리가 없겠기 때문이다.

이상으로 볼 때, 김기림 사유의 가장 큰 특징은 무엇보다 세계사의 진
보에 대한 확실한 믿음을 갖고 있었다는 사실에서 찾아야 한다는 것을
알 수 있다. 그는 철저한 거대 담론의 신봉자였던 것이다. 다른 말로 바
꾸면 늘 보편적 수준에 대한 향수를 갖고 있었다고 말해 볼 수도 있겠다.
이것은 그가 근대화에 뒤늦었던 조선의 시인으로 태어났다는 정체성에
서 비롯된 결과일 것이다. 이 진보에 대한 열망이 문학사로 이입되면 다
소 엉뚱한 결과를 빚기도 하는데, 단선적(單線的) 계기적(繼起的) 발전적(發
展的) 문학사 전개[8]에 대한 믿음이 그것이다. 그는 조선에서의 모더니즘
이 경향문학을 뒤이어 그것의 편내용주의를 부정하고 나타났으니 그 이
후로부터의 문학사 전개는 모더니즘으로부터이지 않으면 안 된다고 판
단한다. 뿐만 아니라 현재는 경향시가 일정한 영역을 확보하고 있으나
가까운 미래에는 반드시 모더니즘에 통합되어 하나의 모델로 등장할 것
이라는 점을 믿어 의심치 않았다. 해방기 김기림의 활동도 결국은 이러
한 사유의 결과라고 해석할 수 있을 것이다.

3. 「우리 시의 방향」과 민족주의의 발견

1930년대를 통해서 나는 우리詩의 潮流속에서 두갈래의 흐름을 물리치고 나
와야했다. 그 하나는 지나친 感傷主義요 다른하나는 封建的못要素였다. 더 바

---

8) 「모더니즘의 역사적 위치」는 그의 발전적 문학사관이 암흑기 조선 시문학사의 진로
를 탐색한 결과로서 제출된 것이다(『시론』, 71면 참조).

루말한다면 이 두흐름의 結婚이었다. 그것이 合처서 빚어낸 詩壇의『非』近代的『反』近代的인雰圍氣와 詩作上의 風俗을 휩쓸어버리지않고는『近代』라는 것에조차 우리는 눈을뜨지 못한 시골띠기요 半島 개고리가 되고말것을두려워했다. 이두가지의 低氣壓과 不連續線을 휩쓸어버리기위한가장 힘있는武器로서는 다름아닌 知性의太陽이 필요하였던 것이다.

1939년 第二次世界大戰의 勃發은 벌써避할수없는『近代』그것의破産의 予告로 들렸으며 이 危機에선『近代』의 超克이라는 말하자면 世界史的煩悶에 우리들 젊은詩人들은 마조치고말었던것이다. 이러한일들이 日本帝國主義의 朝鮮에대한 점점 高潮로향하는 政治的文化的侵略의 急한『템포』와 集中射擊과 함께 다닥쳤으며 따라서 生活의 體驗을 통해서 實感되어왔던것은 勿論이다. 1945년8월15일까지 約五六年동안의 中斷과 沈默은 다름아닌 우리詩壇의 世界와自身에대한 二重의 커다란 苦悶을품은 沈痛한表情이었다.9)

해방기 김기림의 시론 작업과 시적 실천은 이처럼 지나간 연대를 정리하는 일로부터 시작된다. 1930년대란 시적 모더니티를 획득하기 위해 모든 전근대적인 것들과의 싸움10)을 벌인 시기였다는 것이다. 이는 결국 이 땅에서의 세계사적 근대의 수립이라는 문제에 연결되는데, 1930년대 말에서 해방까지의 몇 년 간에는 그 근대조차 파국에 도달한 것이 아닌가 생각했다는 것이다. 따라서 해방된 오늘날 문제되는 것은 조선에서의 '근대 너머'를 어떻게 가꾸어 나갈 것인가 하는 점이다. 즉 완미한 근대를 이룰 기회는 놓쳤지만 근대 너머로 나아가는 세계사의 흐름에 기대어 이 땅에 그것을 실현할 기회를 맞았다는 기대를 깔고 있는 것이다.

---

9) 김기림, 「머리말」, 『바다와 나비』, 신문화연구소, 1946.
10) 이 점은 이미 「모더니즘의 역사적 위치」에서도 밝힌 바 있는데, 구체적 내용에 있어서는 다소간의 변화가 생겨 흥미롭다. 「모더니즘의 역사적 위치」를 통해 김기림은, 1930년대의 모더니즘은 두 개의 부정을 준비했는데, 그 하나가 센티멘탈 로맨티시즘이라면 두 번째는 경향시의 편내용주의였다고 진술했었다. 그런데 위 인용문에서는 그것이 "그 하나는 지나친 感傷主義요 다른하나는 封建의못要素"라고 바뀌어 있다. 편내용주의가 탈락한 것이다. 이는 임화와 동지적 관계에서 하나의 이상을 추구하고 있던 해방기의 상황이 반영된 결과로 파악된다.

인용문의 마지막 부분은, 근대 너머가 머지 않았음을 알았으면서도 행동에로 나아가지 못했던, 즉 내용과 형식의 통일 필요성은 절감했으면서도 내용의 문제에 눈 감고 비탄에 젖어 있을 수밖에 없었던 자신에 대한 반성에 해당한다. 해방기 그의 시적 실천을 가늠할 수 있는 핵심적 문건인 「우리 시의 방향」 모두(冒頭)에서 제기하고 있는 전 시단적(詩壇的)인 자기반성의 필요성 문제도 그 점에서 일종의 통과제의라고 볼 수 있다. 물론 보기에 따라서는 "民族의 受難期에 있어서 民族을 背叛한 政治的 文化的 모든 叛逆行爲는 勿論이지만 우리들의 精神의 內部에서 犯한 온갖 些少한 叛逆"[11]에 대해서 준엄히 자기 비판을 행해야만 새 출발을 할 수 있다는 논리가 너무 쉽사리 반민족 행위자 일반에게 면죄부를 부여하는 것으로 여겨질 수도 있겠지만, 이러한 자기 비판의 본질은 어디까지나 김기림 자신의 행동 없음에 대한 고백이면서 다시는 그런 우를 범하지 않겠다는 결의의 다짐으로 이해할 수도 있는 것이다. 이는 결국 두 번 다시 기회를 허수히 낭비할 수 없다는 결의라는 점에서 반드시 한 번은 거쳐야 하는 통과제의라고 볼 수 있지 않을까.

이러한 자기반성을 바탕으로 김기림은 해방기 동안 누구보다 활발하게 사회적 실천에 매진한다. 시부(詩部) 위원장의 자격으로 〈문학가동맹〉에 적극적으로 참여하여 임화와 손을 잡고 문단의 조직 운동을 주도한 것이 그 좋은 보기다. 이러한 맥락을 놓치면 1946년 2월의 〈전국문학자대회〉 시부의 일반보고를 왜 하필 김기림이 맡아 했는지 하는 생경한 느낌을 지울 길이 없게 된다. 김기림은 좌익으로 사상을 전향한 것이 아니라 민족의 이름 앞에 복무할 수 있는 최량의 기회를 맞았다고 생각했던 것이다. 전기(前記)했던 「우리 시의 방향」은 바로 그 〈문학자대회〉 일반보고의 목적으로 작성된 문건이라는 점에서 그의 사유가 어디로 향하고 있는지를 가늠할 수 있는 좋은 좌표 구실을 한다. 글은 「前言」, 「侵略의

---

11) 김기림, 「우리 시의 방향」, 『시론』, 197면.

素描」, 「8·15와 建設의 新氣運」이라는 소제목하에 시의 변화된 역할을 제시하고, 「政治와 詣('詩'의 오기로 보임)」, 「前進하는 詩精神」, 「民族的 自己反省」이라는 제하에 해방기의 시가 왜 정치적일 수밖에 없는가, 그 정치적 방향이 어디를 향해야 하는가, 그러한 새 출발을 위한 선결 과제가 무엇인가를 밝힌 다음, 「새로운 人間타잎」, 「詩의 새 地盤」, 「超近代人」을 통해 조선시의 미래를 전망하여 방향을 제시하고, 마지막으로 「詩의 試鍊」을 통해 현실적 조건을 재확인하고 새롭게 결의를 다질 필요성이 있음을 밝히는 구조로 되어 있다. 다시 좀 더 찬찬히 들여다보자.

이 글의 무엇보다 기본적인 전제는 시가 정치와 분리될 수 없고 분리되어서도 안 된다는 생각이다. 이러한 전제는 일제강점기의 경험으로부터 귀납되고 있는데, 표현 수단으로서의 민족의 말을 지키기 위해 시의 정신을 팔았으나 결국에는 수단과 정신 모두를 잃어버리고 말았다는 뼈아픈 자기 확인에 근거한 것이다. 이는 곧, 정지용이 말한바 민족어를 지켰다는 소극적 자기만족조차 허약하기 짝이 없는 변명에 불과하다는 통절한 반성이며, 내용과 형식의 통합 필요성을 역설했으나 말로만 그치고 종국에는 형식에만 매달릴 수밖에 없었던 '형식 중심의 내용 통일론'이 지닌 허구성에 대한 인정이 아닐 수 없다. 정치적인 시라는 이 전제는, 시를 통한 문화에의 헌신이라는 방법을 통해 '새 나라' 건설이라는 정치적 책무에 일익을 담당한다는 생각으로 구체화되며, 이러한 구상의 끝에 민족 단위의 국가 건설이라는 민족국가주의가 탄생하게 되었던 것이다. 그가 생각한 민족이란, 프롤레타리아 국제주의에 기반을 둔 〈프로예맹〉의 노동자 중심 주체관이나 남한만의 단독정부론으로 치달아간 극우적 보수 우익(친일파까지를 포함한)만의 주체관과 달리, 봉건적이고 귀족적인 특권층을 제외한 대중 혹은 만인(万人)이라는 이름의 다수가 함께 주체로 포괄되는 범주[12]였다. 그의 민족주의는 이 다수 대중의 정치적 자유를 1

---

12) 일반적으로 민족주의 이데올로기가 성립하기 위한 전제가 '우리'와 '그들'을 가르는 봉건적 신분제의 철폐와 '우리'라는 연대의식을 심어줄 수 있는 새로운 질서 추구에

차적 요건으로 한 공동체의 건설을 새 나라 건설의 요체로 파악함으로
써 명백히 공화주의적 입장의 국가주의라는 면모를 드러낸다. 민족주의
와 국가주의라는 목표가 동시에 추구해야 할 동전의 양면으로 인식되었
던 것이다.

국가를 먼저 이루고 그 내부 성원들의 동력을 근대화라는 목표에 하나
로 결집시킬 필요성 때문에 민족주의라는 이데올로기를 동원하게 됐던
영미(英美)의 경우와, 근대적 국가 수립이라는 목표를 달성하기 위해 민족
주의 이데올로기를 동원해야 했던 독일에서는 민족주의의 함의가 각각
다르게 인식될 수밖에 없었다. 전자는 민족 개념을 근대화의 부산물로 이
해하는 도구론(Instrumentalism)의 입장에서 민족공동체에 기꺼이 자신을 귀
속시키고자 하는 민족 성원의 주관적 의지가 민족을 만든다고 믿었다. 그
에 비해 후자는 민족의 영속적 성격을 강조하는 원초론(Primordialism)의 입
장에서 언어나 공통의 문화 유산, 종교, 관습 등과 같은 객관적 기준이
민족 개념을 구성하는 기초가 된다고 보았다.13) 늦게까지 단일 국가체를
형성하지 못한 채로 있다가 뒤늦게 산업화의 대열에 합류한 후진국 독일
의 입장에서는, 문명화(Civilization)라는 영미의 방법론에 대항하여 그것을
물질적인 것으로 격하하는 한편 문화(Culture, Kultur)라는 새로운 가치관을
부각시킴으로써 대내적 단결의 계기로 삼았던 것이다.14) 이러한 사실은
민족주의 역시 차별화와 분리 기제에 의해 움직이는 강력한 이데올로기
라는 사실의 뚜렷한 증좌일 것이다.

명치유신 이후 일본은 영국식 문명화의 길을 모델로 삼아 근대화를
추진하지만 1차 세계대전을 전후하여 사회 체제 전체를 독일식으로 급
격하게 전환시키는 쪽으로 선회한다. 이는 영국식 근대화의 길이 일본의

대한 믿음을 전파하는 일이라는 지적(임지현, 『민족주의는 반역이다』, 소나무, 2005, 31
면)을 감안하면 김기림의 이러한 방향 설정은 민족주의의 본질을 정확히 이해한 결과
라는 것을 알 수 있다.
13) 임지현, 위의 책, 22면.
14) 박지향, 『일그러진 근대』, 푸른역사, 2004, 67면.

그것과는 판이한 것이며 결코 그 수준에 도달할 수 없다는 것을 내심으로 자인한 결과다. 그 후 일본은 다시 자기 정체성의 뿌리를 아시아에서 찾고자 노력하게 되는데, 일본 고대 역사로 돌아갈 것을 천명하면서 "자신들이 전통이라 규정한 것을 재강화하고 재형성하거나 혹은 새로 만들어내는 일에 몰두"15)하게 되면서 급격히 국수주의화 한다. 동양 중심의 신질서론이나 대동아공영권이란 바로 이러한 분위기에서 탄생한 논리적 파탄이었던 것이다. 이 국수주의에 독일식 '문화'중심론은 좋은 자양분이었다. 문명개화라는 명치 초기의 주장은 어느새 일본 문화에 대한 찬양으로 바뀌게 되었던 것이다. 이때부터 소위 서양의 물질문명16)보다는 동양의 정신문화가 우위에 있다는 자기 합리화가 사회 전체로 확산되기에 이르렀고, 이러한 분위기는 고스란히 식민지 조선의 인텔리층에 전염되었던 것으로 보인다.17) '영원한 한민족(韓民族)의 전통 탐구'라는 명제 아래 1930년대 중, 후반을 물들였던 문단의 복고주의적 태도는 '조선적인 것'에 대한 관심과 애호를 환기했다는 긍정적인 측면도 있겠지만, 그것이 지닌 도저한 정신주의적 태도 때문에 실생활의 고통이나 민족의 독립 쟁취와 같은 현실적인 문제에 대해서는 눈을 감을 수밖에 없었다. 그런데 현실 도피라는 이러한 문제점보다도 더 문제적인 것은, 이 전통적 조선주의를 강조하면 할수록 일본의 대화주의(大和主義)와 사상적 동

---

15) 박지향, 위의 책, 76면.
16) 사실 서구 민족주의의 선구자격인 영미 계통의 근대화론, 곧 문명화를 밑받친 것은 합리성 추구라는 계몽 이성의 정신주의적 태도였다. 데카르트 이후의 정신주의야말로 국가민족주의의 핵심 사상이었던 것이다. 일본이 전면에 내세운 문화론은 이 부분을 의도적으로 누락시키거나 무시하면서 그 논리적 틀을 세운 것이라는 점에서 적극적 이데올르그들의 소작(所作)임을 알게 한다(박지향, 위의 책, 65면 참조).
17) 김기림의 전체 시론 전개에서도 이러한 측면이 뚜렷이 확인되는데, 문명화의 입장에서 시론의 적용 가능성을 타진하던 1930년대의 전반기와 달리 1930년대의 후반기에 이르면 명확히 문화론의 입장에 서는 모습을 보인다. 하지만 김기림은 문화론의 입장에 서면서도 국수주의적 민족문화론이나 동양문화론과 같은 논리적 파탄으로까지 나아가지는 않았다. 후술되겠지만 그의 민족주의는 보편과 특수의 변증법에 명확히 기반하고 있어 국수주의라는 특수주의적 편향에 빠지지 않았기 때문이다.

형 관계를 그리게 되고 결과적으로 동양 고전의 세계에 공통의 뿌리를 두고 있다는 친족의식에로 치달을 가능성이 농후하다는 점일 것이다. 일제 강점의 내내 조선의 즉각적인 독립보다는 자치권이나 확보해야겠다는 민족개량주의자들이 그토록 득세했던 저간의 사정18)을 염두에 두면, 많은 이들이 조선의 독립 가능성이 거의 없다고 여겼던 일제 말의 암흑기에 차라리 보다 적극적으로 한일(韓日)간의 동근성을 주장함으로써 더 많은 기득권을 확보하기 위해 노력했을 개연성이 매우 높다.

그런데 복고주의를 민족적인 것으로 포장한 이 의사(擬似) 민족주의는 거기서 그치지 않고 고스란히 해방기로 이월되어 극우 보수주의자들의 정치적 도구로 전락하면서 더욱 결정적인 우를 범하고 만다. 〈전조선문필가협회〉를 거쳐 〈청년문학가협회〉를 주도하고 단정 수립 후 〈한국문학가협회〉의 기치 아래 결집된 이들 전통주의 그룹의 우익 문인들은 해방 당시부터 선명히 이승만에 대한 지지를 표명함으로써 그의 반민족적 권력욕에 불을 지피는 구실을 했다. 친일파 중심의 한민당 계열을 등에 업은 이승만 일파는, 해방기 최대의 쟁점일 수밖에 없는 반민족(친일) 대 민족(항일)의 문제를 좌파 대 민족의 문제로 교묘히 대치시켜 나감으로써 친일 대 항일의 위치를 역전시켜 버렸다. 즉 찬탁을 주장하는 좌파는 전부 반민족주의자들이고 반탁을 주장하는 자기들은 민족주의자라는 공식을 만들어 낸 것이다. 이 때문에 다수의 좌파 항일 민족주의자들이 순식간에 반민족주의자로 매도당하는 한편 악질적인 친일파들은 이승만의 비호 아래 민족주의자로 둔갑을 하는 아이러니가 빚어졌던 것이다. 이 과정에서 '불변하는 민족정신을 담는 순수문학'을 민족문학이라 규정한 전통주의 그룹의 문학운동은 결국, 가능한 최대 다수의 민족 구성원을 새로운 나라 만들기의 동력으로 끌어들이려는 포괄적 민족주의가 아니라 민족의 성원을 분열 / 분리19)시키려는 배타적 민족주의의 이론적 배경

---

18) 서중석, 「한국에서의 민족문제와 국가—부르주아층 또는 지배층을 중심으로」, 『근대 국민국가와 민족문제』, 지식산업사, 1995, 123~125면.

으로 이용당하고 말았던 것이다. 매사를 회의하고 반성하는 문학자가 아니라, 극우적 성향을 지닌 정치가였으면서도 특정 이데올로기에 얽매이지 않고 민족 성원 전체의 안위를 위해 동분서주했던 백범의 행동에 비겨 보아서도 이들 전통주의 문인들의 회의하지 않는 정신은 참으로 안타까운 일이 아닐 수 없다.

사태를 이 지경으로 몰아간 애초의 원인은 민족 문제에 맹목이었던 1930년대 '프롤레타리아 국제주의'가 제공한 측면이 있다. 민족 문제에 대한 상당 수준의 이해를 가지고 있었던 레닌의 경우와 달리 교조적 원칙론에 매달린 스탈린에게 있어 민족은 혁명의 방해물일 뿐이었다. 소련 내에서의 민족주의뿐만 아니라 제3세계 식민지 문제의 해결에 매달린 좌파 민족주의자들의 역할과 가능성까지도 모조리 타도의 대상으로 규정하여 관철시킴으로써 식민 상태의 해결을 위해 노력하던 좌파 민족주의자들의 입지를 형편없이 좁혀버렸다.[20] 그 결과 좌파는 민족 문제에 관심이 없다는 비판에서 자유로울 수 없게 되었던 것이다. 해방기 좌파 대 민족주의의 구도가 이미 이쯤에서 예비 되고 있었던 것이다. 이 '프롤레타리아 국제주의'의 원칙을 그대로 승계한 〈프로예맹〉 측으로서는 당연히 민족이 문제일 수가 없었다. 노동계급 독재에 기초한 '근대 너머'만이 문제의 해결책으로 보였던 것이다. 그러나 이 부분은 굳이 우파들에 의한 공격이 아니더라도 좌파 내부에서 이미 1945년 12월경이면 정리가 끝난 사안이었다. 박헌영의 8월 테제에 의해 당시의 정국을 주도할 주체로 '인민'이라는 이름의 다수 대중을 설정함으로써 광범위한 민족 구성원들(친일파를 배제한)이 국가 건설에 참여할 수 있는 논리적 기틀을 다졌기 때문이다. 임화의 '인민성'(비록 노동 계급의 주도성을 전제한 것이기는 하지

---

19) 이 '분리' 기제에 대해서는 사까이 나오끼의 『국민주의의 포이에시스』(이규수 역, 창비, 2003, 110면) 참조. 사까이는 이 '분리' 기제를 두고 '부끄러움을 모르기 위한 공상적 장치'라 부르고 있다.

20) 서중석, 앞의 글, 127면.

만) 논의가 이러한 전후 사정을 정확히 반영하고 있었던 것이다.

김기림의 민족주의는 이 지점에서 임화의 논리와 정합한다. 혈통에 기초하든 구성원의 주관적 믿음에 기초하든 간에 민족주의란 민족 구성원 최대 다수의 공동 행복과 선에 기초해야 한다는 이 상식적인 전제에 동의할 수밖에 없었기 때문일 것이다. 그러한 다수 구성원들이 주체가 되는 공동체21)란 공화주의가 아니면 안 되었을 것이고 따라서 그는 귀족적 특권적 구 계급에 대한 부정으로부터 자기 논리의 출발점을 삼았던 것이다. 그 점에서 그의 민족주의는 발생 시부터 국가주의적 함의를 동시에 내포할 수밖에 없었다. 그가 기회가 있을 때마다 당대 시인 지식인들이 갖춰야 할 최고의 가치관으로 거론하는 '공동체의식'22)이라는 용어가 그의 '국가민족주의'의식을 응결시킨 중핵(中核)이었던 것이다.

4. 「시와 민족」에 나타난 민족주의의 성격

그러나 해방 당시의 감격도 잠시 민족이라는 이름 아래 무조건적으로 대단결을 이룩해낼 줄 알았던 정국은, 전기(前記)했듯이 민족주의를 악용하는 반민족주의자들의 책동에 의해 혼미를 거듭한다. 1947년경에 이르면 김기림은 상식에 기초한 자연발생적 민족주의에 보다 뚜렷한 방향성을 부여해야 할 필요를 느끼게 된다. 그러한 내적 요구에 부응하여 쓴 글이 「시와 민족」이다. 「시와 민족」은 그 점에서 해방기 김기림의 민족주의가 도달한 결론을 요약적으로 제시하고 있는 글이라 할 수 있다.

---

21) 김기림, 「공동체의 발견」, 『시론』, 206면.
22) 「시와 민족」(『시론』)에서도 이 점이 다시 한번 확인된다.

詩人이 感情의 奔流속에서 다시 姿勢를 바로 가추었을 적에 그가 그렇게 熱烈하게 껴안았던 民族 그 속에 反民族的인 要素가 어느새 深刻하게 머리든 것을 그는 보았다. 이 民族과 그 共同体意識을 지니고나가며 나아가야하던 또 나갈수있는것은 다름아닌 人民大衆이며 人民大衆이야말로 歷史的 社會的 現實的인 民族의 中樞며 共同体意識의 維持者였던 것이다. 反民族的인 要素를 除外한 연후에 民族全体의 遺漏없는 福利우에 세울 民族의 共同意識과 連帶感의 連棉('連綿'의 오식으로 보임—인용자)한 凝結로서의 우리 民族의 實体였던 것이다. 社會的으로는 自然發生的인 民族에의 擴大로부터 人民에의 再結晶이었으며 民族에 대한 把握이 現實의 試鍊을 거쳐서 漠然한 觀念으로부터 實体에로 醇化昂揚되는 過程이었다. 이것이 八·一五以後 詩人의 世界에 이러난 第二段의 変化요 發展이었다.23)

1947년 이전까지의 민족주의가 막연한 관념에 기초한 자연발생적인 것이었다는 점에서 1단계의 변화라 규정한 다음, 그는 2단계의 변화가 필요함을 역설하고 있다. 그 변화의 핵심에 민족 개념의 변화가 자리 잡고 있다. '반민족적 요소'를 제외한 민족의 실체를 '인민 대중'으로 규정하고 있는 것이다. 그는 또한 이러한 재규정이 현실의 시련을 거쳐 도달한 결론임을 말함으로써 막연한 관념이 아님을 힘주어 강조하고 있다. 이는 반민족 행위자 일반이 우익 진영으로 결집해 민족의 이름으로 분열을 획책하는 작금의 사태에 직면해 자신의 포괄적 민족 개념에 일정한 선을 긋지 않으면 안 된다는 판단을 했기 때문일 것이다. 뒤이어 그는 '민족' 개념을 다음과 같이 부연함으로써 그것이 '인민성'의 범주에 드는 것임을 명확히 한다.

民族이라는 槪念이 다른 民族의 侵略의 道具로 씨어질때와 또 民族內部의 支配와 被支配 搾取와 被搾取關係를 塗糊('糊塗'의 오식으로 보임—인용자) 하기위하야 利用될때 그것은 勿論 反動性을 띠어오는 것으로 峻烈한 批判과

---

23) 김기림, 「시와 민족」, 『시론』, 213면.

暴露앞에 내세워져야 할 것이다. 그러나 民族의 共同意識을 살려 民族共同의
福利의 實現을 위한 支配와 被支配 搾取와 被搾取없는 全人民的인 民主國
家의 建設에 民族의 일홈으로 結束함은 當面한 建國의 革命的武裝으로서 民
族의 槪念을 살리는 길이 아닐까?24)

　민족의 개념이 역사적, 현실적으로 여러 범주로 나뉘어 사용되어 오고
있다는 것, 그 가운데서 자기는 왜 하필 인민성의 범주를 민족의 핵심
개념으로 파악하고 있는가를 밝히고 있는 부분이다. 일제가 조선 침략을
정당화하기 위해서 민족의 개념을 사용하기도 했다는 것, 그리고 지금은
우리 민족 내부의 지배 피지배 관계나 착취 피착취 관계를 호도하기 위
해 민족의 개념을 빌려 쓰는 일이 있다는 것을 그는 우선 적시한다. 그
것을 준열하게 비판하여 그것들이 지닌 반민족성을 폭로하여 민족의 개
념을 바로잡아야 한다는 것이다. "支配와 被支配 搾取와 被搾取없는 全
人民的인 民主國家의 建設"에 복무하는 것이야말로 참된 민족주의라
부를 수 있다는 뜻일 것이다. 이것이, "全人民的인 民主國家"를 건설하
기 위해 '지배와 착취' 계급을 배제해야 한다는 논리라는 점에서 임화의
주장에 연결되어 있기는 하지만, 정작 그가 노동계급 주도성과 인민전선
전술이라는 인민성의 핵심까지 수긍했는지 여부를 알 길은 없다. 지배와
피지배, 착취와 피착취 같은 원론적인 어법만을 고수하고 있기 때문이다.
그런 점에서 그의 민족주의 역시 현실의 시련으로부터 수렴된 것이라는
자신의 주장에도 불구하고 시인다운 감수성이 상상해낸 이상적 민족주
의일 가능성이 높다.
　현 단계에서는 원론적 맑시즘이 적용될 수 없다는 사실을 알고 부르주
아 민주주의 단계의 혁명을 수용한 박헌영─임화의 판단 밑바닥에는 그
럼에도 궁극적으로 노동계급 주체의 사회주의혁명을 완수해야 한다는 근
본적 목표의식이 자리 잡고 있었을 것이다. 하지만 김기림의 논의에서는

---

24) 김기림, 위의 글, 214면.

이렇게 정치한 현실 분석에 정초한 단계론의 흔적이나 전망을 찾아볼 수가 없다. 해방을 계기로 '상징주의라는 정서의 시대가 가고 낭만주의라는 감정의 시대가 복귀'25)했다고 말하는 데서도 알 수 있듯이 그의 민족주의에는 낭만적인 당위론의 성격이 다분히 들어 있었던 것이다.

하지만 낭만적 이상론의 범주로 민족주의를 꿈꾸었다 하더라도, 바로 그 때문에 그의 민족주의가 특정 계급의 이익이나 파당적인 이데올로기에 침윤되지 않고 건강성을 지킬 수 있었다는 점도 기억되어야 한다. 그는 '소유―민족'이나 '귀족―민족'이 아니라 노동자와 농민, 소생산자, 도시 중산층 등 피지배 계급을 망라한 '민중―민족'의 범주를 꿈꾸었다는 점에서 19세기말 동유럽에서 활동했던 사회애국주의자26)들과 유사한 생각을 가졌던 것이다. 기왕의 계서(階序) 관계를 깨뜨리고 사회의 수직적 통합을 이루지 않는 한 '전 인민적 민주국가'의 실현이란 한낱 신기루에 지나지 않는다는 원초적 문제의식을 그는 분명히 지니고 있었던 것으로 보인다.

김기림 민족주의가 지닌 또 하나의 중요한 장점은, 민족을 특수성의 영역에로 함몰시켜 이해하지 않았다는 점일 것이다. 통상의 민족주의가 자민족의 특수성만을 강조함으로써 전근대적 충성심이나 원시적 종족주의(Nativism)27)로 치달아갔음에 반해 김기림은 그것을 세계사적 보편성의 문제와 끊임없이 연관지어 사고함으로써 편벽됨을 피해나갔다. "한번 個人으로부터 民族에로 옮겨진 詩人의 立場은 어떻게해서던지 그대로 維持될뿐아니라 더깊이 뿌리박고 터가 잡혀야 할것이며 또 世界史 그것의 發展의 方向에 連이어저야할것"28)이라는 진술이 이를 잘 보여준다. 그가 말하는 세계사의 발전이란 '근대 너머'로의 전환이 세계사적으로 진

---

25) 김기림, 위의 글, 215면.
26) 임지현, 『민족주의는 반역이다』, 소나무, 2005, 46면.
27) 임지현, 위의 책, 82면.
28) 김기림, 앞의 글, 217면.

행되고 있음에 대한 믿음을 드러내는 동시에, 민족 안에서의 개인의 위치에서 유추되듯이 세계를 구성하는 각 민족들의 행복과 정의가 최대로 실현되는 진보에 대한 믿음을 드러내고 있는 것이다. 1930년대에는 서구 문명의 진보에 경악한 모더니스트의 입장에서 조선의 지둔성(遲鈍性)을 비판했다면, 이제는 조선 역사의 현장에서 출발하여 세계사의 흐름을 전망하려는 태도를 드러내고 있다. 이런 인식의 역전은 문학에 대한 태도에도 고스란히 반영되어 "…… 民族의 立場에서 붙잡는 民族的主題는 다시 大衆의 말에 通하는 새로운 文体를 具備하므로써 眞正한 民族의 詩는 確立될 것"29)이라는 내용 중심론으로 귀착된다. 「모더니즘의 역사적 위치」에서 보여주던 모더니즘 우선론이라는 계기적 문학사 인식이 깨끗이 불식된 것이다.

5. 맺음말

해방기 조선에서 무엇보다 필요했던 것은, 국가주의도 정신만의 민족주의도 아니었다. 민족과 국가를 동일선상에서 동시에 밀고나가는 논리의 개발이 무엇보다 절실한 과제였다. 소수의 반민족 지배 계급을 배제한 다수 민족 구성원들을 하나로 묶어줄 이데올로기의 개발과 전파가 최대의 급선무였던 것이다. 일제라는 이민족 강점의 상황을 겪고 난 직후였기에 민족주의라는 이데올로기가 이 자리에 가장 적역(適役)이었음은 두말할 나위가 없다. 김기림은 시인다운 열정과 직관으로 이 해방기 민족주의의 바른 길을 모색한 대표적 문학인이었다.

---

29) 김기림, 위의 글, 같은 면.

그의 민족주의론이 당대 상황에 대한 인식이나 민족의 범주 설정 등에 있어 임화의 인민성론과 많은 부분에서 겹치는 것은 사실이다. 하지만 그가 노동자 계급 근본주의에 기초하여 '인민—민족론'을 정초했다는 흔적은 발견되지 않는다. 그보다는 낭만적이고 이상론적인 차원에서, 즉 그토록 우리 민족이 바라마지 않던 민족 해방이 이루어졌으니 우리 민족 최대 다수가 주인이 되는 새로운 나라 건설에 매진해야 할 책무가 지식인인 자기에게 있다는 당위론의 차원에서 선택된 논리일 가능성이 높은 것이다. 따라서 그의 민족주의는, 해방기의 그가 급진 좌파로 사상을 전향하여 〈문학가동맹〉의 열혈 분자가 되어 고안한 것이 아니라, 해방 이전부터 견지하고 있던 논리의 연장선상에서 안출(案出)해 낸 산물로 인식되어야 할 것이다. 그는 끊임없이, 세계사의 보편적 흐름이라는 입장에 서서 조선의 특수한 현실을 조정해보려 했던 거대 담론의 담지자였다. 그의 문학적 전 생애를 뀐 동일 원리가 바로 이것이라는 점에서도 그는 어쩔 수 없는 모더니스트라 하겠다.

물론 그가 일제 말의 몇 년 간을 근대의 파국에 대한 징조로 읽었다든지, 해방 정국을 두고 진정한 의미의 '근대 너머'를 실현할 절호의 기회로 여겼다든지 하는 부분을 두고 거대 담론에의 맹신이 얼마나 우스꽝스러운 결과를 빚는지를 잘 보여주는 증거로 삼아 웃어넘길 수도 있다. 하지만 그가 스스로 안출한 원리나 논리를 검증하기 위해 온몸을 기투한 실천적 시인 지식인이라는 사실까지 웃음거리가 되어서는 안 될 것이다. 특히 그가 마지막으로 온몸을 던져 복무하려 했던 대상이 최량의 민족주의이고 보면 그의 선택과 역사적 소멸 과정에 대해서는 최소한의 예우가 필요하다는 점을 인정해야만 한다. 아직 제대로 된 의미의 '근대'도 '민족주의'에도 미달인 채 남북 분단의 반세기를 넘기고 있는 오늘을 생각한다면, 민족에 대해 던졌던 그의 질문이 오히려 새삼 뼈아프게 되새겨져야 하는 것은 아닐까. 그 점에서 김기림은 여전히 한국 현대시문학사의 현재진행형이라고 할 수 있다.

박인환 시와 민족주의의 문제

한명희

1. 박인환 시의 두 가지 갈래

박인환을 정의하는 대표적인 키워드는 아무래도 '1950년대' 그리고 '모더니즘'이 될 것이다. 그가 해방 직후 '신시론' 동인을 구성하여 동인 사화집 『신시론』 1, 『새로운 도시와 시민들의 합창』을 냈으며 '후반기' 동인회를 결성하여 모더니즘운동을 주도했다는 것은 1950년대의 우리 문학사에서 표나게 기록되어야 할 사실이다. 그러나 이 중요한 사실이 오히려 박인환의 시를 1950년대의 모더니즘운동의 테두리에서만 바라보게 하는 한계를 가져왔던 것 같다. 박인환 시작 시기의 중요 부분을 차지하는 1950년대, 특히 한국전쟁기의 시를 중심으로 박인환 시를 평가할 때, 그의 시는 "불가해한 시",[1] "시적 성취에서 볼 때는 미완의 수준에 머물고" 있는 시가 된다.[2] 또 "시에 사용된 이미지들이 생생한 체험에 의해 뒷받침된 것이 아니라 그냥 막연한 공상에 근거를 두고 있어 통일된 질서를 이루지 못"[3]한 것이 된다.

그러나 박인환의 시에서 소위 "리얼리즘 계열의 시"를 찾는 것은 어렵지 않다. 박인환의 연보를 따라 읽다보면 그가 1946년 등단 이후 1950년이 되기 전까지 10여 편의 작품을 썼다는 것, 그리고 1955년 미국 여행을 다녀오면서 미국 기행과 관련된 12편의 시를 썼다는 것을 알 수 있다. 이 중 해방기에 썼던 작품들에 대해서는 몇몇 연구자들이 "현실주의적 상상력"[4]을 보여주는 시라고 하여 주목한 바 있다. 박인환의 시를 "도시 문명을 소재로 한 모더니즘 계열의 시, 해방현실과 6·25 체험을 형상화한 리얼리즘 계열의 시"로 나눌 수 있다는 것이다.[5]

이 글에서 주목하고자 하는 부분이 바로 박인환이 해방기에 쓴 현실인식을 보여주는 작품들이다. 그리고 한국전쟁 후 미국을 여행하면서 쓴 12편의 미국 여행시이다. 한국전쟁 후의 그의 시는 「목마와 숙녀」, 「세월이 가면」 등이 널리 알려졌고, 이 두 작품이 그의 대표작이 되다시피했지만, 오히려 「아메리카 시초」의 시들이 주목에 값한다. 그가 초기작에서 보여주었던 현실인식의 문제를 여기서도 확연히 보여주고 있다고 판단되기 때문이다. 해방기 시와 한국전쟁 후의 시, 이 두 부류를 함께 묶을 수 있는 코드는 '민족의식'이다. 지금까지 박인환 시에서 '현실인식'을 얘기한 글들은 대부분 그 대상을 해방기의 시작품과 한국전쟁 중에 쓰여진 몇 편의 시로 한정했다. 그러나 해방기에 박인환이 보여준 시정신, 특히 '민족의식'은 그의 후기 작품에도 계속 이어진 것으로 생각된다.

---

1) 이주형, 「박인환 시고」, 이동하, 『박인환』, 문학세계사, 1993, 26면.
2) 한계전, 「한국 전후시에 있어서 모더니즘적 특성과 그 가능성」, 『시와시학』, 1991년 여름, 405면.
3) 이동하, 앞의 책, 26면.
4) 박민수, 『한국현대시의 리얼리즘과 모더니즘』, 국학자료원, 1996, 202면.
5) 김영철, 『한국 현대시의 좌표』, 건국대 출판부, 2000, 393면. 박민수는 박인환이 "현실주의와 순수 문학주의의 양면성을 지닌 시적 성향을 보이며 출발"하고 있다고 했다 (박민수, 앞의 책, 205면).

2. 해방기 시와 민족주의의 색채

박인환은 1946년 12월, 『국제신보』에 「거리」라는 시를 발표하면서 문단에 등장한다. 등단 이후 박인환은 '신시론' 동인을 결성하고 1949년 5인 합동 시집 『새로운 도시와 시민들의 합창』을 발간하는 등 모더니즘운동의 기치를 올린다. 이 시기에 발표한 시들 중에는 8·15 직후의 해방정국에 대한 현실인식을 기반으로 하고 있는 것이 많다. 한국전쟁이 일어나기 전까지 그는 동시 「언덕」 한 편을 포함 모두 10편의 시를 발표하였는데(「거리」, 1946; 「나의 생애에 흐르는 시간들」, 1948; 「지하실」, 1948; 「인도네시아 인민에게 주는 시」, 1949; 「열차」, 1949; 「정신의 행방을 찾아」, 1949; 「장미의 온도」, 1949; 「언덕」, 1948) 이들 시 중 몇 편은 현실인식이 뚜렷하게 드러나고 있는 것이다. 등단작 「거리」 이후 처음 발표한 시 「남풍」과 1949년에 쓴 「인도네시아 인민에게 주는 시」를 차례로 살펴보자.

①
거북이처럼 괴로운 세월이
바다에서 올라온다

일찍이 의복을 빼앗긴 土民
태양 없는 날에
너의 사랑이 白人 고무園에서
素馨(성자 아님)처럼 곱게 시들어졌다

민족의 운명이
꾸멜神의 영광과 함께 사는
안콜왓트의 나라
월남인민군

멀리 이 땅에서도 들려오는
너희들의 항쟁의 총소리

가슴 부서질 듯 남풍이 분다
계절이 바뀌면 태풍은 온다

아시아 모든 緯度
잠든 사람이여
귀를 기울여라

눈을 뜨면
남방의 향기가
가슴팍으로 숨어든다

—「남풍」

②
동양의 오케스트라
가메란의 반주악이 들려온다
오 약소민족
우리와 같은 식민지의 인도네시아

삼백 년 동안 너의 자원은
구미 자본주의 국가에 빼앗기고
반면 비참한 희생을 받지 않으면
구라파의 반이나 되는 넓은 땅에서
살 수 없게 되었다
그러는 사이 가메란은 미칠 듯이 울었다

오란다의 58배나 되는 면적에
오란다인은 조금도 갖지 않는 슬픔을

密林(밀시)처럼 지니고
六千七十三萬人 중 한 사람도 빛나는 남십자성은
쳐다보지 못하며 살아왔다

(1연 생략)

사나이는 일할 곳이 없었다
그러므로 약한 여자들은 백인 아래 눈물 흘렸다
수많은 혼혈아는 살길을 잃어 애비를 찾았으나
스라바야를 떠나는 상선은
벌써 기적을 울렸다

(1연 생략)

마땅히 요구할 수 있는 인민의 해방
세워야 할 너희들의 나라
인도네시아 공화국은 성립하였다 그런데
연립 임시 정부란 또다시 박해다
지배권을 회복하려는 모략을 부숴라
이제는 식민지의 고아가 되면 못쓴다
전인민은 일치단결하여 스콜처럼 부서져라
국가방위와 인민전선을 위해 피를 뿌려라
삼백 년 동안 받아온 눈물겨운 박해의 반응으로
너의 조상이 남겨놓은 저 야자나무의 노래를 부르며
오란다군의 기관총 진지에 뛰어들어라

제국주의의 야만인 제재는
너희뿐만 아니라 우리의 모욕
힘 있는 대로 영웅 되어 싸워라
자유와 자기보존을 위해서만이 아니고

야욕과 폭압과 비민주적인 식민정책을 지구에서
부숴내기 위해
반항하는 인도네시아 인민이여
최후의 한 사람까지 싸워라

참혹한 옛날이 지나면
피흘린 자바섬에는
붉은 칸나꽃이 피리니
죽음의 보람은 남해의 태양처럼
조선에 사는 우리에게도 빛이려니
해류가 부딪치는 모든 육지에선
거룩한 인도네시아 인민의 내일을 축복하리라

(1연 생략)
　　　　　　　　　　　　　　　—「인도네시아 인민에게 주는 시」

　「인도네시아 인민에게 주는 시」는 제목 그대로 식민 상태에서 독립했
지만 제국주의의 그늘에서 벗어나지 못한 인도네시아 인민들에게 반제
국주의의식을 고취시키는 내용으로 되어 있다. 인도네시아는 1945년 네
델란드로부터 독립, 연립 임시 정부를 세우지만 그것이 그대로 제국주의
청산을 의미하는 것은 아니었다. 「남풍」 역시 1945년 프랑스로부터 독립
을 선언한 "월남인민군"에게 항쟁을 촉구하는 시이다. 박인환은 "아시아
모든 위도/ 잠든 사람이여/ 귀를 기울여라"(「남풍」), "제국주의의 야만인
제재는/ 너희뿐만 아니라 우리의 모욕"(「인도네시아 인민에게 주는 시」)이라고
하여 인도네시아, 월남인들과 같은 아시아 식민지인으로서의 연대의식을
보여주고 있다. 박인환의 이들 시를 "「담—1927」 이후의 임화 시의 계보
에 속해 있는 정치시"[6]로 볼 것인지 "무언가 새로운 세계를 항상 그리워

---

6) 유종호, 『다시 읽는 한국 시인』, 문학동네, 2002.

하며 보다 세계적인, 보다 국제적인, 보다 인류적인 것에 대한 뜨거운 실존적 향수에 젖어 한국적 현실을 외면하고 있었던 그룹"[7]의 일원이 쓴 시로 볼 지에 대해서는 연구자들마다 다소 의견이 다른 듯하다. 그러나 이들 시에서 박인환은 국내의 현실을 직접 문제삼고 있지는 않지만 이들 시에 나타나는 문제가 우리나라의 그것과 조금도 다르지 않다는 점에서 이것은 바로 우리나라의 이야기라고 할 수 있을 것이다. 이 시에서 박인환이 한국적 현실을 직시하지 않고 있는 것이 사실이라고 하더라도, 이 시에 나타나는 아시아적 연대의식은 해방기의 한국의 현실에 접근하기 위한 하나의 방법이라고 볼 수밖에 없다. 박인환이 인도네시아, 월남의 상황을 직시하고 그들 국민의 연대와 항쟁을 촉구하는 것은 그들의 현실을 통해 해방된 조국의 현실을 엿보았던 것이기 때문일 것이다. 위의 두 시에 제시된 식민지인들이 수탈당하는 모습은 우리 민족이 경험한 것과 별반 다르지 않다. 특히 「인도네시아 인민에게 주는 시」에서 박인환은 "죽음의 보람은 남해의 태양처럼 조선에 사는 우리에게도 빛이려니"라고 하여 인도네시아인의 싸움이 "조선에 사는 우리"와도 결코 무관치 않음을 분명히 하고 있다.

박인환은 「인도네시아 인민에게 주는 시」에서 "전인민은 일치단결하여 스콜처럼 부서져라 / 국가방위와 인민전선을 위해 피를 뿌려라"라는 선명한 정치적 구호를 보여준다. 물론 박인환 시의 현실주의적 성과를 부정하는 평자들은 이러한 마르크스주의적 표정조차 당대 문단의 유행성을 좇은 데 불과한 것이라는 주장을 편다. 하지만, 박인환의 작품 중에 이와 비슷한 현실 인식을 보여주는 시가 여러 편에 달한다는 사실은 당시 그가 어느 정도 현실에 대한 객관적 통찰력을 갖고 있었다는 사실을 입증한다.[8]

---

7) 조병화, 「나를 부르는 소리」,『박인환전집』, 문학세계사, 1986, 225면. 조병화는 '후반기' 동인을 "좌익계의 문인들도 아니며, 우익계의 문인도 아닌" "도시적이며, 감각적이며, 코스모폴리탄적인 지성의 보헤미언들"이라고 평한 바 있다.

「인천항」에 이르면 박인환이 위의 두 시에서 보여주었던 역사의식이 한국적 현실과 결코 무관한 것이 아니었음을 확인할 수 있다.

사진잡지에서 본 香港야경을 기억하고 있다. 그리고 중일전쟁 때 상해부두를 슬퍼했다.

서울에서 삼천 킬로를 떨어진 땅에 모든 해안선과 공통된 인천항이 있다.

가난한 조선의 인상을 여실히 말하던 인천항구에는 商館도 없고 영사관도 없다.

따뜻한 황해의 바람이 생활의 도움이 되고저 나푸킨 같은 灣內로 뛰어들었다.

해외에서 동포들이 고국을 찾아들 때 그들이 처음 상륙한 곳이 인천항구이다.

그러나 날이 갈수록 銀酒 와 아편과 호콩이 밀선에 실려오고 태평양을 건너 무역풍을 탄 칠면조가 인천항으로 나침을 돌린다.

서울에 모여든 모리배는 중국서 온 헐벗은 동포의 보따리같이 화폐의 큰 뭉치를 등지고 부두를 방황했다.

웬 사람이 이같이 많이 걸어다니는 것이냐. 抗夫들인가 아니 담배를 사려고 군복과 담요와 또는 캔디를 사려고— 그렇지만 식료품만은 칠면조와 함께 배급을 한다.

밤이 가까울수록 성조기가 퍼덕이는 宿舍와 駐屯所의 네온사인은 붉고 짠그의 불빛은 푸르며 마치 유니온 작크가 날리는 식민지 香港의 야경을 닮아간다 조선의 海港 인천의 부두가 중일전쟁 때 일본이 지배했던 상해의 밤을 소리

---

8) 김은영, 「1950년대 모더니즘시연구-'후반기' 동인을 중심으로」, 창원대 박사논문, 2000, 101면.

없이 닮아간다

—「인천항」

위의 시 「인천항」에서 박인환은 분명하고 설명적인 어조, 서사적인 이야기 구도로 서구 자본주의의 모순과 병폐가 적나라하게 드러나는 국내 현실에 대한 부정성을 표출하고 있다.[9] 「장미의 온도」에서 박인환은 "자본의 군대가 진주한 시가지는 지금은 증오와 안개낀 현실이 있을 뿐 …… 더욱 지낸 날 노래하였든 식민지의 애가며 토속의 노래는 이러한 地區에 가란쳐간다"고 한 바 있거니와 이러한 현실 인식이 시를 통해 그대로 드러나고 있는 것이다.

박인환이 해방기에 발표한 초기작들은 대체로 8·15 해방 정국의 현실인식에 기초를 둔 것이었다. 현실인식을 바탕으로 한 리얼리즘 계열의 시들은 시대의 산물이기도 하며 박인환 자신의 예리한 역사감각의 소산으로 보아야 할 것이다. 물론 박인환이 역사 인식의 눈을 내부로 돌려 해방정국의 혼란의 현장을 생생히 증언하는 시편들을 남기지 못했음이 아쉬움으로 남는다. 다시 말해 「인천항」과 같은 작품을 더 산출하지 못했음이 박인환의 한계이다. 그러나 리얼리즘 정신을 바탕으로 해방기의 역사흐름의 일단을 예리하게 포착하고 있음은 주목받아 마땅하다. 분명 박인환의 시적 출발은 경박한 모더니스트로서가 아니라 진중한 리얼리스트로 이루어진 것이다.[10]

박인환이 동인으로 참여했던 '신시론'과 '후반기' 멤버들 중에서도 박인환은 "가장 진보적인 입장에서 현실의 상황 변화에 민감한 모더니즘 본연의 태도를 보이는 시를 통해 허무의식과 불연속적 세계관을 논리화하려는 시도를 보인 경우에 해당"[11]한다. 해방기 그가 쓴 「인천항」, 「남

---

9) 김은영, 위의 글, 90면.
10) 김영철, 앞의 책, 394면.
11) 박윤우, 『한국 현대시와 비평정신』, 국학자료원, 1999, 50면.

풍」, 「인도네시아 인민에게 주는 시」 등의 시는 모두 제2차 세계대전의 종결에 따른 아시아 지역 피식민국가의 자유 회복과 민주적 사회 확립의 열망에 대한 일종의 언급에 해당하는 작품으로, 여기서 현대 사회에 대해 가지는 시대적 관심을 드러내는 형식으로서 시에 대한 새로운 인식을 추구하고자 하는 단초를 엿볼 수 있게 해준다.12)

박인환의 현실 인식을 드러낸 시에서 특징적인 점은 그가 '민족의식'을 보여주고 있다는 것이다. 마루야마 마사오는 '아시아의 민족주의'에 대해 얘기하면서 유럽의 민족주의에 비해서 사회운동의 성격이 강하다고 한 바 있다. 특히 아시아 민족주의는 "제국주의에 대한 반항, 빈곤에 대한 반항, 서양에 대한 반항"이라는 세 가지 반항이 섞여 있다고 하였다.13) 박인환이 위의 시들에서 보여주는 '제국주의에 대한 반항' 역시 민족주의의 일환으로서의 성격이 강하다고 하겠다. 민족문학의 주체인 민족은 생존환경에 따라서 개념이 변화했다. 전근대 사회에서 민족은 백성이었다. 애국계몽기에는 저항국 국민이었고, 일제 시대에는 피식민지인 또는 프롤레타리아였다. 그리고 해방 이후에는 반식민지민을, 1970~80년대에는 시민과 민중을 지났고 1990년부터는 세계 시민으로서의 대중이 되었다.14) 박인환이 해방기 시에서 주로 피식민지인들, 프롤레타리아트를 그리고 있는 것도 그의 민족의식과 무관치 않다고 생각된다.

「식민항의 밤」 역시 피식민지민족의 연대의식을 강조하고 있기는 마찬가지이다. 이 시에서는 아시아적 민족주의의 일환으로서 '빈곤에 대한 반항', '서양에 대한 반항'도 찾아볼 수 있다.

---

12) 박윤우, 위의 책, 51면. 박윤우는 박인환이 이렇게 초기시에서부터 강한 현실적 관심을 표명했던 것은 한편으로는 그의 시가 당시의 모더니즘시가 추구한 새로운 양상의 특징적 단열을 제기하는 것이며, 다른 한편으로는 당시 모더니스트들이 오든과 스펜더를 중심으로 한 뉴컨트리파의 진보적 모더니즘에 영향을 받은 결과라고 하였다(같은 책, 50~51면).

13) 마루야마 마사오, 김석근 역, 『현대정치의 사상과 행동』, 한길사, 1997, 329면.

14) 김승환, 「21세기 한국 민족문학과 세계체제」, 『비평과 전망』 7, 2003년 하반기, 233면.

향연의 밤
영사부인에게 아시아의 전설을 말했다.

자동차도 인력거도 정차되었으므로
신성한 땅 위를 나는 걸었다.

은행지배인이 동반한 꽃 파는 소녀
그는 일찍이 자기의 몸값보다
꽃값이 비쌌다는 것을 안다.

陸戰隊의 연주회를 듣고 오던 주민은
적개심으로 식민지의 애가를 불렀다.

삼각주의 달빛
백주의 유혈을 밟으며 찬 해풍이 나의 얼굴을
적신다.

—「식민항의 밤」

이렇게 박인환의 초기시가 현실주의적 색채를 강하게 띰에도 불구하고 논자들의 주목을 덜 받았던 이유는 무엇일까? 필자는 그것이 『박인환 선시집』에 이들 시가 대부분 실리지 않은 것에도 큰 이유가 있다고 생각한다. 박인환은 1949년 『새로운 도시와 시민들의 합창』을 낼 때 「남풍」, 「지하실」, 「인도네시아 인민에게 주는 시」, 「열차」, 「인천항」, 「장미의 온도」를 수록한다. 그러나 1955년에 낸 그의 유일한 시집인 『박인환 선시집』에는 한국전쟁 이전에 썼던 시 중에서는 「나의 생애에 흐르는 시간들」과 「장미의 온도」만을 수록한다. 어떤 이유 때문인지는 분명치 않지만 「남풍」, 「인도네시아 인민에게 주는 시」, 「인천항」 등 현실 인식을 뚜렷이 보여주는 시들이 시집에 빠지게 됨으로써 결과적으로는 박인환 시의 현실주의적 성격을 간과하게 만들었던 것이다.

그러나 박인환의 현실인식, 민족의식이 이들 시를 끝으로 막을 내린
것은 아니다. 한국전쟁 중에 쓰여진 몇몇 편의 시들에서도 그것은 드러
나지만 한국전쟁 후 미국을 여행하면서 쓴 시에서 그것은 보다 구체적
인 모습으로 표출된다.

3. 『아메리카 시초』의 민족의식

박인환은 1953년 3월에 미국을 여행한다. 대한해운공사에서 화물선
'남해호'의 사무장을 위촉받아 미국에 간 것이다. 이때 12편의 시를 썼
다. 11편은 1955년에 시집 『선시집(選詩集)』15)에 "아메리카 시초"라는 제
목 아래 실려 있다. 「여행」, 「수부들」, 「에버렛트의 일요일」 등의 시가
그것이다. 1976년에 간행된 『목마와 숙녀』에는 「이국 항구」가 추가되어
있는데, 이 열 두 편의 시가 미국을 여행한 후 쓴 시이다. 미국 여행 후
그는 『조선일보』에 「19일간의 아메리카」를 기고하기도 했다. 그가 돌아
본 도시는 주로 워싱턴 주와 오리건 주의 도시들로 타코마, 에버레트, 안
나코오테스, 포오트 에인절스, 포틀랜드와 그 부근의 도시들이었다.

박인환이 남긴 시가 73편이고 그 중 「아메리카 시초」에 실린 시가 11
편이면 그의 시세계에서 차지하는 비중이 결코 작다고 할 수 없다. 그럼
에도 불구하고 이 시들을 주목하지 않은 것은 이들 시를 '일종의 기행
시',16) '이국 취향의 기행시'17)로 단순히 취급해왔기 때문일 것이다. 또
이 시들을 "전후 불모의 세계에서의 체념적 인식과 미국 기행을 통해 더

---

15) 박인환, 『선시집』, 산호장, 1955.
16) 김영철, 『박인환』, 건국대 출판부, 2000, 188면.
17) 이건청, 「박인환과 모더니즘적 추구」, 『한국현대시사연구』, 일지사, 1983, 625면.

욱 심화된 허무적 세계를 형상화하고 있"18)는 것으로 보는 사람도 있다. 그러나 이 시들은 한민족으로서의 정체성 문제를 정면으로 제기하고 있다는 점에서 주목할 만하다고 생각한다. 『아메리카 시초』의 주로를 이루고 있는 것은 눈앞의 현실로 맞이한 문명에 대한 '동경'과 물질 문명에 대한 '부정' 사이에서의 갈등, 그리고 자신의 민족적 정체성에 대한 자각이다.

> 당신은 日本人이지요?
> 챠이니이스? 하고 물을때
> 나는 不快하게 웃었다.
> 거품이 많은 술을 마시면서
> 나도 물었다
> 당신은 아메리카 市民입니까?
> 나는 거짓말 같은 낡아빠진 歷史와
> 우리 民族과 말이 單一하다는 것을
> 자랑스럽게 말했다.
> 黃昏.
> 타아반 구석에서 黑人은 구두를 닦고
> 거리의 少年이 즐겁게 담배를 피우고 있다.
>
> 女優〈갈보〉의 傳記冊이 놓여있고
> 그 옆에는 디텍티이브 · 스토오리가 쌓여있는
> 書店의 쇼오위인드
> 손님이 많은 가개안을 나는 들어가지 않았다.
>
> 비가 내린다.
> 내 모자위에 重量이 없는 抑壓이 있다.
> 그래서 뒷길을 걸으며

---

18) 김은영, 앞의 글, 138면.

서울로 빨리 가고 싶다고
센치멘탈한 소리를 한다.

—「어느날의 詩가 되지 않는 詩」 전문

   이 시는 박인환이 한국인으로서의 정체성 문제를 뚜렷하게 의식하고 있다는 것을 보여준다는 점에서 문제적이다. 구두를 닦는 흑인, 즐겁게 담배를 피우는 소년이 그려지는 한편, 서점의 모습도 묘사되고 있지만, 이 시가 초점을 맞추고 있는 것은 미국 속에서의 한국인으로서의 자기 인식이다. 화자는 술집에서 "당신은 일본인이지요? / 챠이니이스?"라는 질문을 받는다. 술집에서 술을 마시고 있던 '아메리카 시민'은 화자를 일단은 일본인으로, 그 다음에는 중국인으로 추정한 것이다. 이러한 질문에 대한 화자의 반응은 우선 '불쾌하게 웃'는 것이며, 질문자를 향하여 '당신은 아메리카 시민입니까?' 하고 묻는 것이다. 화자는 자신의 조국에 대해 상반된 두 가지 감정을 지니고 있다고 판단되는데 역사가 '낡아빠'졌다는 부정적인 인식과 '우리 민족과 말이 단일하다'는 긍정적인 인식이 그것이다. 어쨌든 화자가 자신의 나라를 설명하면서 '역사, 단일 민족, 말'을 무엇보다 우선해 얘기하고 있다는 점은 주목해둘 만하다. 역사와 말이야말로 '민족'을 구성하는 중요한 양식이기 때문이다. 다음에 인용할 시 역시 미국에서 느끼는 화자의 한국인으로서의 자기 인식 문제를 다루고 있다.

거룩한 自由의 이름으로 알려진 土地
茂盛한 森林이 있고
飛廉柱舘과 같은 집이
連
이어 있는 아메리카의 都市
샤아틀의 네온이 붉은 거리를
失神한 나는 간다

아니 나는 더욱 鮮明한 情神으로
타아반에 들어가 향수를 본다.
이즈러진 回想
不滅의 孤獨
구두에 남은 韓國의 진흙과
商標도 없는 〈孔雀〉의 연기
그것은 나의 자랑이다
나의 외로움이다.

또 밤 거리
거리의 飮料水를 마시는
포오트랜드의 異邦人
저기
가는 사람은 나를 무엇으로 보고 있는가.

—「旅行」 부분

이 시의 끝부분 "저기 / 가는 사람은 나를 무엇으로 보고 있는가"는 앞의 시 「어느날의 시(詩)가 되지 않는 시(詩)」에서 화자가 받았던 질문, 즉 "당신은 일본인이지요? / 챠이니이즈?"의 변용이라고 할 수 있다. 타인에게서 직접 질문을 받는 대신 자기 스스로 타인의 눈에 자신이 어떤 사람, 구체적으로는 어느 나라 사람으로 비칠지를 생각해 보는 것이기 때문이다. "구두에 남은 한국의 진흙과 / 상표도 없는 〈공작〉의 연기"가 나오는 것으로 보아서도 화자의 자문은 '국적'의 문제가 중심에 놓인다고 볼 수밖에 없다. 그런데 이 시에서도 '한국인'이라는 사실은 화자에게 '자랑'인 동시에 자신을 초라하게 느끼게 하는 요소로 작용한다. 화자가 보고 있는 '아메리카 도시' '샤아틀(시애틀)'은 '거룩한 자유의 이름으로 알려진 토지'이며 '무성한 사람림'과 '비렴주관과 같은 집'이 연이어 있으며 '네온이 붉은 거리'가 있는 곳이다. 그런데 '샤아틀'의 이러한 화려함은 오히려 화자에게 한국인이라는 자각을 불러일으킨다. 화자가 거리를 벗어나 혼자만의 공간, '타반'에 들어가는 것은 스스로를 샤아틀로 표상되는 미국과 구분해서 생각하려는 행동이라고 할 수 있다. 타반에서 화자는 '구두에 남은 한국의 진흙과 / 상표도 없는 〈공작〉의 연기'를 보는데 이것이 화자에게는 '한국'의 상징이 되고 있다. 화자는 이것을 '나의 자랑이다 / 나의 외로움이다'로 표현하고 있는데, 여기에는 미국 문명을 눈앞에 한 화자의 복잡한 심정이 그대로 드러나 있다. 자신은 한국인이라는 자부심이 있지만 그 자부심의 이면에 물질 문명에 압도당하는 초라한 자신의 모습이 있는 것이다.

> 水夫들은 甲板에서
> 갈매기와 이야기한다
> ……너희들은 어데서 왔니……
> 和蘭성냥으로 담배를 붙이고
> 싱가폴 밤 거리의 女子
> 지금도 생각이 난다
> 銅像처럼 서서 埠頭에서 기다리겠다는
> 얼굴이 가만 입술이 짙은 女子
> 波濤여 꿈과 같이 부숴지라
> 헤아릴 수 없는 純白한 밤 이면
> 하모니카 소리도 처량하고나
> 포오트랜드 좋은 고장 술집이 많아
> 구레용 칠한 듯이 네온이 붉은 밤
> 아리랑 소리나 한번 해보자
>
> ─「水夫들」 전문

위의 시 「수부들」은 '한국 노래'를 부르는 행위가 한국인으로서의 자기 확인으로 나타나는 시라고 할 수 있다. 이 시에서 화자가 '아리랑 소리나 한번 해보자'고 말하게 되는 것은 수부들이 갈매기를 향해 한 질문, '너희들은 어데서 왔니'와 관련된다. 그러나 이에 대한 대답은 나오지 않고 '화란 성냥으로 담배를 붙이'는 것, '싱가폴 밤 거리의 여자'가 생각난다는 얘기가 나온다. 이것으로 미루어 '어데서 왔니'라는 질문은 '국적'의 문제와 관련되어 있다고 볼 수 있다. 이 시의 화자는 화란과 싱가포르의 이미지를 각각 '성냥'과 '밤거리의 여자'로 떠올린다. 미국은 '술집이 많은 곳'이 그 대표적인 이미지가 되고 있다. 화자가 시의 끝에서 한국의 국민가요라고 할 수 있는 '아리랑' 소리를 해보자고 하는 것은 그것이 대표적인 한국의 상징이기 때문이다. 즉 '나는 한국에서 왔다'는 인식이 '아리랑'을 부르려는 것으로 이어지고 있는 것이다. 국가나 국민가요를 부르는 것은 그것을 부르는 사람들 사이에 화합의 기회, 민족이 메아리치며 물리적으로 실현되는 기회를 제공한다고 한다.[19] 위의 시 「수부들」과 「에버렛트의 일요일」은 모두 한국 노래를 부르는 형태로 화자의 한국인으로서의 정체성을 드러내고 있는 것이다.

『아메리카 시초』는 일단 미국을 여행함으로써 씌어진 기행시다. 이 시들이 미국 풍물을 담고 있는 것은 어쩌면 당연하다. 그러나 이 시들이 환기하는 것은 미국의 풍물이라기보다는 그것을 통해 바라보게 된 한국인으로서의 자신의 모습이다. 많은 시들이 '나는 어디서 왔는가'라는 질문을 담고 있으며, 이것은 곧 '나는 한국인'이라는 인식으로 이어지고 있다. 물론 인용한 시들에서 박인환이 '한민족'이라거나 '한국인'이라는 문제를 정면으로 노출한 것은 아니다. 박인환이 시에서 제기한 '너는 어디서 왔니?'라는 질문이 그가 '민족'을 염두에 두고 한 것인지 '국가'를 염두에 두고 한 것인지는 알 수 없다. 그러나 우리나라의 담론 체계에 있어 '민족'은 '국가'를 대체해왔다. 특히 국가가 없다는 것이 집단적 삶의 정상적 조건이었던 식민지의 비정상적 역사 상황 속에서 '민족'은 사실상 '국가'의 공백을 채워주는 신화적 실체였다.[20] 박인환의 경우, 국가가

---

19) 베네딕트 앤더슨, 윤형숙 역, 『상상의 공동체』, 나남출판, 2002, 187면.
20) 임지현, 『민족주의는 반역이다』, 소나무, 1999, 5면. 임지현은 근대적 민족 국가의 건
   설에 실패한 역사인 한국의 근현대사에서 민족은 도덕적 심판의 준거이자 역사적 판

없는 상태에서 태어났고 그 상태에서 교육을 받았으며 시작 활동을 했다. 「아메리카 시초」를 쓸 당시에는 해방이 되었지만 미국의 식민지나 다름없는 상황이었다. 따라서 박인환의 한국인으로서의 자기 인식은 민족 정체성 문제와 불가분의 관계에 놓여 있는 것으로 판단된다.

4. 박인환에 대한 새로운 이해

박인환은 『아메리카 시초』 이후 몇 편의 시를 더 쓴 후 사망함으로써 우리에게 민족주의의 올바른 방향을 제시하지는 못했다. 더구나 그의 『아메리카 시초』는 세간의 주목을 받지 못함으로써 민족 담론을 파급하는 데 영향을 미치지도 못했다. 그러나 식민지를 막 벗어난, 그리고 동족상잔의 전쟁을 치른 나라의 국민이 세계 자본주의의 종주국 미국에서 느껴야 했던 동경과 열등감 사이의 갈등은 충분히 되짚어볼 만한 것이라고 생각된다.

박인환이 『아메리카 시초』에서 보여주는 민족의식은 단지 미국 여행이라는 특수한 상황에서 튀어나온 돌발적인 것이라고는 할 수 없다. 박인환은 등단 초기에 이미 여러 편의 시를 통해 민족의식을 보여주었기 때문이다. 물론 등단 초기의 민족의식은 아시아 식민지인의 연대를 강조하는 정도의 것이기는 하지만 그 역시 우리 민족의 상황을 염두에 둔 반제국주의적인 성격을 띠는 것이다. 마루야마 마사오에 의하면 아시아의 민족주의는 특징적이게도 제국주의에 대한 반항, 빈곤에 대한 반항, 서양에 대한 반항의 세 가지 반항이 섞여 있다고 한다. 박인환이 「남풍」, 「인도

단의 잣대였으며, 우리의 근현대사에서 민족은 현실적 힘을 갖지는 못했으나, 적어도 관념 속에서는 가장 강력한 실체였다고 하였다(같은 책, 같은 곳).

네시아 인민에게 주는 시」, 「인천항」, 「식민항의 밤」을 통해 보여준 것이 바로 이러한 반항들이었다고 생각된다.

이렇게 박인환의 초기시가 현실주의적 색채를 강하게 띰에도 불구하고 논자들의 주목을 덜 받았던 것은 이들 시가 박인환 생전의 유일한 시집인 『박인환 선시집』에 실리지 않은 것과 무관치 않다고 생각한다. 또 그의 후기시 『아메리카 시초』의 시편들이 '단순한 기행시'로 취급됨으로써 그의 시의 현실주의적 면모가 간과되어 왔다고 생각된다. 물론 가장 큰 이유는 박인환이 「세월이 가면」, 「목마와 숙녀」 등에서 보여준 페시미즘의 세계, 한국전쟁기의 시들에서 보여준 '죽음의식' 등이 그의 현실주의적 면모를 가리기에 충분했기 때문일 것이다. 어쨌든 박인환의 이 두 가지 시세계 중 현실인식을 강하게 보여주는 시들을 제외한다면 그가 왜 북진 통일을, 그것도 무력 통일을 주장했는지 결코 이해할 수 없을 것이다.

김성경 : 연세대학교 국어국문과를 졸업하고 동 대학원에서 「이청준 소설 연구」로
박사학위를 받았다. 현재 연세대학교 강사로 재직중이다. 주요 논문으로
「광기, 그 전복의 힘―이청준 소설론」(『한국문학의 연구』, 1997), 「낭만적
사랑과 아이러니의 미학」(『한국문학의 연구』, 1999), 「지역주의와 만들어
진 전통」(『한국근대문학연구』, 2005) 등이 있다.

김성수 : 성균관대학교 국어국문학과를 졸업하고 동 대학원에서 「이기영 소설연구」
로 박사학위를 받았다. 현재 성균관대학교 학부대학 조교수로 재직중이다.
저서로『통일의 문학, 비평의 논리』(책세상, 2001), 『한국문학사 어떻게 쓸
것인가』(한길사, 2001), 『영화 활용 교육의 이론과 실제』(컬러라인, 2003)
등이 있다.

류보선 : 서울대학교 국어국문과를 졸업하고 동 대학원에서 「1930년대 후반기 문학
비평 연구」로 문학박사 학위를 받았다. 제47회 현대문학상(평론 부문)을
수상했다. 현재 군산대학교 국어국문학과 교수로 재직중이다. 저서로『경
이로운 차이들』(문학동네, 2002)이 있다.

서영채 : 서울대학교 국어국문학과를 졸업하고 동 대학원에서 「한국근대소설에 나
타난 사랑의 양상과 의미에 대한 연구―이광수, 염상섭, 이상을 중심으로」
로 문학박사 학위를 받았다. 현재 한신대학교 문예창작학과 교수로 재직
중이다. 저서로는 『소설의 운명』(문학동네, 1995), 『사랑의 문법』(민음사,
2004), 『문학의 윤리』(문학동네, 2005) 등이 있다.

유문선 : 1959년 충남 청양 출생으로 서울대학교 국어국문학과를 졸업하고 동 대학
원에서 「신경향파 문학비평 연구」로 문학박사 학위를 받았다. 현재 한신
대학교 국어국문학과 교수로 재직중이다. 공저서로『장편소설로 보는 민
족문학사』(열음사, 1993), 『시집이 있는 풍경』(위즈북스, 2003) 등이 있다.

이명찬 : 서울대학교 국어국문학과를 졸업하고 동 대학원에서 「1930년대 후반 한국
시의 고향의식 연구」로 문학박사 학위를 받았다. 현재 덕성여자대학교 국
어국문학과 교수로 재직중이다. 저서로『1930년대 한국시의 근대성』(소명
출판, 2000)이 있다.

전승주 : 서울대학교 국어국문학과를 졸업하고 동 대학원에서 「1950년대 한국 문학
비평연구」로 문학박사 학위를 받았다. 현재 서울대학교 강사, 인하대학교
한국학연구소 연구원으로 재직중이다. 주요 논문으로 「1950년대 비평에서

의 '현대성' 인식」, 「1920년대 민족주의문학과 민족 담론」 등이 있다.

차원현 : 서울대학교 국어국문학과를 졸업하고 동 대학원에서 「1930년대 모더니즘 소설에 나타난 미적 주체의 양상 연구」(2001)로 문학박사 학위를 받았다. 서울시립대, 한신대에서 연구원(2002~2004)으로 활동하였으며, 현재 경주대학교 문예창작학과 교수로 재직중이다. 주요 논문으로 「문학과 이데올로기, 주체 그리고 윤리학」(2002), 「해체와 구성의 변증법-이인성의 80년대 소설을 중심으로」(2003), 「유명론적 세계 이해와 개체성의 윤리학-염상섭과 20년대」(2003) 등이 있다.

최성실 : 1967년 서울 출생으로 「1950년대 한국소설비평 연구」로 서강대학교에서 문학박사 학위를 받았다. 현 경원대학교 연구교수 및 『문학과사회』 편집동인으로 활동하고 있는 문학평론가이다. 비평집으로 『육체, 비평의 주사위』(문학과지성사, 2003), 『근대, 다중의 나선』(소명출판, 2005) 외 다수의 논문과 비평이 있다.

한명희 : 서울시립대학교 국어국문학과를 졸업하고 같은 대학 대학원에서 석사, 박사 학위를 받았다. 박사논문 제목은 「김수영의 시정신과 시방법론 연구」이다. 서울시립대학교 강의전담교수를 거쳐 현재 삼척대학교 문예창작학과 교수로 재직중이다. 1992년 『시와시학』 신인상을 통해 시인으로 등단했다. 연구서 『김수영 정신분석으로 읽기』(월인, 2002)가 있고, 시집으로는 『시집 읽기』(시와시학사, 1996), 『두 번 쓸쓸한 전화』(천년의시작, 2002)가 있다. 인터뷰집 『삶은 조심스럽게, 문학은 거침없이』(천년의시작, 2003), 번역서 『자살, 도대체 왜들 죽는가』(새움, 1999)를 냈다.

한형구 : 서울대학교 국어국문학과를 졸업하고 동 대학원에서 「일제 말기 세대의 미의식」으로 문학박사 학위를 받았다. 일본 東京大學 비교문학 비교문화 연습실에서 객원연구원(1992~1993)으로 활동하였으며, 국립한경대학교(현) 교수(1993~1997)를 거쳐, 현재 서울시립대학교 국어국문학과 교수로 재직중이다. 저서로 『전환기의 사회와 문학』(문학과지성사, 1991), 『합리주의의 문턱에서』(강, 1977), 『한국 근대문학의 탐구』(태학사, 1999), 『구텐베르크 수사들』(역락, 2005) 등이 있고, 편저로 『한국 현대문학 산책』(역락, 2000)이 있다.